QUESTÕES DE HONRA

CB124057

LOUIS BEGLEY

Questões de honra

Tradução
Sergio Tellaroli

COMPANHIA DAS LETRAS

Copyright © 2007 by Louis Begley

Grafia atualizada segundo o Acordo Ortográfico da Língua Portuguesa de 1990, que entrou em vigor no Brasil em 2009.

Título original
Matters of honor

Capa
Angelo Venosa

Preparação
Isabel Jorge Cury

Revisão
Ana Luiza Couto
Daniela Medeiros

Dados Internacionais de Catalogação na Publicação (CIP)
(Câmara Brasileira do Livro, SP, Brasil)

Begley, Louis
Questões de honra / Louis Begley ; tradução Sergio Tellaroli — São Paulo : Companhia das Letras, 2009.

Título original: Matters of honor
ISBN 978-85-359-1417-7

1. Ficção norte-americana I. Título

09-01235 CDD-813

Índice para catálogo sistemático:
1. Ficção : Literatura norte-americana 813

[2009]
Todos os direitos desta edição reservados à
EDITORA SCHWARCZ LTDA.
Rua Bandeira Paulista, 702, cj. 32
04532-002 — São Paulo — SP
Telefone: (11) 3707-3500
Fax: (11) 3707-3501
www.companhiadasletras.com.br

Em memória de F. B. e D. B.

Les morts, les pauvres morts ont de grandes douleurs...

Baudelaire, *As flores do mal*

1.

Esta é a primeira lembrança que tenho de Henry: estou parado na porta de um dos três quartos do apartamento térreo que me foi destinado em um dos alojamentos da universidade; de costas para mim, um rapaz ruivo, alto e esguio debruça-se pela janela aberta e acena para alguém. Ao ouvir meus passos, ele se volta e aponta: Olhe só. Tem uma garota linda ali, jogando beijos para mim. Nunca a vi antes. Só pode ser doida.

Caminhei até a janela. Parada no gramado, a não mais de três metros de onde estávamos, uma garota de fato jogava beijos e acenava na direção da janela. Entre um beijo e outro, sorria, e uma espessa camada de batom vermelho fazia com que sua boca parecesse bem grande. Vestia um conjunto bege de tweed, meias verde-escuras e um chapéu tirolês com uma peninha de pavão. A dois ou três passos dela, vi uma senhora de meia-idade, que também trajava um conjunto de tweed, só que mais escuro, e um chapéu de feltro marrom. Alguma coisa nela — o chapéu, talvez, ou seu aspecto altivo e distinto — lembrou-me Ingrid Bergman em *Casablanca*, prestes a embarcar no avião para Lisboa. Em parte por causa da semelhança nos trajes, imaginei que se tratasse da mãe da garota.

No caminho que, em diagonal, conduzia à biblioteca Widener, estudantes diversos haviam se detido para, boquiabertos, admirar a cena. Nem a extravagância da filha nem a plateia que ela atraíra pareciam perturbar a mãe, que, no entanto, passados alguns minutos, sussurrou algo em tom baixo demais para que a ouvíssemos, e a garota, depois de jogar um beijo derradeiro, lançou os braços para cima, num gesto teatral de desespero. Então, as duas se foram.

Estou apaixonado, suspirou o rapaz ruivo. Quero me jogar aos pés dela.

E por que não se joga?, repliquei, brincando, mas não muito. Ainda dá tempo. Basta pular agora da janela e você nem vai precisar correr para alcançá-las.

Ah, não, lamentou-se ele, não posso. Por que tinha de acontecer justo hoje, que não estou preparado?

Como não havia um pingo de ironia na voz dele ou em sua expressão, eu devia ter deixado o assunto morrer. Em vez disso, disse-lhe que, embora uma declaração formal de amor talvez fosse prematura, não havia mal nenhum em convidá-la para uma xícara de café em Harvard Square.

Ele balançou a cabeça com amargura. Eu não me atreveria, disse. Não vê como ela é maravilhosa? Uma Pentesileia de tweed! Ninguém menos que o filho de Peleu seria capaz de domá-la. Sou indigno até mesmo de seu desdém.

O rosto dele era uma máscara de desânimo.

Imagino que eu tenha encolhido os ombros. Ou isso ou a expressão no meu rosto talvez tenha traído minha impressão de que aquilo era um exagero. O rapaz ruivo se recompôs e, com um sorriso suave no rosto, comentou: Você deve ser um dos meus companheiros de quarto. Sou Henry White... de Nova York.

Eu já conhecera outros nova-iorquinos, sobretudo no colégio, embora certo número de famílias de Nova York possuísse casa de verão tanto nas proximidades de Lenox, onde meus pais e eu morávamos, como em Stockbridge, Great Barrington e Tyringham, cidades vizinhas da região de Berkshire. Mas o sotaque do rapaz não se parecia com o de nenhum deles. Não pronunciava mal as palavras. Na verdade, falava com estranho vagar e exatidão, a não ser quando se agitava, como na menção a Peleu, ocasião em que as palavras lhe saíam com uma espessura que sugeria boca seca. Passou pela minha cabeça que ele talvez fosse estrangeiro, mas, se tinha sotaque de algum outro lugar, eu não era capaz de identificar de onde. À época, minha ideia de como estrangeiros falavam provinha apenas do cinema e da família francesa com a qual eu acabara de passar o verão, numa cidadezinha ao norte de Paris. Que Henry White não tinha sotaque francês, isso estava bem claro para mim.

Confirmei que era, sim, seu companheiro de quarto e, depois de me apresentar como Sam Standish, examinei-o mais detidamente. As roupas estavam erradas: pareciam novinhas em folha. O paletó e a calça tinham cores estranhas. Fora isso, Henry exibia boa aparência. Sam é apelido de Samuel?, perguntou-me ele a sério. E assentiu quando confirmei que era isso mesmo.

Como eu não tinha almoçado, convidei-o a ir comigo a Harvard Square, comer um sanduíche. Mas ele respondeu que já havia comido na Freshman Union, o edifício onde os calouros faziam suas refeições. Saí sozinho.

As aulas só começariam dali a dois ou três dias, mas os alojamentos encontravam-se abertos e a orientação aos recém-chegados estava em curso. Garantira a minha mãe que podia pegar um ônibus até Cambridge, mesmo carregando meu avantajado baú. Para minha surpresa, ela insistira em me levar de carro. Mas, como meus pais iriam jantar fora naquela noite, ela não quis almoçar comigo. Deu-me duas notas de dinheiro, que, pelos cálculos dela, pagariam almoço para dois e partiu em disparada tão logo tirei minha bagagem do porta-malas do carro. Ao arrastar minhas coisas até a sala de estar do apartamento, vi que não tinha sido o primeiro a chegar. No meio do cômodo, alguém já depositara sua bagagem. Foi então que enfiei a cabeça pela porta de um dos quartos e deparei com Henry.

Depois de um sanduíche de atum com salada na Hayes-Bickford, retornei ao alojamento. Talvez Henry estivesse esperando por mim à janela. O fato é que abriu a porta antes mesmo que eu pudesse girar a chave na fechadura, dizendo que estava contente por eu ter voltado logo. Tinha uma pergunta prática a fazer: queria saber se eu me importava de ele escolher um dos quartos. Tinha passado a noite anterior no quarto onde eu o encontrara, mas não julgava que aquilo lhe desse nenhum tipo de prioridade. Pediu-me que o acompanhasse até o quarto que queria e apontou para o lado direito, na direção de um prédio de tijolos escuros, que abrigava salas de aula e tinha o formato de uma baleia.

Aquele ali é Sever, ele disse, projetado por H. H. Richardson. E esta aqui, bem à nossa frente, é a Memorial Church.

Respondi que ele podia ficar com o quarto. Os três dormitórios eram do mesmo tamanho, e a vista não me interessava. Que Sever fosse uma obra-prima da arquitetura norte-americana do final do século XIX era algo que eu desconhecia na época, mas, ainda que soubesse disso, não creio que esse conhecimento teria feito alguma diferença. Não esperava passar muito tempo à janela. Muito satisfeito, Henry sentou-se à minha escrivaninha, enquanto eu desfazia as malas. Quando terminei, ele me ajudou a arrumar a cama.

Ao que tudo indicava, o gelo estava quebrado e, sendo assim, perguntei por que ele não tinha ao menos falado com a garota. Afinal, ela o havia paquerado descaradamente. Henry balançou a cabeça e disse que não teria falado com ela de jeito nenhum. Teria sido fatal: era o momento errado. Podia tê-la seguido para ver se estudava em Radcliffe ou em que alojamento morava, mas o cabelo ruivo saltava aos olhos e excluía também aquela possibilidade. As pessoas o reconheciam de imediato. Se a garota ou a mãe tivessem olhado para trás e dado com ele, saberiam de quem se tratava e iam pensar que era algum maluco, incapaz de entender uma simples brincadeira. Aquilo teria arruinado tudo. Era preciso esperar.

Você é doido, eu lhe disse. Não há nada de errado no fato de ela ou a mãe saberem que você gostaria de apertar a mão da garota que se deu ao trabalho de jogar beijos para você.

De novo, ele balançou a cabeça. O momento certo, ele retrucou, tudo depende do momento certo. Os astros ainda não estão alinhados. Tenho de esperar.

Não era da minha conta, e provavelmente eu deveria ter discernimento suficiente para não insistir num assunto que o incomodava. Como, porém, estava condenado a dividir o apartamento com Henry por um ano inteiro, julguei-me no direito de investigar se ele era um idiota pomposo ou se perdera mesmo o juízo.

De todo modo, essas questões não me ocuparam por muito tempo. Em poucas semanas, ele havia decidido que éramos amigos íntimos — uma conclusão a que eu ainda não chegara — e começou a expressar seus sentimentos com franqueza tão loquaz e inclemente que, por vezes, eu me pegava desejando não ter feito o que fosse que tivesse feito para deixá-lo tão à vontade. Sem nenhum incentivo da minha parte, Henry tornou a falar da garota e reconheceu que havia se comportado de modo peculiar. Não havia se detido por timidez, insistiu, mas por estar convencido de que, caso não se adequasse primeiro, era inevitável que fosse rejeitado — não apenas por aquela garota e sua mãe, mas também por toda e qualquer mulher que julgasse atraente.

E não me refiro só às garotas, acrescentou: Todos aqui vão me rejeitar! Você se lembra da personagem de Raymond Massey em *Este mundo é um hospício*? Aquela que o doutor Einstein, interpretado por Peter Lorre, transforma num monstro depois de deformar seu rosto numa operação malfeita? Pois Raymond Massey sou eu. Me deformaram também. E é por isso que eu digo: precisamos operar de novo, doutor Einstein!

Comentei que aquilo era outra indicação de que ele era louco.

Henry balançou a cabeça, dizendo que as observações que tinha feito ao longo de duas refeições — duas apenas, um jantar e um almoço sozinho no restaurante dos calouros —, antes de eu chegar e surpreendê-lo à janela, haviam confirmado seus temores. Estava completamente fora de lugar naquele mundo de criaturas como a garota e como eu também, aliás. Tinha observado os grupos de calouros por toda parte, estudara sua aparência e seus modos, e não encontrara ninguém como ele. Em outras palavras: ninguém que desejasse conhecer se parecia nem mesmo de leve com ele ou trajava roupas tão desastrosas como as dele.

Ao narrar-me aquelas experiências, Henry ria tanto que tinha lágrimas nos olhos. Eu não sabia o que pensar e sugeri que aquele seu levantamento dos calouros talvez não tivesse sido lá muito científico. Podia ser, reconheceu ele. Mas, como eu próprio haveria de constatar, Henry era um observador atento, a quem pouco escapava e que, em geral, se lembrava de tudo. Por enquanto, aceitava meu argumento e atenuava sua afirmação: a pesquisa no restaurante dos calouros confirmara o que ele já havia percebido em casa, ainda antes de viajar para Cambridge, enquanto a mãe guardava nas malas as roupas que ele levaria para a universidade. Àquela altura, eu já as conhecia bem: o terno azul que ele havia vestido na formatura do colegial, o paletó marrom-claro de flanela e duas calças marrons. A mãe escolhera cada peça de roupa, e todas eram grandes demais, porque ela acreditava que o filho ainda iria crescer: recusava-se a admitir que já atingira sua altura máxima. Henry suplicara aos pais que lhe permitissem comprar suas roupas em Cambridge ou Boston, depois de ver como os outros se vestiam. Mas a mãe não quis nem discutir o assunto: ele era demasiado irresponsável e extravagante, e não sabia avaliar qualidade. Além disso, acrescentou ele, do ponto de vista dela, em se tratando do dinheiro do meu pai, cabe a ela a diversão de gastá-lo. E foi assim que ela conseguiu me dar este aspecto de contador menor de idade.

Por essa época, eu já estava acostumado com o guarda-roupa de Henry, mas, ao me lembrar do nosso primeiro encontro e da impressão que ele me causara, não pude negar que ele tinha razão em não querer que a garota o visse naqueles trajes. Não eram apropriados a quem desejasse causar a melhor das impressões.

Voltando, porém, àquela tarde, depois de arrumar minha cama, pusemo-nos a examinar a bagagem do terceiro morador, ainda ausente, no meio da sala de estar. Compunha-se de um baú e de uma enorme mala de couro, as duas peças já tão arranhadas que, em si, constituíam prova suficiente de viagens exóticas, ainda que não ostentassem os rótulos colados nelas — do *Normandie*, do *Queen Mary* e de vários hotéis de nomes retumbantes. A julgar pela etiqueta atrelada ao baú, o proprietário da bagagem era Archibald P. Palmer III. O nome era seguido de um endereço do correio das Forças Armadas. Como meu pai havia servido durante a guerra, aquela era uma instituição que eu conhecia bem. Expliquei a Henry que iríamos morar com o filho de algum oficial. Não foi, porém, o serviço postal das Forças Armadas que o intrigou. Henry quis saber se os números romanos significavam que nosso companheiro de apartamento era alguém da alta sociedade. Baseado nos anúncios de noivado e casamento que lera no *New York Times*, ele tendia a acreditar que sim. Não era raro ler ali, por exemplo, disse-me ele, que o sr. Ebenezer Witherspoon III, filho mais velho de Ebenezer Witherspoon II, iatista e colecionador de documentos relativos à história e à cultura dos Estados Unidos, com domicílios em Cold Spring, Long Island, Manhattan e Palm Beach, na Flórida, e neto de Ebenezer Witherspoon, sócio do comodoro Vanderbilt, iria se casar com a filha dos senhor e senhora Sperry Rand IV, com domicílios em Oyster Bay, Long Island e na mesma Manhattan.

Era verdade, respondi-lhe, mas como os números romanos não eram de todo desconhecidos das classes menos favorecidas, sugeri que nos abstivéssemos de qualquer conclusão até conhecermos o senhor Palmer.

Fomos jantar no edifício dos calouros e, depois, no teatro da universidade, vimos um filme idiota de que já nem me lembro o nome. Quando voltamos ao alojamento, uma festa barulhenta estava em curso pelos corredores. Por uma porta aberta, alguém gritou um convite para bebermos alguma coisa. Como, durante o jantar, eu havia arrancado de Henry que ele se formara numa escola pública do Brooklyn, imaginei que ele fosse relutar em mergulhar numa sala cheia de presunçosos espécimes de colégios particulares. Ele, no entanto, parecia a fim de conhecê-los, e nós entramos. Tomei uma única cerveja antes que aquele barulho todo me expulsasse dali. A caminho da porta, olhei em torno à procura de Henry. Com uma bebida na mão, ele parecia estar se dando muito bem. Na verdade, transmitia a impressão de estar se divertindo.

Nosso companheiro chegou no dia seguinte, no fim da tarde. Eu estava presente quando, animado pela importância de esclarecer aquele tipo de dúvida, ele explicou a Henry a origem do número romano em seu nome. Seu primeiro nome e a inicial do segundo nome eram iguais aos do pai e aos do avô paterno. Isso fazia dele o terceiro, ao passo que, se tivesse sido batizado apenas com o nome do pai, sem que o avô ou o bisavô também se chamassem Archibald P., ele seria Archibald P. Palmer Jr., como seu pai, o coronel. Explicou ainda que, caso tivesse sido batizado com o nome do avô, sem um pai no meio chamado Archibald P., ele seria Archibald P. Palmer II. Seu primogênito seria IV, tinha decidido, e responderia pelo apelido familiar de Quartus. Tive a sensação de que Archie (como ele nos pediu que o chamássemos) percebeu que Henry estava atrás de algo mais do que a mera enunciação das regras estabelecidas por Emily Post, mas, no momento, aquilo era tudo que ele parecia disposto a revelar.

O que se seguiu, no entanto, reforçou a impressão inicial de Henry de que nosso companheiro pertencia a uma camada social elevada. Archie ergueu os olhos de seu baú, cujo conteúdo transferia metodicamente para a cômoda, e, espreguiçando-se, perguntou se não estava na hora de tomarmos um uísque. Henry e eu concordamos. Ele remexeu um pouco mais no baú, retirou de lá diversos suéteres muito bem dobrados e fez emergir do fundo um estojo de couro com copos de prata e um misturador de martíni. O uísque proveio de um frasco também de prata, que ele retirou do bolso do paletó que vestia. Cada um desses objetos, de couro e de prata, continha a inscrição APP III. Vocês tomam puro ou com um pouco d'água?, perguntou Archie. Eu disse que queria água, ao que ele me estendeu o misturador e sugeriu que eu fosse buscá-la. Quando voltei do banheiro comunitário, no final do corredor, Archie serviu o uísque e passou-nos os copos. Bebericávamos enquanto ele seguia desfazendo as malas. Artigos surpreendentes surgiram dali, dentre eles um par de botas de cano longo e couro macio que, conforme explicou, tinha sido de seu pai, botas essenciais para proteger tornozelos e panturrilhas dos mosquitos na floresta; e um quimono de seda preta com um dragão furioso bordado às costas, também ele proveniente do pai, que o comprara em Hong Kong e, às vezes, em ocasiões formais, o vestia em casa, em lugar do smoking.

Voltando-se para as peças de vestuário mais habituais, Archie comentou ainda: Eu não sei se vocês gostam das roupas que trouxeram, mas as minhas não servem. Minha mãe mandou fazer, baratinho. A lã é boa e tudo o mais, mas o corte é ruim. O alfaiate é uma besta.

Henry sorvia seu uísque como se absorto em pensamentos, mas, ao ouvir aquilo, irrompeu: Eu detesto minhas coisas, gritou, todas elas!

Então, ao perceber de imediato que Archie e eu nos assustáramos, desculpou-se. Era a primeira vez que bebia algo mais forte. Tinha-lhe subido à cabeça.

Não se preocupe, disse Archie, que, depois de nos servir mais uísque, tornou a falar da avareza da mãe. As tais roupas, que ele chamava de sua "fantasia de don Ramón" e das quais pretendia se livrar em breve, tinham sido encomendadas por ela a um alfaiate da Cidade do Panamá, que, como convinha, ficava próxima do posto atual do coronel, na Zona do Canal. Archie não dizia "mother", mas "m*ai*ther", ou então se referia à mãe como *mater*. Chamava o pai de *pater*. Isso se devia aos dois anos passados num colégio interno escocês, logo depois da guerra, enquanto o pai servia no quartel-general de uma corporação estacionada na Alemanha. Aquela, dizia ele, era a exata extensão de seu vínculo com as Ilhas Britânicas, descontando-se os distantes antepassados paternos. O pai era do Texas, nascido e criado lá até ir para West Point. "Maither" era metade mexicana, filha de um engenheiro petrolífero americano que fizera carreira do outro lado da fronteira e se casara com uma garota de lá. Tem uma gota de sangue asteca na família da *mater*, anunciou ele, mas mal dá para notar. Os pais a haviam mandado para a faculdade em San Antonio, e tinha sido lá que o recém-promovido tenente Palmer, de licença para passar o Natal em casa, a conhecera e cortejara.

Quando Archie por fim se declarou satisfeito com a organização de seu guarda-roupa e das prateleiras, já era hora do jantar. A caminho do restaurante dos calouros, ele fez a Henry uma série de perguntas que eu próprio gostaria de ter feito.

A propósito, começou ele, de onde você é?

Polônia.

Ah, de que lugar da Polônia?

Cracóvia.

Um grande país, observou Archie. E quando foi que você veio para cá? Um pouco antes da guerra?

Não, em 47.

É mesmo? E onde esteve durante a guerra?

Na Polônia.

Seus pais também?

Também.

Henry havia dado aquelas respostas lacônicas de bom grado e com voz serena. Ainda assim, Archie aparentemente decidiu que já tinha ido longe o bastante. Deu um tapinha nas costas de Henry e disse-lhe que um dia gostaria de ouvir toda a história daquela experiência de guerra. Em seguida, entramos no restaurante, apanhamos os talheres — que Henry e eu, que já havíamos comido ali, tínhamos aprendido a enfiar no bolso da lapela do paletó — e pegamos a fila do jantar.

2.

Diz-se que ninguém que não tenha vivido sob o *Ancien Régime* poderá jamais afirmar conhecer a doçura da existência. O nobre conforto da vida de estudante de graduação na Harvard do início da década de 1950 talvez tenha se tornado igualmente inimaginável. Não havia nada de incomum no fato de eu dividir com dois colegas aquele apartamento em um dos edifícios de alojamento mais antigos da universidade. O apartamento compunha-se de uma sala de estar — grande, na minha lembrança — e de três quartos, cada um deles espaçoso o bastante para acomodar uma escrivaninha e duas ou três cadeiras, além da cama. Se tivéssemos ido morar em um alojamento de construção mais recente, nosso apartamento teria banheiro também. Em nosso prédio, porém, toaletes e chuveiros eram comunitários, situados no final do corredor de cada andar. Senhoras irlandesas, que chamávamos carinhosamente de *biddies*,* faziam a

* Corruptela de Bridget. Nome feminino muito comum na Irlanda, a palavra era utilizada para designar imigrantes irlandesas que trabalhavam como empregadas domésticas para famílias americanas de classe alta. (N. T.)

faxina e arrumavam as camas todos os dias, à exceção dos domingos. Em troca de pagamento modesto, também lavavam meias e cuecas. Uma lavanderia patrocinada pela universidade levava e trazia fronhas e lençóis, lavados e passados. Tenho quase certeza de que o uso de lavanderias self-service por parte dos estudantes era coisa ainda inédita. Rezava a lenda que as faxineiras irlandesas consumiam toda e qualquer bebida alcoólica que encontrassem no quarto dos estudantes de graduação. Comigo, nunca aconteceu nada disso. Por outro lado, se eu estava no apartamento quando ela chegava, nunca deixava de oferecer um trago a minha faxineira, qualquer que fosse a hora do dia. A que cuidou de mim no terceiro ano da faculdade tinha paixão confessa por curaçau, razão pela qual me certificava de ter sempre uma garrafa à mão. Os estudantes de classe alta alojavam-se em casas de arquitetura inspirada em Oxford e Cambridge, construídas durante a presidência de Lowell, antes da guerra. Uma dessas casas tinha seu nome. Cada uma delas dispunha de uma sala de jantar, espaços comunitários e uma biblioteca, cuja qualidade variava de uma para outra. Cada casa tinha também um mestre residente e um conjunto de tutores, residentes ou não. O desaparecimento dos garçons de suas salas de jantar e o advento do restaurante dos calouros, assim como a instituição de refeitórios self-service, eram medidas recentes, destinadas a cortar custos, mas muito lamentadas.

No tocante a prestígio social, os alojamentos de calouros eram todos iguais: a rotatividade anual dos moradores não permitia que adquirissem personalidade própria. No máximo, o encanamento melhor dos novos alojamentos contrabalançava o pé-direito mais alto e os cômodos mais espaçosos dos antigos. Mas as chamadas casas eram outros quinhentos. Suas características e seu prestígio dependiam do sucesso de cada mestre na triagem dos estudantes de graduação e no cortejo a tutores de renome. Duas dessas casas eram vistas como o topo da hierarquia social e intelectual. Uma delas alimentava-se sobretudo da erudição e do sucesso acadêmico dos inquilinos, de tal modo que nela desmazelados e excêntricos eram tolerados, contanto que fossem estudantes aplicados e de altíssimo desempenho. O talento e o desempenho de muitos dos tutores e graduandos da outra casa eram semelhantes. Nesta última, porém, o brilhantismo nem sempre era garantia de vaga. Em sua incansável busca pela perfeição na escolha dos moradores, o mestre dessa segunda casa guiava-se pelo instinto, de maneira não muito diferente daquela pela qual *maîtres* e *chefs de salle* do Stork Club, do 21 ou do Maxim's eram capazes de determinar com uma rápida olhadela se deviam ou não deixar entrar um cliente e em que mesa acomodá-lo. Como seus colegas no mundo dos jantares elegantes, o referido mestre almejava a composição de um buquê social digno de um grande salão — nesse caso em particular, renovado a cada ano. Ansiava, assim, por graduandos cujos ancestrais e atributos pessoais fossem merecedores do epíteto de "orquídeas americanas", que prontamente concedia, por exemplo, a todo descendente de John Adams que, ao que se soubesse, não havia caído em desgraça pública. Filhos e netos de celebridades estrangeiras excitavam-lhe a imaginação quase na mesma medida, sobretudo quando via a possibilidade de juntá-los e misturá-los com vantajoso brilhantismo, como quando conseguiu a façanha de reunir num mesmo apartamento os netos do maior pintor francês vivo, de um potentado bilionário do Oriente e do mais famoso dentre os escritores irlandeses. No segundo semestre do primeiro ano, quando chegou o momento de tratar desses assuntos, Henry, Archie e eu — em um equívoco de minha parte — nos candidatamos a uma vaga na segunda casa. Senti-me desconfortável com a candidatura e cheguei a pensar em me opor a ela, mas teria de revelar minhas razões para tanto, o que, no fim, acabou por me fazer encampá-la. Minha contrariedade manifestou-se sob a forma de amuo. Mal abri a boca durante as entrevistas, a primeira delas com o tutor sênior, Thomas Peabody, um medievalista cuja matéria eu cursava, e a segunda com o mestre em questão. Quando fomos recebidos em seu gabinete, o tal mestre, sentado numa enorme poltrona, apertava os olhos e cruzava e descruzava as pernas, que, por fim, dobrou sob o corpo. Suas perguntas foram todas dirigidas a Henry. Confessou-se intrigado e curioso — palavras que usou mais de uma vez — em relação não apenas às origens dele, que declarou serem incomuns, como também à amizade entre nós três.

White, perguntou ele por fim, você se sente inteiramente à vontade com seus colegas de apartamento?

Henry tinha a resposta na ponta da língua:

Nunca me senti inteiramente à vontade com ninguém, disse. Não posso imaginar o que seja isso.

Incrível!, exclamou o mestre. É exatamente como me sinto! *Une âme sœur!*

A despeito, porém, do acesso de solidariedade, duas semanas depois Henry e Archie receberam uma carta, assinada por Peabody, informando-lhes de que haviam sido destinados a um alojamento para estudantes abastados que não haviam sido aceitos em nenhuma das casas. Evidentemente, prosseguia a carta, os senhores White e Palmer ficariam filiados à casa pretendida no tocante a todos os demais propósitos, em especial no que dizia respeito às refeições e ao uso da biblioteca, e, na eventualidade de surgir alguma vaga no início do terceiro ano, ou mesmo depois disso, os nomes de ambos seriam levados em consideração. Analisando-se apenas a qualidade das instalações, aquela decisão podia ser encarada como uma bênção, uma vez que o alojamento ao qual os dois haviam sido destinados era uma edificação suntuosa, da primeira década do século XX. Seus apartamentos não eram menos suntuosos. Contudo, aqueles que davam importância a semelhantes questões consideravam-no um depósito de desajustados. Foi um duro golpe. E podia ter causado certo mal-estar entre Henry e Archie, uma vez que Henry acreditava que, sem ele, Archie teria sido aceito na casa. Mas, homem honrado, Archie entendeu que os dois eram indesejáveis, e nada foi capaz de demovê-lo dessa posição.

No fim, também comigo não houve problema nenhum. Antes de nos candidatarmos àquela casa, eu havia dito a eles que solicitaria alojamento privativo, em vez de dividir apartamento. O motivo que aleguei foi o de que não havia a menor possibilidade de nos darem três quartos e uma sala de estar, mantendo, pois, o que já possuíamos. A resposta imediata foi que eu podia ficar com o quarto dotado de uma só cama, e eles dividiriam o outro, mas insisti naquele meu desejo, embora tivesse gostado de estar com Henry. Apartamentos privativos eram raros nas casas, razão pela qual achei que acabaria em um alojamento para enjeitados, morando sozinho. Espantei-me quando Peabody me informou que, como um terceiranista que morava sozinho estava deixando a faculdade, eu poderia me mudar para o apartamento dele.

Inimagináveis talvez pareçam também as restrições vigentes em nossa mimada existência universitária. Elas se baseavam na convicção tácita de que um dos objetivos da educação superior era retardar a atividade sexual dos jovens mediante o estímulo à prática de esportes árduos e a limitação das oportunidades para o contato privado entre os sexos. Assim sendo, apenas estudantes do sexo masculino habitavam os edifícios de alojamento e as casas de Harvard. Na verdade, inexistiam ali estudantes do sexo feminino, mas um expediente conhecido como coinstrução permitiu que pequena quantidade das garotas de Radcliffe frequentasse os cursos, à exceção dos de astronomia e de educação física. O primeiro demandava excursões para a observação de estrelas que podiam ensejar má conduta. Quanto ao último, a presença de garotas em instalações masculinas destinadas à prática de esportes era inconcebível. Que em Radcliffe só estudassem garotas, ao passo que nós éramos homens, esse era um ditame que nunca ouvi ninguém contestar. Regras estritas de conduta regiam as visitas do sexo oposto a alojamentos e casas. Os quartos dos alojamentos das garotas eram sempre território proibido, mas era permitido aguardar pela garota na sala de estar do alojamento dela, no térreo — um cômodo que, só vim a perceber depois, exibia estranha semelhança com as salas das melhores funerárias. Durante nosso primeiro ano em Harvard, garotas podiam entrar nos alojamentos masculinos das quatro da tarde às sete da noite. Nos anos que se seguiram, esse horário foi sendo estendido pouco a pouco, até que, quando eu estava no quarto ano, elas já não precisavam partir antes das onze, aos sábados e, creio, às sextas também. Tão logo dava a hora, casais refluíam das casas e dos edifícios de alojamento com o rosto extenuado e os cabelos molhados, prova de vigorosos exercícios amorosos seguidos de atenção à higiene pessoal. As regras demandavam ainda que as garotas registrassem entrada e saída, assinando uma lista mantida pelo supervisor-residente do alojamento ou pelo porteiro da casa. Cabia recebê-las na sala de estar do apartamento, com a porta do corredor entreaberta, de tal modo que, assim desejando, um supervisor ou tutor pudesse dar uma espiada e verificar com satisfação que nada mais íntimo do que o convencional e seus complementos — o consumo de cigarros e bebida — tinha lugar ali.

Desde o momento em que conhecera Henry e Archie, maravilhava-me — não menos, suponho, do que ao mestre daquele edifício — o processo administrativo que nos colhera dentre milhares de calouros e nos transformara em companheiros de quarto ou, antes, de apartamento. Éramos, talvez, os três últimos membros de nossa turma aos quais ainda faltava acomodação? Ou será que os quartos que nos deram eram os últimos disponíveis? Como eram decididos esses assuntos? Talvez mediante um lance de dados no tapete escarlate que revestia o piso do gabinete de algum assistente de diretor? De acordo com meus companheiros, nenhum deles havia preenchido o formulário da universidade que indagava sobre preferências no tocante a companheiros de quarto. Eu o havia preenchido e enviado pelo correio, no envelope providenciado pela administração, mas o único desejo que manifestara havia sido o de não dividir quarto com nenhum aluno daqueles colégios particulares da Nova Inglaterra: dava preferência a alunos de outras partes do país. Na certa, metade da minha turma atendia a esse requisito. O motivo que indiquei foi o desejo de conhecer pessoas de diferentes procedências. Em certa medida, era verdade. Eu tinha, porém, motivo inconfessado e mais premente: ficar longe de graduandos com raízes em minha Berkshire natal e de qualquer um que pudesse conhecer meus pais e sua reputação. Devo ter percebido que a barreira que esperava erguer era algo porosa. E de fato, estivesse eu mais determinado, teria escolhido faculdade mais longínqua, talvez na Costa Oeste. Meus pais não teriam oferecido grande resistência, embora considerassem Harvard a cereja em seu bolo. Eu decerto não teria confiado na discrição do integrante da minha turma, George Standish — filho do primo de meu pai —, que, era de se supor, sabia tudo que eu queria esconder. Meus pais haviam me avisado que ele se candidatara à universidade e, em seu devido tempo, informaram-me também que ele havia sido aceito. Meu pai chegara mesmo a sugerir timidamente que eu lhe propusesse dividirmos um quarto. Tudo que fiz foi lançar-lhe um olhar insolente e dizer que não estava ávido por ser esnobado. Além disso, acrescentei, George já teria escolhido seus companheiros fazia tempo. Nisso, eu acertara: naquele primeiro ano, os três companheiros de quarto de George haviam ido ao colégio com ele e tinham sido talhados do mesmo tecido respeitável que o filho do primo de meu pai.

Quanto à sua discrição, George não me dera motivo nenhum

para julgá-la favorável ou desfavoravelmente. Conhecíamo-nos muito pouco. Fosse eu mais velho e mais experiente, o absoluto desinteresse da maioria das pessoas pela vida dos outros teria me oferecido alívio. Teria percebido também que o disse-me-disse sobre meus pais era banal e provavelmente de interesse apenas para aqueles que já os conheciam e sabiam de sua história lamentável. Ninguém da nossa idade iria querer ouvir fofocas sobre alguém como meu pai, um sujeito simpático e de boa família que tinha perdido ou jogado fora boa parte de seu dinheiro, era agente fiduciário de um banco pequeno numa feia cidadezinha de uma fábrica só, morava com a esposa e o filho único numa casa ancestral, grandiosa demais para sua situação econômica, ia para o trabalho num Oldsmobile e jogava um golfezinho medíocre no clube de campo. Será que tornava o assunto mais picante o fato de o banco em questão ser gerido pelo primo rico e íntegro e de ter sido fundado pela família, da qual ainda era propriedade? Ser empregado do primo mais novo era um tormento para meu pai, que, se tivesse sido mais forte e menos indolente, poderia ter feito outra coisa da vida. Mas, não sendo essa sua natureza, ficou onde estava. O restante da história era infame e corriqueira, incluindo-se aí detalhes como o alto consumo de martínis em nossa casa, antes do almoço e do jantar, de uísque e soda, depois do jantar (nesse caso, consumo impressionante até em meio ao círculo de amigos e conhecidos de meus pais), e os rumores sobre os escancarados namoros de minha mãe — ou coisa pior — com dois beberrões farristas: Gus Williams, corretor de seguros, e Tim Clark, o corretor de imóveis com um passado distinto na guerra. Não me servia de consolo que decerto houvesse outros casais em Berkshire com segredos semelhantes e igualmente mal guardados, ou mesmo que eu acreditasse ser capaz de identificar dois ou três deles. Nem me parece irracional que me repugnasse a possibilidade de que um capricho no processo de admissão na universidade — como aquele que me juntara a Henry e Archie — fosse capaz de me reunir com a mesma sem-cerimônia a alguém desejoso de exibir-me sua compaixão ou seu desdém. Certo é que outro acontecimento me abalara também. Quando, em meu último ano de colégio, fui para casa passar o feriado da Páscoa — minha admissão em Harvard já era então de conhecimento geral —, meus pais me disseram que o senhor Hibble, o advogado que tratava da maioria dos assuntos legais do banco, havia pedido que eu fosse vê-lo sozinho em seu escritório, e que era melhor eu ir. Eu conhecia o senhor Hibble do clube, como tenista dado a acessos de cólera. Meu pai, que obviamente tinha bastante contato com ele, costumava referir-se ao advogado como um asno enfadonho, mas eu não atribuía grande importância a isso. Era de esperar que meu pai tivesse em baixa conta qualquer um que fosse mais bem-sucedido e mais bem pago que ele, em especial se lhe esfregavam o nariz com alguma frequência nos sucessos profissionais do asno em questão, reais ou imaginários. Minha curiosidade em torno daquela convocação e de seu endosso categórico por parte dos meus pais era considerável. Ainda que não houvesse me metido em encrenca no colégio nem tivesse me altercado com a polícia de modo a necessitar da ajuda de um advogado, não achava que algo de bom podia resultar daquele encontro.

Compareci ao escritório do senhor Hibble no horário marcado e, depois do falatório preliminar acerca de meu empenho e sucesso, ouvi-o dizer que ele era o responsável pela administração de um fundo em meu nome, criado pelo falecido Horace Standish, chefe da família e irmão de meu avô, e que, assim sendo, era chegada a hora de ele me informar que a faculdade e as despesas a ela relacionadas seriam pagas pelo tal fundo, que também financiara meus estudos no colégio interno. E não era só isso que ele precisava me dizer. Eu tinha direito também aos rendimentos provenientes do fundo, uma quantia substancial, mas que não me pouparia da necessidade de ganhar a vida. Na opinião dele, tratava-se de uma limitação que contribuía para o meu bem. Na eventualidade de uma emergência ou por uma boa causa, eu poderia inclusive ter acesso ao capital em si. Ele não havia me informado antes da existência do fundo, prosseguiu o senhor Hibble, porque, no seu entender, eu ainda era jovem demais. E foi então que ele soltou a bomba: o propósito do fundo, e o motivo da generosidade do senhor Standish, havia sido tornar financeiramente prudente, ou mesmo viável, minha adoção por parte de meus pais, tão logo ficou claro que eles não poderiam ter filhos. O senhor Hibble não empregou a palavra "desperdício" em relação a meu pai ou a meu dinheiro, mas, tanto quanto a farta fumaceira de seu charuto, a palavra pairava no ar. A adoção havia acontecido quando do meu nascimento, ele acrescentou, e tinha sido uma bênção, tanto para meus pais como para mim. Quando retomei o fôlego, perguntei se ele sabia de quem eu era filho. Ele respondeu que ninguém sabia. À época, esses assuntos eram tratados de maneira a preservar segredo absoluto. Para sempre.

Dirigi devagar no caminho de volta para casa. Como era fim de tarde, sabia que meus pais estariam esperando por mim com seus drinques à mão. Meu pai ofereceu-me um gim com tônica, que aceitei. Minha mãe chorava, é claro. Ofereceram-me também garantias de seu amor, que afirmei serem desnecessárias. E era verdade. Mesmo nos momentos em que mais sentia vergonha deles, reconhecia que, por trás daquele rio de álcool, faziam tudo que podiam por mim — minha mãe, àquela sua maneira pateta e pestanejante; meu pai, como em tudo, daquele seu modo preguiçoso e rijo. Era como se, logo ao nascer, lhe houvessem aplicado uma injeção de Novocaína com validade para a vida inteira. Devíamos continuar agindo como antes, disse ele; não precisávamos tocar nunca mais naquele assunto da adoção. O senhor Hibble era o único que sabia de tudo; ninguém sabia quem eram meus pais verdadeiros, e sua mãe, disse-me ele, apontando para ela, a fim de que eu não me confundisse, fez o necessário para enganar todo mundo, inclusive a família. Se os dois acreditavam de fato naquilo, não saberia dizer. O velho Standish, meu benfeitor, tinha mexido todos os pauzinhos. Até que ponto ele havia sido discreto? E meus pais verdadeiros — em que medida haviam sido discretos, caso tenham sabido ou deduzido a quem estavam entregando o filho?

As revelações do senhor Hibble lançaram-me em grande confusão. Mas um suspeito estado de exaltação seguiu-se ao choque inicial: saber que eu não possuía nenhum vínculo biológico com aqueles dois era motivo de júbilo irrefreável. Especulei doidamente sobre quem seriam meus pais verdadeiros. Eu só podia ser filho de alguém pelo qual o velho Standish se sentia responsável. Quem poderia ser, eu não tinha ideia, até em razão de meu parco conhecimento da história familiar e de suas ramificações, mas hipóteses diversas poderiam explicar minha acentuada semelhança física com meu pai e com os demais Standish: meu avô, que morreu quando eu era pequeno, mas cujas fotografias eu havia examinado; meu benfeitor, Horace Standish, que morreu poucos anos depois; seu filho Jack, que administrava o banco; e, por fim, George, meu colega de turma e filho único de Jack. Em si, essa semelhança talvez já fornecesse explicação adicional para o fato de terem deixado meu pai manter seu emprego no banco apesar de tudo, embora vigorasse ainda e sempre o imperativo familiar: um Standish não podia demitir nem humilhar publicamente outro membro da família. Assunto diferente era quem sabia, e quanto sabia, de tudo aquilo. Quanto mais eu pensava no assunto, menos podia acreditar que minhas origens não tinham sido objeto de conversas. As pessoas haveriam de ter comentado no interior da família, em especial considerando-se, como eu o fazia agora — sem nenhuma base para tanto —, que o fundo em meu nome não podia ter permanecido segredo absoluto depois da morte do senhor Standish, quando os herdeiros foram ler o testamento. Ou, pior ainda: no vestiário do clube, eu já tinha ouvido o senhor Hibble discutir casos em que trabalhava; ele não era de manter a boca fechada. Ninguém jamais me havia feito nenhum comentário sugerindo que eu tivesse sido uma espécie de criança enjeitada. Isso, no entanto, podia ser atribuído às boas maneiras da família Standish e das pessoas que conhecíamos, de modo geral. Não sabia bem se me importava de fato. Naquele mesmo ano, tínhamos estudado *A tempestade* e *Rei Lear* nas aulas avançadas de inglês. Noções confusas das bênçãos e maldições de natureza e criação, assim como de bastardia, iam-me pela cabeça sem nenhum resultado. Às vezes, eu romantizava minha nova situação. Meu desejo dominante, porém, clamava por distância e anonimato. Descobri que não era tarde demais para me inscrever em um programa de estudos que me mandaria para a França por todo o verão. Meus pais concordaram sem protestar, e o senhor Hibble também, quando telefonei para perguntar a ele se o fundo financiaria a empreitada. Mais adiante, ao entrar para a faculdade, eu me esforçaria por manter as fúrias de Berkshire sob controle.

3.

Henry falava com a mãe ao telefone três vezes por semana — essa era a regra. Cabia a ele telefonar, a cobrar. Quando ficava impaciente, ela própria fazia a ligação. Eu sabia de tudo isso porque quase sempre estudava em meu quarto, em vez de ir à biblioteca, e, a não ser que o rádio na sala de estar estivesse alto, era impossível não ouvir trechos daqueles telefonemas. Foi assim que deduzi a existência da tal regra. Sua natureza me foi revelada posteriormente pela própria senhora White, no curso das muitas conversas que tivemos, já que era eu quem atendia ao telefone, sendo obrigado a dizer que Henry havia saído. Por fim, também Henry me contou sobre os telefonemas à mãe.

Eu inventava um motivo para a ausência do filho de acordo com a hora do dia: ele está na biblioteca ou foi jantar cedo mostraram-se as duas razões com maior probabilidade de serem aceitas com algum bom humor. Se, por azar, confessava não saber onde Henry estava ou que tinha ido ao cinema ou a um encontro, aí a senhora White recorria à tortura mental. Certa vez, no curso de um interrogatório particularmente duro, ouvi-me dizer a ela que eu era apenas o companheiro de quarto de Henry, e não seu guardião. Para meu espanto, o gracejo, de que me arrependi de imediato, não a deteve. Talvez ela não o tivesse entendido. Contudo, se eu fosse cauteloso e desse a resposta certa, a conversa tendia a seguir seu curso inofensivo, mas aborrecido. Ela me dizia quantas horas haviam se passado desde a última vez que falara com seu único filho e me implorava que o lembrasse de que ele ainda tinha um pai e uma mãe que o amavam e estavam ansiosos por notícias. "Seus pais não morrem de preocupação quando você não telefona para eles?", era o que ela costumava me perguntar, a título de conclusão. Nunca confessei a ela que, pelo contrário, meu pai e minha mãe, supondo-se que eu os encontrasse em casa numa noite de sobriedade, entrariam em pânico ao ouvir minha voz, a não ser que eu anunciasse logo de saída que não estava ligando para relatar nenhuma catástrofe. Se dissesse a eles que tinha ligado só para dar um oi, o provável seria que rissem com ceticismo ou, então, me mandassem ao hospital para medir a febre.

Talvez em razão de certas peculiaridades em sua pronúncia e na escolha das palavras, encantavam-me os esforços ocasionais da senhora White para soar como uma garotinha — tão diferente da minha mãe — e sua suposição de que éramos aliados na batalha pelo afeto do filho. Ela flertava comigo, e logo nos tornamos amigos por telefone. Perguntava sobre meus pais e meus estudos, às vezes incluindo Archie em suas perguntas, com quem ela raras vezes tinha contato, já que ele quase nunca estava quando ela ligava e, quando acontecia de estar em casa, não costumava atender ao telefone. Archie dizia que era péssimo para anotar recados. Os pais dele, como os meus, nunca telefonavam, e ele preferia que eu filtrasse suas chamadas. Vez por outra, a senhora White me fazia um elogio. Dizia, por exemplo, que era admirável eu estar sempre em minha escrivaninha, escrevendo meus trabalhos. Referia-se a mim como senhor Companheiro de Quarto e, embora eu tenha pedido que me chamasse de Sam, ela só usava o apelido que inventara.

Perguntava-me o que Henry achava da escassa comunicação entre seus companheiros de apartamento e os respectivos pais. Não havia dúvida de que notara a diferença entre nossos hábitos e os dele. Como ele próprio já havia me avisado, Henry notava tudo. Mas será que nos desaprovava? Será que entendia aquilo como sinal de que nossos pais tinham pouco interesse em nós? Ou achava, talvez, que éramos insensíveis e negligenciávamos nossos deveres filiais? Não esperava que nos desaprovasse abertamente: Henry era educado demais para tanto. Uma noite, porém, o assunto surgiu, depois de uma ida ao cinema. Ele me perguntou à queima-roupa se eu telefonava para meus pais quando ele não estava presente ou se costumava ligar de um telefone público. Do contrário, a impressão era que mal tínhamos contato. A mesma pergunta lhe ocorrera em relação a Archie e aos pais dele. As complicações de minha vida familiar eram o que eram, e eu não estava disposto a explicá-las a Henry. Em vez disso, contei-lhe uma meia verdade. Disse que era provavelmente uma questão de hábito. Como eu tinha sido mandado para um colégio interno aos treze anos de idade, meus pais e eu havíamos nos acostumado com a ideia de eu estar fora de casa. Não se preocupavam comigo.

Eu nunca estive longe da minha mãe, até vir para cá, comentou ele.

Disse-lhe: Meu trato é diferente do seu, só isso. Eu telefono, sim, para casa, mas só quando acontece alguma coisa importante.

Mas isso significa que você perdeu contato com seus pais.

Respondi que escrevia para eles de tempos em tempos, e que minha mãe me escrevia com certa frequência, para me contar notícias de Berkshire. Henry reconheceu já ter visto os envelopes lilases endereçados com a caligrafia escolar de minha mãe, sempre com o endereço do remetente no canto superior esquerdo. E eu telefono, sim, insisti: agora mesmo, semana passada, liguei para cumprimentá-la pelo aniversário.

No dia seguinte, ele retornou de súbito ao tema das relações entre pais e filhos, dizendo que era obrigado a escrever duas vezes por semana e a telefonar para casa de dois em dois dias. Confessei-lhe que sua mãe já havia me contado sobre os telefonemas, mas foi como se ele não tivesse me ouvido.

Se não dou os telefonemas ou não escrevo as cartas, continuou ele, ela faz uma cena. Grita comigo e com meu pai, reclama que ele não é severo o bastante comigo. Aí, ele começa a sentir dores no peito e diz a minha mãe que ela o está levando para a cova, e ela me liga para me repreender por ter deixado meu pai doente e por estar acabando com o casamento deles. O pior disso tudo é a angina. Não quero ser responsável por um ataque cardíaco. Então, tenha ou não vontade, eu escrevo e ligo, tanto faz se tenho ou não alguma coisa a dizer.

São conversas difíceis, acrescentou ele após uma pausa. Capazes de fazer você odiar o telefone.

Como ouvinte envergonhado de muitas delas, não tinha como discordar dele. Em um acesso de franqueza, disse-lhe que às vezes mais pareciam brigas. Henry não se ofendeu. Riu.

Seja como for, tenho de dar os tais telefonemas. Pus-me a imaginar se aquela ansiedade fluía de ambos os lados e perguntei a Henry se ele se preocupava com os pais, quando se atrasava para dar um de seus telefonemas.

Não, respondeu-me, não me preocupo, mas talvez devesse me preocupar, por causa do meu pai. O problema na verdade é minha mãe. Meu pai não fica pensando em mim a semana toda, a não ser quando lamenta que eu não esteja lá para servir de motorista ou ir a algum lugar para ele. E, claro, quando minha mãe faz aquelas cenas por minha causa. Diz ela que só ficou com ele depois da guerra porque não queria me perder, e agora acabou me perdendo assim mesmo, o que, por alguma razão, é culpa do meu pai.

Henry riu outra vez. Aposto que hoje ele se arrepende de não ter mandado minha mãe passear, levando inclusive o filhinho querido dela! Mas, na verdade, não é justo dizer isso. Sei que, do seu jeito — seja lá o que isso quer dizer —, ele me ama, mas tem outras coisas em que pensar. Seus negócios, seu dinheiro, como contornar minha mãe. Ele não se irrita comigo. Isso é especialidade dela. Acho que ela acredita mesmo que o único jeito de demonstrar seu amor é imaginando catástrofes. Aí, ela diz: Eu posso até ver, você foi atropelado por um ônibus, caiu da escada e quebrou a coluna, seu apêndice supurou e você está sentindo uma dor terrível. Vejo você sendo levado embora. Isso não é amor, é alguma mutação desastrosa, a pior forma de egoísmo.

Você precisa encarar essa preocupação toda da minha mãe pelo que ela é, continuou ele, sem se deixar deter por meu silêncio. Uma parte é verdadeira, mas, em geral, tudo que ela quer é me botar na linha. Usa a mesma técnica com meu pai, mas aí é outra história. Por exemplo, se não ligo, seja porque me esqueci ou porque não tive forças para pegar o telefone e discar — o que acontece —, ela é capaz de transferir para mim a culpa por tudo que deu errado lá no Brooklyn. Não conseguiu fazer o jantar porque estava muito preocupada; derrubou a travessa de porcelana no chão da cozinha porque estava nervosa; meu pai precisou tomar sua nitroglicerina porque logo viu o estado em que ela estava; como gasta todo o seu tempo e toda a sua energia comigo, ela não consegue fazer amigos. E assim por diante, uma ladainha sem fim. Ela se preocupa com a angina do meu pai, mas não o suficiente para facilitar a vida dele. O fato é que não sou como eles: eu me preocupo quando tenho um problema. E aí procuro resolvê-lo. Minha mãe diz que não tenho coração. De vez em quando, se quero espetar os dois, digo que eles têm razão e que, como não tenho coração, tampouco tenho dores no peito. Você precisava ouvir o que eles dizem então. A primeira medida punitiva é a interrupção da minha mesada. Como recebo a mesada por semana, fica mais fácil cortar, embora a razão oficial seja a alegação de que, se me mandassem o dinheiro antecipadamente, de mês em mês, por exemplo, eu gastaria tudo em dois dias. É claro que, depois de uma briga feia, mais cedo ou mais tarde começo a me sentir culpado. Quero fazer as pazes. Isso significa pedir perdão de pelo menos dez maneiras diferentes. Se a infração é grave, tenho de pedir desculpa por escrito. Não tem essa de acolher o filho pródigo sem, antes, passar-lhe um belo de um sermão.

Henry riu da própria piada; tinha essa tendência irritante. De todo modo, eu não gostava daquelas suas diatribes e me perguntava quanto aquela, em particular, ele devia a Dostoiévski. Nós dois líamos *Os irmãos Karamazov* à época, e Henry havia decidido que o livro continha as respostas para todas as questões que o assombravam.

Minha mãe havia me dado um conjunto de chá Sheffield, herdado de sua tia Kitty alguns anos antes, bem como algumas xícaras e taças. O pequeno fogão elétrico e o ebulidor, eu os trouxera por iniciativa própria. Quando o chá ficou pronto, bebemos quietos, até que, quebrando o silêncio, perguntei por que, se os telefonemas significavam tamanho tormento, ele não dizia aos pais que economizassem dinheiro e limitava as ligações a uma por semana.

Não funcionaria, respondeu-me ele. Meu pai conta cada centavo que gasta, mas grudar em mim é questão de vida ou morte para minha mãe, de tal modo que eles consideram as altas contas telefônicas outra consequência inevitável de terem permitido que eu estude em Harvard. Meteram-se numa encrenca, você entende? Sabiam que não podiam me forçar de fato a recusar uma bolsa de estudos integral. Na verdade, isso é coisa de que podem se gabar. Ao mesmo tempo, porém, não conseguem superar o fato de eu ter saído de casa. Veem isso como uma afronta. Henry serviu-se de outra xícara de chá e perguntou-me: Seus pais se opuseram quando você disse que queria estudar fora?

Respondi que, na prática, não haviam tido escolha. Ainda que eu tivesse me decidido por uma das duas faculdades mais próximas de Lenox, precisaria sair de casa.

Henry assentiu. Archie lhe dissera a mesma coisa sobre seu caso, só que a situação de Archie era especial, já que os Palmer moravam numa base militar e, de uma hora para outra, podiam ser obrigados a se mudar de onde quer que estivessem. A propósito, observou ele, a razão pela qual meus pais têm tanta dificuldade para lidar com o assunto é que acreditam que vim para este lugar principalmente para me livrar deles. Se eu tivesse escolhido a Columbia, por exemplo, que fica em Nova York e tem ótima reputação, poderia morar em casa. E, mesmo que morasse num alojamento, era só pegar o metrô para casa todo fim de semana. Eles me teriam na coleira. Em Harvard, não há como ir para o Brooklyn todo fim de semana. Portanto, eu os rejeitei e preciso expiar esse pecado. Mas por quê? E como? Essas não são perguntas que eu tenha feito a meus pais, mas eu sei o que eles querem: obediência. Obediência em tudo. Daí toda essa tortura telefônica, sem falar no resto, que você nem sabe.

Não resisti à tentação de dizer a Henry que o que ele estava me descrevendo era um clichê hollywoodiano. Filho único faz as malas e se vai para a universidade, a setecentos quilômetros de distância. A filha da vizinha tem um ataque histérico; a mãe chora, mas faz de tudo para ser forte; o pai faz uma cara séria e, em segredo, enxuga uma lágrima. Então, o garoto se torna capitão do time de futebol. Depois de formado, casa-se com a garota, os ex--colegas de faculdade acorrem todos à cerimônia e todo mundo vive feliz para sempre.

Sua história, digo a ele, é apenas uma variação do enredo básico. A única diferença é que você não sabe dar um passe longo, nem outro tipo de passe!

Claro, comenta Henry, muito engraçado, mas nós não somos uma família americana com senso de humor americano. Posso garantir a você que, não importa quantas vezes minha mãe vá ao cinema e dê risada de clichês assim, ela jamais vai aceitar que essas coisas aconteçam com ela. Não depois de tudo que ela passou, de tudo que viu e de tudo que perdeu. Aquelas mulheres bacanas dos filmes têm outros filhos e toda uma família — pais, irmãs, irmãos —, têm amigos, velhos amigos com quem conversar e passar o tempo. Ou têm um emprego. Minha mãe não tem nada disso. Fora meu pai e eu, foram todos mortos. Ela disse que não trabalha porque não tem nenhuma qualificação. Ninguém jamais esperou que ela precisasse trabalhar e, por isso, ela não aprendeu a fazer nada. Não acredito muito nisso. Se quisesse, podia ir aprender a fazer alguma coisa de útil agora mesmo. Só que aí estaria correndo o risco de fracassar, e esse risco ela não pode correr. Meu pai trabalha duro o dia inteiro e não é o sujeito mais alegre do mundo. Vai daí que sou o único passatempo da minha mãe. E sou também um dos melhores motivos para as brigas entre os dois. É culpa sua ele ser assim. Não, a culpa é sua, ele aprendeu com você. Não, isso são os anos todos que ele passou com você. Não, me desculpe, mas ele é igualzinho ao pai. E por aí vai. Eles com certeza são capazes de brigar por minha causa mesmo eu estando em Cambridge. Mas para que o espetáculo, se não há público? Além disso, quando também eu perco as estribeiras, o pau lá em casa se transforma em verdadeiro campeonato mundial.

Não entendi mais nada quando Henry acrescentou: Por favor, não me compreenda mal. Eles me amam, e eu amo meus pais.

Mas consegui não abrir um sorrisinho e disse a ele que tinha certeza de que amava os pais.

Seguiu-se outro longo silêncio. Quando tornou a falar, Henry disse-me: Escute, sair de casa não é uma metáfora que significa abandonar o Deus de seus pais? Minha mãe atinou com o grande sentido metafórico do meu ato. Brilhante, não? Até ela sabe que há um limite, que não pode ficar me martelando a cabeça indefinidamente por eu ter saído de casa para entrar na melhor universidade do país. Então, deslocou esse meu ato de abandonar meus pais para um plano mais elevado. E meu pai se juntou a ela nisso. Os dois dizem que meu propósito real ao abandoná-los foi o de deixar de ser judeu ou, pelo menos, o de me passar por gentio, o que eu não conseguiria com eles por perto. Ou seja, negar que sou judeu e obter sucesso nessa empreitada é algo que depende da exclusão deles da minha vida. É uma interpretação horripilante, mas eles acreditam nela. Henry notou que meus olhos já se fechavam de cansaço, e disse: Me desculpe, falei até não poder mais. A verdade é que comecei esta conversa só para dizer que sinto inveja de você. Queria que meus pais me deixassem em paz. Por que eles não podem ser como os seus? O que haveria de errado nisso? Não fez nenhum mal a você.

Não respondi às perguntas. Começava a perceber que, mesmo pondo de lado as peculiaridades deles, meus pais pertenciam a uma espécie que Henry desconhecia. Assim como, do mesmo modo, eu tinha apenas uma compreensão bastante limitada da família dele. Não havia pressa, pensei comigo. Ele vai ter muito tempo para conhecer a mim e a minha raça. Sobretudo se nossa amizade for duradoura. E eu tinha começado a achar que seria. Por isso, dei boa-noite a ele e fomos nos deitar.

Se Henry era ou não judeu era uma questão que Archie e eu havíamos discutido mais de uma vez, sem chegar a nenhuma conclusão definitiva. Archie concordou comigo que o fato de a família ter deixado a Polônia durante a guerra era motivo para supor que Henry não era judeu. Nós dois acreditávamos que os alemães tinham matado todos os judeus poloneses. O sobrenome White não dava nenhuma pista, porque devia ter sido alterado. Mas o que havia sido, antes da alteração? Concordamos também que Henry não parecia judeu. Embora seu endereço, no Brooklyn, apontasse na direção contrária. O Brooklyn, disse-me Archie, era onde moravam todos os judeus de Nova York. Restava o fato de que Henry não era mais simpático com os três judeus conhecidos do nosso alojamento do que com qualquer outra pessoa. Na opinião de Archie, aquilo não significava nada. Ou podia ser interpretado como um sinal de que Henry queria se passar por não-judeu. Naquele momento, essa me pareceu uma conclusão razoável. Contudo, agora que ele me contara ser judeu, não podia imaginar que, em circunstâncias semelhantes, ele seria menos franco com Archie. Isso não invalidava a teoria de que tentava se passar por não-judeu? Ocorreu-me, é verdade, que o próprio Henry havia criado a oportunidade para aquela confissão particular. Vista de certo ângulo, tinha havido algum teatro naquilo. E Henry com certeza evitara dizer que era judeu, quando Archie o interrogara sobre sua origem, no dia em que nos conhecemos. Nesse sentido, estivera muito perto de mentir, mas qual havia sido sua intenção?

O único judeu que eu conhecia fazia bastante tempo e julgava conhecer bem era nosso dentista em Pittsfield, um bom homem que cuidava dos meus dentes desde a primeira cárie e que nunca me machucara ou assustara. Em seu consultório havia um grande aquário, muito bem fornido e posicionado com bastante inteligência, de tal modo que o paciente podia observar os peixes enquanto ele o perfurava. Creio mesmo que, em certa época, eu tinha tanto interesse por aqueles peixes que aguardava com ansiedade pela ida ao dentista. Também conhecia a família judia que era dona da grande loja de departamentos de Pittsfield. Dois dos netos, algumas poucas séries atrás de mim, haviam frequentado a mesma escola particular que eu, onde passávamos o dia. Meus pais não conheciam os pais ou avós deles, provavelmente porque nem pais nem avós pertenciam ao clube de campo. Mas, ainda que fossem sócios, minha mãe e meu pai teriam mantido respeitosa distância, como costumavam fazer com todo membro mais rico e mais importante do clube com quem não tivessem contato pessoal. O primeiro passo teria cabido aos Kaufmann. Havia músicos judeus na Orquestra Sinfônica de Boston, que se apresentava em Tanglewood no verão, mas eu não havia tido oportunidade de conhecer nenhum deles. Não tínhamos vizinhos judeus. Que eu soubesse, tampouco havia judeus trabalhando no banco. Em compensação, a posição deles no meu internato era bastante sólida. Entre os alunos, eram vários os judeus de Nova York — ricos e elegantes —, dos quais os mais notáveis eram os filhos de uma família de banqueiros. Membros dessa família estudavam ali desde a década de 20, e tanto a enfermaria quanto o prédio de ciências ostentavam seu sobrenome. Por acaso, não havia nenhum Von Stein na minha classe, provável razão pela qual, da minha turma, só eu consegui entrar em Harvard. Rezava a lenda escolar que todo Von Stein tinha vaga garantida.

Por mais de um ano, o cerne do meu conhecimento geral sobre os judeus e seus problemas baseara-se no filme *A luz é para todos*. Minha mãe, que não perdia um único filme com Gregory Peck, me levou para vê-lo em Pittsfield, durante as férias de verão. Meu pai nunca ia. No dia seguinte, emprestei da biblioteca o livro que dera origem ao filme. Enojou-me a maneira como os judeus eram tratados e a covardia de quase todos aqueles com quem o personagem de Gregory Peck deparara, depois de começar a contar às pessoas que era judeu. Tive inveja de Gregory Peck, porque sua mãe no filme — uma mulher simples, carinhosa e corajosa —

era exatamente o tipo de mãe que eu gostaria de ter. E senti inveja também de seu filho pequeno, porque queria ter um pai como Gregory Peck. Perguntei a minha mãe se os judeus eram mesmo tratados daquele jeito. Ela me respondeu que não tinha nenhuma experiência pessoal com eles. Mais adiante, no curso de história moderna do segundo semestre do meu último ano de colégio, estudamos a matança de judeus pelos alemães durante a guerra. O professor de história, senhor Ticknor, levou para a sala um livro contendo fotografias tiradas pelos soldados americanos quando da libertação de campos de concentração, bem como fotografias feitas por soldados alemães tanto do gueto de Varsóvia como de outros lugares da Polônia e da Rússia. Essa não há de ter sido a primeira vez que tomei conhecimento do assunto. Aparentemente, porém, eu ainda não assimilara de todo o que tinha lido antes em revistas ou ouvido em conversas aqui e ali. Depois do curso do senhor Ticknor, tive de concordar com ele: americanos maltratarem judeus americanos era uma desgraça. Em sua opinião, os alemães haviam conseguido pôr em prática o extermínio de judeus na Europa apenas porque nem eles, alemães, nem os demais povos europeus acreditavam que os judeus fossem humanos. Portanto, todos nós precisávamos lutar contra o antissemitismo. Por ocasião de um fim de semana que passei em casa, contei a meus pais sobre o senhor Ticknor e suas opiniões, obedecendo a um impulso incomum em nossas relações pessoais. Isso foi antes dos feriados da Páscoa e, portanto, do meu encontro com o senhor Hibble. Não me disseram que o senhor Ticknor estava errado, mas não tive muita certeza de que prestaram atenção no que eu havia dito. Em minha visita seguinte, porém, enquanto meu pai e eu nos dirigíamos para o clube, ele de repente comentou, do nada, que não havia como fazer com que as pessoas amassem umas às outras. Muita gente simplesmente não gostava de judeus e não os queria por perto. Ainda que fossem respeitáveis e bem-

-comportados. A mesma coisa valia para negros e católicos, sobretudo católicos irlandeses e italianos. Gummy, por exemplo — esse era o apelido do presidente do clube, o senhor Gifford Upton Morris —, havia jurado jamais permitir que um judeu pusesse os pés ali. Claro que nenhum judeu digno de um convite desejaria ofender com sua presença o presidente do clube e não poucos de seus associados. Aliás, prosseguiu meu pai, ele não acreditava que um judeu pudesse conseguir emprego no banco ou alguma posição de gerência na fábrica da General Electric em Pittsfield, menos ainda na grande fábrica de papel em Dalton. Perguntei se ele achava aquilo justo. Ele encolheu os ombros e salientou que violência — os alemães matarem os judeus ou brancos lincharem negros no Sul do país — era uma coisa, mas escolher com quem se queria jogar golfe ou trabalhar era outra. Além disso, continuou, existem muitos judeus que só contratam judeus e que preferem fazer negócios com sua própria gente. Em resposta, encolhi os ombros também. De nada adiantava querer discutir qualquer assunto sério com meus pais. A cabeça deles estava em outras coisas. Por mais que eu desejasse dizer a ele que estava errado, havia algum mérito em seus argumentos, em especial se o judeu em questão fosse uma pessoa detestável. Ao que parecia, havia muitos desse tipo. Henry não era nada disso. Fosse eu capaz de contornar a questão de se podia ou não, de consciência limpa, convidá-lo a me visitar em Lenox — sabendo que, revelada a verdade, sua presença não seria aceita por todos —, e se tivesse certeza de que meus pais não teriam nenhuma briga feia enquanto ele estivesse lá, seria uma bela ideia levá-lo ao clube e apresentá-lo a Gummy. Henry não jogava tênis, mas podia ficar à toa em volta da piscina, contanto que tivesse um calção de banho apropriado. Alguém no colégio havia me dito que os judeus usavam calções de banho bem largos, só para exibir o pau e o saco.

Quanto a ele querer se passar por não-judeu, embora tivesse

sido franco comigo, minha opinião era que ele preferia que as pessoas o vissem como gentio. Era problema dele. Se eu não admirava a atitude, tampouco iria criticá-lo por isso. E duvidava que Archie agiria de outra forma. Como fazer aquilo, como esquivar-se de explicar o sotaque e o passado sem incorrer em graves mentiras, eram outros quinhentos, mas também isso era problema dele. Nesse quesito em particular, ocorreu-me que também eu me fazia passar pelo que não era. Pois se deixava que as pessoas me tomassem por filho de meus pais, com todas as vantagens advindas de eu ser um Standish — e não um Nowak ou um Mahoney —, que outra explicação podia haver para esse comportamento? Com certeza, eram situações bem distintas. Standish, afinal, era meu sobrenome, e eu não tinha nenhum outro. Ainda assim, não constituía grande exagero afirmar que Henry e eu éramos companheiros de armas.

Foi provavelmente uma semana mais tarde, enquanto jantávamos no restaurante dos calouros, que retornamos àquilo que ele chamava de seu "judeísmo". Como havíamos encontrado uma mesa só para dois, senti que podíamos conversar abertamente sobre assuntos tão pessoais. O bastante, pelo menos, para eu lhe perguntar se seus pais tinham razão: ele estava mesmo tentando se livrar do fato de ser judeu?

Isso não existe, respondeu ele. Você nasce judeu e morre judeu. Hitler provou isso.

Argumentei que não era verdade. Judeus se convertiam — citei o exemplo dos judeus de Nova York no meu colégio, que acreditava terem se convertido. De todo modo, iam à capela. Ou talvez fossem seus pais ou avós que tivessem se convertido.

Pois é — ele riu —, não precisariam ter se dado ao trabalho. De um jeito ou de outro, você se lembra deles como judeus.

Nisso ele não estava errado. Mas existiam abordagens menos diretas, disse-lhe. E expliquei que, logo depois de conhecê-lo,

Archie e eu ficamos imaginando se ele estaria tentando se fazer passar por não-judeu. Henry ficou vermelho, e temi que nossa conversa e até nossa amizade estivessem chegando ao fim. Ele, contudo, me respondeu com muita calma. É verdade, disse, que ser judeu não me traz nenhum benefício ou prazer. Meus pais e eu quase fomos mortos por causa disso. O que é algo que não me inspira a acreditar em Deus. Ao contrário, me faz negá-lo e desejar que eu não fosse um dos eleitos, que não tivesse sido lançado nessa armadilha monstruosa já ao nascer. Seja como for, enquanto houver gente que se importa em saber se sou um judeu que finge ser gentio, tenho de me manter judeu, ainda que, dentro de mim, eu não me sinta mais judeu do que um presunto defumado. Se me perguntam, sou obrigado a dizer que sou judeu — a menos que a consequência disso seja acabar morto ou num campo de concentração. É um dever de honra, um débito esquisito para alguém como eu, que não acredita estar devendo nada a ninguém. No mais, porém, não tenho a menor intenção de sair por aí exibindo minha condição de judeu.

Não sabia bem se tinha entendido e devo ter feito alguma expressão de perplexidade.

Vou dar um exemplo, ele disse. Quando você, Archie e eu nos conhecemos, não me julguei no dever de dizer: Olá, meu nome é Henry White, sou judeu. Nem de usar uma estrela amarela. Em Cracóvia, usava uma.

Disse-lhe que aquilo era um completo absurdo.

Será que é mesmo? O que teria sido necessário para que você e Archie não suspeitassem que eu estava tentando me passar por não-judeu? Se não era uma estrela amarela, o quê, então? Um quipá? Cachinhos? Será que eu deveria pôr a palavra "judeu" no meu cartão de visita? Ou *Untermensch* — a palavra alemã para sub-humano? Aliás, a maioria das brigas que tenho com meus pais neste momento é sobre o que estou fazendo para mostrar que sou judeu. Quando contei a eles sobre você e Archie, a primeira coisa que minha mãe me perguntou foi: Por que seus companheiros de quarto não são judeus? Expliquei que não tinha escolhido vocês, que tinha apenas acontecido de serem vocês meus companheiros de quarto. Mas ela não se deu por satisfeita. Disse: Você podia ter pedido para dividir um quarto com um judeu. Claro, respondi, mas não pedi, e por que haveria de pedir? Acho melhor você não ouvir a resposta que ela me deu. O ataque seguinte foi por outro flanco: Eles sabem que você é judeu? Respondi a ela que não tinha certeza, mas que, se vocês tinham inteligência suficiente para estar em Harvard, na certa acabariam deduzindo que sim, e, caso não chegassem a uma conclusão, bastava me perguntar. Quer ouvir a resposta da minha mãe? Ela me disse que talvez vocês fossem muito educados. Achei aquilo engraçado e lembrei a ela que você — e talvez Archie também — já tinha falado com ela e com meu pai ao telefone muitas vezes. Será que ela imaginava que, tendo ouvido a voz deles, vocês iriam achar que a gente tinha chegado aqui no *Mayflower*? Depois, confesso que fui cruel. Disse que, se ela e meu pai não desejavam deixar nenhuma dúvida de que éramos judeus, não deviam ter mudado nosso sobrenome. Se ele ainda fosse Weiss, só um idiota pensaria que não éramos judeus. A verdade é que ela e meu pai trocaram nosso sobrenome quando chegamos aqui, e o mais rápido possível. O motivo oficial foi que White é uma tradução exata do sobrenome para o inglês e todo mundo sabe como se escreve. Uma tremenda besteira, porque Weiss não tem nada de incomum, menos ainda em Nova York. Mas, respondendo a sua interessante pergunta, não, não estou tentando me fazer passar por não-judeu, mas sei que algumas pessoas não percebem de imediato que sou judeu, e não faço nada para desiludi-las. Em parte, isso se deve a meu nome; em parte, ao fato de eu não me parecer muito com um judeu. Só que essa falsa impressão não dura muito. Graças a meu sotaque, em geral perguntam de onde eu sou, como fez Archie. Quando digo que vim da Polônia e que estava lá durante a guerra, todo mundo que tem alguma ideia do que aconteceu por lá pode bem deduzir: se ele fosse judeu, estaria morto; deve ser um polonês católico comum, cujo sobrenome original era Wilczuk. E pronto, esquecem o assunto. É aí que eu gostaria de me chamar Weiss ou, melhor ainda, Cohen ou Levin. Não haveria confusão nenhuma. Ninguém poderia dizer que estou tentando enganar quem quer que seja. O assunto não precisaria ser discutido. De todo modo, os enganados são minoria. É gente que ou não é curiosa ou não quer parecer enxerida. Um americano médio logo me perguntaria alguma coisa do tipo: Como você sobreviveu? E aí acabou-se. Se você quer saber, tinha certeza de que não enganaria você ou Archie, não estava tentando fazer isso. Que você tenha pensado que eu estava é outra história. Dói, mas a culpa não é sua.

Ele parecia abatido. Está tudo bem, Henry, eu disse. Não tem problema nenhum entre nós dois. Ou entre você e Archie. Tenho certeza disso.

Henry se alegrou, e passamos a conversar sobre cursos e filmes até terminarmos de comer e atravessarmos Harvard Yard em direção a nosso edifício. Já na sala de estar, porém, ele disse que queria continuar a conversa que havíamos começado.

Você deixou o gênio escapar da garrafa, disse-me ele. Talvez eu deva contar também, prosseguiu, que minha mãe não está só interessada em saber se você, Archie e as pessoas que conheço percebem que sou judeu, e, se percebem, como descobriram. Impedir que eu saia de casa — literal ou metaforicamente — é empreitada mais complicada do que isso. À sua maneira, eles são bons pais, sabe? Querem que eu tenha um teto e roupas boas, contanto que seja minha mãe a escolhê-las. E, claro, uma excelente educação. Estão dispostos a fazer sacrifícios financeiros para que isso aconteça, o que até o momento não foi necessário. Meu colégio era gratuito, e aqui tenho uma bolsa. É natural que queiram meu sucesso, e querem que eu tenha as oportunidades certas. Mas há um limite. Não devo voar alto demais. Dickens talvez dissesse que não devo tentar alçar-me acima da minha posição. É uma espécie de ansiedade muito forte, mas não muito bem articulada. Parte dela é prudência. Perdemos tudo na guerra, e meus pais não querem que eu me dê mal. Estão sempre preocupados com dinheiro, mesmo agora que os negócios do meu pai vão indo bem. Eu entendo isso. A outra parte é o medo de que, se eu voar alto demais e permanecer lá em cima, nas altas esferas, também isso possa me tentar a abandoná-los. Portanto, o outro ponto de grande importância em relação a você e a Archie é se vocês são ricos. Se são, talvez eu não devesse passar tanto tempo com vocês, e talvez vocês não devessem ser meus melhores amigos. Pode acontecer de me inspirarem ideias grandiosas e me ensinarem maus hábitos. Eu disse a eles que não acredito que um coronel do Exército ganhe tanto quanto meu pai, e que você não me parece rico, embora seja só um palpite. Ainda assim, é melhor você saber: no sistema de catalogação da família White, vocês dois são os amigos gentios e ricos do Henry.

Espere aí, eu disse. Posso garantir a você agora mesmo que meus pais não são ricos, ainda que com certeza gostassem de ser.

Henry me examinou com um ar que interpretei como de ceticismo. Minha mãe talvez não acreditasse nisso, disse. A propósito, ela acha você muito educado, à maneira distante dos gentios — morna, como ela diz.

Eu não sabia o que dizer ou se deveria dizer alguma coisa. Henry enrubescera bastante e me encarava. Pouco à vontade com o silêncio, contei-lhe que gostava daquelas conversas com a mãe dele.

Gosta uma ova!, ele retrucou. Como pode gostar?

Levantei-me da poltrona e fui até o banheiro. Quando voltei, ele disse: Me desculpe ter ficado nervoso assim. Vou tentar explicar. O refrão atual dos meus pais é por que eu não procuro pessoas como eu, em vez de ficar andando com você, Archie e Deus sabe que outros gentios da alta sociedade. Por exemplo, existem boas sinagogas em Boston, que eu poderia frequentar às sextas à noite. Um dos grandes clientes do meu pai tem um filho na universidade Tufts que costuma ir a uma delas. Vá visitar o rapaz, fique para jantar e conheça boas garotas judias. Digo a meus pais que nunca na minha vida fui a nenhum culto às sextas e que não vejo por que começar agora, em Boston. Para que você me entenda bem: não acredito nem por um minuto que meu pai creia em Deus. Por outro lado, com essa história da angina, ele não vai dizer que não, porque não quer correr nenhum risco quanto ao que vai lhe acontecer depois de morto. Além disso, ele e minha mãe são pessoas absolutamente convencionais. Alguns clientes do meu pai frequentam uma sinagoga não muito longe de onde a gente mora. Por isso, em Rosh Hashana e no Yom Kippur ele vai também, e tanto ele como minha mãe jejuam no Yom Kippur. Para ser mais preciso, fingem um para o outro que jejuam. Já tive de ir à sinagoga com meu pai. E sempre foi uma experiência humilhante. Ia não porque acreditava naquilo, mas porque tinha sido arrastado. Não me importaria tanto se meus pais fossem pessoas religiosas. Mas minha mãe, que é quem faz mais estardalhaço, não tem religião nenhuma, a não ser que o mito sobre como eram as coisas antes da guerra, quando éramos uma família de bons judeus, seja considerado religião. Não tenho nenhuma lembrança de termos sido bons judeus em Cracóvia. Talvez a guerra tenha expulsado os bons judeus. Pouco importa. É como eu vivo dizendo a eles: se queriam que eu fosse um judeu observante, deviam ter sido pessoas religiosas e observantes eles próprios e me dado o tal lar judeu de que minha mãe fala sem parar. Não foi o que fizeram e não foi o que me deram. Ficam me atormentando para que eu passe por um ritual em que não acredito. E esse é o tipo de coisa que é melhor deixar para o Grande Inquisidor.

A menção a *Os irmãos Karamázov*, presença frequente nas conversas de Henry, me fez cair na risada. Está bem, disse ele, o que eu quero dizer, e o que digo a eles quando fico nervoso de fato, é que não posso procurar pessoas iguais a mim porque não sei quem são. Talvez elas não existam. Não tenho certeza de que sou como alguma outra pessoa. E não vou fingir que sou.

Por um momento, aventei a possibilidade de que ele estivesse tentando me dizer que era bicha. Não achei que era, e não apenas por causa da óbvia atração que sentia por garotas. Simplesmente não achei que era. Ao mesmo tempo, porém, de novo chamou-me a atenção o fato de que, na verdade, ele era muito parecido comigo, a despeito das diferenças. Uma delas era que os problemas dele eram mais óbvios e, em boa parte, decorrentes do fato de ele ser judeu.

E o que você pretende fazer para descobrir?, perguntei.

Nada, ele respondeu. E tudo. Vou refazer a mim mesmo à imagem que carrego dentro de mim.

Que imagem seria aquela e como ela se coadunava com a Polônia e as cicatrizes deixadas pela guerra, era um mistério. Minhas sondagens, quer fossem movidas por curiosidade, quer por compaixão, não me levaram muito longe. O dia anterior, quando, reunindo coragem, eu havia pedido a Henry que me contasse alguma coisa sobre como ele havia sobrevivido à guerra, era um bom exemplo disso. Ele me encarara e dissera com toda a calma: Uma boa senhora nos escondeu, a minha mãe e a mim. Um bom homem escondeu meu pai.

4.

O *non serviam* de Henry não o impediu de fazer tentativas mais convencionais de transformação. Archie era seu principal mentor e cúmplice. Persistia inquebrantável a insatisfação de Archie com os esforços do alfaiate de sua mãe, na Cidade do Panamá, tanto quanto a convicção de que aquelas roupas davam a ele um "jeito de don Ramón". Só me falta o bigode fininho, dizia. Uma solução para seus problemas de guarda-roupa, e os de Henry também, surgiu quando Archie descobriu a Keezer's, um estabelecimento de grande tradição na universidade, situado em território neutro — não exclusivo nem dos estudantes nem da população local —, entre a Prescott Street e a Central Square de Cambridge. As roupas eram baratas ali e, além de muitos outros apetrechos necessários à ascensão social do graduando, a loja oferecia ternos de tweed, black tie e fraques, todos bem talhados e de segunda mão, muitas vezes em ótimas condições. Os principais fornecedores dos irmãos Keezer eram as viúvas de membros recém-falecidos dos corpos docente e discente. Fregueses podiam também levar artigos para troca, que era o que Archie fazia com as criações do alfaiate panamenho. O que quer que pensasse de seu talhe, a qualidade das roupas era tão alta que, ao final da transação, saía de lá sem dever um tostão aos Keezer. Sua ideia era que Henry fizesse o mesmo; as roupas dele, embora fossem de loja, também eram de boa qualidade. Contrariando as expectativas, porém, Henry se negou a fazê-lo.

Não posso fazer isso, disse ele. Quando for para casa, minha mãe vai querer me ver nas roupas que comprou para mim. Vai desandar a falar, se eu disser a ela que foram vendidas.

Estavam em um impasse. Sem uma boa troca, Henry não poderia pagar por aquilo que Archie havia escolhido para ele. Nem um pouco disposto a aceitar a derrota, Archie fez-lhe um empréstimo. Não era uma grande soma, e Henry poderia pagar ao longo do ano letivo. Os dois me convidaram para a prova final das peças adquiridas. A Keezer's era especialista em fazer até mesmo os ajustes mais improváveis. Archie havia feito um bom trabalho. Se o hábito de fato fazia o monge, Henry agora podia passar tranquilamente por um estudante de graduação que havia frequentado os colégios certos e sabia se vestir.

O empréstimo era sinal de que Archie atravessava um de seus períodos de fartura. Não duravam muito, mas, enquanto duravam, um bom dinheiro era gasto nas lojas de bebidas de Mount Auburn Street e no Henri IV, um restaurante francês em Winthrop Street muito em voga entre professores e alunos mais abastados, assim como entre os pais de graduandos que iam a Cambridge no fim de semana. Archie era fã de rituais. Um dos que adotou naquele outono era ir almoçar no Henry IV aos sábados na companhia de Clara, uma caloura de Wellesley proveniente de San Salvador, com quem ele podia usar seu excelente espanhol. Era lá também que, de vez em quando, levava uma garota de uma faculdade de Back Bay, uma instituição conhecida pelos cursos de economia doméstica que oferecia e por graduandas de forma física muito superior à mental. Devolvê-la a seu alojamento às dez ou onze da noite — hora em que, dependendo do dia da semana, ela precisava estar de volta — era mais fácil do que devolver Clara a Wellesley. Archie explicou a Henry e a mim que Clara era muito católica e que fora educada no respeito à virgindade, o que significava que eram diminutas e desestimulantes as chances de ele ir além do que já havia conseguido — quando se beijavam, ela deixava que ele enfiasse a mão por baixo do suéter e soltasse o sutiã dela. Clara, por exemplo, recusava-se a entrar no quarto de Archie, e tanto fazia se Henry e eu estávamos ou não no apartamento. Se não estávamos, porém, ela aceitava acomodar-se no sofá da sala de estar. A consequência disso era que, quando Archie levava Clara para lá, nas tardes de sábado e domingo, desaparecíamos do apartamento até o final do horário permitido de visitas. Ela admitia também ficar no carro com Archie, depois que escurecia, em ruas tranquilas de Cambridge ou Wellesley ou ao longo do rio Charles. O único problema era que Archie ainda não tinha carro. Vez por outra, conseguia um emprestado, mas os empréstimos não podiam ser arranjados com a frequência que ele — e mesmo Clara, talvez — desejava, o que não contribuía nem um pouco para acelerar seus progressos. Jeanie, a garota de Back Bay, do outro lado do rio, também era católica, e irlandesa até o último fio de cabelo, o que a diminuía na estima de Archie. O desrespeito é capaz de vencer muitas barreiras, além de atuar como afrodisíaco. Na tarde da segunda visita de Jeanie a nosso apartamento — Henry e eu não fomos solicitados a nos retirarmos para a biblioteca Lamont enquanto Archie e Jeanie permaneciam trancados no quarto dele —, os dois surgiram de mãos dadas a não mais que um ou dois minutos do horário em que as garotas precisavam retirar-se do prédio. Transformei o menino em homem, Jeanie anunciou. Archie confirmou com um aceno e apressou-se em tirá-la dali. Sensível às boas maneiras e à escolha das palavras, ele talvez tenha se envergonhado da forma como ela fizera aquela declaração, quando não da declaração em si, que, depois, Henry confessou-me ter achado irresistivelmente sensual. Mas não levou muito tempo para que a disponibilidade de Jeanie — que não se importava de pegar o metrô até Harvard Square e nunca insistia para que Archie a levasse de volta até Beacon Street, mesmo quando ficava tarde — suplantasse a elegância e o charme bem-educado da salvadorenha. Archie passou a telefonar para Clara em horários nos quais sabia que ela não estaria em seu alojamento, como durante as aulas dela. Deixava um recado, avisando que havia ligado. Nada mais. Depois, parou de vez de telefonar para ela. A tática confundiu Clara. Ela levava recados telefônicos a sério, achava que tinha de ligar de volta e começou a telefonar para nosso apartamento para perguntar se havia alguma coisa de errado. Archie nunca atendia; seu instinto para evitar chamadas que não queria atender era quase infalível.

Na maior parte das vezes, era comigo que Clara falava. Um dia, depois do Natal, ela me convidou para um concurso de dança em Wellesley. Disse que estava acostumada a ser tratada com gentileza e que eu era gentil. Avançando um pouco no tempo, na primavera daquele ano, Archie tornou-se proprietário de um Nash preto de quatro portas. A característica mais importante do veículo era que o banco da frente, dobrável, se transformava numa cama de razoável conforto. Pedi o carro emprestado para levar Clara ao baile de gala de Wellesley. Estávamos saindo de lá quando ela me sussurrou que não tinha de estar de volta ao alojamento à meia-noite, como exigiam as regras até mesmo naquela ocasião de grande importância. Havia dito à responsável pelo alojamento que passaria a noite com uma amiga em Newton e apresentara a necessária carta dos pais da amiga, confirmando o convite. Podemos esticar a noitada até quando você quiser, ela me disse. E enfiou a língua na minha orelha. Fomos até a beira do lago, estacionei o carro e rebaixei o banco. Pouco depois, ela se livrou do vestido rosa de tafetá, longo e sem alça, comunicando-me que não queria estragá-lo. Antes do amanhecer, e superando meu pânico, ela nos levou a um simulacro de satisfação conjunta. Assegurou-me que não tinha havido dano a seu hímen. No verão, casou-se com o primogênito do fazendeiro de café cuja propriedade era limítrofe à dos pais dela. Por meio da administração da universidade, conseguiu meu endereço particular e enviou-me um convite para a missa de casamento. Evidentemente, não voltou a Wellesley, aliviando-me da necessidade de encarar relações futuras.

A transformação pela qual Archie passava durante nosso primeiro ano de universidade não dizia respeito apenas a roupas. Ele queria fazer jus ao número romano que trazia no nome, com todas as conotações que o algarismo possuía para um conhecedor da sociedade americana. A senhora White estava no caminho certo ao supor que um jovem chamado Archibald P. Palmer III provavelmente tinha pais ricos; tanto ela como Henry demonstravam compreensão instintiva da riqueza antiga norte-americana. Se a senhora White soubesse dos cheques que Archie recebia — a intervalos irregulares, mas por vezes de quantias substanciais —, ela os teria considerado prova conclusiva de suas suspeitas. Na verdade, estava enganada: não se tratava de riqueza antiga, e sua fonte não era um fundo familiar. De acordo com Archie, o dinheiro fluía de diversos negócios pequenos e nada glamorosos de sua mãe, o mais recente dos quais era importação e revenda de antiguidades e de arte primitiva. Ele também não possuía nenhum parentesco comprovável com os grandiosos e abastados Palmer de Chicago. Seu nome do meio era de origem humilde: Peters. Ainda assim, Archie gostava da impressão provocada pelo sobrenome e acentuada pelo algarismo romano e não fazia nenhum esforço para dissipá-la. Se lhe perguntavam se "a senhora Potter Palmer é sua tia ou prima", Archie ria e respondia que nem uma coisa nem outra. Não havia mal nenhum. As pessoas para as quais essas coisas tinham importância, mesmo graduandos da universidade, sabiam o bastante para não presumir que alguém de sobrenome Morgan haveria de ter alguma relação com o banco, ou que existiria apenas um tipo de Rockefeller.

Ao mesmo tempo, Archie sem dúvida se esforçava por deixar claro a graduandos que pudessem lhe ser de alguma utilidade que, embora sua procedência fosse em certo sentido nenhuma, eles deveriam encará-lo como alguém do mesmo patamar social. Pautava-se simplesmente pelo princípio inglês segundo o qual um homem pode nascer um cavalheiro e assim permanecer, mesmo que sua situação material seja de uma modéstia deprimente e ele não disponha de amigos poderosos. Essa última condição decerto se aplicava a Archie. Ao contrário daqueles que pretendia imitar, ele não tinha amigos na universidade com os quais houvesse frequentado escolas e colégios particulares ou tivesse passado férias em Northeast Harbor ou Tucson; ninguém conhecia seu pai ou sua mãe. De seu ponto de vista, aquilo era a infeliz consequência da carreira militar do pai, algo que ele podia e devia corrigir. Assim sendo, no início do segundo ano, Archie acreditava que, por direito, devia ser convidado a integrar um dos clubes cujas sedes antigas, em Mount Auburn Street e arredores, ele havia esquadrinhado. Queria usar a gravata de um daqueles clubes — e a gravata certa, porque nem todos os clubes eram iguais. Uma das recompensas seria a inclusão de seu nome nas listas de secretárias encarregadas de contatos sociais, o que lhe asseguraria convites para festas, bailes de gala e assembleias. Outra, mais tarde, seria o ingresso na rede de velhos camaradas de universidade e, por conseguinte, uma passagem de primeira classe para firmas chiques de Wall Street. Ainda que fosse um romântico, Archie era dotado de muita clareza e de forte senso prático: não almejava o impossível. Havia dois ou três clubes que percebia estarem absolutamente fora de questão, por mais que ele tentasse. De resto, estavam fora do alcance de muito poucos cujos pais, avós e tios já não o tivessem integrado. Clubes menos grandiosos, mas também de respeito, não tinham por que barrá-lo. O truque era como explicitar o interesse. Archie não tinha acesso à via habitual: lembrar parentes e conhecidos das classes superiores, antigos colegas de escola, de que, como primeiranista, era candidato em potencial. Ninguém nas Ilhas Britânicas jamais tinha ouvido falar no internato escocês onde ele estudara, que não devia ser conhecido nem mesmo por lá. A academia militar em Ohio, para onde tinha sido enviado após a designação do pai para a Zona do Canal, era igualmente obscura. Archie tinha de se virar. Com muita astúcia, decidiu tirar o máximo proveito de duas de suas habilidades. Na Escócia, aprendera a jogar rúgbi, e com muita eficiência para alguém de sua frágil constituição. Entrar para o clube de rúgbi, de existência marginal no rol dos esportes universitários, misturou-o a graduandos ingleses, canadenses e a estudantes de administração, alguns do quais tinham muitos anos de verniz cosmopolita e bem-estar. O outro trunfo de Archie era seu espanhol quase nativo. Ele gostava de usá-lo e aplicou-o bem na descoberta de eventos frequentados por estudantes latino-americanos, tanto na faculdade como nas instituições vizinhas. Na década de 1950, um latino-americano que houvesse sido enviado para uma faculdade — ou, melhor ainda, um internato — na Nova Inglaterra só podia vir de família rica e famosa. Na verdade, Archie havia conhecido Clara em um curso dedicado à arte maia. O problema com aqueles divertidos jogadores de rúgbi e latinos era que, conforme ele foi percebendo aos poucos, quase nenhum deles tinha contato com os círculos provincianos dos membros de clubes, ou seja, com os estudantes que eram o objetivo de Archie. Não davam a menor bola para eles.

Uma canção de bêbados popular à época proclamava que ninguém ia à faculdade para adquirir conhecimento, e sim para se divertir. Era o lema de Archie, bastando acrescentar à receita algumas amizades úteis. Não sobrava muito tempo ou muita energia para os estudos em si. Eu achava aquilo uma pena, porque ele era muito inteligente — rápido como Henry, eu às vezes pensava. Mas se, por um lado, Archie nem sequer tentava ou se importava, Henry, por outro, preocupava-se em ocultar o duro que dava. Quem não conhecesse seus hábitos tendia a acreditar em sua explicação-padrão: que fazia tudo de última hora, em um acesso de pressa e virando a noite. Isso só demonstrava em que medida ele aprendera com Archie, além das demais lições, o preceito segundo o qual não havia nada menos charmoso do que ser tido por caxias, desgraça pior do que todos os odiados ternos azuis ou paletós marrons de flanela do Brooklyn. Na realidade, Henry dava duro, estudava muito, mas quase em segredo, e sempre matérias que lhe dava prazer estudar. Archie não compartilhava desses prazeres e, à luz dos êxitos de Henry, passara a acreditar que era possível dar-se bastante bem fazendo quase nada.

Como Jeanie se sairia no novo mundo que ele estava construindo era algo que preocupava Archie. De início, ele achou que ela se sairia bem, se conseguisse adquirir algum verniz, o que, para Archie, significava um repertório de truques que ela pudesse desempenhar a uma ordem dele ou quando ela própria julgasse que as circunstâncias assim o exigiam. Um dia, pouco antes daquele em que desapareceram no quarto dele, Archie disse a Jeanie: Vamos lá, cante "Au clair de la lune". Ela obedeceu e cantou, com uma voz límpida e autoconfiante, pronunciando muito bem as palavras, embora não soubesse nada de francês. Quando expressei minha admiração, ele deu uns tapinhas no traseiro dela e declarou que logo a faria cantar "Auprès de ma blonde" e "La vie en rose". E, de fato, uma a uma, ele foi acrescentando diversos sucessos de Piaf e Trenet ao currículo dela. Ela é capaz de aprender qualquer coisa, foi seu veredicto.

Tanto quanto os latino-americanos, alguns jogadores de rúgbi falavam várias línguas, tinham experiência de férias luxuosas passadas em lugares distantes e histórias de aventura em bordéis legendários a contar. Tinham também mesadas gigantescas, acima de tudo quanto eu imaginava possível para estudantes da sua idade. O charme e a criatividade de Archie, quando se tratava de divertir-se, prestaram-lhe bom serviço. Ele acabou se tornando a mascote do grupo, parte de uma turma sempre renovada de figuras afáveis nos coquetéis pós-jogos, nos jantares no restaurante chinês da Church Street, num italiano em North Boston ou no Savoy, aonde iam ouvir Dixieland. Jeanie, de fato, aprendia depressa. Os homens gostavam dela: era bonita, agradável e, como estava dormindo com Archie — o que lhe definia o status —, ninguém iria querer tratá-la mal. Se lhe passavam cantadas quando ele virava as costas e como ela reagia a isso, essas eram questões inexploradas. Contudo, a bonomia de Jeanie mostrou-se insuficiente. O contraste com as outras garotas era grande demais. Criava problema mesmo que ninguém dissesse coisa nenhuma, mas é bem possível que comentários arrogantes e ofensivos tenham sido feitos. Como os rapazes, aquelas garotas eram ricas, mas, ao contrário deles, se gabavam disso. Na companhia delas, Jeanie parecia alguém cuja mãe ou avó podia ter sido uma das criadas irlandesas da avó de uma delas, talvez uma das serviçais mais refinadas, a quem era possível confiar roupas delicadas para que as lavasse e passasse a ferro. E Jeanie talvez descendesse de fato de linhagem semelhante. Só que possuía um bocado de brio. Não gostou da posição a que a relegaram e pulou fora por conta própria. Archie lamentou o fim das sessões no quarto dele. Conta a seu favor, no entanto, que não a tenha persuadido com lisonjas a reintegrar-se ao grupo.

Eu frequentava menos do que Henry as festas que os amigos de Archie davam. Se as marcavam para uma sexta-feira, o que era a norma, os concertos da Boston Symphony Orchestra, dos quais eu era assinante, forneciam-me motivo intransponível para o não-comparecimento. O mais provável era que, de qualquer modo, eu não fosse mesmo. A conversa me aborrecia. Não tinha a menor dúvida de que ela aborrecia a Henry também. Contudo, os amigos de Archie pertenciam a uma espécie que ele desejava compreender, assim como queria aprender a beber, a fumar charutos e a jogar pôquer e bridge. Henry queria adquirir todas as habilidades que Archie julgava imprescindíveis a um cavalheiro. Nenhum desses propósitos, porém, assim como nenhuma das outras maneiras de gastar o tempo que Henry descobria por conta própria, parecia interferir em outros aspectos, mais árduos, de sua autotransformação. Talvez eles se complementassem mais do que eu era capaz de compreender.

Pouco antes dos feriados de Natal, Henry contou-me que havia escolhido graduar-se com ênfase em letras clássicas. Deu a notícia aos pais assim que chegou em casa. A batalha que se estendeu por todo o fim de semana não o surpreendeu. Os pais queriam que ele fincasse raízes firmes na classe média americana. Tornar-se médico seria garantia disso, mas eles se contentariam com advocacia, uma vez que Henry se recusava a estudar medicina ou mesmo a fazer os cursos necessários para tanto: química e biologia. Aquela ideia insana de jogar fora todas as vantagens de que ele gozava, incluindo-se aí uma bolsa de estudos integral, para estudar as literaturas de duas línguas mortas e ter seu futuro limitado pelo escasso salário de professor — supondo-se que um judeu pudesse conseguir uma vaga de professor para ensinar letras clássicas numa universidade — era uma piada de mau gosto, um insulto a seus pais. Sou obrigado a reconhecer que também me surpreendi com a escolha. Henry esperava sobressair quaisquer que fossem as circunstâncias — isso eu sabia. Mas, com aquela escolha, iria competir com estudantes de graduação que tinham aprendido seu latim e, em muitos casos, também o grego em internatos particulares que se orgulhavam do ensino precisamente dessas matérias. Todos eles haviam aprendido segundo os mesmos métodos e, em geral, com os mesmos professores responsáveis pela formação dos membros do Departamento de Letras Clássicas de Harvard. As chances de Henry, pensei comigo, eram mínimas. Não se preocupe, ele me disse. Meu latim é bem bonzinho. Perguntei-lhe se o tinha aprendido em algum colégio do Brooklyn. De jeito nenhum, disse-me. No Brooklyn, estava preocupado em aprender inglês. Onde, então?, insisti. Em Cracóvia, respondeu ele com impaciência, em Cracóvia. Balancei a cabeça e sugeri que ele não tinha ideia de onde estava se metendo. Em resposta, ele me disse que alcançar os demais alunos demandaria pouco mais do que capacidade de memorização. Além disso, tinha um bom alemão, o que ainda era útil para o estudo das letras clássicas. Nessa mesma conversa, Henry contou-me ter notado que os latino-americanos mais graúdos costumavam passar do inglês para o francês, em vez do espanhol, quando falavam entre si. A conclusão óbvia era de que aprender bem o francês era outro bom investimento. Um curso aceleradíssimo de língua francesa foi oferecido na primavera, e Henry matriculou-se.

Havia um aspecto da briga com os pais sobre o estudo do latim e do grego que o incomodava: ele entendia que tinha sido injusto. Os pais achavam que o fato de ele se concentrar agora no estudo das letras clássicas excluía a possibilidade de vir a cursar direito depois, e ele não havia feito nada para lhes esclarecer que não era assim. Esperou até o último dia das festas para contar a eles como funcionava o sistema. Foi minha vingança, disse ele.

Por que não podiam me deixar em paz uma vez na vida ou, melhor ainda, aceitar que aquela decisão cabia a mim? Teria sido uma novidade e tanto! Em troca da explicação de última hora e de jurar que não se tratava de um caminho sem volta, que pensaria, sim, no estudo do direito, cobrou um preço: a concordância dos pais em mandá-lo para Grenoble no verão. Tinha boas referências do curso de francês oferecido pela universidade de lá.

Nisso e em muitas outras coisas, Henry estava bem à frente de mim. Eu nem tinha começado a pensar no verão.

5.

Henry não fazia nada para sair com as garotas que iam às festas dos amigos de Archie, embora se desse muito bem com elas. Levava uma garota para um canto da sala lotada de estudantes para, em plena barulheira, ter o que chamava de uma conversa tranquila. Cara a cara, sabia ser fascinante. Ouvia com atenção o que lhe diziam, ou ao menos dava a impressão de estar ouvindo. Em grupos, não era tão bom, em especial em grupos de homens. Uma das razões para tanto era sua timidez, que ele compensava com uma afetação que eu caracterizava como "Pentesileia encontra o filho de Peleu"; outra era sua total ignorância em matéria de esportes. Henry nunca tinha ido a um jogo de beisebol. Archie o arrastara para uns poucos jogos de futebol no Soldier's Field e tentara explicar-lhe o básico da coisa. Mas Henry era capaz de falar sobre livros com grande vivacidade, e era, suponho, sobre eles que conversava com as garotas. Contudo, ainda que gostassem de livros, as garotas que frequentavam aquelas festas o intimidavam com suas maneiras provocativas e afiadas, sua espirituosidade seca e seu truque de criar uma ilusão de intimidade física, de quase cair nos braços do interlocutor — uma ilusão que sabiam dissipar tão rapidamente quanto a haviam gerado. Em vez de sair com elas, Henry marcava encontros com meninas de Radcliffe que Archie chamava de "os cachorros do Henry": garotas sinceras e legais, muito gordas ou magras demais, com pernas arqueadas ou mais parecidas com as patas de um percherão. Não fazia mistério do motivo daquela escolha. Você pode convidá-las em cima da hora, explicava, não tem de suar para obter o privilégio de apalpá-las, e o risco de rejeição é mínimo. Tudo isso era verdade, mas, para mim, Henry se subestimava. Embora decerto não fosse nenhum Stover em Yale,* era um homem bonito; sua conversa não era a única coisa a conferir-lhe charme fugaz aos olhos das garotas nas festas dos amigos de Archie. Eu vivia pregando o sermão da autoconfiança para ele. Educado, Henry me ouvia. Uma vez, irritado, eu lhe perguntei se aquilo era outra manifestação do problema judaico; se era, ele por acaso contava a seus cachorros que era judeu? Com toda a calma do mundo, ele me respondeu que sim, claro, tinha tudo a ver com ser judeu. Quanto ao que dizia aos cachorros, informou-me que não seguia regra fixa: tudo dependia do que estava fazendo com elas. Aquilo me deixou perplexo. Parecia afastar-se de sua política de não negar nem proclamar espontaneamente o "judeísmo". Então ele em geral beijava e acariciava aquelas garotas sem dizer que era judeu, mas dava essa informação na iminência de ter com elas algo mais? Disse a mim mesmo que ele com certeza as avisava, e de imediato fiquei chocado com minha própria atitude. Não implicava que ser judeu era como ter gonorreia?

Uma ocasião, antes do Dia de Ação de Graças, Henry me contou que pensava ter reencontrado Pentesileia em pleno curso

* Referência ao protagonista do romance de Owen Johnson, *Stover at Yale*, de 1911. (N. T.)

de letras. No cavernoso teatro Sanders, mal cabia a multidão atraída pelas palestras do professor visitante, um conhecido e controvertido literato. Até aquele momento, Henry apenas estudara de longe a possível Pentesileia, mas, se era mesmo ela, agora sabia seu nome mais prosaico: Margot Hornung. Outra garota chamada Sue, ao lado da qual ele costumava se sentar, tinha lhe contado tudo sobre ela. As duas haviam frequentado o mesmo colégio feminino em Nova York. Sue gostava dele, Henry acreditava. Sim, era um de seus cachorros, admitiu. Conversavam antes e depois das aulas, trocavam anotações e iam tomar chá com muffins na Hayes-Bickford. Ele jamais havia conhecido tamanha fofoqueira. Eu estava curioso para ouvir as histórias que ela contava, mas Henry me disse que não tinha sentido, que eu precisava, primeiro, confirmar a identificação da garota. Propôs que, para esse fim, eu fosse ao teatro no dia seguinte. Era uma ideia tola: havíamos tido a mesma oportunidade de examinar os traços de sua Pentesileia. Por fim, cedi, em parte devido a minha curiosidade em relação ao professor visitante. Como chegamos cedo ao Sanders, ainda havia lugares nas fileiras da frente, mas Henry me puxou para as de trás. Quando protestei, disse-me que, de lá, eu poderia ouvir tudo perfeitamente bem. E, de todo modo, era onde Sue se sentava e havia guardado lugares para nós. Sue revelou-se uma loirinha de aparência agradável que, ao sorrir, exibia aparelho sobre pequeninos dentes amarelos. Henry sentou-se entre nós dois. O teatro se enchia de gente, e eu já começava a imaginar se a garota de fato apareceria quando Henry me cutucou e apontou para a porta perto do palco. Lá vem ela, ele sussurrou. Não havia dúvida: era a Pentesileia das meias verdes, calçando agora meias curtas azul-marinho e mocassins. Fiz um sinal de positivo para Henry.

Eu tinha outra aula depois da palestra e me despedi de Henry e Sue tão logo deixamos o teatro. Mas Henry e eu nos reencontramos no restaurante dos calouros na hora do almoço. Confirmada a identidade, julguei que ele havia falado com Margot. Mas, surpreso com minha conjetura, ele me contou que claro que não havia feito isso. Seu plano era continuar na moita. Na verdade, já havia arrancado de Sue a promessa de jamais mencionar seu nome ou interesse para Margot. Foi a minha vez de me surpreender. Perguntei como aquilo se coadunava com o desejo anterior de declarar de pronto amor eterno, logo na primeira vez em que a vira.

Não tem nada a ver, retrucou ele. Eu disse a você que os astros não estavam alinhados. Pensei e disse besteira, mas pelo menos fui esperto o bastante para não tomar nenhuma atitude precipitada. Não quero ser humilhado.

Archie e Henry ainda não haviam se reaparelhado na Keezer's. Quando Henry confirmou meu palpite de que seu guarda-roupa era um problema, deixei clara minha irritação. Ele ainda não tinha percebido que, até aquele momento, ninguém o havia rejeitado por causa do modo como se vestia?

Como é que você sabe?, respondeu-me ele. Desdém é coisa que a gente sente nos ossos. E eu sei o que estou sentindo nos meus.

Então, depois de uma pausa, ele prosseguiu: O problema imediato é se devo parar de ver Sue. Ela é muito afetuosa e legal, mas Margot e ela moram no mesmo prédio, convivem com as mesmas garotas. Quero evitar complicações. Acho que o jeito é me livrar dela — de uma maneira gentil.

Não fiz nenhum comentário.

Terminamos de almoçar e regressamos a nosso alojamento. A caminho de lá, Henry começou a me contar o que tinha ouvido sobre Margot. O ponto central era que os pais dela eram ricos e elegantes a ponto de ser presenças assíduas nas revistas de moda. Dizia-se que conheciam todo mundo que era rico ou importante. Aquilo transformara a família em objeto de muita conversa das garotas, entre si e entre os pais delas também. Os detalhes eram interessantes. Antes da guerra, o pai de Margot havia sido um banqueiro importante em Amsterdã. A maioria das pessoas parecia saber que ele era judeu. A mãe, porém, era americana de verdade, ou seja, não era judia. De acordo com o que se sabia no colégio, o senhor Hornung tinha "comprado" a esposa quando ela era cantora de cabaré no Pierre, e Margot havia nascido cinco meses depois. Esses dois fatos frequentaram as colunas de mexericos dos tabloides nova-iorquinos, embora o senhor Hornung tivesse levado a noiva e a filha para Amsterdã. Não era bobo. Já em 1938, começou a transferir seu capital e suas coleções de arte para Nova York. Então, em junho de 1939, a família, acompanhada da babá inglesa, ainda com os Hornung, partiu tranquilamente para Nova York a bordo de um navio da Cunard, tornando a se reunir com seu dinheiro e suas obras de arte. Mudaram-se para o apartamento atual, em Park Avenue, ainda antes de Margot começar a ir à escola, no outono. De acordo com Sue, o apartamento mais parecia o museu da Frick Collection. O senhor Hornung fizera outra fortuna em Wall Street, o que talvez explicasse por que não tinham se mudado de volta para Amsterdã.

Eu percebi, disse Henry. Assim que vi a mãe, percebi que tipo de gente era. Gente que não me diria nem sequer as horas, não importa o que eu estivesse vestindo. Margot terá de ser meu projeto de longo prazo. Enquanto isso, vou ficar longe dela. Não quero pôr tudo a perder.

Concordei em que a mãe era, de fato, glamorosa. Mas aquilo era motivo para uma caloura de Radcliffe — judia ou, aliás, metade judia — se recusar a sair com um estudante judeu que ela própria já havia paquerado? Só porque os pais dela eram endinheirados e conheciam Picasso e os Windsor?

Henry disparou: Você não pode ser tão burro.

Não me ofendi, mas nossa conversa terminou ali. Ele precisava ir à biblioteca para ler um livro que havia reservado. Mas retornamos ao assunto Hornung naquela noite e nos dias que se seguiram. À medida que conversávamos, pude ouvir aos pedaços a história da guerra que Archie havia querido ouvir. Henry falou com relutância, e creio mesmo que, não estivesse ele com a cabeça tão voltada para Margot, não teria me contado tanta coisa.

Ao que tudo indicava, o pai dele não havia sido muito rico antes da guerra. Era apenas um homem próspero, para os padrões de prosperidade de um empresário judeu na Polônia. Tratava-se de uma escala diferente, sublinhou Henry, daquela que vigorava na Holanda ou no restante da Europa ocidental. A Polônia era um país pobre, insistiu. Ser "rico" ou "próspero" lá não era a mesma coisa que, por exemplo, em Londres. A família atuava no ramo da exportação de produtos alimentícios, principalmente de presuntos poloneses, que eram uma das maiores fontes de receita do país, e de artigos de artesanato e decoração, como kilins. Tinha também investimentos imobiliários em Cracóvia, onde morava. O senhor White formara-se em direito e estava prestes a começar seu estágio obrigatório como aprendiz de advogado quando o pai morreu. Filho único, teve de assumir a administração dos negócios da família. Na hora de escolher uma noiva, optou pelo máximo convencionalismo. Casou-se com a filha do advogado judeu mais importante da cidade, homem também bastante próspero, e recebeu dele um belo dote, que incluía um prédio de apartamentos em uma ótima rua no interior das muralhas da Cidade Velha. A noiva concluíra seus estudos universitários, especializara-se em literatura polonesa e, quando o senhor White pediu sua mão em casamento, ela planejava obter o certificado que lhe faltava para poder lecionar na rede pública de ensino secundário. O projeto deu em nada, em parte porque, onze meses após o casamento, Henry nasceu. Cuidar da casa tomava todo o tempo da mãe, salientou Henry, embora ela tivesse quatro ou cinco empregadas a ajudá-la. A nova família, assim como as dos pais de ambos, era muitíssimo bem posicionada, bastante respeitável e polonesa ao extremo, tanto na forma de se expressar como nos hábitos, para que viesse a ser vítima da campanha de insultos e indignidades dirigida contra os judeus, iniciada com a implantação do regime nacionalista e antissemita de direita que se seguira à morte do marechal Piłsudski. Insultos e indignidades teriam de esperar pela chegada dos alemães.

Cracóvia tornou-se a sede do governo alemão da Polônia. Sem demora, judeus foram obrigados a usar a estrela amarela, sendo confinados no velho bairro judeu de Kazimierz, onde se estabeleceu o gueto. Antes que isso acontecesse, porém, os avós maternos de Henry fugiram para Zakopane, nas montanhas Tatras, onde costumavam passar os meses de verão, sempre no mesmo hotel. O proprietário concordara em abrigá-los. Os pais de Henry nunca conseguiram descobrir ao certo onde ou como esconderam os velhos — a ideia geral era que não podiam ser vistos ou ouvidos e, portanto, estariam fora de perigo numa casa camponesa pertencente ao proprietário do hotel, fora do perímetro urbano de Zakopane. Terá o homem se cansado de abrigar judeus? Ou será que os vendeu à polícia polonesa ou diretamente à Gestapo? Um vizinho os terá denunciado? Nenhuma das investigações levadas a cabo depois da guerra pelo pai de Henry resultou em respostas confiáveis. De fato, contaram-lhe que um casal judeu tinha sido levado ao prédio da Gestapo em Zakopane antes do Natal de 1942. Os dois, que podiam bem ser seu sogro e sua sogra, nunca mais haviam sido vistos. O proprietário do hotel morreu em 1943, aparentemente de pneumonia; a família dele se mudara de lá. O pai de Henry achou estranho que o homem tivesse morrido de causas naturais; a suspeita era que tivesse sido acusado de traição. Se o haviam denunciado por dar abrigo a judeus, a probabilidade maior era que tivesse sido executado.

O caminho rumo à segurança seguido pelos pais de Henry

foi semelhante, mas não terminou em desgraça. *Pani* Maria, a velha professora de latim da mãe dele no *gimnazjum* — Henry explicou-me que isso equivalia ao colegial —, uma mulher notável que, durante a juventude, militara no movimento socialista polonês pela independência, oferecera a própria casa como abrigo para Henry e sua mãe. A casa ficava nos arredores de Cracóvia, e ela os manteria ali até o final da guerra, que, não tinha a menor dúvida, terminaria com a derrota dos alemães. Não menos impressionantes do que a coragem e a generosidade eram a erudição e os feitos literários de *pani* Maria. A melhor tradução para o polonês das *Odes e epodos* de Horácio era dela. Sua proposta parecia prática: era viúva, morava sozinha e não tinha parentes perto de Cracóvia. Não havia por que temer interferência ou indiscrição por parte de eventuais visitas, e a casa sempre tivera um cômodo fechado. Ela o isolaria. *Pani* Maria achava que, se todos fossem cuidadosos, podia dar certo. Mas ela não concordou em abrigar o senhor White também. Admitia por conta própria que não era uma decisão racional. Simplesmente acreditava que seus nervos não suportariam a presença de um segundo adulto naquele cômodo, atrás da porta oculta. Os pais de Henry não acharam que podiam fazê-la voltar atrás naquela decisão. O melhor era encontrar outro esconderijo para o senhor White. Havia um gerente que trabalhara em sua firma durante muitos anos e com o qual ele sempre mantivera excelentes relações. O homem hesitou, era necessário convencer sua esposa também, mas, por fim, concordou em acolher o pai de Henry. O senhor White nem esperou que lhe pedissem: tão logo o homem disse sim, transferiu para ele a propriedade da firma, dos imóveis que ele e a senhora White possuíam e de todas as demais posses cuja propriedade era passível de transferência. O ex-gerente lhe disse: Não se preocupe. Se sobrevivermos, vamos acertar tudo isso de maneira justa. Deram-se as mãos. A diferença real entre os dois esconderijos era que o senhor White precisaria morar no porão. Além da esposa, o ex-gerente tinha crianças pequenas. Era impossível impedir que estranhos entrassem na casa.

De todo modo, disse Henry, sobrevivemos à guerra, e quando os russos expulsaram os alemães de Cracóvia, saímos cambaleantes pelas ruas, como pessoas que houvessem ficado presas numa mina. De toda a nossa família, só nós sobrevivemos.

Fiquei abalado com a história e cóm a maneira como ele a havia contado: em tom trivial e, de certo modo, sem fazer caso.

O que aconteceu depois?, perguntei.

Quando? Depois da guerra? Moramos em Cracóvia por um tempo, no nosso velho apartamento. Ele havia sido confiscado por alemães que fugiram às pressas. Não foi necessário expulsar nenhum polonês dali, e os alemães tinham deixado a mobília no lugar. O homem que salvou a vida do meu pai concordou em lhe dar dinheiro suficiente para tocar a vida e em ajudá-lo com alguns negócios no mercado negro. Dividiam os lucros. Era um bom trato. Passado algum tempo, meu pai estava indo tão bem que lamentou deixar o negócio. *Pani* Maria — eu a amava mais do que a qualquer outra pessoa — morreu de gripe seguida de pneumonia. Depois, o verão acabou e chegou a hora de eu entrar para o *gimnazjum*. Tudo que eu sabia era literatura polonesa, que havia lido com minha mãe, redação em polonês e o latim e o alemão que tinha estudado com *pani* Maria. Estudei um bocado e passei. Então, surgiu uma oportunidade de comprar algum tipo de visto que nos permitiria sair da Polônia e ir para a Bélgica. Foi o que meu pai fez, mais do que depressa. Da Bélgica, fomos para Nova York. Havia uma coisa que meu pai não havia passado para o ex-gerente. Era a titularidade da conta da firma no Morgan de Nova York, que, graças a exigências do Fisco polonês de antes da guerra, continuava no nome dele. Com isso, tínhamos algum dinheiro, afinal, e conseguimos nos estabelecer no Brooklyn.

Hesitei um instante, mas, como se tratava de uma experiência inimaginável para mim, permiti-me perguntar como tinha sido viver escondido num cômodo isolado durante três anos.

O que você acha?, ele retrucou. Está querendo saber se a gente usava um penico e quem o levava lá para fora e quando? Ou como nos lavávamos? Ou se brigávamos? Isso eu não vou contar.

Desculpei-me pela pergunta e quis saber como ele tinha feito para recuperar os anos de estudo perdidos. Disse-lhe que entendia que ele houvesse estudado latim e alemão. Mas e o resto? E o inglês?

Foi como eu disse, ele respondeu, estudei um bocado. O que não sei, finjo saber. Tenho boa memória. Retenho tudo que possa encontrar nos livros. Mas, completou, nem tudo está nos livros. Como você já notou, não sei jogar bola. Também não sei subir em árvores. É muito provável que nunca aprenda.

Continuei insistindo — e, vejo agora, excedi-me em estupidez — que nada do que ele havia me contado constituía uma barreira entre ele e Margot. A guerra roubou um bocado de coisas de você e de seus pais, eu disse, e você sofreu muito. Os Hornung deveriam entender isso melhor do que ninguém.

É verdade, concordou ele, em termos abstratos. Na prática, porém, a questão não tem nada a ver com o que nós éramos antes da guerra ou com o que aconteceu durante a guerra. A questão é o que somos agora. Nós nos tornamos uma espécie diferente. Do que vive meu pai? Tem uma fabriqueta no leste do Brooklyn que faz cortinas, estofamentos e coisas assim. Investe em prediozinhos para alugar. Aprendeu algum inglês antes da guerra. Você já falou com ele ao telefone. Minha mãe é a mesma coisa. É onde dá para chegar, se seu ponto de partida é o leste do Brooklyn. Você já esteve por lá? Não recomendo. Até o ano passado, morávamos num apartamento que era um verdadeiro buraco. Dois quartos pequenos — não eram maiores do que nenhum desses cômodos aqui —, uma sala de estar escura e feia e uma cozinha feia, com uma bela vista para o duto de ventilação. Agora, mudamos para uma casa grande, é verdade, em Flatbush, um lugar calmo, cheio de judeus ordeiros de classe média. Os amigos de meus pais são como nós: todos ex-isso ou ex-aquilo. O que os diferencia é que chegaram aqui antes da guerra e, portanto, não tiveram de se esconder num porão ou atrás de algum armário. Alguns deles têm mais dinheiro que meu pai, alguns têm até muito dinheiro, mas o que isso significa, comparado a gente como os Hornung? Nada. Você fez uma careta quando eu disse que a família de Margot e meus pais pertencem a espécies diferentes. Está bem, abro mão dessa metáfora. Aqui está outra: neste momento, Margot e os pais dela estão no topo de uma árvore; nós estamos lá embaixo, na raiz. Mas essa é a árvore que vou aprender a escalar. Do contrário, não tenho por que estar aqui.

Eu gostaria de poder dizer que, depois disso, parei de debater com Henry. Mas não parei. Expliquei a ele como o lugar onde a gente mora e quanto dinheiro ganha são muito menos importantes do que o que somos de verdade, por dentro. Essa, disse eu, era a diferença entre os Estados Unidos e a Europa. Enquanto pontificava, mal percebia que estava defendendo um ponto de vista que, fosse o assunto minha própria situação, eu não teria podido sustentar. Por certo, meus pais eram de ótima família — na escala vigente em Berkshire —, e, à época, eu tinha muito mais respeito pela gente bem-nascida de Lenox e Stockbridge do que minha experiência acabou por revelá-la merecedora. Portanto, a não ser pelo detalhezinho de que eu não era seu filho biológico, pouco haveria de importar que a reputação de meus pais estivesse manchada e que seu caráter perdulário — e o dos pais deles também — houvesse lhes assegurado pobreza miserável, em comparação com o primo riquíssimo de meu pai, seu patrão: o primo de sobrenome imaculado e com todas as vantagens que um bom sobrenome enseja. Sim, havia o importantíssimo clube de campo, ao qual pertenciam igualmente a família dele e a nossa, e onde mantínhamos frequente e desconfortável contato. Os primos, no entanto, eram sócios de outros clubes, aos quais meus pais não podiam aspirar, e viviam de modo bem diferente de nós. Alguém do condado de Berkshire poderia, em sã consciência, considerar meu pai e seu primo ocupantes de um mesmo patamar social? Eu sabia que a resposta era não, mas essa resposta doía. Queria as duas coisas: ser julgado por meus próprios méritos e tirar todo o proveito possível do meu sobrenome, ainda que fosse um sobrenome ao qual, a despeito de todos os procedimentos legais de adoção, eu não conseguia convencer a mim mesmo de que tinha direito legítimo. Ainda assim, no condado de Berkshire — e além dele, talvez — era melhor ser um Standish do que um Nowak ou um Mahoney.

No fim, tanto fazia o que eu dissesse. Henry não parava de rir.

6.

Percebo agora que nós três — Henry, Archie e eu — usávamos a palavra "judeu" com comedimento, segurando-a cautelosamente entre dois dedos e bem distante do corpo, como se ela emanasse cheiro ruim. Era embaraçoso pronunciá-la diante de gente educada, sobretudo se havia um judeu presente, a não ser que, como fazia o velho Gummy, se estivesse contando uma daquelas piadas sobre Weisberg, Goldberg e afins. Nesse sentido, não era uma palavra muito diferente de "homossexual", ou de algumas de suas variações de uso corrente em Harvard: bicha, veado, maricas, vinte-e-quatro, efeminado, pervertido ou pederasta. Não obstante, tinha certeza de que Henry havia contado a Archie que era judeu, ou que lhe tinha revelado de algum outro modo. Mas não estava nem um pouco certo de que alguma vez houvessem conversado sobre a guerra. Um dos motivos para tanto era a aversão de Archie por aquilo que ele chamava de "conversa pesada". Na iminência de uma tal conversa, seu primeiro instinto era sair correndo ou se esconder. Na impossibilidade prática de sumir, Archie fazia uma expressão de grande seriedade, aguçando a orelha direita como se não quisesse perder uma única palavra, e, em dois ou três minutos, encerrava a sessão com alguma recomendação mais ou menos britânica para que o interlocutor se animasse, ao mesmo tempo que se oferecia para nova conversa séria muito em breve. Em seguida, costumava dar um tapinha nas costas ou um apertão no braço, logo acima do cotovelo. Não era por falta de compaixão. Ao contrário: acho que evitava ouvir os problemas dos outros porque eles o afetavam agudamente. Archie precisava de pouquíssima comunicação verbal para fazer um juízo de quem quer que fosse. Eu tinha certeza de que, depois daqueles dois meses de íntima convivência com Henry, ele sem dúvida já sabia tudo que queria saber a respeito dele. A mecânica da sobrevivência da família White e de sua emigração para o Brooklyn, ele a teria classificado como assunto em que não lhe cabia imiscuir-se. Teria dado ouvidos a Henry, se ele assim desejasse, mas não faria perguntas. Eu não havia me esquecido de que tinha sido Archie, e não eu, o primeiro a perceber que Henry era judeu, e um judeu que não fazia questão de ser reconhecido como tal. O interesse que tinha manifestado em algum dia ouvir a história de Henry tinha sido, eu compreendia agora, nada mais do que um sinal de educação. Minha própria opinião a esse respeito havia mudado, e eu agora julgava fundamentalmente correta a visão de Archie do "judeísmo" de Henry: aquela história de ele estar sempre pronto a admitir que era judeu, se alguém perguntasse, e de, nos casos apropriados, dar essa informação por conta própria resultava em pouco mais do que a determinação de não ser flagrado numa mentira humilhante.

Vez por outra, eu achava que devia dizer a Henry que a melhor política era deixar claro que ele era judeu, tão logo pressentisse que a pergunta estava prestes a ser feita. Nunca disse isso a ele. Tudo que dizia respeito aos judeus — um assunto ao qual eu dedicara muito pouca reflexão até então — era complicado demais, e as reações de Henry eram imprevisíveis. Ou talvez fosse mais exato dizer que eu era péssimo em fazer previsões. Por exemplo, pouco depois de ele me dizer que era judeu, perguntei se ele tinha visto *A luz é para todos*. Ele fez que sim com a cabeça. Quando perguntei o que ele tinha achado do filme, Henry me respondeu que gostara de Gregory Peck e das roupas dele, dos belos apartamentos, da casa em Connecticut e dos restaurantes. Comentei que o filme era muito mais do que isso. Que sua mensagem era importante. Ele balançou a cabeça: É só um vidro de aspirina para você e para pessoas como você. Tornei a protestar. Henry respondeu que Gregory Peck era um escoteiro num acampamento. No caso dele, fingir que era judeu equivalia a uma noite acampado num bosque, sendo mordido pelos mosquitos. No domingo, poderia ir para casa, tomar um banho quente e comer panquecas com groselha. É o amigo de Gregory Peck, o personagem interpretado por John Garfield, prosseguiu Henry, que tem de continuar sendo judeu e se haver com gente que odeia judeus. Como é isso? Se quer mesmo saber como é ser judeu, Shylock pode dizer a você. Ouça o que ele diz enquanto vomita seu rancor e seu ódio. Aquilo, sim, afirmou ele, era um depoimento genuíno sobre a condição judaica. Deixe que Shylock conte a você como é.

A propósito, acrescentou, você chegou a perceber que não há no filme menção nenhuma ao assassinato de milhões de judeus na Europa, seja quantos forem? Cinco? Seis? Sete? O assunto não devia ter surgido de alguma maneira? Por exemplo, quando um dos caipiras chama John Garfield — um condecorado veterano de guerra envergando uniforme completo do Exército — de judeuzinho sujo? Silêncio total. O que isso nos diz sobre o senhor Garfield, que em algum momento do passado já se chamou Jacob Julius Garfinkle, e sobre todos que participaram da produção do filme? Moss Hart, por exemplo, que foi quem escreveu o roteiro?

Disse a Henry que não tinha resposta para aquela pergunta.

Não existe uma resposta decente. Esse é um dos motivos pelos quais prefiro evitar o assunto. Archie e eu não conversamos sobre isso.

De fato, não podia imaginar Archie tendo aquele tipo de discussão. Por outro lado, ele com certeza estava a par do assunto Margot. Quando lhe contei que tinha sido chamado ao teatro para identificá-la, Archie me disse que Henry lhe pedira a mesma coisa, ainda que desejoso de outro tipo de avaliação.

Só que eu não vou, não, disse ele. Tenho certeza de que conheci aquele docinho na festa do Mario, semana passada. Ela me parece legal.

Mario era um quartanista, um argentino jogador de polo que arranjara tempo para o rúgbi também.

Vou pedir ao Mario que a convide de novo. Aí, você e eu levamos Henry, Archie continuou. É o único jeito de ele algum dia vir a conhecê-la. Mas não diga nada a ele. Henry não vai querer ir, se souber o que estamos armando.

Aquele era o lado eficiente e agradável de Archie, que combinava com sua bela aparência sardenta, seu jeito descomplicado e seu trato fácil com as pessoas. Se um amigo precisava de uma ajudazinha com algum problema prático, ele era a pessoa indicada. Seu outro lado era o da bebida. Eu tinha visto meus pais recorrerem a ela desde tempos imemoriais. Sabia reconhecer alguém para quem o álcool significava coisa bem diferente do comportamento tolo de quem bebeu um pouco além da conta. Bêbados fadados à destruição, como meu pai, me assustavam; não há como dizê-lo de outra maneira, mesmo que, como era o caso do meu pai, não houvesse nenhum sinal de algum pendor para a violência. Que Archie era um desses beberrões, eu não tinha dúvida, embora ele enganasse a maioria de seus amigos, porque resistia muito bem ao álcool. Na minha opinião, bem demais. A quantidade enorme de bebida consumida nas duas ou três festas dos amigos de Archie a que eu comparecera, para não falar no que ele próprio bebia, desestimulou-me de seguir frequentando-as. Agora era diferente. Se Henry iria ser apresentado a Margot, eu não deixaria de comparecer.

Não tinha dúvida de que Archie compreendera que eu desaprovava seu comportamento. O modo como ele recalibrou sua atitude para comigo demonstrou claramente que havia ficado magoado. Pusera-se em vigilância. Nossa camaradagem renascia apenas quando nos encontrávamos na quadra de squash. Jogávamos com frequência. Ele era ágil e rápido; eu tinha de dar duro para proporcionar-lhe um jogo decente. De minha parte, tão logo ficou claro em que pé estávamos um com o outro, comecei a entender que nem minha desaprovação, que ele na certa considerava outro sintoma de afetação, nem a de qualquer outra pessoa — tanto quanto eu podia dizer — lhe importava. Archie se convencera a acreditar que beber muito era um gesto romântico, um ato galante de desafio que ele podia praticar em virtude do total controle que era capaz de exercer sobre si mesmo, se quisesse, e de sua constituição vigorosa. Squash, aliás, era outro jogo no qual Archie iniciava Henry, e que Henry estava ansioso para aprender, porque associava corretamente esse esporte aos internatos particulares. Por que Archie se dava a todo esse trabalho com Henry e se tornara tão ligado a ele, isso não deixava de ser um mistério para mim. De início, ao menos, talvez tenha sido a atração exercida por tudo quanto é exótico. Tanto quanto o era para mim, Henry era para Archie um tipo estranho e desconhecido até aquele momento. Os contatos anteriores de Archie com judeus deviam ter sido ainda mais limitados que os meus, mas haviam contribuído para uma atitude mais liberal, que era, de resto, sua atitude para com quase tudo o mais, à exceção de marcas de gim e cigarros e de toda a parafernália necessária ao conforto e ao prazer de um cavalheiro. O que, porém, despertava tamanho interesse em Archie não era apenas o "judeísmo" de Henry ou suas experiências na guerra — que ele pode ou não ter investigado —, tampouco a postura ambígua: o que realmente o fisgou, creio, foi o fato de Henry, um sujeito mais intelectualizado e lido do que qualquer outro que Archie conhecia, ser uma pessoa tão cordata e tão ansiosa por vincular-se fortemente a ele. Archie tinha verdadeira admiração pelo intelecto do amigo e teria entendido se, no trato com ele, Henry houvesse optado por uma postura distante ou mesmo condescendente. Em vez disso, mostrava-se um pupilo aplicadíssimo, ávido por aprender os truques que Archie tinha a ensinar, participante sem nenhum traço de menosprezo dos passatempos que eram a principal ocupação de Archie — passatempos que o próprio Archie certamente sabia serem tolos. Tamanha aceitação deve ter lhe parecido quase miraculosa. Convenceu-o da afeição sincera de Henry, e tanto um quanto o outro, cada qual à sua maneira, sentia imensa necessidade de agradar aos outros e saber-se querido. Havia um preço a pagar por isso, e ambos pagaram. É provável que, além da impressão falsa de que os êxitos de Henry não lhe demandassem grande esforço, Archie tenha encontrado na amizade dele legitimação para sua própria conduta, a prova de que não havia nada de errado com ele e de que poderia, portanto, ignorar o que percebia como minha desaprovação — talvez até mesmo a desaprovação e a recriminação de outros também. Era impossível que Henry não tivesse consciência do papel que desempenhava. Nesse caso, em que medida ele era responsável pelo comportamento de Archie? Será que se sentia livre de toda e qualquer responsabilidade porque, mais ou menos como eu, chegara à conclusão de que tentar mudar Archie era perda de tempo? Eu me perguntava se, no fim, Archie acabaria culpando Henry por essa cumplicidade. Talvez já tivesse feito isso algumas vezes, naquelas horas terríveis em que a ressaca pouco a pouco cede lugar à árida lucidez. Parecia improvável que já houvesse acontecido, mas Archie possuía para mim uma opacidade que Henry não tinha, embora se pudesse supor que nós dois nos entendêssemos melhor. Para essa opacidade contribuía o fato de ele ser muito reservado no tocante a sua pessoa e a sua família, assim como o fato de minha curiosidade a seu respeito ser bem menos intensa.

A festa de Mario aconteceria depois do jogo entre Harvard e Yale, o último da temporada, na casa em que pretendíamos morar como segundanistas. Archie e Henry iriam ao jogo desacompanhados. Como eu não tinha ingresso e havia dito que tampouco queria um, Archie instruiu-me a encontrá-los na portaria do edifício, a fim de poder cercar Henry e impedi-lo de desistir no último minuto. O tempo piorou durante a tarde; o vento soprava forte através da passagem coberta entre a rua e o pátio, onde eu aguardava. A vergonhosa derrota de Harvard para Yale era esperada, o que, talvez, não havia desanimado os rapazes e as garotas que entravam correndo, provenientes de Dunster Street. Eu observava os rostos e narizes vermelhos, o carmim ou o azul dos longos xales enrolados no pescoço das meninas, o eventual casaco de pele de guaxinim. Um desses casacos, comuns nos tempos de faculdade de meu pai, pendia de um cabide no vestíbulo lá de casa. Muito gentil, ele o oferecera a mim na véspera da viagem a Cambridge no carro dirigido por minha mãe. Minha recusa em aceitá-lo tinha sido um reflexo mal-humorado, e eu sabia que o havia ofendido, embora ele tivesse à mão o martíni pacificador e limitasse sua resposta ao habitual "está bem, perfeito".

Archie e Henry chegaram enfim. Atravessamos o pátio e subimos dois lances de escada. A sala de estar revelou-se lotada e barulhenta. Diversas pessoas cumprimentaram Archie; Henry, prudente, permaneceu a seu lado. Como não visse ninguém que eu conhecia, perambulei até a janela que dava para o rio Charles.

O rio, adiante de Memorial Drive, cintilava como um veio liso de antracito. Havia uma pilha de discos na vitrola. Identifiquei como tango a música que tocava. Seguiu-se uma fervorosa cantoria em espanhol. A voz grave de mulher atingia altura vertiginosa para, então, cair abruptamente. Era acompanhada de um violão e do bater ritmado de mãos e calcanhares. A estranha música me atraiu. O disco seguinte era parecido e, de novo, ouvi com atenção. Um homem musculoso e de cabelos bem pretos aproximou-se de mim e disse: É flamenco, canções ciganas do sul da Espanha. Eu coleciono discos de flamenco. Você pode aparecer para ouvi-los quando quiser. A propósito, sou Mario Delgado. Você deve ser um dos companheiros de quarto do Archie — o que não é polonês. O sotaque de Mario era tão elegante quanto seu blazer azul-marinho, bem diferente do inglês dos outros amigos latino-americanos de Archie.

Disse-lhe que jamais teria adivinhado que ele era argentino. A estupidez provinciana da observação tornou-se clara para mim no mesmo momento em que a fiz. Balbuciei um pedido de desculpa.

Não se preocupe, ele respondeu, ninguém consegue dizer de onde eu sou, e todo mundo pergunta. É que estudei na Inglaterra, mas me mandaram para lá um pouco tarde. Venha beber alguma coisa.

Mario conduziu-me até a mesa que fazia as vezes de bar e habilmente afastou-se. Vi Henry e Archie ainda junto da porta, no meio de um grupo de pessoas que precisavam gritar acima do volume da música para se fazerem ouvir. Não quis me intrometer. Em vez disso, retornei a meu posto à janela. A caminho de lá, examinei, primeiro, o conteúdo das estantes de livros, que não revelou nada de notável, e, depois, os pôsteres pregados às paredes, anunciando Dubonnet, o cassino de Biarritz, filmes franceses e o infalível Moulin Rouge. Ao mesmo tempo, pus-me a esquadrinhar os convidados. As garotas eram todas muito altas.

Talvez fosse o critério para a escolha das convidadas. Reconheci algumas, provavelmente por ter olhado fixamente para elas na biblioteca. As outras deviam ter sido arrebanhadas para o importante fim de semana, importadas de Wellesley, Smith, Vassar, Sarah Lawrence ou mesmo de fornecedores mais distantes. Entre os homens, os estrangeiros pareciam constituir maioria. Vestiam paletós de tweed ou blazers que, como o de Mario, eram bonitos demais para passarem despercebidos. Os americanos, todos de alta extração, ostentavam gravata-borboleta dos três ou quatro melhores clubes. Loiros e serenos, eram produto dos internatos particulares que serviam como principal fonte de alimentação de Harvard, uma espécie que não me era desconhecida, a não ser pelo fato de que os representantes reunidos na casa de Mario estavam bem no topo da escala de perfeição. De novo, lancei um olhar para Archie e Henry. O grupo era todo de estrangeiros e, portanto, de jogadores de rúgbi. Era impossível não perceber que meus dois companheiros de apartamento estavam fora de lugar naquele cenário, ou, dizendo-o de forma mais brutal, pareciam esquisitos. Isso não se devia apenas à maneira como estavam vestidos — ou, no caso de Henry, ao corte de cabelo também, curto demais, expondo a pele branca acima das orelhas. Tinha mais a ver com sua expressão facial. Eles não exibiam nem a brandura e a satisfação com o lugar que ocupavam por direito divino, como o faziam os membros de clubes, nem a benfazeja bonomia dos estrangeiros. Archie parecia ansioso e ávido por agradar; Henry estava nervoso e pouco à vontade, o que não conseguia ocultar.

Uma boa meia hora havia se passado desde que Mario me compelira rumo a meu martíni, e eu ainda não tinha trocado uma única palavra com ninguém. Perguntei-me quanto tempo mais conseguiria me manter naquela atitude com alguma decência, sem pedir outra bebida ou tomar alguma medida que me transformasse em eremita menos conspícuo. Perguntava-me também se

Margot apareceria ou não, e, caso aparecesse, como Archie faria para apresentar os dois. Não achava que ele a tivesse conhecido de fato; o mais provável era que só a houvesse observado e descoberto seu nome. Tinha acabado de decidir que a esperaria por não mais de quinze minutos e já abria caminho até o bar quando Margot entrou de braço dado com meu primo George. Não era bem o modo como eu gostaria de tê-lo encontrado pela primeira vez desde que chegara a Cambridge, mas aquilo resolveria o problema sobre o qual eu vinha refletindo: iria cumprimentá-lo, e o resto se arranjaria por si só. Verifiquei onde estavam meus companheiros. Não tinham saído do lugar. Em pé e de costas para a porta, nenhum deles teria podido ver Margot.

Munido de outro martíni, caminhei na direção de George. Levou alguns instantes até que ele me visse. Mas, tão logo me viu, exclamou com uma expressão de agradável surpresa — esperei que genuína, ao menos em parte —, que era uma tremenda coincidência encontrar-me naquela festa, dada por gente que ele não conhecia. Depois, apresentou-me a Margot como seu primo. Ela balbuciou um cumprimento não muito simpático. Sem lhe dar atenção, George disse-me que queria mesmo se encontrar comigo o mais rápido possível, antes ainda do início das aulas, mas que, com os compromissos todos, e em especial com os treinamentos de sua equipe, não havia tido tempo para me procurar. Assegurei-lhe enfaticamente que estivera pensando nele com frequência, mas que, tendo ele ingressado na equipe de luta livre dos primeiranistas, eu compreendia que o esporte lhe tomasse tempo considerável. Então, Mario juntou-se a nós. Era uma boa oportunidade para eu chamar Henry. Meus companheiros de quarto estão aqui também, disse a George. Gostaria que você os conhecesse.

Na verdade, chamei apenas Henry. Assim que o viu, Margot ganhou vida. Abriu os braços e exclamou: Até que enfim, aí está o moço da janela! Foi muito engraçado. Fiz o maior estardalhaço para paquerá-lo, mas ele nem me deu bola! Foi muito humilhante, concluiu ela.

Eu não saberia dizer se aquela saudação havia encabulado ou encorajado Henry. De todo modo, ele não precisava de mim. Afastei-me de novo para junto da janela, planejando ficar na festa apenas por mais alguns minutos antes de ir jantar, só para me certificar de que estava de fato tudo bem com Henry. George soltou-se do braço de Margot e me acompanhou.

Escute, disse-me ele, quando falei que pretendia procurar você estava falando sério. Devíamos ser amigos. Do lado dos Standish, eu só tenho um primo, e é você.

A rigor, aquilo não era bem verdade. George tinha duas outras primas mais velhas, filhas da irmã de seu pai. Eu era apenas primo em segundo grau. O sobrenome delas não era Standish, mas o parentesco com ele era mais próximo. Ainda assim, teria sido grosseiro de minha parte corrigi-lo.

Pittsfield é um lugar engraçado, disse ele, referindo-se à cidade onde ficava a sede do banco. Stockbridge e Lenox também. Conhecendo meu pai, tenho certeza de que ele não quer que o pessoal do banco pense que seu velho recebe tratamento privilegiado. Por isso, aposto que ele o trata com estrito profissionalismo. Mas isso não tem nada a ver com nós dois. A gente deveria ser amigo.

Meu espanto foi considerável. Passara a infância inteira achando que aquilo era impossível. Quando éramos colegas de escola, eu ia às festas de aniversário de George porque a mãe dele convidava a classe toda. Os convites, é claro, cessaram assim que fomos para internatos diferentes. Agora, porém, era ele quem dava o primeiro passo. Eu não podia imaginar o que estava por trás daquela abertura. Discrição notável por parte dos pais dele acerca dos meus, assim como sobre a adoção? Evidentemente, era possível que o senhor Hibble tivesse dito a verdade e, de fato, ninguém soubesse de nada, a não ser ele próprio e meus pais. E vovô Standish, meu benfeitor. O que havia em mim de que George pudesse gostar? Não me ocorria nada. Talvez alguma alma bem-intencionada tivesse dito algo de favorável que houvesse chamado sua atenção. Ou será que ele estava agindo em conformidade com sua *noblesse oblige*? Ocorreu-me que, caso fizéssemos amizade verdadeira, eu precisaria contar a ele que havia sido adotado. Seria errado esconder isso de alguém que se importava tanto com laços familiares. Mas o assunto podia esperar. Assegurei-lhe que acharia ótimo sermos amigos. E acrescentei: Margot parece legal.

Gosto muito dela, disse-me ele. Se eu conseguir convencê-la a ir ao baile de Ano-Novo em Stockbridge, você terá de ir também.

Depois que nos despedimos, encontrei Mario e lhe agradeci o convite. Não consegui achar Archie. Margot e Henry continuavam onde eu os havia deixado. Não quis incomodá-los. Com um pouco de sorte, ainda conseguiria alguma coisa para comer no restaurante dos calouros. Caminhei a passos rápidos na direção de Quincy Street.

7.

Uma grande tempestade de inverno caiu depois do Natal, derrubando linhas de eletricidade no oeste de Massachusetts e em partes de Connecticut e Nova York, além de cobrir de neve muitas estradas. Em alguns lugares, foram necessários vários dias para a limpeza, e equipes trabalhavam vinte e quatro horas por dia para restabelecer a eletricidade e o serviço telefônico. Como todo cidadão nascido na região de Berkshire, George não via nada de mais em dirigir em meio ao pior dos invernos e estava determinado a viajar para Nova York na perua da família. Passaria a noite na casa da tia, apanharia Margot e Henry e os levaria para Stockbridge. Os pais dele não tinham objeção nenhuma; antes, acharam maravilhosa a ideia. O pai apenas o aconselhou a levar um conjunto sobressalente de correntes no porta-malas da perua, só por precaução. A senhora Hornung, porém, vetou a empreitada. Decretou que, se Margot precisava mesmo ir a um baile em Berkshire, iria de trem, embora a ideia mais sensata fosse George ir à festa que ela e o marido davam toda véspera de Ano-Novo em seu apartamento nova-iorquino. Nela, poderiam dançar também, e amigos de George eram bem-vindos, caso ele quisesse convidar alguém. A decisão da senhora Hornung pôs fim à briga que Henry travava com os pais sobre viajar com George no meio de uma tempestade. No fim, o baile em Berkshire derrotou a festa dos Hornung. Margot e Henry pegariam o trem que chegaria a Stockbridge às três da tarde na véspera de Ano-Novo e, por insistência de Margot, Henry se hospedaria na casa de George, em vez de ficar comigo, como eu havia proposto. Considerando-se a ocasião especial e minha pouca confiança no desempenho de meus pais no papel de anfitriões, cedi de bom grado. Ainda assim, acompanhei George à estação, a fim de cumprir ao menos parte de meus deveres para com meu companheiro de apartamento. Não havia ninguém de serviço na estação de Stockbridge, como, de resto, já não costumava haver fazia um bom tempo. Esperamos cerca de quinze minutos. Depois, como os telefones públicos não funcionavam, fiquei na plataforma, de modo a estar ali para receber Henry e Margot, caso o trem aparecesse de repente, enquanto George foi até um posto de gasolina não muito distante, na rodovia 7, ligar para estações anteriores no estado de Nova York em que pudesse haver alguém de serviço. O resultado foi o que já esperávamos. Os desvios seguiam congelando. Levaria talvez mais de uma hora para que Henry e Margot chegassem, mas podiam chegar antes disso também. Uma vez que não tinham como telefonar para nós, permanecemos na estação.

Desde a festa de Mario, eu cruzara com Margot apenas no Harvard Yard e na rua. Acenávamos um para o outro, nos cumprimentávamos, mas, a despeito da minha curiosidade crescente a respeito dela, não parávamos para conversar. Henry voltara tarde para o apartamento na noite da festa. Disse que estava congelando. Archie ainda não chegara, e eu tinha acabado de terminar minha leitura. Como Henry não havia jantado, sugeri que fôssemos comer um hambúrguer. Ele não queria; alegou que estava cansado e que não desejava sair de novo com todo aquele frio, mas acabou topando. O vento se transformara em ventania e, considerando-se que se tratava do fim de semana do jogo contra Yale, Harvard Square e as ruas adjacentes estavam surpreendentemente vazias naquele sábado à noite. Não se via nem mesmo a habitual gangue de citadinos do lado de fora da Elsie's, na Mount Auburn Street, esperando para fisgar graduandas incautas. Deixei que Henry comesse em silêncio. Estávamos no segundo café quando perguntei o que tinha acontecido na festa, após a minha saída. Nada, respondeu ele. Margot apresentara Henry e George a Mario. Depois, George se afastara para ir cumprimentar outras pessoas, deixando-o a sós com ela. Tiveram uma longa conversa. Em algum momento, George se voltou para Margot e convidou-a: Vamos comer alguma coisa?, ao que os dois saíram em direção a um restaurante em North End. Muito educado, George o convidara a juntar-se a eles. Mas Henry, que não queria abusar, recusou o convite. Àquela altura, o restaurante dos calouros estaria fechado e, de todo modo, ele nem estava a fim de jantar. Então, caminhou até Harvard Bridge pela beira do rio, do lado de Cambridge. Depois, atravessou para Boston e perambulou algum tempo por Back Bay. Seguiu a Storrow Drive na direção de Cambridge, voltou para Harvard Square e circulou à toa por Brattle Street e Spark Street. Lindas casas, comentou. Eu não me importaria de morar numa delas.

Fiz bem em não ir ao restaurante, disse ele. Seu primo George foi simpático o bastante para me deixar sozinho com Margot por quase uma hora. Ele não precisava da minha presença no jantar. Afinal, ela tinha ido à festa com ele, certo? A noite era dele. De qualquer maneira, será sempre assim. É melhor eu me acostumar.

Devo ter feito uma expressão de perplexidade. É simples, disse-me Henry. Ela é o tipo exato da garota com quem todos querem sair, todos os rapazes naquela festa, e George é precisamente o tipo de homem com quem ela acha que deve sair. Pode até ser que ela queira alguém ainda mais elegante. Não é o meu caso. Por outro lado, Margot me contou que não tem muito que conversar com eles, que, aliás, não se disporiam necessariamente a ouvi-la. Portanto, podemos conversar um com o outro. É meu papel — ela deixou isso muito claro.

Eu não teria imaginado Henry no papel de confidente de Margot. Ou em nenhum outro daqueles papéis. O que me levou a pensar que ele devia parar de perder tempo com sua Pentesileia da era do jazz e também com os cachorros com os quais vinha se consolando. Havia muitas garotas atraentes em Radcliffe que ficariam felizes em ter alguém como ele. Era possível até que algumas fossem judias. Claro, não disse isso a ele. Antes, cumprimentei-o por seu realismo e por lidar tão bem com a situação.

Lidar tão bem?, ele retrucou. Não seja ridículo. Recebi cartas marcadas já de saída. Eu sei disso, e não vejo nada aí com que se possa lidar bem. Não me entenda mal. Não estou desistindo de Margot. Isso é só um recuo tático numa longa batalha. Por enquanto, meu plano é ser amigo dela. O que quer que aconteça, o que quer que ela faça com os outros, vou esperar pelo momento propício.

Sua declaração não me tranquilizou. Eu havia dado uma boa olhada em Margot e nas outras garotas no apartamento de Mario. Se Henry pensava mesmo que, com o tempo, conseguiria afastá-la dos Georges e Marios deste mundo, estava fadado a sofrer mais decepções. Eu tinha consciência de haver mudado de opinião, mas era inevitável. Na verdade, começava a achar que talvez Archie e eu tivéssemos cometido um erro ao arranjar aquele encontro fortuito na festa de Mario, como se fosse apenas uma brincadeira de estudantes. Ao mesmo tempo, porém, alguma coisa me compelia adiante; não conseguia parar de me intrometer. Perguntei se ele não podia fazer um teste e convidá-la para sair.

Ela me daria um fora, disse ele. E isso estragaria tudo.

Por quê? Você acha que ela é antissemita?, perguntei à queima-roupa. É esse o problema? Porque se ela é, o que a faria mudar?

E quem não é?, perguntou-me ele.

Não é bem assim, protestei, eu não sou. Archie não é, e tem um monte de gente que pouco se importa com o fato de você ser judeu.

Não tenho tanta certeza, disse Henry. E, seja como for, você nunca passou por nenhum teste. Claro, nem você nem Archie parecem se importar que tenham empurrado um judeu para cima de vocês. Já em outras situações, quem poderia dizer? Você com certeza parece muito atento à questão judaica. Em outras circunstâncias, poderia descobrir que se importa, sim, e muito. Seja como for, sei que existem judeus e judeus, e que alguns judeus são aceitáveis na maioria dos casos — a não ser para malucos de fato —, ao passo que outros não. O pai da Margot e a própria Margot são judeus classe A. Eu sou classe B, por enquanto. Mas quero ir para a A.

Ainda que um pouco desconcertado com a hostilidade dele, desejei-lhe sorte.

Pude, então, observá-lo por um tempo como melhor amigo de Margot e devo dizer que admirei sua estranha eficiência. Duvido que se passasse um único dia sem que se encontrassem para um café ou chá na Hayes-Bickford, tanto no intervalo entre as aulas da manhã como no fim da tarde, quando saíam da biblioteca. Henry evitava a Leavitt & Pierce's para não precisarem se sentar ao balcão, onde não desfrutariam da privacidade necessária. Além disso, era aonde "eles" iam, moços e moças de bem. Na maior parte das vezes, Margot e Henry estudavam lado a lado na Widener. Quando ela precisava usar a biblioteca de Radcliffe, para consultar um livro que reservara lá, Henry esperava do lado de fora e, depois, a acompanhava até o alojamento dela. De vez em quando, iam ao cinema. George não era grande cinéfilo e, juntando aos treinos com a equipe os trabalhos que tinha para fazer — era estudante aplicado, que lia devagar, tomava notas cuidadosas e se preocupava com a data de entrega dos trabalhos —, nunca tinha tempo. Margot, fiquei sabendo, era rápida, mas não se aplicava muito. De acordo com Henry, fora tão bem preparada por seu colégio nova-iorquino que não tinha necessidade de se preocupar muito com as matérias que fazia. Eu teria gostado de saber sobre o que Henry e Margot conversavam. Livros e trabalhos de faculdade? Será que ele falava mais abertamente com ela sobre a Polônia e a guerra? Henry não dava sinal disso, mas o que efetivamente descobri foi que George não era o único a sair com Margot ou, nas palavras de Henry, a ter encontros de verdade com ela. Havia também um estudante belga de administração, um sujeito rico, dado a viagens-relâmpago a Nova York toda vez que Margot ia para casa. É um playboy internacional, Henry explicou-me, numa clara repetição das palavras de Margot, e não o típico aluno caxias de administração de empresas. George sabia do belga e suportava estoicamente a atenção dispensada a ela. Tolerância equânime parecia, de fato, a marca registrada de George em seu relacionamento com Margot. Com indiscrição desnecessária, Henry me contou que Margot lhe explicara os limites estritos das liberdades que George podia tomar com ela, e que George as havia aceitado com serenidade. Era possível que essa aceitação tivesse sido facilitada pelo rigoroso regime de treinamentos de sua equipe e pelo salitre que, dizia-se, era adicionado à dieta especial dos atletas de ponta. Henry parecia saber que o belga perseguia seu intento mais fogosamente. Além disso, era visível que George se sentia tranquilo em relação a Henry e, pelo menos de acordo com Margot, havia sido ideia dele convidar Henry para a festa de Ano-Novo no Automóvel Clube de Lenox. Convidar você, assegurou-me Henry, também foi ideia do próprio George. Eu não tinha razão nenhuma para duvidar da exatidão daquela informação, uma vez que George falara em me convidar já na festa de Mario. E, no entanto, o comentário inofensivo provocou-me um feio acesso de ciúme — eu considerava que Henry me pertencia, tanto quanto o vínculo com George e com Berkshire, e, por um momento, não gostei da aliança que, sem a minha participação ativa, havia se formado entre os dois. Perguntei-me até que ponto Margot havia influído no convite a Henry. Um bocado, eu tendia a acreditar, embora George tivesse me falado bem de Henry logo depois de se conhecerem, no apartamento de Mario. Aquele seu companheiro de quarto com sotaque engraçado é um bom sujeito, dissera-me ele. Margot o acha incrível. Concordei com ambos os juízos. Sabe que eu acho que ele talvez seja judeu?, prosseguiu George. Não vendo razão para fingir ignorância, confirmei que era, sim. Então é judeu?, George repetiu, pensativo, o que não tomei como indício de que a informação o houvesse surpreendido — ele apenas precisara de alguns momentos para processar o fato novo. Meus pais não vão se importar, continuou. Ele é muito educado e pode conversar com minha mãe sobre livros. Pensando nas críticas de meu pai aos judeus, em nosso clube de campo, e nas velhas opiniões de Gummy, perguntei a George como ele achava que Henry iria se sair com os senhores do glorioso Automóvel Clube. Não era por opção que meus pais não constavam entre os sócios do estabelecimento. Pouco me importa o que pensam aquelas múmias, ele respondeu. Meus pais também não dão a mínima. Absorvi em silêncio a afirmação. De novo, George se revelava um sujeito bem mais decente do que eu havia imaginado. Outro aspecto de sua resposta era igualmente digno de nota: claro que era mais fácil ir contra a opinião dos outros quando se era rico e detentor de posição social inatacável.

Como Henry, eu tinha todas as razões para ter uma ótima opinião de George. Ele dera sequência ao que eu receara ter sido apenas um bate-papo formal numa festa e convidou-me para ir almoçar no restaurante chinês da Oxford Street já no dia seguinte. Começamos a nos ver com frequência, sobretudo porque fazíamos o mesmo curso de literatura inglesa, e ele se embananava com o ensaio semanal obrigatório. Muitas vezes, queria me ver para pedir ajuda com o que havia escrito. No mais, púnhamos em dia a fofoca sobre Berkshire. Conhecíamos as mesmas pessoas, ainda que às vezes sob óticas diferentes. Decidi que era melhor contar a ele o que o senhor Hibble havia me dito sobre a adoção. George balançou a cabeça e disse: Esse Hibble é um lunático. Quero dizer, está senil. É o que meu pai acha, e ele deve saber o que diz, porque Hibble cuida dos assuntos jurídicos da família.

Comentei com George que meu pai ficaria feliz em saber o que o senhor Standish pensava do senhor Hibble, mas que meus pais haviam confirmado a história. Tinha de ser verdadeira. George ficou em silêncio. Estou aqui, tentando raciocinar, ele disse depois de algum tempo. Tem alguma coisa de estranho aí, nessa história de o meu avô intervir assim. E, ainda por cima, criar um fundo! Acho que sei o que é. Minhas irmãs são mais velhas que eu, e você é um ano mais novo. Isso torna as coisas mais claras: quando você nasceu, meus pais estavam casados fazia seis ou sete anos. Meu avô não devia ter mais de sessenta e cinco, talvez fosse até mais novo, e gozava de ótima saúde. Ei, talvez você seja meu tio! Meu e de minhas irmãs! A não ser que seja nosso meio-irmão. Minha mãe sempre disse que meu pai era terrível antes de se casarem. Pode ser que tenha continuado a aprontar. Que tal?

Contei a George que, depois do meu encontro com o senhor Hibble, eu tinha passado algum tempo com ideia fixa na história da adoção e que a conclusão a que eu chegara era que não havia motivo para acreditar em nada parecido com aquilo. Era fácil fazer um aborto, eu disse, se a pessoa tinha dinheiro. É o que sua família faria. O mais provável é que alguma mulher que seu avô conhecia — talvez uma funcionária do banco, a filha de algum funcionário, uma serviçal, talvez, ou a filha de um amigo —, enfim, alguma garota que ele conhecia tenha engravidado e não tenha dado tempo de consertar a situação. Aí, seu avô interferiu e resolveu o problema da garota. Ao mesmo tempo, fez ao sobrinho e à esposa do sobrinho um grande favor.

Pode ser, disse George. Mas e essa semelhança de traços com o restante da família?

Respondi que ela se aplicava a metade da população anglo-escocesa de Berkshire e que não havia nada de muito singular na aparência dos Standish. De todo modo, ele podia ter certeza de uma coisa: não tinha sido seu pai. Ele nunca prestara atenção em mim e, embora soubesse quem eu era, eu seria capaz de apostar que não se lembrava do meu nome.

Concordamos que não conseguiríamos resolver aquele enigma. Quando sugeri que talvez fosse melhor não saber a resposta, George disse que não tinha importância, mas que talvez começasse a me ver como seu irmão mais novo: parecia mais natural do que pensar em mim como tio. Concordamos também em relação a uma questão prática: não mencionaríamos aquela nossa conversa a ninguém, nem aos pais e irmãs dele, nem a meus pais. Ele me prometeu solenemente, o que foi um alívio, e não apenas porque eu tinha dado minha palavra ao senhor Hibble. Ter contado a história a George era algo que se justificava: era a coisa certa a fazer, se íamos ser amigos. Mas nenhum de nós queria arrumar encrenca com os pais dele — se de fato não sabiam de nada — ou com os meus, e muito menos pôr em ação a rede de fofocas de Berkshire.

O sol já havia se posto quando o trem enfim chegou à estação. Uma única porta se abriu. Corremos em sua direção para ajudar Margot a descer os degraus e carregar sua bagagem. Ela, de fato, era muito bonita, embora o nariz fosse grande demais para o rosto, e fez o melhor que pôde para ser simpática. Durante os poucos minutos que levamos para chegar à casa dos Standish, ela conseguiu fazer com que George, que estava dirigindo, piscasse para Henry, para deixá-lo mais à vontade, além de distinguir-me como um amigo especial, tudo isso enquanto comentava ao acaso a paisagem de inverno, que lembrava Norman Rockwell. Concluí que o ar entediado que eu julgara tão desestimulante na festa de Mario talvez fosse apenas a pose que ela usava em festinhas.

O senhor e a senhora Standish saudaram-nos à porta. Recusei o chá oferecido pela senhora Standish: se pretendia ir até em casa, em Lenox, para me trocar e voltar a tempo para uma bebida antes de irmos à festa, era melhor eu partir de imediato. Ah, Deus do céu, talvez você tenha razão, concordou ela; as estradas estão tão escorregadias. Não se esqueça de mandar lembranças, minhas e de Jack, a seus pais. Gostamos tanto do cartão de Natal que eles nos mandaram!

Pouco me importava a condição das estradas e, na verdade, eu não precisava de muito tempo para vestir meu terno, mas senti que tinha de cair fora e clarear a cabeça antes de encarar a senhora Standish, o senhor Standish, as duas irmãs casadas de George com os maridos — um banqueiro e um advogado, ambos de Nova York. Como todas as pessoas da região com a minha idade ou mais novas, eu sempre achara o senhor Standish um homem autoritário e ameaçador. Segundo George, aquilo era apenas autodefesa. Na realidade, o pai era gentil e muito tímido; a verdadeira fera era a mãe. Podia bem ser que fosse assim, mas, em minha presente situação, as aparências eram mais importantes do que eventuais realidades ocultas. Eu preferia o rosto calmo da senhora Standish, seu ar de século XVIII, a expressão de extremo cansaço com uma pitada de simpatia. Além disso, ela não apenas se lembrava do meu nome como parecia notar minha presença também. Com efeito, quando da última vez que a vira, por ocasião do concerto de encerramento da temporada de Tanglewood, depois de meu retorno da França, ela me surpreendera com um pedido para que eu a chamasse de May, o que não consegui fazer; menos ainda seria capaz de chamá-la de prima May — a alternativa apropriada sugerida por minha mãe, quando contei o episódio a ela.

Preocupava-me o que os pais de George diriam quando ele contasse que tínhamos nos tornado amigos íntimos e lhes externasse a excelente opinião que pareciam ter de mim. Esperava que não julgassem necessário dizer a ele que aquela amizade era inadequada. Consolava-me o fato de que talvez achassem esquisito explicar suas objeções, soubessem eles ou não que eu era fruto do pecado: que diferença podia fazer meu nascimento ilegítimo, se Lucy Butler, em Tyringham, convidada para ir a toda parte, era sabidamente filha adotiva do senhor Butler e de sua esposa? Claro, a reação dos Standish podia ser bastante enérgica, caso eu fosse algum segredo de família. Mas arriscariam revelar o segredo apenas para pôr fim àquela camaradagem entre mim e George? Que eu soubesse, não havia nada que pudessem dizer contra mim, pessoalmente, a não ser que alguns de meus contemporâneos me consideravam presunçoso — o que eu esperava ser apenas referência a um excesso de erudição literária. Não podiam dizer que eu era maricas: isso, ninguém podia dizer de mim. Restava, pois, a desqualificação decorrente de eu ser filho de meus pais. Contudo, ainda que o senhor e a senhora Standish achassem que a reputação de meus pais era tão ruim quanto eu temia, duvidava que fossem dizer isso a George, ou que, se lhe dissessem, ele não retrucasse que o que meus pais faziam não era da conta de ninguém. Na verdade, estava chegando à conclusão de que a ideia que eu tinha da minha reputação em Berkshire era maculada por uma histeria que a revelação do senhor Hibble apenas agravara. Eu precisava me haver com aqueles pensamentos, tanto mais porque, caso prevalecesse a visão menos pessimista, os portões do reino dos Standish — e a propriedade deles merecia tal designação — não mais estariam fechados para mim, nem literal nem metaforicamente, e eu estaria autorizado a nadar na augusta piscina do senhor Standish, um privilégio, como sempre haviam me dito, concedido apenas aos mais favorecidos dentre crianças e adolescentes. No verão, talvez até me convidassem para seus almoços dominicais. Os portões não seriam abertos para meus pais, mas não me parecia que dever ou orgulho me obrigassem a declinar de tais convites, caso fossem feitos, assim como não determinavam que eu recusasse a amizade de George.

Meus pais estavam em casa, ainda se vestindo para sair. Eu me troquei depressa e pus-me a esperar por eles na sala de estar. Meu pai desceu com uma bandeja contendo duas taças e o misturador e começou a preparar outra rodada de martínis. Perguntou-me se eu queria um. Respondi que tomaria um drinque na casa de George e acrescentei algo sobre manter a cabeça sóbria na estrada. Aquilo pôs em funcionamento a mente de minha mãe. Ela me disse: O que quer que você faça, não arruíne meu carro. E, depois, dirigindo-se a meu pai: Talvez seja melhor eu dirigir. Talvez não, retrucou ele. Não me venha com essa conversa.

Olhei para os dois. Eles tinham o rosto inchado, mas, de modo geral, formavam um belo casal. O fato de serem muito magros e se vestirem bem ajudava, assim como a luz violeta das luminárias de mesa. Minha mãe vestia um tubinho prateado tomara-que-caia. Seios, ela quase não tinha, e sua figura de perfil era singular, algo como um sensual ponto de interrogação. As pernas eram excepcionais, longas e bem torneadas. Não tinha amigas, gostava de homens, talvez até de meu pai, e os homens de fato apinhavam-se ao seu redor. Homens respeitáveis, tanto quanto aqueles sobre os quais boatos corriam. Perguntei-me se saber que ela não era minha mãe havia me permitido vê-la como os outros homens a viam, mas não podia dizer que tinha havido mudança real nesse sentido.

Você vai trazer seu companheiro de quarto amanhã?, ela perguntou. Não venha muito cedo, por favor. Meu pai interveio: Melhor levá-lo para um brunch no clube. Avisei que precisaria convidar Margot e George também. A notícia de que George seria seu convidado fez meu pai empertigar-se. Ele me lembrou de transmitir os votos dele e de minha mãe de um feliz Ano-Novo para os Standish, aos quais, nessa ocasião em particular, chamou de Jack e May. Depois, renovou sua oferta de um martíni. Beijei minha mãe, apertei a mão de meu pai e preparei-me para enfrentar o frio lá fora. O termômetro na porta marcava doze graus negativos. Meu pai acompanhou-me até a soleira e também deu uma olhada na temperatura. Leve o casaco de pele de guaxinim, disse. Vamos, não vai morder você. Agradeci e vesti o casaco.

Na entrada circular para carros dos Standish, fiquei em dúvida quanto a que distância da porta da frente deveria estacionar, ou mesmo se meu carro podia fazer uso daquela entrada. Três outros já estavam ali: a perua utilizada por George e duas outras. Imaginei que aquele era o único tipo de veículo que a família usava. Pareceu-me prudente guardar o casaco de pele de guaxinim no banco de trás e deixar o carro ali mesmo. Haviam removido e varrido com grande cuidado a neve, que guinchava alegremente sob meus pés. À porta, um empregado recebeu-me com uma bandeja de drinques. Apanhei uma taça de champanhe. Champanhe não era bebida habitual em Berkshire, onde tampouco era comum ver empregados de luvas brancas ou mesmo empregados em geral, a não ser pelo rapaz que servia bebidas no clube, quando fazia um bico em sua noite de folga. Aliás, incomuns eram também as garçonetes em vestido preto de seda, avental de renda e touca, que mais pareciam camareiras em filme francês. Pensei no que Henry deve ter sentido ao tomar posse de seu quarto no alojamento: a sensação de ter entrado em um mundo novo. Qual seria sua impressão agora? Era provável que concluísse — feliz, um pouco assustado e com toda a razão — que aquela era outra vista, mais ampla, do tal mundo novo. Era o que eu sentia também, embora estivesse em território onde, em teoria, tinha meus pés plantados com firmeza no chão, em visita a meus primos mais próximos. Meus grandiosos parentes estavam agora a não mais que uns poucos passos de distância: a senhora Standish sorria languidamente; o senhor Standish, esplêndido em seu fraque com gravata branca, abria sorriso radiante. Bem-vindo, muito bem-vindo, meu bom rapaz, ribombou ele, sem esperar que a esposa lhe sussurrasse meu nome. Vejo que você se serviu de uma taça de champanhe, beba um pouco mais — sem parar para respirar, ele convocou o empregado — e venha ver suas primas e seus senhores e mestres. Você ainda usava calça curta quando elas bateram as asas! Aproximei-me, conforme solicitado, beijei o rosto que a senhora Standish me ofereceu, servi-me de nova taça de champanhe — ao que parecia, as taças eram trocadas, em vez de reabastecidas — e retransmiti a eles os votos de meus pais. Sim, sim, retumbou outra vez o senhor Standish, mas venha, vamos entrando.

Joanie e Millie tinham puxado ao pai. Em decorrência disso, compartilhavam com ele, George, meu pai e, tenho de admitir, comigo também os cabelos loiros arenosos, com cachos resistentes a pentes ou escovas, o corpo musculoso, belas pernas e uma estrutura facial que sem dúvida tornava os queixos do senhor Standish e de meu pai finos e pontudos. Talvez fosse alguma deformação acentuada pela idade. Eram mulheres simpáticas e, como os maridos, de uma polidez enérgica e muito falantes. Em rápida sucessão, informaram-me idade e sexo dos cinco filhos, que variavam de seis a treze anos, assim como onde passariam o verão. Um dos casais tinha uma casa na North Shore de Long Island, ao passo que o outro, na North Shore de Massachusetts. Isso permitia que Millie passasse as duas últimas semanas de junho e todo o mês de julho em Beverly, enquanto Joanie fazia uso da casa de veraneio na propriedade dos Standish. Na primeira semana de agosto, Millie, o marido e os filhos espremiam-se na casa grande, junto com o senhor e a senhora Standish, para que toda a família pudesse reunir-se. Então, Joanie ocupava a casa de veraneio até as aulas das crianças recomeçarem, enquanto Millie e sua turma iam para Syosset. Tendo compreendido e elogiado todo aquele esquema, disse-lhes que era melhor eu ir procurar George e seus convidados, e me afastei.

Estavam na biblioteca, com Margot de costas para a lareira. Morria de frio, ela disse, o banho quente não havia expulsado todo o gelo de seus ossos. Vestia um longo de veludo de um vermelho vivo e calçava sapatos vermelhos de seda. Imaginei que a senhora Standish houvesse apreciado a *finesse*. A aparência de Henry me impressionou. Archie o havia convencido a trocar o paletó trespassado que sua mãe comprara na Altman's por um modelo antigo da Brooks Brothers da Keezer's, um paletó de lapelas pontudas de largura exagerada, muito parecido com o que meu pai usava. Era visível que o paletó havia sido tratado com muito carinho pelo proprietário anterior. Tinham comprado também uma camisa de seda que, com a idade, adquirira uma coloração marfim escura. À guisa de toque final, Archie ensinara Henry a dar um nó algo frouxo na gravata-borboleta, de tal modo que ela descaía de ambos os lados, como o bigode de um oficial confederado. O paletó era só um pouquinho grande, o que acentuava o efeito casual. Henry estava corado — imaginei que em decorrência do champanhe e da excitação — e gesticulava ao falar, provocando risos em Margot e em George. Eu sabia que ele tinha plena consciência da anomalia que sua presença ali representava. Era essa consciência que o alegrava? Ou aquela era sua maneira de vencer a ansiedade? Fosse como fosse, estava se virando muito bem.

Não observei o desempenho de Henry durante o jantar no clube. Ele, George e Margot sentaram-se à mesa da senhora Standish, ao passo que fiquei com o senhor Standish. Tão logo as mesas foram retiradas, formou-se uma fila de homens desacompanhados. Henry, eu e a maioria dos rapazes a integravam. Os mais velhos permaneceram com a esposa e filhas ou partiram na direção do bar. O senhor Standish acompanhou esse último grupo. Tão logo Henry percebeu que a senhora Standish havia ficado sozinha — as filhas tinham ido dançar com os maridos, e George ocupava-se de apresentar Margot a todo mundo —, ele correu para o lado dela. No momento seguinte, estavam dançando. Eu não teria imaginado que dança de salão fazia parte do currículo de Henry, fosse na Polônia ou no Brooklyn, mas o rosto da senhora Standish não deixava dúvida de que ele era um bom parceiro. Seu exemplo inspirou-me a não esperar pelo fim da seleção. Interferi assim que a banda terminou de tocar "Tea for two". Para minha infelicidade, porém, o número seguinte era uma rumba. Meu conhecimento dos passos necessários era por demais teórico para me proporcionar alguma espontaneidade, que dirá diversão, e a senhora Standish esforçou-se no início por me conduzir, o que só me deixou ainda mais confuso. Prosseguimos miseravelmente, até ela me dizer que estava com sede e me perguntar se eu me importava de voltarmos para a mesa e de ir apanhar-lhe alguma bebida. Queria muito conversar, disse ela. Humilhado, mas agradecido, avancei até o bar. Quando retornei com duas taças de champanhe, descobri que estávamos a sós.

Ela me abriu um sorriso de lábios finos e disse: Que bom que agora a gente vai poder conversar de fato.

Imaginei que nosso assunto seria Margot ou talvez banalidades gerais acerca de meus pais. Não foi bem assim. Com a suavidade de um louva-deus roçando a água, ela murmurou: Seu companheiro de quarto é muito charmoso. Interessante que você, George e ele sejam amigos, não? Suponho que você conheça Henry há bastante tempo.

Informei que tínhamos nos conhecido no alojamento para estudantes, no mesmo dia em que minha mãe me levara a Cambridge. Nosso outro companheiro também era um rapaz que eu nunca tinha visto antes, filho de um oficial do Exército que já morara em muitos lugares por causa das diversas transferências do pai.

Ah, disse a senhora Standish, mas que interessante! Vocês escolheram um ao outro sem se conhecerem, então.

Agora eu compreendia o interesse dela. Evasivo, eu ri e expliquei que não havia sido bem assim. O escritório da universidade responsável pelas moradias era que, no papel de Deus, havia feito as escolhas. O admirável era que nós três havíamos nos dado muitíssimo bem.

Ah, repetiu ela, mais pensativa dessa vez. Que sistema mais estranho! Pensando bem, talvez não seja tão estranho. Não imagino que Henry conhecesse alguém em Harvard. Ou estou enganada? Talvez já tivesse um bom número de amigos de Nova York. Ele é de Nova York, não é? Acho que foi o que me disse. Ou foi George quem me contou?

Não tinha intenção de corrigi-la e esclarecer que Henry morava no Brooklyn e, portanto, disse que estava certa. A seguir, na esperança de levar a conversa para território mais amplo, comentei que a universidade de fato promovia mais daqueles encontros fortuitos do que em geral se supunha. Por exemplo, eu era o único membro da minha turma de colégio que tinha ido estudar em Harvard e não conhecia nenhum dos primeiranistas, a não ser George, que, como eu havia suposto, já tinha companheiros de quarto.

George com certeza teria gostado muito de dividir um apartamento com você, a senhora Standish assegurou-me. Você devia ter sugerido isso assim que ficou sabendo que iria para lá. Ou ele deveria ter pensado nisso. Vocês são todos tão brilhantes e tão distraídos! Jack e eu estamos muito felizes que tenham se tornado bons amigos. Sempre achamos que devia ser assim, mas, claro, a gente não quer interferir, não é?

Eu não tinha muita certeza se devia ou não acreditar nela, mas não tive dificuldade em dizer que também estava muito contente. Afinal, era verdade.

Era em Henry, no entanto, que a senhora Standish pensava. Como o garoto dança bem!, exclamou ela. Faz anos que não danço uma valsa. E ele me deixou tonta. Acho que me disse que é polonês e que veio para cá com os pais, depois da guerra. Isso há de explicar a habilidade com as valsas e também aquele sotaquezinho adorável. Ia mesmo perguntar a ele. Em que colégio ele se preparou para a universidade?

O mais extraordinário, disse eu, era que, na prática, ele não havia passado por tal preparação. Tinha estudado um ano na Polônia e dois num colégio de Nova York. Era culpa da guerra.

Mas que feito mais notável! Três anos de colégio, e ele entra em Harvard? Os lugares onde estudou só podem ser muito bons. Mas, claro, ele é mesmo excepcional.

Embora não se tratasse de uma pergunta, respondi: É, sim.

Estava claro que ela faria mais perguntas, mas o senhor e a senhora Livingston, um casal não menos louvado do que os Standish, sentaram-se à nossa mesa, e me apressei em ir buscar uma bebida para a recém-chegada. Quando tornamos a ficar a sós, a senhora Standish me perguntou se White era um sobrenome polonês; os poloneses que haviam se estabelecido na região de Berkshire pareciam todos se chamar Kowak ou Nowak. São tantos em West Stockbridge, observou ela, que eles têm até um clube social próprio. São bons trabalhadores, alguns deles, e frequentam a igreja com seriedade.

Os pais dele mudaram o sobrenome da família, informei, logo depois que chegaram aqui. Adotaram a tradução para o inglês de Weiss.

Weiss?, perguntou ela. Bem que o Jack desconfiou que devia ser algo assim, ela prosseguiu. Ah, Deus, ele acha que Henry deve ser judeu.

Eu não tinha como me fazer de bobo. Portanto, assenti alegremente e confirmei que o senhor Standish tinha razão.

Ah, meu Deus, disse ela. Bem, o que se há de fazer? Ele é um rapaz muito simpático.

E muito talentoso também, acrescentei.

Gentil, ela sorriu e continuou: Há muitos deles em Harvard hoje em dia. É o que Jack diz. E mesmo em Groton. Isso já irritou muitos ex-alunos, como nosso primo Hoyt, aquele homem horroroso. Que sorte a nossa ele ter decidido ir morar em Tucson. Assim, não precisamos vê-lo. Ah, meu Deus. A família de Henry deve ser gente muito boa também. Ele parece tão bem-educado.

Discussões adicionais acerca do tema precisaram ser suspensas. Henry retornou da pista de dança, trazendo Margot com ele.

8.

Pouco antes da meia-noite, o presidente do clube solicitou à banda que executasse um toque festivo, a fim de chamar a atenção da multidão. Propôs, então, um brinde a nossos combatentes, que lutavam contra hordas de chineses, e a seu comandante, o general MacArthur, sob cujas ordens ele próprio tivera a honra de servir. Alguém pediu um minuto de silêncio, após o qual a banda tocou o Hino Nacional, que todos cantamos. Alguns choravam. Seguiu-se "Some enchanted evening", e a dança recomeçou, até que chegou a hora dos assovios e de toda a variada barulheira, dos cumprimentos e dos abraços. Enquanto isso, a banda tocava "Auld lang syne" e, depois, "Greensleeves", sem parar. O senhor e a senhora Standish começaram a dar boa-noite. Quando fui lhes agradecer, ela me convidou para o almoço do dia seguinte. À uma da tarde, como todo primeiro do ano, disse ela. Ah, meu Deus, precisamos seguir em frente, mesmo neste momento tão terrível para a nação, acrescentou. Cancelar o almoço seria deprimente demais. Então, ela me disse: Você precisa parar de me chamar de senhora Standish. Me chame de May. E pode chamar Jack de primo Jack, se quiser, mas ele preferiria ser chamado simplesmente de Jack. Foi ele mesmo quem me disse isso. Em seguida, ela me ofereceu a face para o beijo de despedida. O senhor Standish estendeu a mão e confirmou: Isso mesmo, você ouviu o que disse *la patronne*. Me chame de Jack! Lembranças a seus pais. Conte a seu velho sobre o brinde. Ele vai ficar contente de saber que brindamos aos nossos soldados.

A pista de dança ainda estava lotada. Henry dançava com Margot, e George com uma garota que eu não conhecia. Não era de Berkshire. De repente, comecei a sentir muito sono e, não desejando esperar que terminassem a dança, olhei para George, despedi-me com um aceno e fui embora para casa. Meus pais ainda não tinham chegado quando fui para a cama, e ainda dormiam quando desci na manhã seguinte. Havia amplos indícios, no entanto, de que estavam em casa. Peças de roupa esparramavam-se pelo chão do vestíbulo e da sala de estar, a calcinha de minha mãe pendia da balaustrada. Na mesa da cozinha, encontrei sobras da refeição que devem ter feito ao chegar em casa, tarde da noite. Meu pai acreditava firmemente que o consumo de queijo e salsicha, pouco antes de ir se deitar, aliviava os efeitos da ressaca no dia seguinte. A visão e o cheiro daquilo desestimularam-me a preparar o café da manhã, mas raspei os pratos e pus as sobras na geladeira. O Oldsmobile de meu pai ainda estava na entrada de casa. Não se dignara a guardá-lo na garagem, mas pelo menos tampouco o arruinara. A chave estava na ignição. Apesar do frio terrível, o motor pegou na terceira ou quarta tentativa. Deixei-o esquentar por uns dez minutos e pus o carro de ré na garagem. Era minha segunda boa ação do dia. Deixei um recado para minha mãe, lembrando-lhe que tinha saído com a perua dela e, incapaz de pensar em outro lugar que estivesse aberto, fui até o *drugstore* em West Lee, tomar café com torradas. Não queria chegar muito cedo à casa dos Standish, nem de estômago vazio.

Uma olhadela em torno na sala de estar dos Standish bastou para confirmar que o evento era destinado à *crème de la crème* de Stockbridge, Tyringham e Lenox. Conhecia boa parte daqueles rostos, ainda que não pudesse afirmar ter com eles maior familiaridade. À exceção de George, Margot e Henry, não havia ninguém ali da minha faixa etária. Talvez não convidassem necessariamente famílias inteiras, uma circunstância que podia me deixar menos nervoso por estar ali desacompanhado de meus pais, que, frequentadores assíduos logo notariam ao me ver — caso se dessem ao trabalho de pensar a respeito —, eram sempre excluídos da lista de convidados. Mas continuei me sentindo inquieto, ainda que grato por ser poupado do constrangimento de cumprimentar contemporâneos meus e sem nenhum motivo para reclamar de alguma falta de cordialidade por parte dos anfitriões ou do número de mãos que me eram estendidas enquanto eu atravessava a sala. Encontrei Margot na biblioteca, sentada à janela, o rosto voltado para o gramado dos fundos da casa. A grama irradiava o branco ofuscante da neve que caía. Mais acima, havia fileiras de pinheiros negros e, adiante, a alva grandeza da Monument Mountain. Margot parecia absorta e não notou minha aproximação. Talvez porque não estivesse usando batom, seu rosto parecia menor, menos afrontoso, de uma estranha tristeza. Disse que esperava que ela tivesse dormido bem e perguntei por George e Henry.

Ah, respondeu ela, dê uma olhada na mesa de pingue-pongue, ali no pórtico de vidro. Ela fez um movimento vago na direção da lateral da casa. George está massacrando Henry. É revoltante assistir. Por que Henry insiste em jogar com ele?

Respondi que me ocorriam pelo menos duas razões: para ser

educado com seu anfitrião, que era incapaz de parar quieto, e para ficar bom naquilo a ponto de derrotá-lo algum dia.

Margot encolheu os ombros e me pediu que fosse lhe buscar uma bebida. Não esta coisa nojenta, especificou, apontando para meu copo de *eggnog*. Eu gostaria de um uísque. Bourbon.

O empregado da noite anterior estava outra vez de serviço e lhe trouxe a bebida numa pequena bandeja de prata. Assim que ele se afastou, perguntei a ela se achava que ele era mordomo dos Standish ou apenas alguém contratado para a ocasião. Você e Henry fazem as mesmas perguntas, ela respondeu. Que diferença faz? A julgar pelos trajes, eu diria que ele trabalha aqui.

Brindamos, ela disse tintim e abriu-me um inesperado sorriso, como o que eu vira naquele dia em Harvard Yard, ainda que sem batom. Então, sem que nenhuma palavra houvesse sido dita, o sorriso desapareceu, e ela voltou a contemplar Monument Mountain. Fiz menção de perguntar se estava tudo bem, mas o empregado — eu me perguntava o que ela tinha visto nas roupas dele que o caracterizavam como empregado fixo dos Standish — anunciou que o almoço havia sido servido. A senhora Standish, ou May, que era como agora eu me esforçava por pensar nela, conduziu-nos até nossa mesa. George e Henry já tinham se sentado, assim como as irmãs Appleton — a mais velha das quais, Ellen, era diretora de um colégio feminino em Brookline. Lembrava-me vagamente de que a outra, Susie, escrevia livros infantis que volta e meia ganhavam prêmios. Eram primas do senhor Standish por parte de mãe e moravam juntas em Boston, numa casa em Beacon Hill. Compartilhavam também, em Tyringham, de um casarão de grande beleza da época dos Shakers, que havia pertencido aos pais delas e onde agora passavam o verão e, fora de temporada, fins de semana e feriados prolongados. Ao acomodar as irmãs a nosso lado, a senhora Standish havia composto uma mesa equilibrada, sem ter de recorrer ao equivalente de uma mesa para crianças e sem ter de apartar George e Margot de Henry e de mim. Mas a que custo? As duas irmãs tinham fama de ferozes e inabordáveis poços de erudição literária, sobretudo Ellen. Talvez resolvessem conversar somente entre elas, ou com George, que era seu parente. Mas nem precisava ter me preocupado. Tão logo George nomeou o colégio feminino em Nova York que Margot havia frequentado, Ellen fez a ela uma série de perguntas sobre a ex-diretora e os cursos de línguas modernas e de música. Margot mal se deu ao trabalho de responder, emitindo apenas negligentes monossílabos. Pus-me a imaginar o porquê daquele mau humor. Talvez fosse dirigido a George, mas, tanto quanto eu sabia, ele havia sido muito atencioso no baile e, naquela mesa em particular, tentava ser um bom anfitrião. Fiquei de olho em Ellen. Parecia impossível que ela fosse tolerar aquele comportamento desrespeitoso de uma garota que podia facilmente ter estado sob sua tutela. A explosão era iminente, mas que forma tomaria, se a dos castigos habituais, como reter Margot após a aula ou mandá-la para casa com uma advertência, estava fora de questão? Cabia a George capitanear a operação de salvamento, mas ele não parecia notar nada de errado. Por sorte, Henry proporcionou distração tão surpreendente que julguei que pudesse proteger Margot da ira da diretora. Ele havia me dito que tinha gostado muito do *eggnog* dos Standish. Talvez tivesse tomado alguns a mais. De todo modo, essa era minha explicação para a conversa singular que, falando alto, ele entabulou com Susie. Henry quis saber em que medida as histórias que ela escrevia se inspiravam na obra de autores como os irmãos Grimm e Hans Christian Andersen. Depois, manifestou surpresa ao saber que ela não gostava desses escritores e fez mais perguntas. O resultado foi que Susie admitiu uma única influência: Louisa May Alcott. Henry confessou que nunca tinha lido *Mulherzinhas* — por um momento, temi que ele tentasse fingir familiaridade com a obra — e declarou que poria o livro em sua lista de leituras a efetuar. Então, como se determinado a não ceder terreno, começou a falar de um conto de fadas polonês sobre um certo *pan* Twardowski, o nobre que havia vendido a alma ao diabo, vivido como um rei às custas dele e, no fim, tapeado o demônio e fugido para a Lua. A figura do homem que a gente vê durante a Lua cheia não é senão a de *pan* Twardowski, concluiu ele, rindo a valer.

Uma releitura primária da lenda alemã do Fausto, observou Ellen.

Henry corou. Sim, claro, respondeu, eu devia ter dito isso de imediato.

Para mim, e talvez para todos os demais, ficou evidente que ele jamais fizera aquela ligação, e desejei que ele simplesmente tivesse admitido o fato. Susie decidiu ser generosa: Mas, Ellen, minha querida, não é verdade que lendas semelhantes à do Fausto existem na maioria das culturas? Pode ser que não se trate de uma releitura.

Maioria talvez seja exagero, foi a resposta algo rabugenta. Como vamos saber se existe um Fausto zulu?

Em seguida, a diretora voltou sua atenção para Henry e perguntou-lhe se ele seria, por acaso, de origem polonesa. Acreditava ter ouvido um leve e gracioso sotaque eslavo na voz dele, ao qual se juntava agora seu conhecimento de uma lenda polonesa.

É um sotaque polonês, Henry respondeu.

Mesmo? E de onde ele vem?

Eu nasci lá, na Polônia.

Mas deve ter saído de lá bem pequeno.

Talvez, se ainda pareço pequeno à senhora. Na verdade, deixamos a Polônia faz três anos.

Não diga, retorquiu a diretora. E foram para onde, depois de sair da Polônia?

Viemos para cá, respondeu Henry.

Para cá, onde?, ela insistiu. Não para a região de Berkshire, suponho.

Ah, não, fomos para Nova York.

Quando você diz “nós”, quer dizer você e seus pais?

Henry aquiesceu. Sim, meus pais e eu. Sou filho único.

E você se preparou para a universidade em Nova York?

Isso mesmo, ele confirmou. Antes disso, frequentei uma escola secundária polonesa, em Cracóvia. Logo depois da guerra.

A diretora pôs-se a refletir e disse, então, imaginar que o colégio em Nova York fosse o St. Ignatius Loyola, bastante conhecido pelo alto padrão de ensino. Ela, aliás, havia encontrado o diretor de lá em outubro, numa reunião da sociedade filológica.

Não, não, corrigiu Henry, e disse o nome de seu colégio.

Ora, mas que coisa extraordinária!, exclamou a diretora. Nunca ouvi falar desse colégio. Não foi May quem me disse que você e George são colegas de faculdade? Será possível que você foi desse colégio diretamente para Harvard?

E com uma bolsa de estudos integral, prima Ellen, George interveio.

Para minha surpresa, Margot dirigiu-lhe um olhar inequivocamente torto. Talvez achasse que ele estava tratando Henry com condescendência. Duvidei que George houvesse notado, uma vez que a reação surpreendente da prima Ellen só podia ter desviado sua atenção para longe de Margot. A formidável senhora esticou a mão por sobre a mesa, afagou e, em seguida, apertou a mão de Henry, afirmando que iria agradecer muito a May Standish por ter tido a oportunidade de conhecer jovem tão notável. Ele aceitaria ir jantar com ela e com Susie na casa delas em Boston?, perguntou. Ah, sim, e claro que vou querer que você leve esta jovem adorável, seu encantador colega de quarto e meu querido George também.

Havia uma grande bolsa no chão, ao lado da cadeira dela. Ellen a apanhou, depositou-a no colo, tirou de lá um bloco de anotações e uma gorda caneta-tinteiro e pediu a Henry que escrevesse seu nome, endereço e número de telefone, assim como os de Margot. Depois que ele devolveu o bloco a ela, Ellen examinou-o e, com uma expressão de perplexidade, leu em voz alta: Henry White. Henry White.

Que curioso, disse por fim. Eu jamais poderia imaginar que White fosse um sobrenome polonês.

Não é. Meus pais mudaram nosso sobrenome quando chegamos aqui. Era Weiss. Que não é necessariamente um sobrenome judeu, mas, no nosso caso, é.

Lembrando-me de como Archie tinha sido obrigado a arrancar dele essa informação, fiquei espantado. O contexto havia sido outro, particular, em certo sentido: três companheiros de quarto batendo um papo enquanto atravessavam Harvard Yard a caminho do jantar. Agora, ao contrário, Henry teria razão em pensar que estava se expondo publicamente, e em território inimigo. Que o arrastava a carruagem de um vitorioso, como ele talvez dissesse. Por acaso, tinha adquirido o hábito de se revelar? Eu duvidava disso. Na verdade, perguntava-me se ele já havia contado a Margot ou a George qual havia sido seu sobrenome anterior. Não saberia dizer quanto a Margot, mas George jamais teria perguntado, e não acreditava que Henry tivesse oferecido aquela informação por vontade própria. Passou-me pela cabeça que, se ele ainda não havia dito nada àqueles dois, essa podia ser uma boa razão para revelar-se logo de uma vez, já que a diretora não iria sossegar enquanto não tivesse todas as respostas. Mataria dois coelhos com uma só cajadada: impediria a sequência de perguntas, que, eu tinha certeza, era humilhante para ele, e esclareceria uma ambiguidade em sua relação com Margot e George.

Ah, pobre rapaz, disse a diretora, tomando a mão dele outra vez. Você e seus pais devem ter sofrido muito. Estiveram em um campo de concentração?

Henry explicou a ela que não. Todos nós percebemos que ele não queria dizer mais nada, mas o velho hábito da diretora de sondar as profundezas da alma de suas alunas sobrepujou sua compaixão — compaixão, de resto, vívida a ponto de requerer que ela enxugasse os olhos com um lencinho. Mas seguiu cutucando-o, ainda que de forma muito gentil, até por fim eu ouvir a história das vis atrocidades que Henry havia tido de suportar durante os anos na casa de *pani* Maria, as mesmas que ele me dissera com tanta firmeza que não iria relatar. Não demonstrou emoção nenhuma. De início, admirei-lhe a compostura, que, de certo modo, parecia apropriada à sala confortável e à refinada mesa do almoço. Depois, vi que não se tratava de compostura. Henry estava ausente. Falava como se em transe, não de todo consciente das pessoas à sua volta ou de sua própria presença no meio delas. Quem sabe tivesse aprendido a se abstrair do próprio passado. Ou talvez a faculdade por intermédio da qual sentimos revolta e autocompaixão tivesse sido cauterizada nele.

Terminada a história, Susie perguntou a Henry se ele tinha lido o novo romance de John Hersey, *The wall*.

Sobre o que é, prima Susie?, atalhou George.

Era sobre a destruição do gueto de Varsóvia durante a insurreição dos judeus, explicou ela. Sobre o que os alemães tinham feito aos judeus — uma história terrível, quase inacreditável, mas verdadeira do começo ao fim.

Minha mãe me deu o livro, disse Henry. Não li ainda, mas pretendo ler.

Você vai adorar, garantiu Susie. O senhor Weeks fez uma resenha brilhante para o *Atlantic*. Eu gostaria muito de saber sua opinião.

Henry sorriu e não disse nada.

Sob a supervisão do mordomo, as garçonetes distribuíam xícaras verdes e douradas de café na sala ao lado. Ao nos levantarmos da mesa, a diretora afirmou que a história que Henry havia contado era da maior importância. Ele estaria disposto a contá-la outra vez, ela perguntou, na casa delas e para um pequeno grupo de amigos, alguns dos quais colegas? Ela não estava retirando o convite para o outro jantar, bem mais alegre, ao qual esperava que ele comparecesse acompanhado de seus jovens amigos — na verdade, um de muitos nos quais esperava poder contar com a presença dele.

Henry balançou a cabeça. Contei isso tudo à senhora porque a senhora me fez sentir que estava de fato interessada em conhecer e entender uma experiência que já nem sei se eu próprio entendo. Abri uma exceção. Não quero falar sobre a guerra a um grupo depois do jantar.

Ela não pareceu se ofender.

Quase de imediato, Margot declarou que estava com dor de cabeça e retirou-se para seu quarto. Pensei em ir para casa, mas George sugeriu que Henry e eu nos revezássemos em partidas de pingue-pongue contra ele. Concordei e vi que Margot estava certa: se eu fosse Henry, não jogaria mais com ele. Mas não era. As implicações desse simples fato eram bastante numerosas; sentia-me sufocado por elas. Depois de algumas partidas, capitulei. De raquete na mão, George era um valentão insuportável. Como a senhora Standish houvesse subido também, pedi a ele que agradecesse à mãe por mim e que lhe dissesse que eu escreveria de Cambridge.

Henry alcançou-me à porta.

Sabe de uma coisa?, disse-me ele. Eu não gosto nem um pouco de gente que faz perguntas pessoais. As pessoas têm preguiça de tirar conclusões por si próprias?

São senhoras simpáticas, respondi, ainda que seja difícil lidar com elas. Não são mal-intencionadas. É que nunca tinham conhecido ninguém como você. Pensam que você é o máximo.

Henry pensou um pouco e disse: É, são senhoras simpáticas. Depois, acrescentou: Eu não sabia que você era tão íntimo dessas pessoas todas, gente bem-nascida. Conhece todo mundo, e todos conhecem você!

Essas cidades da Nova Inglaterra são pequenas, expliquei. As pessoas são curiosas, adoram um escandalozinho. No verão, os turistas vêm e vão, mas a gente daqui se conhece. É só isso.

No dia seguinte, Henry e Margot voltaram de trem para Nova York; no outro, antes do amanhecer, George e eu subimos para Stowe. Planejávamos esquiar e voltar no fim da tarde. Dirigir durante três horas por estradas geladas e escorregadias, e duas vezes num mesmo dia, era loucura, mas às nove e meia da manhã estávamos lá em cima. A não ser pelo frio de rachar, as condições estavam perfeitas, e, no fim do dia, estávamos exaustos e morrendo de fome. De uma mercearia ainda aberta, compramos pão, pasta de amendoim, geleia de uva e leite. Fiz sanduíches e passávamos a garrafa de leite de um para o outro, enquanto George dirigia. Como se tratava do carro novo do pai dele, ele relutava em me passar a direção. Eu já quase cochilava quando George começou a falar de Henry e de Margot.

Ela é osso duro de roer. Acho que estraguei tudo. Você notou como ela mal abriu a boca durante o almoço?

Disse que sim. Ela me parecera deprimida.

Puta da vida, é o que você quer dizer!

E tinha motivo?

Não sei. A gente tem namorado, mas nunca fomos muito longe. Depois do baile, quando todo mundo já tinha ido dormir, decidi dar um passo adiante. Acho que ela não gostou.

Não fiz nenhum comentário.

Ela é muito sensual, e não é bem uma Virgem Maria. Fala

um bocado, mas, na hora H... Eu seria capaz de jurar que nunca fez nada com ninguém. É verdade. Forcei a barra, e isso fez com que ela ficasse muito puta da vida.

Perguntei o que ele iria fazer.

Sei lá. Propus que a gente se encontrasse, assim que voltar para Cambridge, mas ela disse que não tem tempo. Ponto final. Acho que vou pedir ao Henry que fale com ela. Margot gosta muito dele, que é um sujeito muito legal. Você viu o sucesso que ele fez com meus pais e com as duas velhotas? Elas nunca tinham trocado mais do que duas palavras comigo antes. Fico feliz de tê-lo convidado. Minha mãe me disse para trazê-lo de volta no verão.

Avançamos em silêncio por um tempo e, então, ele disse: Você sabe o que a Bunny Rollins me disse sobre ela? Eu não ia contar para ninguém, mas estou puto também. Segundo Bunny, Margot é a única garota da sala dela que usa diafragma. Agora, eu pergunto a você: para que usar, se ela não quer ir para a cama?

Bunny Rollins era uma garota de Tyringham com uma bela fama de rodar a bolsinha.

E como é que a Bunny sabe disso?

Não faço a menor ideia, ele respondeu. As pessoas comentam esse tipo de coisa.

9.

Cheguei de volta a Cambridge no final da tarde, um dia antes do início do chamado período de leituras — o período de estudos que antecede as provas finais de cada matéria. George e May me deram uma carona, e ela nos convidou para jantar em seu clube de Back Bay, onde ficaria hospedada. Disse para estarmos lá às sete. Enquanto isso, fui até o apartamento para deixar minha bagagem e refrescar-me um pouco. Não vi sinal de Archie nem de Henry. O telefone tocou quando eu estava de saída. A pessoa do outro lado da linha identificou-se como coronel Palmer. Nunca havíamos nos falado antes; até então, eu só havia conversado com a senhora Palmer. O coronel me disse que tinha uma notícia ruim: Archie sofrera um acidente de carro no dia de Natal. Estava com a perna toda engessada. Os médicos acreditavam que em uma semana ou dez dias ele poderia pegar um avião para Nova York e, de lá, outro até Boston, mas teria de ficar com o gesso por mais algumas semanas depois disso. Archie precisaria de uma cadeira de rodas no aeroporto e com certeza não teria como carregar sua bagagem. Será que eu ou Henry poderíamos ir buscá-lo?

Expliquei que Henry ainda não havia chegado, mas assegurei ao coronel que um de nós estaria no aeroporto, ou nós dois. Ótimo, disse ele, nesse caso ele próprio ou a senhora Palmer entraria em contato novamente, tão logo tivesse os detalhes da viagem. Perguntei se podia falar com Archie. Hoje não, respondeu o coronel. Ele está cheio de analgésicos, acorda e já volta a dormir o tempo todo.

No fim, fui sozinho buscar Archie em Logan. Henry tinha uma aula que não podia perder. Nem minha primeira conversa telefônica com o coronel, nem a segunda, quando ele me ligou para informar os dados do voo — na verdade, nem mesmo a conversa que tivera com o próprio Archie, quando enfim consegui falar com ele ao telefone —, haviam me preparado para o péssimo estado em que o encontrei.

Você está um caco, disse-lhe, depois de apanhar a bagagem com a ajuda da comissária. Empurrávamos a cadeira de rodas em direção à fila dos táxis.

Archie respondeu que podia ter sido muito pior. O nariz quebrado, coberto de esparadrapo, e os cortes na testa e do lado esquerdo do rosto eram decorrência de ele ter sido lançado contra o parabrisa. Como a perna se quebrara em dois lugares, era um mistério. Ele não sabia. Tinha desmaiado no ato.

A caminho de Cambridge, ele me fez uma descrição mais pormenorizada do acidente. Ficara até tarde numa recepção do clube dos oficiais, na base militar, conversando com a esposa de um segundo-tenente, uma mulher que ele me descreveu como bem razoável. Depois, no Simca da mãe, partira para uma festa dos panamenhos, numa fazenda a uns cinquenta quilômetros de distância. A estrada era reta e razoavelmente bem pavimentada. Era uma noite sem lua, o céu coalhado de estrelas, e ele estava se divertindo. O Simca era uma porcaria, e ele afundou o pé no acelerador para ver até onde o carro aguentava. Na realidade, era até mais estável do que ele havia imaginado e avançava bem pela estrada. O velocímetro marcava cento e cinquenta. Quilômetros, é claro, explicou. Tudo ia bem e a viagem seguia agradável, quando uma caminhonete lotada de peões apareceu na pista, proveniente de uma estradazinha lateral. Ela não podia ter entrado: ele seguia pela estrada principal e tinha a preferência. Na verdade, só viu a caminhonete depois de se chocar contra ela. Depois, ficou sabendo que o homem que viajava na cabine, no banco do passageiro, tinha morrido, e que outro, lançado para fora da carroceria, não iria sobreviver. O restante não estava em pior estado que ele. Alguém que passava de carro e parou para olhar o estrago notou as placas da Zona do Canal do Simca da mãe de Archie e, assim que pôde, ligou para a base militar, para que a Polícia Militar chegasse primeiro, antes da polícia panamenha.

Foi pura sorte, disse Archie. Fui levado de imediato para o hospital americano, e não tivemos de tratar com os nativos. E tratar com eles é coisa que a gente com certeza deve evitar. Não que alguém fosse me fazer andar sobre uma linha reta, com minha perna que mais parecia um saca-rolhas! Não sei se alguém deu bola para meu hálito, mas eu tinha gargarejado um bocado antes de sair do clube. O bom dessa história é que, agora, meu pai quer que a *maither* compre um carro de verdade, no lugar do Simca. A outra boa notícia é que ela decidiu comprar um carro só para mim, assim que eu me livrar disto aqui — Archie deu um tapinha no gesso — e terminar de me restabelecer.

O carro em questão acabaria sendo o Nash em que eu levaria Clara ao baile.

Archie contou-me, então, sobre outra agradável mudança na situação da família Palmer. Durante anos, seu avô materno tinha adquirido direitos de exploração de petróleo e gás no extremo norte do Texas. Pouca gente dava atenção a suas propriedades, mas era costume do velho fazer investimentos — apostas pequenas a longuíssimo prazo. Com a morte dele, a mãe de Archie, filha única, herdara as terras. Agora, em uma dessas propriedades, um explorador que trabalhava em parceria com a mãe dele fizera uma perfuração bem-sucedida. Duas outras pareciam igualmente promissoras. Era mais gás do que petróleo, Archie acrescentou, e não havia o bastante para torná-los ricos, mas facilitaria a aposentadoria do coronel.

Vários dias se passaram antes que eu tivesse oportunidade de perguntar a Henry sobre suas impressões de Berkshire, dos Standish e dos demais autóctones que ele havia observado. Tinha gostado bastante, respondeu-me ele, sem nenhum esforço para soar indiferente. Quando comentou que gostaria de ter conhecido meus pais, contei-lhe que eles haviam me pedido que o convidasse para almoçar, mas que o almoço dos Standish não permitira que isso acontecesse. Na verdade, eu havia traçado um plano alternativo, segundo o qual pretendia convidar Henry para um chá no dia de Ano-Novo, mas achei que devia, primeiro, verificar em que condições estariam meus pais quando eu voltasse da casa dos Standish. Minha prudência revelara-se justificada. Estavam enjoados demais até mesmo para descer para a sala, que dirá para receber visita. Fiz um bule de café, carreguei-o lá para cima e o depositei junto à porta do quarto, do lado de fora. Então, por volta das seis, preparei ovos mexidos, que comi na mesa da cozinha. Em Great Barrington estava passando *O segredo das joias*. Para variar um pouco, peguei o Oldsmobile de meu pai, em vez do Chevy da minha mãe, e fui ao cinema.

Depois, conversamos sobre George e a jornada de esqui em Stowe, e perguntei a Henry se ele sabia qual era o problema entre George e Margot. Henry hesitou um instante, antes de admitir que sim, sabia. Acredito que teria preferido não dizer nada sobre o assunto. Por essa época, porém, nós já havíamos nos habituado a falar francamente um com o outro, sem preocupação maior com a discrição.

É uma história esquisita, disse-me ele, você não pode contar a ninguém o que vou lhe dizer.

Eu ri, porque me avisar que o que ele estava prestes a me confiar tinha de ficar entre nós dois era o preâmbulo habitual para tais revelações, e eu costumava usar isso para provocá-lo.

Tudo bem, ele disse, mas desta fez falo sério. Margot e eu fomos dar um passeio pela estrada que sobe da casa dos Standish em direção a Monument Mountain. Isso foi antes do almoço de Ano-Novo. Passado algum tempo, ela pegou no meu braço e disse que queria falar comigo sobre uma coisa nojenta que tinha acontecido com ela. A história é a seguinte: quando eles voltaram para casa, depois do baile, e as pessoas se davam boa-noite, George perguntou se podia ir ao quarto dela, depois que todos fossem dormir. Margot disse que não tinha problema, contanto que ele não ficasse muito tempo. É claro que eles já tinham dado seus amassos em Cambridge, em geral quando George a acompanhava até a casa dela à noite, mas nunca haviam ido muito longe. Portanto, Margot ficou esperando por ele de pijama, lendo na cama. Não teria despido o vestido de festa, se ele não fosse tão desconfortável e, de todo modo, não havia tirado nem o sutiã nem a calcinha. Muito cá entre nós: tenho certeza de que ela achava que ficaria mais sensual desse jeito, e não tinha nada contra dar uns bons amassos ali no quarto. Seja como for, meia hora mais tarde George entrou na ponta dos pés, e eles fizeram o que sempre fazem, ou talvez um pouco mais. Só que dessa vez ele não quis parar: disse a ela que tinham de ir até o fim. Margot respondeu que não, eles brigaram um pouco, e ela deixou que ele fosse um pouco além do habitual. Depois, em algum momento, achou que a pressão maior tinha passado, porque o ímpeto dele arrefeceu, como se tivesse perdido o interesse. Enfim, George deu um beijo muito carinhoso nela e foi-se embora. Margot despiu a roupa de baixo, enfiou-se na cama e apagou num instante — é provável que em razão do champanhe no clube e de mais uma dosezinha em casa, antes de ir dormir. O fato é que, quando acordou, notou que George não estava apenas na cama dela: estava dentro dela. Margot não gritou nem fez nada do tipo. Deixou que ele terminasse. Sua menstruação tinha acabado fazia pouco tempo e, portanto, esse não era o problema. Quando George começou a dizer quanto a amava e como ela o havia feito feliz, ela lhe disse que ele era um merda e que estava tudo acabado entre os dois. Não ia contar ao senhor Standish o que tinha acontecido nem ia embora no primeiro trem, mas avisou-o para que se mantivesse longe dela.

George escolheu um belo jeito de começar o ano, comentei.

Henry concordou. Então, na noite seguinte — na véspera de Margot e eu partirmos para Nova York —, a casa inteira foi dormir cedo. Todo mundo estava exausto. Não sei se você esteve no piso de cima da casa dos Standish. É onde ficam o quarto dos pais, o das crianças e o melhor quarto de hóspedes, que era onde estava Margot, de um lado e de outro de um corredor que mais parece um saguão. Os quartos menores de hóspedes ficam no piso seguinte, mais acima. Me puseram ali, no terceiro piso. Era gelado, muito mais gelado que o resto da casa, mas eu tinha três cobertores e estava bem protegido. No meio da noite, notei que alguém abria a porta. E adivinhe só. Era Margot. Ela disse: Sou eu, me deixa ficar aqui com você? Antes que eu pudesse responder, ela se enfiou embaixo das cobertas e me abraçou. Não consigo dormir, disse. Morro de medo de que ele tente alguma coisa de novo. Meu coração disparou como doido. Margot vestia uma camisola, e eu podia sentir que ela não estava usando nada por baixo. Depois, me disse que seus pés estavam gelados e começou a aquecê-los nos meus. Mas, quando tentei tocá-la, ela me disse: Não, por favor, não faça isso. Não pode acontecer entre nós. Quero que você seja meu irmão. Perguntei a ela: Mas você não sabe que eu te amo? E ela me respondeu que aquilo era tolice, porque eu não sabia nada sobre ela e, se soubesse, não sentiria o que estava sentindo. Durma, por favor, disse ela, enfim. Vou embora antes de o sol raiar. Então, ela se virou para o lado e me pediu que a abraçasse. E assim ficamos até ela sair. Ela dormiu; eu acho que não cheguei a pregar o olho.

Por que você acha que ela não quis?

Henry encolheu os ombros: Imagino que pelas mesmas razões que já discutimos tantas vezes. Pouco importa que ela me queira bem: Margot sabe que não sou a pessoa certa para ela. Mas pode haver outra razão, que me ocorreu naquela noite. Talvez ela não queira que eu perceba quanto ela sabe de sexo. Provavelmente estou dizendo besteira, uma de minhas "literatices". Como é que eu poderia avaliar e por que me importaria com isso?

E como ficam as coisas agora?, perguntei.

Do jeito que estão. Eu amo Margot. Isso não vai mudar. Por enquanto, tenho meus trabalhos de fim de semestre com que me preocupar. A propósito, estive na casa dela. Conheci os pais de Margot.

É mesmo?

Durante a viagem de trem para Nova York, ela me perguntou quando eu voltaria para Cambridge. E, como ela iria para lá na mesma tarde, me convidou para ir jantar no apartamento dos pais na véspera. O lugar é inacreditável. Fica em Park Avenue e ocupa um andar inteiro do edifício. Você sai do elevador e está no apartamento, não tem nem campainha, nem sequer uma porta, apenas um empregado, como o mordomo dos Standish, aguardando para conduzir a gente à sala de estar. Eu só vi a sala de estar, a sala de jantar e a biblioteca, o que já foi como visitar um museu, e não estou brincando. O senhor Hornung coleciona desenhos e pinturas holandesas. E parece gostar de móveis holandeses também. O único outro convidado era um velho bastante alto que já foi embaixador dos Estados Unidos na Romênia ou na Hungria antes da guerra, ou talvez nos dois países em épocas diferentes. O senhor Hornung e o embaixador vestiam smoking — perdão, estavam de black tie, quero dizer, e a senhora Hornung trajava um vestido longo. Margot tinha me avisado disso. Contou que os pais se vestiam a caráter toda noite, mas que eu não precisava fazer a mesma coisa, porque ela tampouco ia usar saia longa. Aliás, disse-me para usar as palavras "terno de gala" ou "black tie", em vez de *tuxedo*,* a não ser que pretendesse me referir a Tuxedo Park. Você sabia dessa? Se sabia, devia ter me avisado.

Respondi que regras como aquela existiam em grande quantidade, mas que eu não as levava muito a sério. Na verdade, contei a ele, muita gente as ignorava de propósito. Depois, perguntei se a noite tinha sido um sucesso.

Foi estranha, ele disse, mas boa, de modo geral. Na prática, a primeira coisa que o pai dela fez foi me perguntar quando, em minha opinião, tinha acabado o Renascimento. O silêncio na sala de estar foi total, a não ser pelas palavras do mordomo: Senhor, aqui está seu martíni. Fiquei apavorado, achei que ia derramar a bebida, mas esperei algum tempo antes de responder. Por fim, disse a ele que não podia apontar uma data específica, mas que, para mim, o Renascimento tinha começado a acabar com a Contrarreforma, ou seja, depois do Concílio de Trento. Disse isso e, em seguida, comecei a fraquejar. Fiquei imaginando se o senhor Hornung me expulsaria da casa no ato, para nunca mais voltar, ou se só iria me chamar de asno pretensioso. Em vez disso, ele olhou para mim, muito pensativo, e disse: É bastante plausível, bastante plausível, embora, é claro, tenha havido variações de um lugar para outro. Depois, deu início a uma discussão sobre Rubens e Rembrandt que eu nem consegui acompanhar e, portanto, só

* Smoking. Tuxedo Park é um distrito milionário de Orange County, no estado de Nova York. (N. T.)

assentia com a cabeça. Então, o jantar foi servido e, tão logo nos sentamos, ele começou a me interrogar sobre a Polônia. Não foi tão ruim. Depois do treinamento que eu tive com as duas velhotas em Stockbridge, não foi difícil lidar com o assunto, e me concentrei na salada de caranguejo, que estava muito boa. Bem quando estavam passando a vitela ao creme com cogumelo morel, o senhor Hornung me perguntou se, enquanto estava escondido com minha mãe, eu tinha lido algum romance que tivesse se tornado o meu preferido.

Achei que não seria sinal de grande inteligência mencionar *Ivanhoé* e, por isso, optei por *Jean Christophe*. Isso o deixou muito entusiasmado. Romain Rolland, comentou ele, é mesmo? E como foi que você chegou a ele? Contei que, durante a guerra, todos os meus livros vinham de *pani* Maria, e que aquele, em especial, ela havia recomendado muito. Provavelmente porque amava Beethoven e tocava suas sonatas ao piano. Ah, comentou o senhor Hornung, quando eu era moço, *Jean Christophe* era minha bíblia! Eu também tocava Beethoven! Você leu inteira essa obra maravilhosa? Respondi que, na certa, não havia lido os dez volumes — se eram mesmo dez. O livro que tinha lido era bem grosso, mas devia ser alguma edição resumida. Ele abriu um grande sorriso e me disse que valeria a pena ler a obra na íntegra algum dia, se possível em francês, porque é belíssima. Quem sabe durante as férias de verão?, sugeriu.

De onde você tirou a ideia da Contrarreforma?, perguntei.

Aposto que você acha que, como de costume, eu falei sem pensar, não é? Mas já venho refletindo sobre o assunto faz algum tempo. Não sei se estou certo ou mesmo se minha teoria merece respeito, mas tem sentido para mim. Estou falando na repressão ao desacordo e às novas ideias, por parte da Inquisição, e no modo como a Igreja reprimiu a ciência. Os protestantes não eram o único alvo. Os ideais humanistas que impulsionaram o Renascimento também foram reprimidos. Bom, seja como for, depois daquela história de Romain Rolland, achei de novo que estava fora de perigo. Mas, de imediato, o embaixador voltou a falar da Polônia, e não para discutir experiências pessoais. Longe disso. Queria saber minha opinião sobre o problema dos judeus que não conseguiam ou não queriam se adaptar, e não apenas os muito religiosos, isto é, ortodoxos e chassidistas, mas também os ignorantes das classes mais baixas, que falavam iídiche e se recusavam a aprender a língua do país. Um problema intransponível, disse ele, muito difícil para os governos da Polônia e da Romênia. Talvez tenha mencionado a Hungria também. E um problema para os nacionalistas cristãos desses países. Como não respondi, ele me perguntou se eu crescera falando iídiche. Não, disse eu. Mas você fala iídiche?, insistiu ele numa voz aguda, com um sotaque parecido com o de May Standish. A impressão que dava era de que ele apanhava as palavras com uma pinça e as examinava, antes de abrir a boca de fato. De novo, respondi que não.

Ah, comentou ele, você foi criado no seio de uma família polonesa, falante do polonês, e num ambiente cultural polonês.

Assenti.

E, tendo eu assentido — acredite se quiser —, ele me perguntou se, tendo em vista minha educação secular, eu não concordava com a avaliação dele de que aquelas hordas não assimiladas — não estou inventando: ele disse "hordas não assimiladas" — eram um problema que, bem ou mal, clamava por solução.

A essa altura, eu já estava furioso, nem ligava mais para os Hornung e sua arte holandesa, ou se iam me expulsar da casa deles. Então, perguntei ao embaixador por que razão, na opinião dele, os sábios que não gostavam de judeus não assimilados tinham trancado todos eles em guetos — antes de chegar à conclusão de que seria ainda mais eficiente matar todo mundo. Guetos não constituíam um impedimento à assimilação?

Só que minha pergunta não provocou nele a irritação que eu esperava. O embaixador respondeu que, claro, na minha idade, e com minha criação em uma família polonesa secular, eu não podia mesmo ter tido contato direto com o problema. Depois, passou a me perguntar se minha família tinha sido amiga de toda uma série de nobres poloneses que haviam sido grandes amigos dele e em cujas propriedades caçara javalis. Conde Potocki, conde Zamoyski, príncipe Radziwill, e assim por diante. Respondi que não acreditava que nós os conhecêssemos, a não ser por um único caso: tinha ouvido dizer que meus tios-avós por parte de pai costumavam vender esterco para o príncipe Sapieha.

Foi quando a senhora Hornung interveio: Ora, este mundo é mesmo tão triste, tão perigoso. Ao que o senhor Hornung, então — talvez compreendendo que a conversa precisava tomar outro rumo —, deu início a um longo discurso sobre Truman e sobre como talvez viesse a ser necessário lançar uma ou duas bombas atômicas nos chineses. Aquilo catapultou a indignação de Margot rumo à estratosfera. Jogar a bomba nos japoneses, disse ela, já tinha sido um crime pelo qual os Estados Unidos jamais poderiam se desculpar, e como era que ele se permitia até mesmo pensar em perpetrar tamanha monstruosidade contra outra nação asiática? Pai e filha começaram a brigar de fato, e o embaixador dedicou-se a explicar que o interesse nacional tinha de vir à frente de quaisquer considerações de ordem sentimental. Ninguém perguntou minha opinião.

Parabenizei Henry pelo modo como ele havia se portado.

Na verdade, disse ele, se tivesse de fazer tudo de novo, daria uma bela sova naquele velho idiota.

Depois do café, prosseguiu, quando o pai dela e o embaixador haviam se acalmado e começaram a discutir investimentos, Margot me perguntou se eu a levaria para ouvir uma cantora negra, Mabel Mercer. Pude perceber que tanto ela como os pais estavam encantados com a cantora. De repente, lembrei-me de que a mãe de Margot também havia sido do ramo. Provavelmente, eu deveria saber de quem se tratava e, mais do que isso, talvez já devesse ter ido vê-la. Nem preciso dizer a você que levaria Margot para ouvir o que fosse — até "Baby it's cold outside": bastava que ela pedisse. Portanto, lá fomos nós para uma boatezinha na rua 54, a uns vinte quarteirões da casa dos pais dela. Quando perguntaram se tínhamos feito reserva, achei que não fossem nos deixar entrar, mas deixaram. E até nos deram uma boa mesa. Mabel Mercer é gorda, mas de um jeito sensual. Para minha surpresa, tem um sotaque britânico. Margot adorou o show, e confesso que gostei bastante também. Quando pedimos nossas bebidas, uísque com soda, não perguntaram nossa idade. Dois uísques já pareciam um bocado, mas quando vi que cobravam consumação mínima, disse: Vamos pedir mais dois. Para encurtar a história, depois de pagar a conta, que incluía a gorjeta do garçom, e o táxi até a casa de Margot, descobri que tinha gastado até meu último centavo, literalmente. Não tinha nem dinheiro para o metrô até minha casa. Pelo menos ela me deixou beijá-la, não na porta do edifício — por causa do porteiro —, mas no meio do quarteirão. E até abriu a boca.

E você não pediu emprestado o dinheiro do metrô?

Como é que eu podia? Ela iria se sentir mal por eu ter gastado todo o meu dinheiro. Pensei em ir a pé para casa, mas quando cheguei à Bowery eram três da manhã. A ideia de ainda ter de atravessar a ponte e seguir caminhando até Flatbush, o que levaria pelo menos uma hora e meia, era bem desanimadora. Foi aí que notei um policial jovem e simpático parado diante da porta fechada de uma loja de penhores. Fui até ele, contei exatamente o que tinha acontecido e disse que, se ele me emprestasse os dez centavos para o metrô e me desse seu nome, eu lhe enviaria um dólar de volta. Ou deixaria o dinheiro na delegacia. Ele respondeu: Tome, leve vinte e cinco centavos, e veja se dorme direito. A verdade é que, quando cheguei em casa, dormi como um bebê, ainda que estivesse tão agitado que achei que nem conseguiria pegar no sono.

Comentei que suas chances de se tornar o genro do senhor Hornung estavam melhorando.

Henry sorriu. Eu me contentaria com muito menos, disse.

10.

Assim que o novo semestre começou, Henry foi jantar com as irmãs Appleton na casa delas, em Louisburg Square. O convite chegara por carta e nada dizia sobre mim e George. Henry me perguntou o que eu achava que ele devia fazer. Respondi que devia ir. Só podia ser divertido ver como as irmãs viviam, e elas provavelmente nos convidariam aos dois numa próxima ocasião. Bom, vamos ver, disse ele. Margot com certeza não vai, se souber que George estará lá. Mas Henry concordou em aceitar o convite.

Fui ao cinema na noite do jantar. Quando voltei ao apartamento, Archie ainda não havia chegado, mas Henry lá estava, lendo. Perguntei se tinha se divertido. Ele balançou a cabeça e me contou que tinha sido horrível. O sujeito do *Atlantic Monthly*, Weeks, que resenhou *The wall* — Susie falou dele no almoço em Stockbridge —, estava lá, e a ideia parecia ser a gente conversar sobre o romance e, suponho, sobre a guerra na Polônia de modo geral. Foi exatamente o que eu tinha dito a elas que não queria: conversar sobre isso à mesa do jantar. Só me restou mentir de novo. Eu detestei.

Mentir de novo? Mas o que você quer dizer?, perguntei.

Quero dizer que menti quando disse a Ellen e a Susie que não tinha lido o maldito romance. Claro que li. E acabo de mentir outra vez, porque disse a elas que ainda não li.

Ora, são duas mentirinhas inofensivas, eu disse. Por que você mentiu, afinal? Odiou o livro e não quis contradizer Susie e o senhor Weeks?, perguntei.

Henry suspirou. Claro que não queria contradizer nenhum dos dois. Mas não foi essa a razão. Você ouviu a descrição que ela fez do livro: é um romance sobre o gueto de Varsóvia e sobre o que os alemães fizeram aos judeus na Polônia. Tenho pesadelos com isso. São pesadelos terríveis. Acordo assustado. Algumas vezes, não consigo voltar a dormir; outras, nem quero, com medo de que as mesmas cenas tornem a aparecer. Não tenho para onde fugir nem onde me esconder. No fim, sempre me encontram. Por que iria querer discutir esse tipo de assunto em um almoço com duas senhoras que nunca vi antes, ainda mais diante de você, de Margot e de George? Ou com um crítico literário? É desagradável e inapropriado. Além disso, seja ou não *The wall*, à sua maneira, um bom livro, ele me ofende, independentemente do que possa pensar o senhor Weeks. Me ofendem as invenções de Hersey — por exemplo, todos aqueles diálogos, embora eu tenha certeza de que se baseiam em pesquisa cuidadosa, e Hersey trata com muito respeito o sofrimento das pessoas, além de demonstrar óbvia admiração pela coragem dos combatentes judeus. Imagino que, se alguém de fato deseja escrever um romance histórico sobre o gueto de Varsóvia, em vez de um relato histórico puro e simples, talvez não haja melhor maneira de fazê-lo do que a encontrada por Hersey. Mas isso não significa que seja uma boa ideia. Nem que eu deva ler o livro ou "gostar" da leitura, o que quer que isso signifique. Será que devo ler *The wall* para aprender mais sobre o que aconteceu na Polônia durante a guerra? Eu não quero aprender mais sobre isso. Para falar a verdade, acho que sei o bastante. E se, por alguma razão que não sou capaz de conceber, eu quisesse saber mais, preferiria ler um livro de história. Ou será que a ideia é garantir que eu não me esqueça do que se passou lá? Se é isso, o fato é que não existe nada que eu queira mais do que esquecer tudo aquilo. Pena que seja impossível.

Balbuciei um pedido de desculpa. Henry, porém, descartou-o com um gesto de mão e disse que era ele quem me devia desculpa por ter feito todo aquele discurso. Imagino que deva pedir perdão também às duas senhoritas, acrescentou. Tenho a sensação de que estraguei o jantar delas.

Alguns dias mais tarde, ele me contou que havia outro motivo para sua diatribe contra o romance de Hersey: a briga que havia tido com a mãe, quando ela lhe dera o livro. Tão logo abriu o presente, ele encontrou a dedicatória no canto superior direito da folha de rosto. Ela havia escrito em inglês: "Para meu Filho amado, para que ele se lembre do que o salvei". E a assinatura: *Mommy*. Como era que ela podia?, perguntou. "Filho" com *F* maiúsculo. E assinar *Mommy*? Será que não tinha ouvido nenhum para línguas? Não podia ter pelo menos usado a palavra polonesa? Em polonês, significaria alguma coisa para mim. Em inglês, é uma paródia grotesca.

Não fiquei surpreso. Henry havia me contado meses antes, pouco depois de nos conhecermos, que, em inglês, sempre chamava os pais de *mother* e *father*. Não conseguia dizer *mommy* ou *daddy*. Os três — o pai, a mãe e ele — haviam aprendido inglês tarde demais. Os diminutivos recusavam-se a tomar forma na boca dele. A senhora White, no entanto, entendia a escolha do filho como insultuosa. Argumentava que ela a humilhava diante dos outros, na medida em que lhe negava o termo carinhoso correspondente à palavra que qualquer outra criança afetuosa usaria naturalmente em polonês. O meio-termo que Henry encontrara — chamar pai e mãe de *mom* e *dad* — também foi rejeitado. A senhora White achava que havia um toque inaceitável de indiferença naquelas palavras, uma qualidade que as tornava ainda piores do que a forma fria e rija pela qual o filho havia se decidido de início. A raiva de Henry aumentou, contou-me ele, assim que assimilou a mensagem da dedicatória em si e suas conotações no presente. Deixemos de lado a pieguice, de embrulhar o estômago, disse. Sua formatura não era precisamente o momento certo para que lhe dessem um descanso da guerra? Do épico interminável do heroísmo da mãe e de todos os escombros restantes que, mãe e pai sabiam, ele esperava agora poder, enfim, deixar para trás? Aquela libertação não era o que eles, como bons pais, como a *mommy* e o *daddy* que tanto o amavam, deviam desejar para o filho?

Resumindo a história, continuou ele, dessa vez fui eu que, para variar, fiz a maior cena, e não minha mãe. Cheguei mesmo a gritar com ela. Foi uma experiência nova, que, de início, me fez bem. Depois, quando me acalmei, pedi desculpa. Não porque tivessem me obrigado. Meu pai não se deu ao trabalho de fazer seu discurso habitual, afirmando que, se eu não pedisse desculpa de verdade a minha mãe, se não obtivesse seu perdão, ela seria capaz de atentar contra a própria vida, e ele teria um ataque cardíaco. Minha veemência os deixara chocados. Ficaram sentados ali. Não, pedi desculpa com toda a sinceridade e por vontade própria, em parte porque de repente percebi que eles podiam, de fato e honestamente, ter chegado à conclusão de que não havia modo mais apropriado de marcar meu pequeno triunfo do que com um lembrete de como havia sido nosso passado. Meu desejo era que tivessem escolhido outro gesto, mas, quando me acalmei, pude ver que não tinha havido nenhuma intenção de me atormentar. Claro, interpretaram minha contrição como uma vitória, um sinal de obediência. Talvez por isso, o resto do verão tenha transcorrido sem maiores explosões.

No começo de fevereiro, Archie me contou que seus pais viriam visitá-lo. Ele continuava com a perna engessada, e o trato havia sido de que aguardariam até que ele retirasse o gesso e tivesse dado início à fisioterapia. O coronel, contudo, tinha recebido ordem de se apresentar ao quartel-general do general Ridgeway e queria ver Archie antes de embarcar para a Coreia.

Essa convocação é muito importante para o *pater*, Archie nos disse. Pode significar que sua maldição chegou ao fim, sobretudo se lhe derem o comando de um regimento. Para ele, servir na equipe de Ridgeway já será um grande passo à frente. De todo modo, querem que vocês dois venham jantar com a gente.

Não ficou claro de que natureza era a tal maldição, embora Archie tenha dado algumas pistas ao falar da proximidade pessoal do coronel com o general Patton, o que o havia prejudicado em relação a quase todos os outros generais superiores. Depois, Archie anunciou mudanças nos planos. A partida do pai tinha sido adiantada: ele teria de embarcar de imediato. A senhora Palmer viria visitar o filho sozinha. A outra mudança dizia respeito ao local escolhido para o jantar. Não obstante os novos rendimentos provenientes do gás, ela havia considerado um jantar no Ritz extravagância demasiado custosa. Em vez do Ritz, iríamos ao Cronin's. Ergam as mãos para o céu, disse Archie. Se fosse por ela, iríamos todos jantar no restaurante dos calouros. No fim, os planos sofreram nova alteração, e a visita foi adiada para uma data não especificada, perto da Páscoa, para coincidir com a entrega do Barco do Prazer — a denominação cunhada por Archie para o Nash que a senhora Palmer havia comprado para ele, agora que seu restabelecimento era total. Segundo Archie, a mãe não gostava da ideia de gastar dinheiro numa viagem a Cambridge, tanto mais agora que o coronel não estava ali para arcar com as despesas. Mas estava determinada a ir dar uma volta com Archie na rodovia 128, onde ele lhe havia dito que poderia afundar o pé no acelerador. Ademais, ela estava ocupada com os preparativos para a mudança da família Palmer para Houston, uma cidade a um só tempo mais próxima do petróleo e do gás e não demasiado distante dos fornecedores da arte pré-colombiana que ela vendia. Um primo com quem a senhora Palmer mantivera contato era membro do clube de campo de River Oaks, e ela pretendia comprar uma casa nas proximidades. O coronel tinha gostado da ideia de uma casa nos Estados Unidos, sobretudo se lhe oferecia local decente para jogar golfe o ano todo, caso ele decidisse se aposentar depois da Coreia.

Como se disposto a preencher o buraco aberto em nossa agenda, Henry anunciou que seus pais chegariam na semana seguinte, para celebrar seu aniversário. Seria a primeira visita deles a Harvard e, aliás, a Cambridge e a Boston também. O agente de viagens que tinha feito as reservas da excursão ao estado do Maine no verão anterior recomendara um hotel do outro lado do Common, a pouca distância de Harvard Yard. Tinha também indicado os museus que eles poderiam visitar com Henry. O problema ainda não resolvido era o que oferecer aos companheiros de quarto de Henry, e eles estavam determinados a oferecer-lhes alguma coisa. E queriam convidar George também, para retribuir a hospitalidade dos pais dele. Henry não mencionou Margot. Supus que, se tinha contado alguma coisa aos pais sobre ela, não contara o suficiente para despertar-lhes a curiosidade ou fazê-los pensar que tinham obrigação de reconhecer a existência da moça. Como partiriam do Brooklyn de carro na sexta-feira de manhã, Henry calculou que chegariam ao hotel no final da tarde. Voltariam para casa no domingo, depois do café da manhã. Embora não figurasse entre as dúvidas e instruções dos pais, Margot logo se tornou a principal preocupação de Henry. Quando ele contou a ela sobre a visita iminente — um grande erro, ponderou mais tarde —, Margot expressou o desejo categórico de conhecê-los. Se Henry estava apreensivo quanto a exibir seus pais para Archie, para mim ou, mais provavelmente, para George, guardou tais preocupações para si mesmo. No caso de Margot, porém, não fez nenhuma tentativa de ocultá-las de nós. Ao estudar as soluções possíveis, a que julgava temer mais era a perspectiva de um jantar em família tendo Margot como única convidada. Ao mesmo tempo, do jeito que estavam as coisas entre ela e George, convidar ambos para um mesmo jantar era impensável. E havia, por fim, uma questão mais básica: será que os pais dele deveriam, afinal, conhecer Margot, fossem quais fossem as circunstâncias? Por um lado, ele sentia muito orgulho dela, ou da estranha amizade que mantinham, e teria adorado exibir a amiga. Por outro, havia o risco de, depois, os pais — ou sua mãe, em especial — fazerem comentários desagradáveis sobre ela, como apontarem sua rude aspereza ou, se a mãe suspeitasse de que ele estava apaixonado por ela, sobre não ser judia. A simples possibilidade de a mãe referir-se a Margot como "aquela namorada gentia" já lhe era intolerável. Não discutimos que efeito o senhor e a senhora White teriam sobre Margot e o que ele pretendia fazer a esse respeito. Mas Henry explicou que o fato de ser apenas metade judia podia pesar contra ela. Aquilo me surpreendeu.

É simples, disse ele. Ainda que ela não possa ser uma judia de verdade, por causa da mãe gentia, é judia o bastante para que minha mãe queira aplicar nela todo o rigor do código cracoviano: o modo como se veste, como se comporta e o que mais você queira considerar. Nunca vi gente mais esnobe do que a burguesia judaica da Galícia pré-guerra. Esqueça Berkshire e seus primos.

Não são páreo. Das pessoas que conheci em Berkshire, a única que seria aprovada pelos padrões cracovianos é a mãe de George. Ela se veste da maneira correta e tem a combinação certa de doçura e veneno. Se Margot fosse só mais uma *shiksa*, minha mãe poderia dizer que seu modo de se comportar não é da conta de ninguém. Mas uma garota que pode ser tomada equivocadamente por uma judia e que, ainda por cima, calha de ser o alvo da atenção de seu filho único — tudo nela é da conta da minha mãe e está sujeito à mais severa censura.

Archie avaliou os problemas logísticos subjacentes e apareceu com uma solução. Três de nós — George, ele e eu — jantaríamos com Henry e seus pais na própria noite da chegada deles ao hotel, quando na certa estariam cansados da viagem. Por causa do cansaço, o jantar não se estenderia muito, e isso seria bom. No sábado à tarde, depois de uma ida ao museu ou de algum outro programa cultural que Henry pudesse arquitetar, ofereceríamos um coquetel em nosso apartamento. Xerez, Archie especificou. Margot e mais três ou quatro de nossos vizinhos de alojamento deveriam ser convidados, assim como Jerry, nosso supervisor. O número de convidados possibilitaria a presença de Margot e George em um mesmo cômodo.

Entreouvi Henry anunciar esse programa ao telefone, primeiro à mãe, depois ao pai. Falava inglês. A língua que utilizava para falar com eles variava de acordo com as circunstâncias. Pareceu-me que usava polonês quando não queria que Archie ou eu o entendêssemos, ou quando o assunto não requeria vocabulário que ele não tivesse aprendido antes de deixar a Polônia. Contudo, eu não tinha duvida de que seu polonês era suficiente para comunicar jantares e coquetéis. A julgar pelos longos silêncios e pelo modo como Henry repetia certas frases, ficou claro que as propostas de Archie não estavam sendo recebidas com grande entusiasmo. Houve um momento em que me senti particularmente constrangido (já que, àquela altura, eu estava bisbilhotando, e não apenas entreouvindo a conversa telefônica, como costumava acontecer); foi quando Henry informou o custo de um jantar para cinco no hotel e do coquetel em nosso apartamento, no sábado. Podia compreender que a experiência do senhor e da senhora White fosse limitada no tocante a comprar xerez e salgadinhos ou amendoins para um coquetel de estudantes, mas com certeza já haviam pagado por um almoço ou jantar em algum restaurante. Não tem importância, ouvi Henry dizer, não tem importância. Nada disso é realmente necessário. Vamos deixar para lá. Como eu já tinha ouvido mais de uma discussão de Henry com os pais a respeito de dinheiro, surpreendeu-me ele não ter assegurado aos dois, como era seu hábito, que as despesas seriam pequenas. Comecei a imaginar se ele não havia decidido que seria até melhor se eles cancelassem os compromissos conosco. Era um desfecho possível, que, de resto, lhe pouparia de um bocado de angústia. Teria, é claro, de comunicar o cancelamento dos planos a Archie, a mim e, talvez, a Margot também, mas esse inconveniente era nada, comparado ao que ele temia de fato. Na verdade, bastava dizer que seus pais, ultrapossessivos, tinham decidido que, no fim de semana do aniversário de seu filho único, prefeririam desfrutar da companhia dele em ambiente familiar estrito, sem nenhuma distração. Ou algo assim. O terreno para tanto já havia sido preparado pelas críticas implacáveis de Henry ao pai e à mãe.

No fim, não vetaram nem o jantar nem o coquetel, mas a reunião em nosso apartamento tornou-se desnecessária, e Margot foi convidada para o jantar, assim como eu e Archie. George avisou que não estaria na cidade: tinha de ir a Mount Snow com os pais, as irmãs e os cunhados, para o fim de semana anual dos Standish dedicado à prática do esqui. Outra mudança, esta provocada por Margot, foi o deslocamento do jantar para o sábado e para o Henri IV. Ela explicou a Henry que comida e restaurante de hotel eram de uma melancolia mortal, que ela não podia tolerar. Além disso, acrescentou, seus pais não vão adorar celebrar o aniversário do filho em um restaurante que tem o seu nome?

Você já viu uma coisa dessas? Você, que mora com ele e é seu melhor amigo: dá para imaginar o tipo de filho que eu tenho?, perguntou a senhora White, tão logo alcançamos a mesa que Archie havia reservado. Ele e Margot esperavam por nós. Ela me acomodou à sua direita; Archie, à esquerda. Instruiu o senhor White a se sentar a meu lado, e Margot, entre ele e Henry. Archie gozava de elevado prestígio no Henri IV, razão pela qual fomos logo conduzidos à mesa de canto, poupando-nos da espera no bar do piso de cima, embora fosse sábado à noite.

Quando chegamos ao hotel, ontem, a senhora White emendou sem largar do meu braço, encontramos seu companheiro de quarto largado numa poltrona do saguão, dormindo de boca aberta. Graças a Deus que não estava roncando! Falei com ele, e nada. Então, seu pai o chamou pelo nome. Nada. Por fim, dei-lhe um beijo, e ele resolveu acordar. Eu disse: Então é assim que você recebe seus pais: bêbado? E sabe o que mais? Ele logo ficou tão bravo que achei que ia me matar. Olhe para ele. Só podia estar bêbado. Só bêbados e octogenários não conseguem ficar acordados à tarde. E nem vergonha ele tem.

Era a segunda vez que eu ouvia o episódio. A senhora White já havia me contado tudo a caminho do restaurante, o que significava que aquela repetição não acontecia em meu benefício, mas em prol da edificação dos demais convivas. Como Margot havia se oferecido para levar Archie de táxi, eu tinha ido com Henry buscar os pais dele no hotel. Imaginei que também nós pegaríamos um táxi para o restaurante, mas o senhor e a senhora White disseram que preferiam caminhar. Formamos dois pares.

Eu seguia na frente com a senhora White, que tomou meu braço antes que eu me lembrasse de oferecê-lo a ela; o senhor White e Henry vinham atrás.

Rysiek é um garoto de muita sorte, disse-me ela. Ele nem imagina a sorte que tem.

Quem?, perguntei.

Quem é Rysiek? Ora, Rysiek é Rysiek, ela respondeu.

Depois, tendo percebido meu grau de ignorância, ela riu, deu-me um apertão no braço e explicou que se referia a Henry. Qual era a palavra em inglês para aquele tipo de apelido? Diminutivo, sugeri. Diminutivo, ela repetiu, tentando identificar a raiz latina da palavra, que encontrou.

Em polonês, Henry é Henryk, esclareceu, como Henryk Sienkiewicz, o autor de *Quo vadis*. Henryk vira Henrysiek, e a gente abrevia Henrysiek para Rysiek. É assim em polonês. Usamos diminutivos. Por exemplo, o nome do meu pai era Jacob, mas a família e os amigos o chamavam de Kuba.

Ia perguntar a ela como se chamava, e como se chamava o senhor White, mas ela me interrompeu para externar sua esperança de que meus pais estivessem bem. Assegurei a ela que estavam, sim, ao que ela me perguntou se me visitavam com frequência. Sem esperar pela resposta, tornou a dizer que Rysiek era um garoto de muita sorte, mas por que precisava beber tanto? Nem o pai nem a mãe bebiam álcool, a não ser uma eventual taça de vinho com a refeição, quando iam jantar fora ou recebiam visitas. Disse a ela que Henry não bebia, mas ela insistiu que eu estava enganado. Foi quando me contou pela primeira vez que o havia encontrado em coma no saguão do hotel. No lugar dele, ela teria morrido de preocupação pelo fato de os pais estarem atrasados, teria se perguntado se tinha havido algum problema com o carro ou, do jeito que o pai dirigia, se não tinham sofrido um acidente.

O fato de Henry ter adormecido no saguão do hotel não me

pareceu menos estranho do que a suspeita da senhora White de que ele estivesse bêbado àquela hora da tarde, até que me lembrei de que Henry não havia dormido nada na noite anterior. Estivera escrevendo um trabalho sobre a *Oração fúnebre* de Péricles e engolindo comprimidos de cafeína, um atrás do outro. Ao raiar do dia, como havia me contado naquela manhã, ainda não conseguira parar de ruminar sobre as páginas que datilografara, amassara e espalhara pelo chão. Contei à senhora White sobre o prazo a cumprir para a entrega do trabalho, sem fazer menção aos comprimidos.

Por que ele tinha escrito o trabalho à noite, em vez de dormir?, ela contra-argumentou. Pessoas normais trabalham durante o dia e dormem à noite.

De novo, saí em defesa de Henry. Estava estudando muito, disse, mais do que qualquer um que eu conhecia, fazendo cursos difíceis de grego e latim, além do francês intensivo. Embora soubesse que ela estava a par das notas que ele obtivera em cada teste, prova ou trabalho, acrescentei que Henry era um aluno excepcional.

E o senhor, senhor Companheiro de Quarto?, ela perguntou. O senhor também está na faculdade para aprender latim e grego?

Respondi que tinha aprendido todo o latim que desejava no colégio. Ia me formar em inglês.

Inglês? Ela riu. E eu que pensava que você já falava a língua à perfeição.

Também eu comecei a rir.

Esgotado o tópico relativo a meu desenvolvimento intelectual, a senhora White retornou ao que pude identificar como sua *bête noire*. Por que Rysiek inventara de estudar letras clássicas?, ela perguntou. E pôs-se a falar que tinham perdido tudo na Polônia, que ela e o marido davam duro para proporcionar a Henry um bom lar e uma boa educação e que ele devia pensar no futuro, em vez de desperdiçar as oportunidades que tinha.

Sem ter uma resposta pronta para lhe dar, permaneci em silêncio, examinando-a com atenção. Tinha ótima aparência — ou, na verdade, era mesmo uma mulher bonita e sensual. Estranha impressão para se ter da mãe de meu companheiro de alojamento, mas era exatamente a impressão que eu tinha. Ela me lembrava uma Lana Turner de cabelos negros. Os cabelos avermelhados, Henry os herdara do pai. Eu havia observado o conjunto de lã de um marrom mais claro do que o amplo e voluptuoso casaco de pele de castor que o senhor White a ajudara a vestir quando saíamos do hotel. May Standish podia muito bem ter usado conjunto e casaco semelhantes, mas, numa noite gelada como aquela, com retalhos de gelo pela calçada, decerto teria enfiado os pés em algum tipo de bota. A senhora White calçava sapatos fechados de salto alto cor de vinho escuro. Pensei em minha mãe, que nada deixava a desejar em aparência ou figurino, se a ocasião assim exigia. Mas havia uma grande diferença. No caso da minha mãe, sempre parecia que ela tinha se enfiado em suas roupas no último minuto, criando todo um efeito de improvisação que incluía um toque de desalinho. A senhora White exercia seu charme de outra forma. E o esmero do senhor White também não dava sopa para o azar. Gostei de seu paletó cinza de tweed espinha-de-peixe, da calça novinha de flanela cinza, dos sapatos pretos muito bem engraxados, da camisa branca, da gravata-borboleta de seda azul com listra azul-escura, sobretudo preto e chapéu também preto, com uma penazinha vermelha na aba. Do bolso da lapela, projetava-se um lenço que, dobrado com capricho, formava dois triângulos. Luvas pretas de couro de bezerro, parecendo novas e caras, completavam o quadro. Depois de examinar o senhor White, compreendi o segredo das roupas que a senhora White comprara para Henry, a fim de que ele se apresentasse adequadamente vestido na faculdade. O que ela fazia era apenas comprar para o filho as mesmas roupas que se acostumara a escolher para o marido, só que mais largas, porque Henry, embora tivesse ossos pequenos, era mais alto e necessitava de mais espaço para crescer. Como ela podia saber que os colegas de classe que Henry decidira imitar eram adeptos de estilo bem diferente?

Voltando, porém, ao Henri IV, a saudação inicial da senhora White tinha posto o xará do rei em um estado de raiva muda que ela devia ter previsto. Comecei a imaginar se a briga entre filho e mãe eclodiria ali mesmo, e creio que assim teria sido, caso Archie não houvesse oferecido distração apropriada. Era pouco provável que Henry tivesse contado aos pais o que sabia sobre o acidente de Archie. Se tivesse feito isso, teria aumentado a suspeição com que já tendiam a nos encarar, a Archie e a mim. Talvez não soubessem nem mesmo que ele havia se machucado para valer. Em geral, Archie brincava com o assunto, mas dessa vez fez outro uso dele. Suas muletas estavam encostadas na parede atrás da cadeira, onde Henry as pusera. Portanto, eu estava em ótima posição para vê-lo executar a manobra que fez com que as duas se estatelassem no chão. Tão logo o estrondo interrompeu a conversa, ele começou a contar bem devagar a história do acidente de carro, sem nada omitir a não ser a bebedeira no clube dos oficiais que o precedera. Os White ouviam como se hipnotizados, presumo que calculando os riscos a que a amizade de Henry com aquele jovem estranho e charmoso o expunha.

Mas essa história tem um final feliz, Archie acrescentou. Vou ganhar barata própria. Quero dizer, vou ganhar um carro.

Dito isso, a senhora White respirou fundo e afirmou nunca ter ouvido uma história daquela. Sentia muitíssimo pelos pais dele e, em especial, pela mãe.

Archie balançou a cabeça.

Na verdade, respondeu, minha mãe é durona, bem mais que meu pai, embora ele seja soldado.

Depois, contou-nos que o coronel achava que um ataque dos chineses pelo rio Yalu era iminente, e nesse caso a Rússia se envolveria na guerra, tanto quanto a China, o que forçaria os Estados Unidos a empregar armas nucleares táticas.

Com toda a certeza, comentou o senhor White.

Enquanto ele falava sobre os planos de russos e chineses para o resto do mundo, ocorreu-me que a única pessoa de meu conhecimento que concordaria integralmente com ele era o velho Gummy, do nosso clube de campo. A não ser pelo fato de que Gummy achava também que os Estados Unidos deveriam ter limitado sua participação na Segunda Guerra Mundial a derrotar o Japão, deixando que alemães e russos se aniquilassem uns aos outros — uma opinião com a qual o senhor White, se considerasse o provável destino de sua família nesse caso, não teria concordado.

Coube a mim levar Archie de volta para o alojamento naquela noite. Enquanto esperávamos pelo táxi que o dono do restaurante havia chamado, contei a ele que tinha gostado bastante dos dois, do senhor e da senhora White.

Não são de todo ruins, ele me respondeu, mas vão atrapalhar o caminho de Henry.

11.

No fim, não houve jantar nenhum com a senhora Palmer. Ela disse a Archie que o café no Commodore, onde estava hospedada — defronte ao hotel que os White haviam escolhido —, era perfeito para suas necessidades. Um lanchezinho solitário à noite era tudo de que precisava em Cambridge. Archie riu daquilo e disse que não estávamos perdendo grande coisa: *mater* estava se divertindo com suas medidas de economia. Ela concordou, no entanto, em vir ao nosso apartamento para uns drinques. Dessa vez, ninguém falou em xerez. A senhora Palmer tinha preferência pelo bourbon S. S. Pierce, que conseguira abrir caminho até os longínquos clubes de oficiais que ela e o coronel frequentavam. Depois de examinar a fotografia dela sobre a cômoda do quarto de Archie, em que a senhora Palmer aparecia ao lado de um jovem oficial envergando magnífico uniforme de fuzileiro, fiquei decepcionado ao conhecê-la. Em vez da versão mais madura de Hedy Lamarr que esperava encontrar, a senhora baixinha a que fui apresentado lembrava uma missionária ou a governanta de um velho amalucado e doente — morador, talvez, de uma casa grande demais para ele no fim de um vilarejo na encosta de uma colina — em algum filme preto-e-branco francês. Ou a fotografia tinha sido muito retocada ou o tempo havia sido bastante cruel com ela. Como eu poderia ter deduzido, as roupas que ela vestia — sapatos pretos com sola de crepe, meias pretas, saia cinza-escuro de flanela áspera e cardigã preto sobre uma camisa cinza de gola pequena e redonda — tinham um propósito específico. A ideia era que lhe permitissem uma viagem confortável de ônibus de Houston a Cambridge, ida e volta. Na verdade, ela gostava de viajar de ônibus e falou com alegria da delicadeza dos demais passageiros e da limpeza dos toaletes, nos ônibus que os tinham. Mas a maior parte da nossa conversa versou sobre as muitas virtudes do Nash, que Archie submetera a nossa inspeção, depois de ele e a mãe retornarem do passeio inaugural pela rodovia 128, o que acontecera mais cedo naquele mesmo dia. Imaginei que a mais surpreendente delas — os bancos reclináveis que transformavam o carro numa cama de casal — não seria mencionada, por ser objeto de tantas piadas de gosto duvidoso. Estava enganado. A senhora Palmer falou da economia que Archie podia fazer em despesas de hotel, se pelo menos aprendesse a viajar com um saco de dormir. Parecia ainda mais contente com a potência do motor, ou talvez com a relação entre potência e peso. Archie contou que tinham acelerado o Nash até noventa e cinco — milhas, creio —, mas que achava que o carro podia render ainda mais, antes de alcançar seu limite. E é um carro sólido, acrescentou a senhora Palmer com um sorriso: Se você estivesse dirigindo esse carro no Panamá, não teria acabado de muletas e com uma cara de espantalho.

Por alguma razão, a referência aos episódios acontecidos no Natal levou Henry a perguntar como o coronel estava se adaptando — acho que foi essa a palavra que usou — ao serviço na Coreia.

Ele odeia aquele lugar, respondeu a senhora Palmer, e quem não odiaria? Mas ganhou seu comando, e é isso que lhe importa.

Isso é bom para o *pater*, Archie comentou. Não significa que ele vai ganhar sua estrela também?

Pois é melhor que deem logo a estrela a ele, a mãe respondeu. Já o fizeram de bobo por muito tempo.

O regimento do coronel Palmer sofreria perdas atrozes algumas semanas depois, e ele próprio sairia ferido. Mas a promoção acabou por vir, depois que ele recebeu alta de um hospital nos Estados Unidos e foi designado para Fort Benning. A etiqueta militar, ou talvez algum fator mais específico, obrigou-o a servir ainda durante um ano naquele posto, antes da aposentadoria com a nova patente. No fim, não havia pressa. A quantidade de estilhaços que os cirurgiões foram obrigados a deixar na perna dele impossibilitou a prática do golfe com a frequência que ele havia esperado.

Ficou claro que Archie ainda não sabia que o sonho do pai de comandar um regimento em combate havia se realizado. Imaginei que, mesmo se Henry não tivesse feito sua pergunta gentil, a senhora Palmer acabaria por contar o episódio ao filho antes de partir de Cambridge. Naquele momento, porém, o fato de ela ainda não ter dito nada a ele — por exemplo, enquanto admiravam as virtudes do Nash, e antes que ele atingisse noventa e cinco milhas por hora — me deixou perplexo. Mais tarde, refletindo sobre isso, entendi que era resultado da total e resoluta atenção que ela dedicava ao filho, tão obsessiva, à sua maneira, quanto a dedicação da senhora White a Henry, embora se manifestasse de forma diferente na maioria de seus aspectos. Decerto, a senhora White interessava-se em saber como Henry passava seu tempo e com quem. Era decididamente abelhuda. Na senhora Palmer, eu não detectava nenhuma curiosidade a respeito de Henry, de mim nem de nenhum outro dos amigos que demandavam tanto tempo de Archie; pelo menos, durante as cerca de duas horas que passou em nossa sala de estar, ela não revelou curiosidade nenhuma. Por outro lado, pediu, sim, para ver o misturador de martíni e os copos de prata — que ele não usara porque, em sua opinião, eram inapropriados ao bourbon com gelo que bebíamos —, bem como a cigarreira de Archie. De início, pensei que a senhora Palmer talvez receasse que o filho os tivesse penhorado, mas, à visão dos objetos, ficou evidente que ela só queria tocá-los, porque eram oferendas do seu amor, sinais tangíveis de ternura. Dada a avareza dela, de que Archie não parava de falar, o custo emocional daqueles objetos tão caros havia de ter sido altíssimo. É possível que tornassem outras formas de envolvimento com o filho menos prementes.

Ao final do semestre de verão, algumas coisas não saíram como Henry esperava. Ele não recebeu bem a rejeição de sua candidatura à casa para a qual pretendia se mudar. Na verdade, recebeu-a de modo pior ainda porque estava convencido de que Archie teria sido aceito, se tivesse se candidatado sozinho. Sou o macaco judeu nas costas dele, declarou. Eu tinha certeza de que o esnobismo de classe do mestre em questão era mais virulento do que seu antissemitismo, mas não o disse a Henry. Imaginei que ele preferisse ser rejeitado como judeu. Archie proclamou que estava pouco ligando; os cômodos em Mount Auburn Street eram maiores e mais agradáveis do que qualquer coisa que pudessem ter arranjado na casa do rio. Henry concordou, mas disse que, pela primeira vez desde que chegara aos Estados Unidos, tinha sido tratado de forma injusta: tinham-no preterido sem que ele o merecesse.

Além disso, estava começando a achar que as pessoas pelas quais se sentia atraído — à exceção de mim, de Archie, de George, de Margot e de mais umas poucas — não gostavam dele.

No momento, frequentava cursos sobre os clássicos gregos, latinos e sobre outras literaturas também, e as salas estavam cheias de garotos ricos. Tinha imaginado que interesses acadêmicos semelhantes conduziriam naturalmente a amizades, mas nada disso estava acontecendo. Eu não sou da turma, contou-me ele. Deixam isso muito claro. Colegas de classe que ele conhecia pelo nome diziam entre si: Vamos tomar um café. Mas o convite nunca parecia incluí-lo ou, se o fazia, não era com a clareza que ele julgava necessária para aceitá-lo com tranquilidade. Ninguém batia à sua porta a caminho do cinema, assim como também não olhavam para ele quando, tendo chegado ao restaurante para almoçar ou jantar, Henry procurava por uma mesa à qual se sentar. Fazia suas refeições com Archie, comigo ou sozinho, onde encontrasse lugar vago. No modo como seus professores o tratavam, quando ele os abordava depois da aula, nada havia do intercâmbio fácil e jovial de que desfrutavam outros graduandos brilhantes como ele. Para mim, não era surpresa. Com uma única exceção, seus professores provinham todos de ricos colégios particulares ou, no mínimo, desejavam que tivesse sido essa sua proveniência, e, não menos que Henry, sentiam-se atraídos por instinto pelo estilo dos bem-nascidos — no caso de Henry, porém, uma atração não correspondida. Tivesse ele dado ouvidos aos pais e escolhido matérias preparatórias para o curso de medicina, seria apenas mais um estudante caxias dentre muitos, todos inteligentes como ele e sem desfrutar de aceitação social maior. Teriam gostado de Henry porque ele dava duro e era um sujeito legal. E quanto a ter amizade com professores, não seria difícil prever que ninguém acalentaria a esperança ou o desejo de ter qualquer tipo de relacionamento pessoal com seu professor de química orgânica ou inorgânica.

Mais dolorosa foi a mudança no relacionamento dele com Margot. Desde a noite em que tinham ido ao show de Mabel Mercer, ela seguira deixando que ele a beijasse e lhe acariciasse os seios. Henry contou-me que não havia feito nenhuma tentativa de ir além disso. Quero que ela confie em mim, ele me disse, não quero que pense que estou forçando a barra. O que temos agora é melhor do que jamais esperei, e ainda sou o melhor amigo dela. Se era verdade o que Bunny Rollins havia contado a George sobre Margot — a história que ele, por sua vez, me repassara quando voltávamos de Stowe —, talvez Henry estivesse enganado. Talvez ela desejasse mais ousadia da parte dele. Mas decidi não dizer nada disso a ele. Os sentimentos de Henry para com ela eram bastante intensos, e o risco de ele se voltar contra mim, grande demais, caso achasse que eu não tinha respeito por Margot. Em algum momento, porém, talvez no começo de abril, Henry me contou que Margot tinha posto fim a todo contato físico entre eles: estava muito envolvida com outra pessoa. "Outra pessoa", eu soube depois, era Etienne van Damme, o estudante belga de administração de empresas. De acordo com Henry, Margot havia praticamente contado a ele que estava tendo um caso para valer com o belga. Encontravam-se sobretudo em Nova York, onde Van Damme costumava hospedar-se em um hotel elegante, mas também, quando tinham muito trabalho para ir até lá no fim de semana, do outro lado do rio, no alojamento dos estudantes de administração ou no Ritz de Boston. Henry declarou que não sentia ciúme: Margot continuava sendo seu projeto de longo prazo, o que implicava reconhecimento implícito de que teria rivais bem-sucedidos. Mas se perguntava o que tinha acontecido com a amizade dos dois. O belga se tornara tema único das conversas dela.

De súbito, chegou então o período de leituras da primavera. Logo depois das provas, Henry partiria para Grenoble, onde faria seu curso de verão de língua francesa. Para meu espanto e o de Archie, ele mencionou de passagem que Margot iria para Ardennes, onde a família Van Damme era dona de uma grande propriedade, e que ela e Etienne o haviam convidado a passar uma semana com eles. Archie planejava dividir seu verão entre uma fazenda brasileira de café, no estado de São Paulo, e duas ou três *haciendas* na Argentina, em visita a amigos feitos no rúgbi. George e eu resolvemos partir em viagem de carro para o oeste, com retorno a Berkshire via sudoeste e sul.

12.

Fizemos uma rápida incursão pela Baixa Califórnia e teríamos gostado de prolongar nossa estada ali, mas o tempo estava ficando curto. Depois de dois dias, um dos quais passamos na praia, tomamos o caminho de casa por uma rota que atravessava o Arizona e o Novo México em direção a Houston. Nossa próxima parada seria Nova Orleans, onde um certo Walter Trowbridge, que havia sido colega de escola do pai de George, mantinha um apartamento em Toulouse Street, no bairro francês, para hospedar convidados, em sua maioria colegas do ramo petrolífero. May e meu primo Jack já haviam se hospedado ali, e May descrevera o apartamento como de um luxo pecaminoso. Como agosto não era mês de grande procura, ofereceram-nos as acomodações pelo tempo que desejássemos. Compelidos por May, reservamos o apartamento por cinco dias, imaginando que iríamos usá-lo para explorar o bairro francês, o Garden District e os chamados *bayous*. Estávamos tentados também a ir até o delta do Mississippi, se arranjássemos um barco para nos levar até lá. Ao deixarmos Houston, sentimos necessidade premente de algum tipo de mimo. O calor era brutal e, desde que paráramos de acampar, vínhamos dividindo um quarto em hotéis e albergues bastante modestos, o mais recente deles na Associação Cristã de Moços em Houston. George estava em poder de uma magnífica carta de crédito emitida pelo Morgan Bank, e eu levava quantidade apropriada de cheques de viagem, comprados com a soma que o senhor Hibble me adiantara. Podíamos pagar por acomodações melhores. O código de conduta dos Standish, no entanto, determinava que jovens rapazes gastassem pouco em viagem. Pelo menos nesse quesito, eu queria ser um Standish tão bom quanto George, razão pela qual a ideia de infringir a norma não me passara pela cabeça. Na verdade, o código admitia um ou outro gasto extravagante, contanto que a ocasião justificasse o dispêndio. Nós havíamos lido o romance de Frances Parkinson Keye, *Dinner at Antoine's*, bem como a seção de nosso guia de viagem dedicada a Nova Orleans. Parecia claro que os prazeres fabulosos que a cidade oferecia constituíam justificativa suficiente. Iríamos ao Antoine's, ao Brennan's e visitaríamos as melhores casas de jazz em Bourbon Street.

Logo depois de Shreveport, George teve outra ideia. Assim que nos instalássemos em Toulouse Street, arranjaríamos duas garotas para levar para casa — uma faxineira ia limpar o apartamento durante o dia, mas o prédio não tinha zelador, porteiro ou coisa do tipo para vigiar nossas idas e vindas. Não faríamos aquilo já na primeira noite, mas depois do jantar no Antoine's, talvez. A perspectiva me inquietou, mas julguei que o melhor era bancar o bom companheiro.

O acesso ao apartamento se dava por um pátio de paralelepípedos rodeado de grande profusão de vasos contendo plantas tropicais ao longo das paredes. May não havia exagerado. Tudo ali era gigantesco e agradável: as camas com quatro colunas, as banheiras enormes, o couro macio dos sofás e poltronas da sala de estar. Junto da lista telefônica, encontramos um volume com encadernação em couro intitulado "Informação para os hóspedes de Toulouse Street". George folheou-o rapidamente, na esperança de encontrar alguma dica de onde procurar garotas. Das duas uma: ou essa informação não constava do guia ou era dada de maneira demasiado sutil. Em compensação, George leu que, para obter uma boa mesa no Antoine's e ser bem atendido, devia-se falar com Michael, um garçom que possuía alguma ligação misteriosa com o senhor Trowbridge. Ligou para lá de imediato e fez a reserva para a noite seguinte. Passamos boa parte do dia espantando mosquitos em turnê de barco pelos *bayous* e chegamos atrasados ao Antoine's. Ao que parecia, o atraso não era problema nenhum. Fomos recebidos por Michael como celebridades que viajavam incógnitas, mas de cuja passagem por Nova Orleans ele tinha conhecimento, e nos servimos de lagostim, peixes da região e camarão. Quando George pediu a conta, descobrimos que o jantar era cortesia do senhor Trowbridge, que havia deixado também instruções precisas para que provássemos do conhaque reservado a ele. Fizemos mais do que provar. As taças eram bastante grandes, e George serviu-nos com generosidade.

Henry deve estar agora no *château* dos Van Damme, comentou ele.

Respondi que sim. O curso em Grenoble acabava no final de agosto. Imagino que seja bem elegante, George observou. Meus pais dizem que ninguém come como os belgas. De todo modo, eu ficaria surpreso em saber que está comendo melhor lá do que nós aqui.

Concordei. Julgava ter comido no Antoine's a melhor refeição da minha vida.

Não consigo esquecer Margot, prosseguiu ele. Por que ela está dormindo com aquele belga? O que ele tem que eu não tenho? Ou que Henry não tem? Ou você? Por que tanto estardalhaço só porque forcei a barra um pouquinho? Deus sabe que ela merecia.

Depois de esclarecer que eu não estava na disputa, ponderei que Van Damme talvez a tivesse iludido. É mais velho, dirige um carro veloz e tem na manga o *château* da família.

Terminamos o conhaque e saímos para a noite.

O livro do senhor Trowbridge listava endereços recomendados em Bourbon Street. Tentamos cada um deles. Na verdade, a música não era melhor do que a que se podia ouvir toda noite na Tremont Street de Boston; talvez nem chegasse a ser tão boa como lá. A cada parada, tomávamos um uísque com soda e seguíamos adiante.

Estou cansado desses lugares, disse George.

Amém, disse eu, vamos para casa.

Mas George balançou a cabeça. Pensar em Margot o deixara com tesão. A gente precisa se divertir um pouco.

A questão era onde. A ideia que eu tinha era que haveria mulheres com roupas chamativas encostadas nos postes ou passeando pela rua, balançando bolsas enormes. Supunha que viriam até nós e balbuciariam naquele seu sotaque sulista baboso: Ei, amorzinho, quer companhia? Mas nenhuma prostituta, nenhum cafetão, branco ou preto, nos abordou. Na verdade, não havia ninguém nas ruas, a não ser por bandos barulhentos de homens farreando nas portas dos bares, casais caminhando abraçados ou de mãos dadas e figuras solitárias com pressa de chegar a algum lugar. Contadores, pensei comigo, voltando para casa depois de um longo dia de trabalho.

Disse a George que, em Nova Orleans, as pessoas provavelmente iam a bordéis. Era preciso saber o endereço deles e, como não sabíamos, o melhor era desistir. Estávamos perdendo tempo. Ele discordou. Achava que tínhamos de dar uma olhada nos bares mais suspeitos, que não figuravam na lista do senhor Trowbridge. Era onde as garotas estariam. Tornamos a subir e descer Bourbon Street e, em seguida, começamos a entrar nos bares das ruas transversais. Por fim, saindo de Chartres Street, topamos com o Sonny Boy — deserto, ao que parecia, à exceção de uns poucos homens com pinta de mecânicos agrupados junto do balcão e duas mulheres peitudas e de olhar vazio, sentadas sozinhas a uma mesa de canto, nos fundos.

George declarou: É aqui mesmo.

Não havia ninguém na mesa vizinha à das mulheres. Enquanto nos sentávamos, elas olharam para nós ostensivamente, cochichando entre si. George devolveu o olhar e disse um oi. Elas não pareceram se importar; na verdade, começaram a dar risadinhas. Quando o garçom se aproximou, George pediu uísque com soda para nós e, para as damas, o que quisessem. Elas também não ligaram para a oferta e gostavam de rum com Coca-Cola. Antes de as bebidas chegarem, já havíamos nos mudado para a mesa delas. Sentei-me ao lado de Jonelle; George sentou-se com Debbie. Eram enfermeiras do hospital da universidade de Tulane, desfrutando de uma folga de dois dias entre turnos. Jonelle era de Baton Rouge e Debbie, de Lake Charles. Haviam se conhecido na faculdade e eram colegas de quarto no alojamento do hospital.

Garotos podem entrar no alojamento de vocês?, George perguntou.

Não seja atrevido, Debbie respondeu-lhe.

Espantou-me a mentira que George contou a seguir. Disse que havíamos acabado de nos formar em Harvard e que trabalhávamos em Nova York, em Wall Street. Estávamos em Nova Orleans numa pequena viagem a passeio. Um amigo nos emprestara seu apartamento no bairro francês e dissera que podíamos levar garotas para lá — garotas bacanas como elas.

Seguiram-se explosões de Mas que atrevimento!, e pedimos

outra rodada de bebidas. Eu sabia que já havia passado do meu limite, mas não queria que George me considerasse um desmancha-prazeres. Além disso, o uísque ajudava-me a lidar com uma sensação nova. Jonelle pusera o antebraço gorducho sobre o meu e dissera: Ei, é um prazer conhecer você. Num gesto de agradecimento, fiz menção de segurar a mão dela, mas a mão já não estava lá. Tinha escorregado da mesa para o meu colo, onde agora se ocupava. Ao mesmo tempo, ela não parava de falar no meu ouvido, prática para a qual parecia necessário que ela apertasse o seio contra meu braço. Eu me limitava a réplicas neutras, tais como Você tem razão ou Não é mesmo? Mas a verdade é que não entendia boa parte do que Jonelle dizia. Enquanto isso, George terminara de descrever nosso apartamento e dizia que estava na hora de nós quatro irmos andando.

Para onde?, Debbie perguntou.

Toulouse Street, explicou George com certa petulância.

Você quer que a gente vá para o seu apartamento?, ela perguntou. Está maluco ou o quê? Nem conhecemos vocês. Você ouviu esse idiota, Jonelle?

Ouvi, sim, respondeu ela, sem afastar a mão, mas cessando as atividades.

Vamos lá, insistiu George. Não vai levar muito tempo para vocês conhecerem a gente. Somos caras legais. Gostamos de garotas como vocês.

Ah, é? Só porque nos pagaram duas bebidinhas vagabundas? Muquiranas vocês, não? Podiam ter convidado a gente para jantar.

Espere aí, George respondeu, não faça assim. É muito tarde para irmos jantar agora. Saímos com vocês amanhã.

É? E hoje à noite? Não ganhamos nem mesmo um presente?

Vão ganhar, sim, disse George.

Estou exausta, Jonelle interveio de repente. Preciso voltar ao alojamento.

Ora, vamos, você dorme lá em casa.

Espere aí! Deixe-me ver se entendi. Vocês querem trepar, é isso?, Jonelle perguntou, dando-me um apertão. Não ficou claro se o apertão significava que ela era contra ou a favor da trepada. De que tipo de presente vocês estão falando?

Que tal cinquentinha, se vocês passarem a noite com a gente?, George propôs.

Ei, disse Debbie, ouviu essa? Esse sujeito está pensando que somos putas baratas!

Então, ela se levantou e começou a gritar: Foi isso mesmo que eu ouvi? Esse doente acha que somos putas? Joe, venha cá, explique a ele direitinho.

O sujeito atrás do balcão veio caminhando, um pé-de-cabra na mão direita. Os outros não se moveram, mas pararam de conversar e acompanhavam a situação.

Saiam daqui, disse Joe, muito calmo. Paguem o que devem e caiam fora. Não quero merdinhas de faculdade no meu estabelecimento.

Nós nos levantamos. George examinou a carteira, hesitou, pôs uma nota de dez dólares sobre a mesa e disse ao sujeito que ficasse com o troco.

Vai custar duas vezes isso, seu filho-da-puta!

George jogou outra cédula sobre a mesa.

Tire esses caras daqui, pediu Debbie.

Estamos indo, eu disse a ela e, com suprema parvoíce, ainda acrescentei: Se cuida.

Havíamos alcançado a porta quando George se voltou, encarou o bar e, no volume máximo que conseguia, gritou: Vão tomar no cu, seus caipiras pobretões!

Eu o agarrei pelo braço e o empurrei porta afora. Caminhávamos em direção a Toulouse Street, não tão rápido quanto eu gostaria, porque ele estava bêbado. Dava uns poucos passos, parava e dizia: Quero voltar lá, quero falar com eles. Eu não entendo. Estão bravos por quê?

Por nada, eu dizia a ele. Vamos andando.

Já havíamos avançado vários quarteirões quando um pressentimento, ou o som de passos que não eram os nossos, me fez olhar para trás. Três grandões, de jeans e camisetas, se aproximavam. Eram alguns dos sujeitos que haviam estado de pé junto do balcão.

Temos companhia, avisei, vamos mais rápido. Talvez tenham me ouvido, porque, de pronto, veio o grito: Esperem aí! Queremos falar com vocês.

Não pare, eu disse a George, não olhe para trás. É uma comissão vinda do Sonny Boy.

Podíamos ter tentado correr, mas, na esquina seguinte, apareceram dois outros sujeitos, iguaizinhos aos que nos seguiam. Estávamos cercados. Tinham tatuagens nos braços. Olhei para baixo e vi que todos usavam pesadas botas de engenheiro do Exército, de segunda mão. Um dos que nos seguiam apontou para George e disse: É ele.

Ei, você aí, garoto, chamou outro, dando um empurrão no peito de George: Então você queria foder minha irmã, é isso? Acho que vou quebrar a sua cara.

Porra, Bill, dê a ele uma chance de se desculpar, sugeriu um terceiro. Vamos lá, seu filho-da-puta, ajoelhe aí e peça desculpa.

É, de joelhos, e beija minha mão.

George disse: Escutem, não tínhamos intenção de fazer mal nenhum. São garotas legais. Estávamos só brincando. De qualquer maneira, me desculpem.

Você é surdo, seu merda?, gritou o tal Bill. Eu disse para você ficar de joelhos, caralho, e beijar esta porra desta minha mão!

Seu passo seguinte foi chutar a boca de George, que se sentou na calçada e não se mexeu. A pancada deve tê-lo deixado confuso.

Eu já praticara luta livre no colégio e me saíra bem na equipe dos calouros de Harvard, cujo técnico era judoca graduado e me ensinara, a mim e a alguns colegas, um pouco de judô — informalmente, já que judô não era esporte universitário. Só um pouco mais alto do que George, eu era, porém, bem mais pesado que ele e não estava tão bêbado, ainda que estivesse bêbado o bastante para achar que podia cuidar de mim mesmo. Enfiei-me entre George e o sujeito chamado Bill e disse: Deixe disso, ele bebeu demais, mas não pretendia fazer nada de mau. A resposta de Bill foi um soco. Esquivei-me, agarrei o braço dele e o joguei contra a vitrine de uma loja. Seguiu-se o barulho do vidro estilhaçando-se, um instante de silêncio e, então, Bill começou a gemer. Vi que o rosto dele estava todo cortado. Nas artes marciais, dizia meu técnico, se você está sozinho contra vários adversários, é preciso enfrentá-los um a um. Não esperava que aquele fosse o costume em Nova Orleans. Olhei para baixo, para as botas do Exército, e percebi que era o fim. E, de fato, alguém logo me acertou com força a orelha, ao que outro me desferiu um soco no estômago. Caí no chão e tentei me curvar como um feto, cobrindo o rosto com as mãos, antes que começassem a me chutar.

Em meu caminho de volta à consciência, passei por várias estações na penumbra. Numa delas, alguém me dizia que me acalmasse, que me dariam alguma coisa para aliviar a dor; em outra, uma voz distante perguntava meu nome e o de meus pais e do presidente dos Estados Unidos; por fim, ouvi a voz de George me dizer que eu estava na sala de recuperação e que não me preocupasse. Tentei virar-me na direção dele, mas não consegui; em vez disso, foi o rosto dele que surgiu no meu campo de visão. Por alguma razão, estava escondido atrás de um denso véu. Depois, sua voz outra vez, dizendo-me que haviam me removido para um quarto normal, onde eu ficaria até me recuperar plenamente. Tentei dizer alguma coisa, mas tudo que saiu da minha boca foi um gorgolejo.

Tem um tubo no seu nariz, George me disse. De acordo com o médico, você pode falar, mas precisa se acostumar com o tubo primeiro. Depois, disse-me ainda: Você salvou minha vida, grandalhão. Meu chapa, você realmente salvou minha vida.

Acho que adormeci quase de imediato, mas George continuava lá quando acordei — é um quarto particular, explicou — e ficaria comigo a maior parte do tempo. Nossas mães estavam a caminho. Em algum momento, ele me contou sobre a surra. Foi uma sorte você ter jogado o cara na vitrine, disse. Quando o vidro quebrou, soou um alarme na delegacia. Foram as sirenes que fizeram aqueles caras pararem, e logo tinha polícia por toda parte.

Alguns dias mais tarde, na presença de minha mãe, da prima May e de George, o cirurgião fez um relatório sobre meu estado. Eu havia quebrado o nariz, que ele consertara, e a mandíbula, que fixara. Tinha perdido três dentes da frente. Aquilo era coisa que o dentista podia resolver com uma ponte; o nariz e a mandíbula ficariam em ordem assim que o inchaço diminuísse e os hematomas se dissolvessem. Por sorte, acontecera de terem à mão um cirurgião plástico, que tratou do meu rosto. Aquela tinha sido a parte simples do trabalho. O fator complicador havia sido uma séria hemorragia interna. Parte do conserto demandara a remoção do baço. Tudo somado, disse-me ele, eu devia me considerar um sujeito de sorte por estar vivo. Com o tempo, eu me recuperaria e ficaria quase novinho em folha. Ao ouvir aquilo, perguntei se poderia voltar para a faculdade no outono. Com um riso abafado, o médico me respondeu que pacientes precisavam ter paciência. Discutiríamos o assunto quando eu estivesse bem o bastante para ter alta. Em seguida, mais sério, avisou-me que não contasse com a possibilidade de viajar para Boston em menos de duas ou três semanas. Depois, um médico de lá poderia cuidar de mim, e, se me sentisse apto, eu estaria livre para retomar os estudos.

George ficou comigo em Nova Orleans até eu ter alta e insistiu em me levar para casa, a despeito das objeções da mãe dele e da minha, ambas julgando ser a tarefa obrigação delas — obrigação, aliás, transformada em algo como um privilégio. No fim das contas, George perdeu apenas alguns dias de treinamento preliminar com sua equipe; voltou a Cambridge a tempo para o início das aulas. Eu me atrasei em razão da necessidade de um segundo checkup cirúrgico, no hospital de Pittsfield. Por fim, meus pais me levaram de carro até Cambridge, mais de duas semanas após o período de matrículas. Meu pai foi junto, para carregar minhas parcas posses do carro até o apartamento. Não era pedir muito, sobretudo porque meu apartamento ficava no térreo, com acesso direto pela rua, sem a necessidade de passar pela portaria para alcançar o pátio interno. Ainda assim, a viagem lhe desagradou. Ele não gostava de seu emprego no banco, mas odiava ainda mais tirar folgas e abominava tudo que cheirasse a afazeres domésticos. Contudo, seu humor melhorou quando ele viu George à espera na calçada, a fim de me ajudar com a mudança. Era mais uma prova do meu novo status. Sabedor de que meus pais, cada um munido de suas respectivas razões, mal podiam esperar para voltar a Lenox, pedi que partissem de volta de imediato. A presença de George, porém, embora tornasse supérflua a de meu pai, despertou nele o senso de decoro e o respeito devido ao filho do chefe da família, impedindo a rápida partida de ambos. Meu pai insistiu, então, em nos levar para comer carne no Cronin's. Minha mãe cortou a carne para mim.

A seguir, ela e George fizeram minha cama, uma tarefa que, percebi, teria dificuldade em desempenhar na sua ausência. Tão logo eles se foram, despenquei na cama e dormi até ser acordado por vozes na sala de estar. Levantei-me e topei com Henry e Archie, o primeiro segurando com as duas mãos um grande vaso contendo um crisântemo.

Foi ideia da minha mãe, explicou Henry, que já me ligou duas vezes hoje para se certificar de que eu não esqueceria.

Quando George apareceu, um pouco mais tarde, fomos todos para a sala de estar e lá ficamos, batendo papo à mesa, ouvindo ora as histórias de Archie sobre a boa vida dos cariocas e sobre os pôneis para a prática do polo que vira na *hacienda* dos pais de Mario, ora a descrição de George de nossa jornada pela rodovia 1 até a Baixa Califórnia, que ele considerava o ponto alto da viagem. Rechacei todas as tentativas de incluir o Sonny Boy na conversa e perguntei a Henry, que não havia dito nada sobre seu verão, se Grenoble atendera a suas expectativas. Foi melhor do que eu esperava, disse ele: A melhor ideia que já tive.

O que ele quer mesmo é que você pergunte sobre Margot e Etienne, atalhou Archie. A expressão no rosto de George fez-se sombria. Embora ele afirmasse ter desistido de Margot, Etienne permanecia em sua lista negra.

Não há muito que contar, respondeu Henry. Ele dirige depressa demais pelas estradas nas montanhas, e ela diz não ter medo. Por que não tem, não consigo imaginar. Etienne me levou a uma cidade a uns vinte quilômetros de distância para comprar fita para a máquina de escrever, e eu voltei de lá com enjoo de estômago. E isso nunca aconteceu comigo, nem mesmo num navio no meio da tempestade. A propriedade deles é magnífica, e os pais são gente muito civilizada. Etienne é que mais parece um maluco, e eu não consigo entender essa história toda.

Despedimo-nos nos degraus que conduziam à entrada do apartamento. Para minha surpresa, Henry não voltou com Archie para o alojamento deles. Perguntou se podia ficar mais um pouco.

Eu, que me acostumara aos privilégios que meu estado me

concedia, disse a ele que me aguentaria em pé por no máximo mais quinze minutos.

Não se preocupe, vou embora antes disso, tranquilizou-me. Só queria dizer como me sinto feliz por você estar bem e, também, uma outra coisa, que você talvez estranhe: Acho que você é um sujeito de muita sorte. Sinto inveja de você.

Respondi que ele provavelmente queria dizer que eu tinha sorte por estar vivo e não ter perdido um olho ou algum outro órgão importante.

Isso também, disse Henry, mas me refiro a outra coisa. Você passou por um mau bocado, pela pior das violações. Levou uma tremenda surra, mas agora sabe o que é capaz de suportar. Sobreviveu e vai poder seguir adiante com essa consciência. Eu só posso imaginar como me sairia nessa situação. Invejo você.

Você é louco, eu disse. Também quer saber como é ser atropelado por um caminhão?

Não, ele riu. Mas você tem razão: sou louco.

13.

Como, de início, George dirigia por grandes espaços vazios, atravessando o Meio-Oeste, houve longas horas de silêncio dentro do carro, durante as quais revisei os acontecimentos dos meses anteriores. Uma das minhas atitudes de antes do verão começara a me incomodar: não teria sido melhor — ou pelo menos mais elegante — eu recusar o apartamento na casa do rio que me havia sido oferecido e juntar-me ao desterro de Henry e Archie em Mount Auburn Street? Não seria o que George Standish teria feito em meu lugar? Era bem verdade que ele nunca havia me dito uma única palavra de censura ou crítica, embora soubesse da história toda, inclusive da minha decisão de morar sozinho, que amadurecera à época de pleitear vaga nas casas. Mas desse seu silêncio também não se podia inferir aprovação. Ele nunca havia me dito que eu agira corretamente. Por certo, nossas situações eram muito distintas. O pai dele supervisionava a universidade e tinha algo a ver com o investimento de sua dotação. Se George recusasse convite para morar numa casa por achar que seus colegas de quarto haviam sido desrespeitados, alguém faria um estardalhaço, e algum diretor ou mesmo o presidente iria ter uma palavrinha com o mestre da casa em questão. Esse mestre, por sua vez, refletiria bem e bastante antes de repetir a dose. Não seria difícil que, de repente, descobrisse que tinha, sim, vaga na casa para os colegas discriminados. Já minha própria recusa a me mudar para a casa, por outro lado, nada mais seria do que um gesto quixotesco, no qual ninguém dotado de algum poder prestaria a menor atenção. Havia também outra diferença: meu desejo de morar sozinho, mais agudo do que nunca, era uma necessidade estranha a George. Mesmo que eu tivesse ido morar em Mount Auburn Street com Henry e Archie, não teria sido para compartilhar um apartamento com eles. Eu teria insistido em acomodações privativas.

Fosse como fosse, naquele verão eu resolvera que iria cuidar muito bem da amizade com Henry e Archie, agora que a intimidade do apartamento compartilhado não existia mais. Parecia-me apropriado, por exemplo, ligar para eles assim que chegasse a Cambridge e sugerir que frequentássemos juntos a sala de jantar da nova casa, em vez de nos encontrarmos lá por acaso. Conhecendo-os bem, tinha certeza de que se sentiriam como intrusos, ainda que, estando filiados à casa, fosse lá que deveriam fazer suas refeições. Isso valia também para o salão comunitário e para a biblioteca. Preocupava-me também chamá-los para uma visita a meu apartamento. Cômodos como aqueles não havia em nenhuma outra casa, e eu não queria dar a impressão de estar me gabando de minha boa sorte. Podiam achar que não se tratava de sorte, podiam suspeitar de favorecimento, de o tutor sênior ter mexido os pauzinhos para alguém de sobrenome Standish. Eu não precisava ter me preocupado. Sua visita de surpresa havia tirado o assunto de minhas mãos.

Tom Peabody, o tutor sênior, me aconselhara a, naquele meu período de convalescência, não me matricular em mais do que duas matérias, em vez da carga habitual de quatro. Ele tinha razão. Tudo que eu fazia agora demandava duas vezes mais tempo do que eu consideraria normal. Cada visita semanal ao médico, no Massachusetts General Hospital, consumia uma manhã inteira. O dentista em Pittsfield, que sempre cuidara da nossa família, equipara-me de dentes frontais temporários, com os quais eu tinha de tomar muito cuidado ao mastigar. Para o trabalho permanente, ele me indicou o doutor Fine, um colega de Newberry Street, em Boston, cuja piadinha sobre me dar o melhor sorriso do clube de campo me enfureceu. Não ajudou muito o fato de as duas pontes de que eu necessitava demandarem sete visitas semanais ao dentista em três semanas. A Novocaína me punha num humor terrível, tanto quanto o custo total do tratamento. O plano de saúde de Harvard não cobria nem uma coisa nem outra e, até onde eu sabia, tampouco o do banco, se bem que, no caso do banco, era discutível que eu tivesse algum direito, uma vez que meu pai cancelara meu seguro ali em favor do oferecido pela universidade. Era provável que existissem dentistas mais baratos, mas o doutor Jacobs me aconselhara a nem pensar em economizar naqueles dentes da frente, e acredito mesmo que ele tenha posto meu bem-estar à frente do prazer de direcionar os honorários para o colega e amigo. Imaginei que meus pais pagariam pelo tratamento, se necessário, embora isso significasse soma superior ao preço de um Buick novo, mas tinha me acostumado a tratar de questões de dinheiro de preferência com o senhor Hibble, que prontamente concordou em enviar o valor requerido. Enquanto conversávamos, descobri que ele já havia coberto o que quer que Harvard não fosse cobrir dos custos com o cirurgião e com o hospital em Nova Orleans, assim como pagara também por minha passagem aérea. Quando pedi desculpa pelas despesas inesperadas, ele fez um ho! ho! ho! e disse-me que aquilo era questão com a qual cabia a ele se preocupar. Comecei a imaginar se o tal fundo não era maior do que ele me fizera acreditar. Outra hipótese era que minha defesa do herdeiro dos Standish o tivesse amolecido. Não obstante a suavidade do senhor Hibble, porém, houve uma mudança na minha relação com dinheiro. Quando eu ainda acreditava que meu colégio e a mesada eram pagos por meus pais, não pensava no assunto. Minha principal preocupação era escapar o mais rápido possível do sermão que acompanhava cada tentativa minha de extrair dinheiro de meu pai. Nunca era muito, aliás: eu não me interessava por esquis, botas de esqui ou roupas de nenhum tipo. Mas, assim que percebi que havia um fundo com uma quantia fixa e desconhecida destinada a mim — ou reservada em meu benefício —, e que cada saque ou investimento perdido diminuía o montante à minha disposição, passei a relutar em gastar dinheiro. Aquele fundo era minha garantia, e eu não supunha que fosse dispor de outra: minha mãe martelara em meu ouvido que, quando meu pai morresse, deixaria apenas dívidas e a hipoteca da casa.

Para sua própria surpresa, Archie foi aceito por um clube cujo posicionamento na hierarquia social não era dos mais baixos, e logo atividades como jantares festivos de ex-alunos e rodadas de bebedeira tomavam-lhe a maior parte do tempo. Uma das singularidades desse clube era que ninguém parecia conhecer seus membros. Na verdade, de início não acreditei que o tal clube existisse. Foi apenas depois que Archie entrou para ele, e aprendi a reconhecer a gravata que usavam e que ele próprio não tirava nunca, que consegui identificar outro membro do mesmo clube em nossa sala de jantar. Talvez em razão de alguma sombria iniquidade perpetrada no passado, ou simplesmente porque seus membros não tinham vínculo nenhum com a sociedade bostoniana, entrar para o clube não produziu a mágica que Archie esperava. Em geral, seus membros não eram convidados para eventos sociais. Tinham de abrir caminho por si mesmos. Tampouco desfrutavam de admissão garantida no Hasty Pudding ou no restaurante da preferência dos estudantes metidos a grandes entendedores de arte. Archie teria gostado de ingressar no Hasty Pudding Club, por causa dos bailes semanais, mas não foi aceito. E, para minha consternação, o clube dos "artistas" não convidou Henry a integrá-lo. Alguém tinha inclusive se dado ao trabalho de comunicar a ele que um membro das classes superiores gabava-se de ter vetado sua candidatura, com a promessa de bloquear ainda qualquer tentativa futura de ingresso. Era a segunda vez que Henry era rejeitado e, como da primeira vez, ele registrou o golpe, a ponto de não querer passar na frente da sede do clube à hora do almoço ou se havia algum chá ou coquetel em curso. Em consequência disso, fazia estranhos desvios a caminho de nossa sala de jantar. Eu não o culpava por isso. A não ser por seu endereço residencial e pelo diploma de colegial do Brooklyn, Henry adequava-se tão bem ao estereótipo de membro daquele clube que as pessoas em geral ou supunham que ele o era ou perguntavam por que não ingressara nele, em ambos os casos embaraçando-o. Ele respondia — por vezes, anunciava preventivamente — que nem cogitava entrar para semelhante organização. Seus pais não tinham dinheiro para tanto, nem para as muitas refeições no clube, que de todo modo eram pagas. A mim, convidaram, mas deixei o convite sem resposta. Para começo de conversa, chegou num momento em que eu começava a achar extremamente difícil tomar qualquer atitude. E posso ter desejado ficar ao lado de Henry pelo menos uma vez, como se isso fosse compensá-lo pelo fato de eu ter entrado pela porta que o mestre da minha casa batera na cara dele.

O tutor sênior, senhor Peabody — ou Tom, como me pedira que o chamasse —, continuou a demonstrar acentuado apreço por mim, o que era coerente com o fraco que sabidamente tinha por graduandos que correspondessem a certa concepção de um cavaleiro carolíngio. Eu já não atribuía sua consideração ao trabalho de final de curso que escrevera em meu primeiro semestre na universidade, ao qual ele havia dado nota máxima. No máximo, percebia agora, aquele trabalho havia mostrado a ele que eu não era um imbecil. Tom quase sempre almoçava em nossa sala de jantar, e eu sabia que era muito bem-vindo à sua mesa. Sempre que podia, levava Henry comigo, sem criar a impressão de que éramos inseparáveis ou de que eu estava impingindo sua presença a Tom. Depois de vários desses almoços, pareceu-me que Henry e Tom se davam bem. Assim, certo dia, quando Tom e eu estávamos sozinhos à mesa, perguntei a ele por que Henry não havia sido aceito na casa. Tom ergueu uma sobrancelha e me disse que as pessoas cometiam erros. Se quisesse, eu podia assegurar a Henry que não haveria problema no ano seguinte. Então, ele me perguntou sobre Archie, o estranho colega de quarto de Henry. Contei a ele que Archie era inofensivo. Ah, bem, disse ele, nesse caso... A frase permaneceu inconclusa. Você sabe, disse eu, que oferecer uma vaga a Henry é inútil, a não ser que Archie vá junto. Henry jamais vai deixá-lo para trás. Tom assentiu. É claro, concordou, e é assim mesmo que tem de ser.

Naquela noite, Henry e eu fomos ver uma reprise de *O terceiro homem*. Depois, ele me acompanhou até em casa e, no caminho, discutimos o niilismo de Lime e quem era melhor ator, se Orson Welles ou Trevor Howard. A caçada pelos canais de esgoto me deixara nervoso e, embora fosse tarde, não achei que seria capaz de dormir de imediato. Ofereci-me para preparar um café na cafeteira elétrica que George havia me dado como presente de aniversário. Tomamos uma xícara cada um. Quando achei que

Henry estivesse de saída, ele disse que tinha uma pergunta a me fazer. Se a pergunta me incomodasse, eu não precisava responder, avisou. Perguntou-me se eu achava que o que acontecera em Nova Orleans havia produzido alguma mudança em mim.

O que você acha?, retruquei. Perdi meu baço, quebrei algumas costelas, meu nariz nunca mais será o mesmo e me arrancaram os dentes da frente. Isso não responde à sua pergunta?

Ele protestou, afirmando que eu estava brincando com ele: não tinha entendido que a pergunta era se eu agora tinha medo das pessoas?

Fui tomado de genuína perplexidade e disse isso a ele. Depois de refletir por um momento, respondi que achava que não. Talvez tomasse agora o cuidado de evitar valentões que vagavam pelas cidades à noite em busca de briga. O grande erro em Nova Orleans tinha sido que, por algum motivo, George e eu havíamos acreditado que, como turistas inofensivos, gozávamos de algum tipo de imunidade diplomática. Não cometeria aquele mesmo erro de novo em parte nenhuma, porque a verdade, se alguma havia, era que o contrário era mais o caso.

Henry me agradeceu pelo café e deu-me boa-noite.

Não consegui dormir, e o único benefício por ter permanecido acordado na cama foi que acabei por compreender que a pergunta dele estava ligada a outra que me fizera no dia em que eu chegara de viagem. Henry procurava então por algum tipo de parentesco entre a brutalidade que eu sofrera em Nova Orleans e o terror que ele sentia de ser submetido a algo semelhante durante a guerra. Minha burrice, percebi, devia ter lhe doído como um tapa na cara. Normalmente, a primeira coisa que faria na manhã seguinte seria procurar por uma oportunidade para me desculpar e convidá-lo a vir até em casa, para conversarmos um pouco. Mas algo de ruim estava acontecendo comigo. À época, era-me difícil descrever do que se tratava sem alinhavar uma série de banalidades, e não tenho certeza de que sou capaz de explicá-lo melhor agora. Minha relutância em tomar a mais simples das atitudes ou decisões cotidianas cresceu a ponto de eu não fazer mais nada nem decidir coisa nenhuma. No mais das vezes, por exemplo, eu não atendia ao telefone, quando ele tocava. Não conseguia fazer chamadas, mesmo aquelas que teria julgado rotineiras e necessárias. Não saía da cama quando a *biddy* chegava para arrumar o quarto. O cansaço me esmagava. Parei de ir às aulas e de fazer minhas refeições na sala de jantar. Se a fome me obrigava, vestia a roupa de sempre e ia comer alguma coisa na Elsie's, a dois quarteirões de distância. A presença nas aulas não era obrigatória, mas, além de não ir às aulas e de não fazer leitura nenhuma, não compareci às provas de meio de semestre. É mesmo possível que nem soubesse para quando haviam sido marcadas. Já não ouvia rádio nem escutava discos, embora uma das razões para minha insistência em morar sozinho tivesse sido a de poder ouvir meu Bach sossegado, e eu havia trazido de casa tanto minha coleção de discos como o toca-discos que ganhara de Natal. O mais assustador era que, pelo que me parecia, eu havia desaprendido a dormir ou mesmo a adormecer, a não ser por cochilos repentinos, que mais se assemelhavam a uma perda da consciência. De noite, jazia sob as cobertas sem saber o que fazer, de olhos abertos ou fechados — tanto fazia —, condenado a resolver problemas aritméticos que surgiam como sonhos, e talvez fossem sonhos de fato. Quando estava perto de resolvê-los, descobria que faltava um elemento ou, então, perdia o fio da meada. Sabia que os problemas eram absurdos e que não podia resolvê-los de cabeça, mas isso não me impedia de tentar fazê-lo ou de me levantar, acender a luz, e procurar solucioná-los no papel. Claro que eles desapareciam num instante. Perdi a vontade até de me masturbar, embora tivesse aprendido no colégio a fazer da masturbação o prelúdio habitual para o sono. Quando, ainda assim, tentava, esperando pelo costumeiro alívio, não conseguia ter nem sequer uma ereção. Outro tomento noturno era uma coceira que me afligia o corpo inteiro. Eu me coçava e me revirava na cama; minha pele me repugnava; achava que meus ossos iriam pegar fogo, de tanto calor.

Não queria ver Henry ou George. Quando um deles ligava para propor que nos encontrássemos, eu me saía com evasivas ou dizia que estava muito cansado. Duvido que estar com eles tivesse feito alguma diferença: ao mesmo tempo que me confortavam, davam como certo que eu seguiria com aquele aspecto terrível e me sentindo péssimo ainda por muitos meses. Como não fazíamos os mesmos cursos, não havia razão para que soubessem que não me dava ao trabalho de frequentar as aulas ou que não havia feito as provas de meio de semestre. Tom Peabody talvez tenha notado minha ausência da sala de jantar e tirado suas conclusões. É possível que tenham lhe enviado alguma nota oficial sobre as provas. Qualquer que tenha sido a razão, alguns dias mais tarde ele apareceu sem avisar, depois do almoço. Deitado na cama, eu deixara calça e camisa na cadeira da escrivaninha. Ele examinou a cena, sentou-se na beirada da cama e disse que não me via mais na sala de jantar. Sem maiores preâmbulos, disse-me ainda que já havia tido a impressão de que eu estava me desmanchando, o que agora confirmava — fez um gesto com a mão, abarcando minha barba por fazer, os cabelos despenteados e a bagunça à minha volta.

O que está acontecendo?, perguntou.

Contei a ele tudo que pude. Já vinha esperando que a pessoa certa me fizesse aquela pergunta.

14.

Seguiram-se o medo e o desespero. Tom encaminhou-me para o serviço médico da universidade e, vários dias depois, vi-me outra vez numa sala decorada com execráveis objetos harvardianos — nas paredes, bandeiras de duas turmas, 1937 e 1942, flâmulas diversas, uma fotografia do time de futebol e vistas de Sever, Emerson Hall e Sanders em largas molduras negras, além de cadeiras e cinzeiros de Harvard. Tinha ido ali para conversar com o psiquiatra da universidade, doutor Winters, e seu cachimbo. Depois de analisar meus exames, disse-me ele, e as notas tomadas em duas entrevistas anteriores, não tinha dúvida sobre meu estado: eu dera uma bela pancada e seguia ainda em derrapagem descontrolada. Não respondi. Duas baforadas adiante, ele tornou a se manifestar, dizendo que, embora eu fosse um rapazinho doente, ainda estava longe de ir parar no ferro-velho. Minha depressão, embora séria, estava mais para branda do que para severa. Com o auxílio de tratamento intensivo, eu conseguiria voltar para a estrada. Perguntei se aquilo significava internação. Não necessariamente, respondeu. Vamos discutir o tratamento depois que você conversar com o diretor. No University Hall, o diretor responsável por meu caso, um homem simpático, que também fumava cachimbo, informou-me de que eu estava agora em licença médica. Senti um súbito abandono. O que seria de mim? Não protestei, mas perguntei se poderia voltar a estudar e quanto tempo levaria para que isso acontecesse. Esperava que ele não notasse que eu tremia.

Senhor Standish, disse-me ele, é preciso ser realista. No momento, o senhor não está em condições. Não está cuidando de si mesmo. Não há por que ficar aqui enquanto estiver nesse estado. Volte quando estiver bem. O diretor acrescentou ainda que entraria em contato com o tutor sênior da minha casa. Mesmo arrasado como estava, não pude deixar de concluir que ele tinha razão.

No fim, o diretor não se limitou a comunicar os fatos a Tom Peabody. Sem nenhum aviso prévio, ligou para meus pais — uma traição que me irritou. Mas quando Tom, cuja paciência julguei estar se esgotando, observou que eu não podia imaginar que meus pais seriam mantidos na ignorância, não tive resposta senão repetir minha queixa de que, antes de mais nada, eu deveria ter sido consultado. E assim foi que meus pais vieram a Cambridge, juntando-se ao debate sobre que destino dar a mim. O que fariam com o filho louco? A presença de meu pai era-me particularmente repugnante. Desgostavam-me seus longos dedos pálidos e sardentos como os meus, tamborilando na mesa; sua dicção educada e pedante; e seus olhos, azuis-claros como os meus, que tentavam sorrir, mas, para mim, eram os olhos de um bêbado, nos quais eu sempre podia discernir os vasinhos vermelhos, não importava quanto colírio ele houvesse empregado para lavá-los. A raiva que ele me despertou distraiu-me de minha mãe e, embora eu não o percebesse naquele momento, do abismo que o doutor Winters abria à minha frente. Ele também não era confiável. Bastava ouvi-lo, agora que ele dispunha de uma plateia, e os três me tinham sob seu poder. A única escolha que me restava era entre hospitais. Suspeitava que ele tivesse uma longa lista em mente, mas sua preferência recaía sobre três: McLean, em Belmont, bem perto de Cambridge; Silver Hill, em Connecticut; e nada menos que o Austen Riggs Center, justo em Stockbridge. Declarei que não iria para nenhum deles. No McLean, usavam camisas-de--força e choque elétrico: só o nome já me enchia de pavor. Pelos outros dois, sentia desprezo. De Silver Hill, por causa das histórias que tinha ouvido sobre alcoólatras enviados para lá para se desintoxicarem, gente que voltava para casa e direto para a garrafa depois de longas temporadas — em certo momento, minha mãe chegara a atormentar meu pai para que se internasse lá; e de Riggs porque, de acordo com o folclore de Berkshire, era lugar para birutas e imprestáveis endinheirados que recorriam ao local para se esconderem de cônjuges, filhos e de toda e qualquer obrigação. Eu não queria ser conhecido como um paciente de Riggs e não arredei pé nem mesmo quando o doutor Winters, mudando de tática, sugeriu que eu poderia talvez me tratar lá, mas sem ser internado. Meus pais, já sem muito a dizer sobre aquilo tudo, se calaram à menção de Riggs. Sabia o que pensavam. Não seria nem um pouco conveniente que eu fosse para lá. Em qualquer outro hospício, estaria longe de seus olhos e, assim esperavam, da mente deles também. Os pais de George ficariam sabendo por ele, mas não sairiam por aí contando histórias sobre alguém que salvara a vida de seu filho. Sobretudo porque poderiam pensar que tudo havia sido culpa dele, George. Estávamos, portanto, num impasse, já que nem o doutor nem meus pais pareciam ter estômago para mandar me trancafiar contra a minha vontade. Talvez nem fosse possível, e eles sabiam disso. Tom, que eu voltara a considerar a única pessoa em quem podia confiar, sugeriu uma solução. Eu permaneceria em Cambridge e moraria fora do campus, sob os cuidados de um psiquiatra local. Conseguiu que o diretor e o doutor Winters concordassem com a ideia e arranjou inclusive o psiquiatra e as acomodações. No final de semana seguinte ao Dia de Ação de Graças, eu havia me tornado pensionista em casa de madame Shouvaloff, na De Wolfe Street, e paciente do doutor Jacob Reiner. Quando meus pais estavam indo embora, avisei que não iria para casa no Natal.

Passado bom tempo de análise, Tom Peabody, cujo estoque de fofocas era inesgotável, contou-me algo da história pessoal de meu analista. Ele partira para o exílio antes de seu mentor, o doutor Freud, e já morava em Londres por ocasião da *Anschluss*. Mas, com a morte de Freud e o provável alastramento da guerra, decidira que Nova York oferecia refúgio mais seguro. O doutor Brill e outros amigos influentes do Instituto Psicanalítico de Nova York tinham mexido os pauzinhos que lhe possibilitariam conseguir visto para si e para a esposa e, em 1940, ele fazia os exames para obter sua licença e seu treinamento analítico no próprio Instituto. Por volta dessa época, *Frau Doktor* Reiner resolveu seguir seu próprio caminho com um marchand vienense viúvo. Não fez muita diferença, já que o doutor Reiner estava em vias de dedicar-se a um caso interessante: Grace Leffingwell, jovem e etérea descendente de Henry Clay Frick. Teria sido mais adequado não personalizar a relação com a paciente até que estivesse concluído o processo de análise. O fim do processo, porém, não era iminente, e o doutor Reiner jogou sua cartada, ganhando o coração e a mão de Grace, para horror da família dela e do *establishment* psicanalítico nova-iorquino. A nova senhora Reiner, casada com um judeu, foi prontamente expulsa da Junior League* e expurgada do *Social Register*, desonra que, na opinião de Tom, foi cômica, uma vez que o registro dos membros proeminentes da elite nova-iorquina era pouca coisa mais exclusivo do que a lista telefônica da cidade. Grace, no entanto, não pôde ser privada de seus fundos

* Organização feminina de caráter educacional e beneficente. (N. T.)

e de seu dinheiro pelos irados Leffingwell e Frick. Mais do que isso, os milhões dela e os contatos da família, ainda que desgastados, surtiram efeito intimidador nos colegas do doutor Reiner: não se fez menção de cortar seu vínculo com o Instituto. Ainda assim, ele já não julgava adequada a cena profissional nova-iorquina. Surgiu, então, a oportunidade de associar-se à Faculdade de Medicina de Harvard, e um psiquiatra formado em Viena e com consultório em Cambridge tinha vaga para a paciente Grace. A mudança para as novas acomodações em Sparks Street se dera com o tipo de celeridade que somente a posse de uma grande fortuna era capaz de ensejar.

A casa de tijolos à vista na esquina de Highland Street com Sparks Street, para onde eu me dirigia todo dia às dez da manhã, de segunda a sexta, só chamava atenção pelas persianas pretas brilhantes. Alcançava-se a sala de espera por uma entrada lateral. Dali, uma porta almofadada em couro conduzia ao consultório. O doutor Reiner exigia pontualidade absoluta. Tinha-se de chegar à hora marcada, a sessão começava de imediato e durava exatos cinquenta minutos. A ideia era apanhar o casaco e quaisquer outros pertences deixados na sala de espera e partir antes da chegada do paciente seguinte. No meu caso, esse sistema falhou uma única vez. Certa feita, cheguei um ou dois minutos adiantado e topei com a esposa do odiado mestre da minha casa em plena sala de espera. Ela estava de partida. Não mencionei o contratempo ao doutor Reiner.

Fico imaginando se a psicanálise algum dia ajudou alguém a se tornar aquele tipo de pessoa que invejamos e admiramos, que tem o poder de ferir, mas não o faz, conservando do dispêndio as ricas dádivas da natureza, segura em sua certeza do que a vida lhe deve. George Standish, por exemplo. O doutor Reiner não me transformou num George mais intelectualizado, e pouco a pouco entendi que nem era essa sua ambição. Por cerca de duas semanas, sentei-me numa cadeira de espaldar reto, com sua mesa a nos separar, dando respostas confusas e sinuosas a perguntas sobre minha família. Sempre tive tendência a divagar; agora, pela primeira vez, não me via obrigado a mantê-la sob controle. Depois, a rotina mudou: passei a me deitar num divã como o do consultório de Freud em Viena, com uma grande fotografia emoldurada do próprio pendendo sobre minha cabeça. O doutor Reiner, sentado a meu lado, mas num ponto em que não podia vê-lo, tentava vincular palavras a sonhos de que eu agora aprendia a me lembrar. Ele me avisara que falaria apenas o suficiente para me "manter na faixa correta da rodovia". E foi tudo que fez, a não ser por um eventual "isso precisa de mais elaboração" ou pelas poucas vezes em que pedi para lhe falar como se fôssemos seres humanos normais. Na verdade, ele não se mantinha em completo silêncio: assoviava sem parar, e quase sem fazer barulho, o que imaginei ser uma única e mesma canção. Um dia, deitado no divã com a cabeça vazia, incapaz de falar, reconheci a melodia de "When Johnny comes marching home". Sentindo-me ultrajado, eu me sentei e gritei: Pelo amor de Deus, pare de assoviar! Ah, disse-me ele, o senhor notou? Vou parar.

O assovio era uma provocação? Concluí que só podia ser, que assoviava de propósito. Se fosse um tique de verdade, fora de seu controle, raciocinei, ele não teria dado a resposta que deu. Por fim, perguntei a ele. Era uma pergunta inútil, a que ele me respondeu com outra: O que você acha? Igualmente inútil foi outra indagação que lhe fiz mais tarde, em um momento de crescente frustração com minha total ausência de progresso: O que faz o senhor pensar que pode me entender? Não pode. Não foi criado aqui, aprendeu seu inglês na escola, e o senhor é judeu. Sentado no divã, eu o encarava. O doutor Reiner não sorriu nem franziu as sobrancelhas. Nada disso importa, disse-me. Descobrir a raiz de seus próprios problemas é tarefa sua: eu sou apenas um guarda de trânsito. Depois, soltou uma risadinha abafada. Tornei a gritar com ele: Espero que essa seja a última metáfora automobilística maldita que vou ter de ouvir de um analista em toda a minha vida! Por que vocês, macacos, não aprendem a conversar? Ele não reagiu. Levantei-me e fui-me embora sem me despedir, a uns vinte e cinco minutos do final da sessão. A Hayes-Bickford, onde parei para um café, estava vazia. Em Cambridge, não restara ninguém que eu conhecia. Todo mundo, incluindo-se aí Tom Peabody, tinha partido para as férias de primavera. Era cedo demais para ir ao cinema. Em vez disso, fiquei andando por horas, refazendo o itinerário percorrido por Henry depois de conhecer Margot na festa de Mario, ainda que evitando Sparks Street. Na manhã seguinte, estava de volta ao consultório do doutor Reiner. Ele não me repreendeu, nem eu me desculpei; retomamos o que fosse que estávamos fazendo. Obedecendo a determinação dele, nem cheguei perto de *A interpretação dos sonhos* ou de qualquer outra obra psicanalítica. Na véspera, porém, durante minha caminhada, ocorrera-me que talvez minha crítica a ele por se meter a analisar alguém como eu, a fina flor da Nova Inglaterra, tivesse sido estúpida. Afinal, não era provável que, do seu ponto de vista, o desenvolvimento de neuroses fosse governado por leis quase mecânicas e de aplicação geral? Sendo assim, diferenças culturais como as que nos separavam, embora interessantes, pouca importância tinham. Algumas sessões mais adiante, apresentei a ele essa minha descoberta. A resposta que ouvi foi que não estávamos ali para discutir teorias.

No final de julho, o doutor Reiner partiu para suas habituais férias de verão em Cape Cod. Nem cogitei de perguntar-lhe se nossas sessões haviam terminado. Algumas semanas antes, lembrara a ele que a data-limite para eu informar à faculdade meu eventual retorno no outono se aproximava, e pedi sua opinião. A questão, respondeu-me, era se eu queria de fato retornar. Disse que sim. Mas poderia ele me dar o tipo de atestado de saúde necessário, capaz de satisfazer ao gabinete do diretor?

Voltar para a faculdade em setembro..., ponderou ele. Parece-me um pouco rápido demais, senhor Standish. Em todo caso, se é o que o senhor deseja, penso que é o que deveria fazer.

Comentei que estava melhorando.

Tudo é relativo, ele replicou. Prefiro dizer que sua maneira de enfrentar os problemas vem sofrendo mudança positiva. O senhor precisa manter o ímpeto. Recomendo que continue com o tratamento, pelo menos durante a faculdade. E depois também, talvez.

Perguntei se seriam cinco sessões semanais.

Ele assentiu. Sim, comigo ou com outro terapeuta qualificado.

E quando isso vai acabar?, quis saber.

Não sei dizer, respondeu-me o doutor Reiner. O mais provável é que o senhor seja o primeiro a saber.

Uma parte da resposta era o que eu queria ouvir: significava que não ficaria à deriva. Embora soubesse a essa altura que o doutor Reiner era mais caro do que os outros dois psiquiatras indicados pela universidade, decidi permanecer com ele. O senhor Hibble não pareceu se importar, e fiquei contente por isso ser tudo com que precisava me preocupar.

Passei o mês de agosto na casa de madame Shouvaloff, lendo romances franceses e ouvindo as histórias que ela contava em francês sobre o finado marido, um dos favoritos do Corpo de Pajens do tsar, que escapara da Rússia no curso de alguma movimentação de uma divisão de russos brancos pela Sibéria. Outras aventuras igualmente improváveis o haviam conduzido a Harvard, onde atuara como técnico da equipe de esgrima. A família dela, contou-me madame Shouvaloff, não era menos imponente que a do finado príncipe. Ela era uma Karouguine. Eu teria gostado de continuar morando em sua casa, mas os artifícios de Tom

Peabody garantiram-me de volta o apartamento individual que eu havia ocupado anteriormente. Durante minha ausência, ele o utilizara para abrigar professores visitantes vinculados à casa. Aqueles dois cômodos só para mim pesaram mais na balança do que as reminiscências compartilhadas entre xícaras de chá com compotas de framboesa que cheiravam à velha Rússia.

15.

É hora de trazer Henry de volta ao centro do palco.

A promessa de Tom Peabody — ou aquilo que, no fim, eu interpretara como tal — se cumpriu: no outono do terceiro ano de faculdade, Henry e Archie se mudaram para a casa. Eu, na qualidade de segundanista, estava de volta a meu apartamento privativo, readaptando-me à vida universitária. Não demorou muito para que a velha intimidade entre mim e Henry se restabelecesse. Nós nos víamos às refeições e, com frequência, tarde da noite em meu quarto. Henry gostava de dar uma passada ali. Caso eu tivesse terminado de estudar e ainda não estivesse dormindo, às vezes conversávamos até depois da meia-noite. Em uma dessas noites, logo no começo do semestre, ele me perguntou, como se do nada — a não ser que a pergunta tivesse a ver com o fato de eu estar cursando uma matéria sobre o drama elisabetano —, se eu conhecia um dramaturgo francês do fim do século XIX chamado Alfred Jarry, ou a peça *Ubu rei*, de sua autoria. Tanto autor como obra eram famosos, disse-me ele. Henry soletrou "Jarry" e "Ubu". Balancei a cabeça.

Que pena, lamentou-se: Jarry e *Ubu rei* foram as grandes descobertas que fiz em Bayencourt.

Ao notar minha perplexidade, Henry lembrou-me que já me contara em abril sobre o emprego que os pais de Etienne van Damme tinham lhe oferecido em Bayencourt, que era o nome do *château* da família e da aldeia em Ardennes sobre a qual ele se empoleirava. Daria aulas de inglês aos sobrinhos e sobrinhas dos Van Damme, de 1º de julho até o começo de setembro, quando precisaria voltar para se matricular nas matérias do semestre seguinte. Reconheci que tinha me esquecido. O que aconteceu, prosseguiu ele, foi que em Bayencourt estava hospedado também o irmão do senhor Van Damme, um sujeito bem mais novo chamado Denis, diretor do Teatro Nacional de Bruxelas. Uma noite, depois que seus alunos tinham ido dormir, Henry estava na biblioteca do *château*, da qual a família o estimulara a fazer uso. Diante de si, sobre a mesa, tinha um volume com as peças de Plauto e consultava um dicionário de latim. Quando viu que eu sorria, Henry logo me garantiu que não estava se exibindo, mas apenas se preparava com antecedência para um curso que pretendia fazer. Depois de espiar por sobre o ombro dele, Denis lhe dissera que tinha vívida lembrança de *Menaechmi*, a peça na qual o volume de Plauto estava aberto. Começaram a conversar sobre teatro em geral, e Denis perguntou o que ele achava de Jarry. Quando Henry respondeu que nunca tinha ouvido falar nele, Denis lhe disse que aquela era uma lacuna a ser preenchida; tinha certeza de que as obras de Jarry estavam na estante, bastava procurar no J, já que o irmão era fã ardoroso da mais estrita ordem alfabética por autor. E, de fato, num instante entregava a Henry o volume contendo *Ubu Roi*, que afirmou ser a obra-prima de Jarry. Conversariam depois que ele lesse a peça.

Henry pôs de lado o Plauto e mergulhou na leitura de *Ubu*. Leu na cama. O francês não era problema, a não ser pelas sequências de epítetos, muitos deles obscenos — teve de adivinhar os significados, porque não dispunha de dicionário adequado no quarto —, e pelos trocadilhos, alguns dos quais percebeu estarem acima de suas possibilidades. No dia seguinte, Denis perguntou-lhe o que tinha achado. Henry respondeu sem hesitar que a obra o fascinara. Foi o que pensei, Denis comentou. Fico feliz por ter apresentado Jarry a você. Ele é o ponto de partida de tudo que a vanguarda teatral do século XX produziu de importante depois de *Ubu*, incluindo-se aí a obra de Brecht. O que Jarry ensinou de uma vez por todas é que fingir que o que acontece no palco é real não é a melhor maneira de evocar a realidade. Pode-se fazer isso de modo mais convincente quando se mostra claramente ao público que o que ele vê é uma representação — atores que representam os personagens da peça, e não os personagens em si —, e que o espaço onde a ação se desenrola é um palco, e não o castelo de Elsinore ou alguma sala de estar burguesa.

É preciso que haja um distanciamento entre o ator e seu papel, Denis me disse. Ninguém na plateia seria capaz de acreditar que uma representação de *Ubu* retrata o modo exato como os acontecimentos se desenvolveram. É como a "Ratoeira", a peça dentro da peça no *Hamlet* de Shakespeare: "a história de um assassinato cometido em Viena". Nenhum espectador — seja nas poltronas do teatro ou no palco, onde se encontra a plateia crucial: o rei Cláudio e a rainha Gertrudes — acredita por um único momento que os atores são o duque Gonzago, o irmão assassino ou a rainha infiel, e é por essa mesma razão que a mensagem é transmitida com tanto maior vigor.

Isso é verdade, admiti, mas e quanto à peça em si, quero dizer, o *Hamlet*?

É a mesma coisa, respondeu ele com impaciência. Você com certeza não acha que a plateia sentada em um teatro real vai acreditar que o homem em traje negro renascentista, de peruca loira e declamando versos fabulosos, boa parte do tempo para si mesmo, seja o príncipe da Dinamarca, não é?

Como você bem pode imaginar, continuou Henry, o que Denis me disse então, e em várias outras ocasiões, me impressionou bastante. Fui ler as peças de Brecht em tradução francesa, que ele pediu a seu assistente que me enviasse de Bruxelas, e também as de Apollinaire e Cocteau, que encontrei na biblioteca do senhor Van Damme. Denis tinha razão. Jarry foi uma espécie de gênio passageiro. Ainda assim, não tenho lá muita certeza de que prestaria alguma atenção nele ou no que Denis me disse sobre teatro — por mais interessante que fosse —, se não tivesse sido fisgado por pai Ubu, esse Falstaff sem charme nenhum, obeso, glutão, covarde e absolutamente cruel. E cruel com naturalidade. É um mercenário a serviço do rei Venceslau da Polônia. A propósito, não sei se Jarry tinha conhecimento do famoso hino de Natal, "Good king Wenceslas", embora certamente conhecesse história checa, mas o fato é que seu Venceslau é um rei desse tipo, um bom são Venceslau. Ubu toma o poder e o mata, coroando-se rei. Depois, extermina a nobreza polonesa e os coletores de impostos, assim como o próprio chefe dos conspiradores, e sangra o país até não poder mais. Aplica à Polônia princípios *pataphynanceiros* hilários— uma das invenções de Jarry — e promove uma esbórnia fraudulenta que a gente não se surpreenderia de ver na primeira página do *Times*. Então, chega a vez de o próprio Ubu ser derrubado. É visível que a conspiração é completamente absurda, e não vou dizer mais nada a esse respeito. O curioso é que toda a ambientação polonesa me pareceu de uma propriedade maravilhosa, inspirada mesmo. É minha Polônia, são meus poloneses. Uma gangue muito da alegre. Foi o que me fisgou.

Você gostaria de ler a peça?, Henry me perguntou. Se quiser, tenho aqui na minha sacola, em inglês e no original. Fiz uma tradução em Bayencourt. Denis acha que dá para publicá-la, se algum dia eu encontrar alguém interessado em Jarry.

Respondi que, claro, leria a peça.

Henry remexeu na sacola com seus livros e retirou de lá a tradução datilografada e um lindo volumezinho com encadernação em couro, que me informou ser a cópia do próprio Denis, dada a ele como presente de despedida.

Você vai se divertir, garantiu-me. Decidi que vou montar *Ubu*. Quando você ler, vai entender por que e talvez ache que vou precisar de um elenco e de cenários como os de *Nascimento de uma nação*. Não é bem assim. A primeira encenação com atores profissionais — profissionais de verdade — foi no Théâtre de l'Oeuvre, em 1896, com ninguém menos que W. B. Yeats na plateia. Quando se fecharam as cortinas, houve grande pancadaria; muita gente achou a peça e a encenação ultrajantes e ofensivas. Interessante, do meu ponto de vista, é que, antes disso, *Ubu* já tinha sido encenada com sucesso por um teatro amador de marionetes, e desde então tem havido sucessivas montagens com marionetes, em teatros normais. Quero fazer a minha no pátio do Fogg. É o cenário perfeito, nem muito grande, nem muito pequeno, e adoro a ironia contida no fato de encenar uma farsa pseudomedieval num cenário renascentista. Não vejo por que estudantes não possam se sair tão bem quanto marionetes, se o marionetista certo estiver no controle das cordinhas. Esse vai ser meu trabalho. Vou dirigir e, suponho, produzir também, a não ser que alguém de mesmo comprimento de onda e frequência se ofereça para fazê-lo.

Perguntei a Henry se ele tinha perdido algum parafuso.

Em resposta, ele puxou da sacola um caderno cheio de desenhos, anotações relativas à produção, à direção de cena, e começou a falar de seus planos de modo tão convincente que eu me pus a pensar que aquela podia ser outra empreitada aparentemente impossível que, de algum modo, ele conseguiria levar a cabo.

Desejei-lhe sorte e perguntei se Margot também havia estado em Bayencourt. Eu não a via desde o primeiro ano da faculdade, e qualquer coisa que Henry tivesse me contado sobre ela durante o inverno e a primavera em que eu estivera doente já havia esquecido.

Ele hesitou. Queria deixar muito claro que os Van Damme o haviam contratado por causa da impressão que causara neles durante a breve visita anterior, como alguém capaz de conseguir que aquela criançada de seis a onze anos se interessasse por falar inglês e começasse de fato a falar a língua — uma ideia maluca, já que o resultado talvez fosse um bando de crianças belgas falando inglês com sotaque polonês, mas, de todo modo, a ideia tinha sido dos Van Damme: nem Etienne nem Margot haviam interferido. Duas ou três vezes, Etienne aparecera no *château*, proveniente de Bruxelas, onde trabalhava para a holding do setor de serviços públicos controlada pela família. Margot não dera as caras. Henry achava que ela havia passado o verão com os pais, em Londres e no sul da França. Não sabia se Etienne tinha ido visitá-la.

Nesse caso, comentei, só podem ter rompido. Henry respondeu que não sabia: nem Margot nem Etienne tinham lhe dito nada.

Eu não precisava ter me preocupado com Henry e com a possibilidade de ele se sentir e ser tratado como um intruso na sala de jantar da nossa casa. No curso de seu segundo ano, embora ele e Archie ainda vivessem no exílio de Mount Auburn Street, Henry ascendera na escala social da casa, alcançando um dos degraus mais elevados a que podia aspirar um intelectual ou esteta que não tivessem frequentado o colégio certo. Dava-se muito bem com Tom Peabody e com os tutores mais jovens, não hesitando em sentar-se ao lado deles no almoço ou no jantar. Mais surpreendente era vê-lo a uma mesa que Tom chamava de Parnaso, feudo de um grupo seleto constituído sobretudo de terceiranistas com grandes pretensões culturais e cuja conversa consistia num apanhado de anedotas sobre os Lunt, Cole Porter, Wystan Auden, Thornton Wilder, general Marshall, Ruth Draper e diversos outros luminares, todos eles tratados pelo primeiro nome, à exceção do general. Era gente cuja amizade datava do jardim-de-infância e que tinha frequentado as escolas certas ou, no mínimo, escolas aceitáveis. Na companhia de Tom Peabody, eu havia ido a Nova York para ver *The cage*, o balé de Jerome Robbins. A atratividade, a coesão e a hostilidade básica do Parnaso para com forasteiros me lembravam os insetos endogâmicos de Robbins. Um afetado terceiranista que atendia pelo nome de Ralph Wilmerding — pelo qual senti imediata antipatia, que esperava não ter sido motivada por inveja — era evidentemente o carnívoro inseto-rainha da turma.

Eu tinha amizade com outro membro do seleto grupo, um quartanista chamado Jack Merton, colega de turma de escrita criativa. Órfão rico de San Francisco, ele era provavelmente o único graduando a, todo santo dia, usar terno cinza e sapatos marrons de couro, em detrimento dos usuais paletó de tweed, calça de algodão rústico e mocassins. Seu Chevy conversível, de limpeza imaculada, ficava guardado na garagem da senhora McCartney, junto a Harvard Square. Uma de suas duas namoradas pernudas estudava em Sarah Lawrence, a outra, em Vassar. Dispensava-lhes tempo idêntico: passava um fim de semana com uma em Nova York, o outro com a outra em Narragansett Bay, onde morava. Escrevia poemas intrincados, por vezes preciosistas, mas eu gostava mais de sua poesia do que de todo o resto do que era produzido em nossas aulas, e gostava dele também. De vez em quando, se havia uma cadeira vazia ao lado de Merton, eu me juntava ao Parnaso. Essa iniciativa facilitou as coisas para Henry, que não precisou decidir se desfrutava de prestígio suficiente para me apresentar ao grupo. Na verdade, a presença constante de Tom Peabody à mesa, em especial no almoço, teria garantido meu ingresso, caso eu assim desejasse.

A aparente amizade de Henry com aquelas pessoas, nenhuma das quais ele conhecia dos tempos de calouro, era um mistério para mim. Perguntei-lhe se por acaso eram amigos de Archie. Ele riu e me garantiu que não eram. Depois, contou-me com tranquilidade que a história toda era bastante simples: julgara-as atraentes, mais atraentes do que as demais pessoas na casa; no mais, aproveitara-se de uma cadeira vaga à mesa, ao lado da de Tom. Depois, uma coisa levara a outra, e ele se perguntara se algumas delas não teriam interesse em participar de sua produção de *Ubu* — Wilmerding e seu acólito, Scott Allen, por exemplo. Afinal, ele não tinha como montar a peça sozinho. Fiquei surpreso, mas, não muito tempo depois, estava na sala de estar de Wilmerding, em um encontro que ele batizou de reunião organizacional para o projeto *Ubu* — dele e de Henry.

Pouco antes daquela tarde, Henry distribuíra avisos por todas as casas, anunciando testes de seleção para o elenco de *Ubu* — na opinião dele, pôr um anúncio no *Crimson* era jogar dinheiro fora. Havia um segundanista enorme, de voz possante e com ligeira tendência a pontificar, que Henry vinha observando aqui e ali, pensando em chamá-lo para o papel principal. E tinha sugestões também para os outros dois papéis masculinos importantes: *capitaine* Bordure — o assistente de Ubu, cujo nome Henry traduzira como Gagarbage — e o jovem filho do rei da Polônia,

Bougrelas, ou Buggerson na tradução para o inglês.* Wilmerding ainda não lhe dissera se aprovava aquelas escolhas, mas Henry não via motivo para que não as aprovasse e, de todo modo, não ia perder tempo discutindo o assunto com ele. Wilmerding demorava uma eternidade para tomar qualquer decisão. Talvez fosse extraordinariamente cauteloso. O outro papel ainda vago era o de mãe Ubu, uma personagem grotesca, tão gorda e repulsiva quanto o marido. Havia uma porção de garotas em Radcliffe, comentou Henry, mas, como não estivesse à procura de atores que seguissem o "método", se perguntava se uma moça bonita, capaz de representar, não seria mais eficaz, contanto que conseguisse transmitir a ideia de obesidade e do grotesco, a despeito de sua aparência real. Valia a pena tentar.

Margot, por exemplo?, perguntei.

Estávamos voltando da Widener para casa. Henry parou para amarrar o tênis e me pediu que esperasse um pouco. Ao se levantar, disse-me que não tinha certeza de em que pé estavam as coisas com Margot. Era assunto complicado. Sugeri que conversássemos a esse respeito na Hayes-Bickford, bebendo um chá. Sentamo-nos a uma mesa no fundo, porque ele queria ter certeza de que ninguém nos ouviria. Tomou seu chá em duas ou três goladas e, desviando os olhos de mim, afirmou ter certeza de que era errado me contar o que estava para contar, mas o fato era que tinha de conversar com alguém sobre o assunto. Archie estava fora de cogitação e, portanto, restava a mim. Jarry e *Ubu rei* não tinham sido as únicas experiências singulares pelas quais passara em Bayencourt, começou ele. Havia outra coisa, bem mais grave e extraordinária. Algo que acontecera entre ele e madame Van Damme.

* No Brasil, capitão Borgária ou Bordadura e Bougrelau ou Bugrelau. Ao pé da letra, *garbage* significa "lixo" e *bugger*, "sodomita". (N. T.)

Você se meteu em alguma encrenca?, perguntei. Não tive a impressão de que você saiu de lá em desgraça.

Ele riu e disse que o problema não era esse — talvez nem houvesse de fato um problema, ou, em todo caso, ainda não. Tinha dormido com madame Van Damme. Quero dizer, Madeleine.

Meu espanto foi tamanho que pedi que repetisse o que havia acabado de dizer e, tão logo ele o fez, perguntei como era possível uma coisa daquelas. Henry me contou que havia sido bem simples, estranhamente simples. Monsieur Van Damme só ia a Bayencourt nos fins de semana, e não em todos eles, e Denis já tinha ido embora. Ia passar as três últimas semanas de agosto perto de Biarritz, com amigos. Durante a semana, não ficava ninguém no *château* além das crianças, dos empregados, de Madeleine e dele próprio. Desde o começo, ele se dera muito bem com o marido e a esposa. Como já havia mencionado ao me falar de Denis van Damme, tinham dito a ele que usasse a biblioteca à vontade. Em geral, ia para lá depois do jantar. Sentava-se num sofá próximo às janelas, que permaneciam abertas para deixar entrar o ar frio do começo de noite. Quando Madeleine ia à biblioteca, quase sempre se sentava em uma das imensas poltronas recobertas de tapeçaria, postadas de um e outro lado da lareira. Monsieur Van Damme sentava-se na outra.

Aqui, Henry interrompeu seu relato para ir buscar outra xícara de chá. Pedi que me trouxesse uma também.

A verdade, continuou ele, é que Madeleine é muito atraente — digo isso como fato objetivo, sem pensar na possibilidade ou impossibilidade de haver alguma coisa entre nós. Teria sido ridículo imaginar que poderia haver. É uma mulher alta, de ossos grandes, aspecto atlético, com incríveis cabelos loiros em que mal se vê um toque de grisalho. Não deve ter mais de cinquenta, e não faço ideia se parece mais moça ou mais velha. Enfim, naquela noite, eu estava concentrado no meu livro — por uma estranha coincidência, lia *O vermelho e o negro* — quando ela se sentou na outra ponta do sofá e começou a me fazer uma série de perguntas pessoais. Primeiro, sobre a faculdade; depois, sobre Margot, dizendo-me que não conseguia entendê-la; e, por fim, sobre a guerra. Ela sabia alguma coisa do meu passado, mas não muito, ou talvez apenas fingisse não saber. Aquilo, como você pode imaginar, me deixou nervoso, e respondi às perguntas com grande dificuldade, porque me sentia pressionado, mais ainda do que no almoço dos Standish. Não podia desconsiderar o fato de que ela era minha empregadora e, em certo sentido, minha anfitriã. Ao mesmo tempo, sem dúvida achava seu interesse e sua compreensão lisonjeiros e até excitantes. Portanto, respondi às perguntas, mas da forma mais breve possível. Então, ela me contou que, durante a guerra, seus pais tinham ajudado certo número de judeus a se esconder. Na Bélgica, aquilo não tinha sido tão difícil quanto na Polônia, ou, pelo menos, ela assim pensava. Embora o marido não tivesse absolutamente nada contra os judeus, o resto da família compunha-se de direitistas flamengos e antissemitas. Isso teria causado uma série de problemas durante a guerra e posto inclusive os pais dela em perigo. E a ela também, porque participara da Resistência, outro anátema entre os parentes do marido. O panorama invertera-se logo depois da guerra, quando foram os parentes que passaram a enfrentar dificuldades diversas. Não sei dizer se foi o jeito como ela contava a história ou se o ar havia de fato se tornado mais frio, mas eu tremia. Madeleine notou, pediu-me que fechasse as janelas e, tão logo o fiz, que me sentasse ao lado dela. Eu me sentei. Então, ela pegou minha mão, pousou-a sobre o rosto e perguntou: Você não vai me pedir que vá para a cama com você?

Minha reação, Henry prosseguiu, foi abraçá-la e beijá-la. Foi muito esquisito, mas ela deixou, uma vez só. Depois, afastou-me com delicadeza e disse: Apague as luzes da biblioteca e vá para seu quarto. Não vou demorar. Meu quarto em Bayencourt era um pouquinho maior que o seu, aqui: um guarda-roupa, uma cômoda, uma mesa junto da janela, uma cadeira de espaldar reto e uma poltrona. Depressa, enfiei na cômoda a cueca e a camisa que tinha deixado em cima da cama, tirei meu paletó, a gravata e fiquei esperando. Até ela aparecer, não sei dizer se o tempo passou muito devagar ou muito depressa; meu coração batia tanto que eu mal podia aguentar. Então, a porta se abriu. Ela vestia um longo roupão de veludo vermelho. Estava descalça. Eu me levantei, estendi os braços em sua direção e, quando ela fez o mesmo, o roupão se abriu. Estava nua. Foi como ver a "Eva" de Dürer, a não ser pelo fato de que o cabelo dela estava preso num coque, atrás da cabeça. Madeleine me ajudou a tirar a roupa e nos deitamos na cama. Ela foi a primeira a falar. É sua primeira vez?, perguntou. Confirmei, sem nem ousar tocá-la. Deite-se aí, de costas, e fique bem quietinho, disse-me. Ela se curvou sobre mim e deixou cair aqueles cabelos fabulosos, que cobriram seus ombros e a mim, como uma tenda. Quando terminamos, ela disse: Agora, você pode ser paciente e carinhoso. Ficou comigo até amanhecer. Dali em diante, vinha a meu quarto todas as noites; em duas dessas ocasiões, monsieur Van Damme estava em casa. Como dormiam em quartos separados, tão logo ele se recolhia para o quarto dele, tudo que ela precisava fazer era esperar dez minutos, para ter certeza de que ele já pegara no sono. Para mim, é difícil até descrever como foi.

Fiz que sim com a cabeça, mas a verdade é que sua história mexeu comigo.

De todo modo, prosseguiu ele, voltando a Margot, que foi o assunto que me fez contar tudo isso a você, é fácil imaginar como me sinto constrangido em relação a ela e a Etienne. Não que eu tenha medo de que eles saibam: isso é impossível. Mas não consigo deixar de sentir uma terrível ansiedade, como se tivesse feito algum mal aos dois, traído sua amizade.

E como é que você se sente quanto a ela, a madame Van Damme?, perguntei.

Madeleine? É tudo tão absurdo. Só dizer o nome dela já me enche de felicidade e gratidão, mas não tenho como achar que a ame de fato. Ela com certeza não me ama. Se não soubesse que já aconteceu, nem acreditaria na possibilidade de tudo isso vir a acontecer um dia. Por que ela escolheu a mim? Você se dá conta de que ela deve ser quatro ou cinco anos mais velha que minha mãe? Nunca me disse a idade, mas tenho quase certeza de que é isso mesmo, considerando-se a atuação dela durante a guerra. Aliás, Madeleine vem a Boston no final do mês. Vai ficar num hotel. Vem sozinha, tratar de algo relacionado às ex-alunas de Wellesley. Dá para imaginar? Uma semana inteira!

16.

Algum tempo depois, circunspecto, Henry me contou que Madeleine havia chegado a Boston. Durante vários dias, ele não apareceu na sala de jantar e tampouco passou por meu quarto à noitinha, como era seu costume.

Um incidente desagradável com Margot aconteceu por volta dessa mesma época. Estavam em curso os ensaios para o *Ubu* e, sempre que conversávamos, Henry dizia que estava satisfeito com o elenco, sobretudo com o pomposo segundanista, que, no fim, se descobriu ser amigo de Ralph Wilmerding. Henry achava que ele era "*ubuesco* por excelência". Houve grande interesse na produção da peça e, embora não tenha sido fácil selecionar os atores para os demais papéis, Henry tinha muitos candidatos dentre os quais escolher. Um problema sério que enfrentou foi a determinação de Margot em assumir o papel de mãe Ubu. Lembrando-me de nossa conversa anterior e da sugestão que eu fizera então, disse a ele que aquilo era fabuloso, prova singular de que telepatia funcionava.

Pois é, respondeu Henry, também achei uma ótima ideia, de

início, mas ela não sabe impostar a voz, ninguém ouve o que ela diz. A acústica no Fogg é terrível, por causa de todas aquelas pedras. Não sei se ela vai conseguir superar o problema.

Cerca de uma semana se passou até conversarmos de novo sobre o assunto. Henry foi até meu quarto depois de um ensaio, jogou-se numa poltrona e disse que tinha más notícias sobre Margot. Depois de conseguir que o ator que faria Ubu trabalhasse a respiração dela, tinham feito um ensaio especial no Fogg, só os três, e não adiantara nada. Teria sido o momento certo, acreditava ele agora, de dizer a ela, com jeito, que ele teria de substituí-la, mas ele não o fizera — a ideia de dirigi-la era irresistível. Deixara as coisas correrem até o importante ensaio geral daquela tarde, quando, na presença de todo o elenco e de Bob Chapman — o tutor que o estava auxiliando com os aspectos técnicos da montagem —, além de Wilmerding e Scott Allen, que assistiam a tudo, ele explodiu. Sentara-se na altura da última fileira de assentos, Margot estava no meio de uma de suas longas falas, e ele mal podia ouvi-la, ou, quando ouvia, não entendia o que ela dizia, embora soubesse o texto de cor. De repente, sem pensar, gritou com ela: Você parece uma debutante numa reunião de primeiranistas! Pare de falar por esse maldito nariz! Ainda enquanto gritava, ouviu o riso abafado de Wilmerding e Allen. Então, Wilmerding levantou-se para aplaudir — não dava para saber se a ele ou a Margot. A situação era tão horrível que Henry nem viu Margot atravessar o espaço cercado reservado ao palco, até deparar com ela bem à sua frente, gritando — e dessa vez impostando tão bem a voz que ninguém pôde deixar de ouvi-la: Estou cheia de você, seu filho-da-puta! Depois, deu-lhe dois possantes tapas na cara, um de cada lado do rosto. Henry só ficou parado ali, em silêncio, enquanto ela se afastava, batendo os pés no chão.

Como é que eu pude deixar as coisas chegarem a esse ponto?, perguntava-se, incrédulo, balançando a cabeça. Como foi que perdi o controle? Sei que tenho andado tenso, que estou atrasado com meus estudos. Sei que tenho passado muito tempo com Madeleine e que Margot tem sido uma frustração, mas como pude deixar isso acontecer? Acho que o que a ofendeu foi eu dizer que ela fala pelo nariz, disse ele. É um tópico muito sensível para ela. Ainda assim, não é o fim do mundo.

Respondi que, evidentemente, Margot não concordava com ele.

Henry assentiu, apontando para os vergões no rosto. De um jeito ou de outro, concluíram o ensaio. Ele próprio lera as falas de Margot. Depois, Bob Chapman acompanhou-o no caminho de casa. Durante a caminhada, Chapman o aconselhara a não se preocupar demais com o que havia acontecido. Vocês vão superar isso, ele disse, e a peça pode até ficar melhor, porque Margot não está bem como mãe Ubu, ao contrário do Jackson no papel de Ubu, que parece ter sido feito para o amigo fanfarrão do Wilmerding: cai-lhe como uma luva. Chapman disse-me ainda que eu devia aprender a lição: a gente precisa sempre encontrar um meio de transformar uma desvantagem numa vantagem. Eu podia ter me aproveitado daquela elocução esnobe de Margot, podia tê-la transformado em outra faceta disparatada da personalidade grotesca de mãe Ubu. Ou, pelo menos, não custava ter tentado. Aquele conselho, dado com toda a calma e discrição, me doeu mais do que os tapas na cara, porque fez com que me sentisse um burro e um grosseirão. Ainda assim, fiquei agradecido por tê-lo recebido.

Henry parecia arrasado. Perguntou-me se eu tinha alguma bebida no quarto. De fato, sobrara um pouco de xerez na garrafa que George havia me dado de aniversário. Servi uma dose para ele e outra para mim. Henry terminou sua bebida, olhou para o relógio e me pediu para usar o telefone. Imaginei que fosse ligar para a mãe e, por isso, fui lavar as mãos e, depois, para lhe dar mais tempo, fiquei no quarto, guardando as camisas que tinham acabado de chegar da lavanderia. Foi com surpresa que, em vez de uma conversa em polonês, ouvi Henry dizer que queria falar com Margot. Seguiu-se um instante de silêncio. A garota que atendera ao telefone no alojamento de Margot devia estar à procura dela. Então, Henry tornou a falar, emitindo um alegre: Oi, Margot! A pancada do telefone, do outro lado da linha, foi tão alta que pude ouvi-la do meu quarto. Henry desligou gentilmente e, dirigindo-se a mim, disse: Não sei o que fazer agora. Ela não quer falar comigo. Tenho de encontrar alguém para o papel, e isso não pode esperar. Vou precisar me virar, de um jeito ou de outro. Mas o que não posso suportar é que Margot esteja tão brava assim, que eu a tenha perdido.

Eram sete da noite. Sugeri que fôssemos jantar. Como boa parte das pessoas já havia comido, conseguimos mesa só para nós. Disse a Henry que não entendia como ele podia nutrir todo aquele sentimento por Margot e, ainda assim, continuar com o que fosse que estivesse tendo com madame Van Damme. Ele me disse que não tinha resposta para aquilo, que se sentia muito confuso.

Para mim, era um mistério o que havia feito Henry acreditar que podia montar e dirigir uma peça de teatro. Sua experiência nessa área não ia além dos shows na Broadway a que os pais o haviam levado, uma imposição de que reclamava, afirmando ser apenas outro esforço para infantilizá-lo. Não obstante, se não o conhecesse bem, não teria suspeitado que cada passo que ele dava era mero improviso. Sua autoconfiança era imbatível. Em lugar de Margot, escolhera uma caloura de Radcliffe para o papel de mãe Ubu — uma valquíria, na aparência e na voz. Uma semana mais tarde, depois do ensaio com os figurinos, Chapman aprovava o elenco como perfeito. O entusiasmo do público presente à estreia foi tamanho que o diretor do Fogg concordou no ato em ceder o espaço para duas outras apresentações na semana seguinte.

Depois do espetáculo, uma festa foi oferecida pelo senhor Ryan, um tutor de economia filiado à casa, e pela esposa dele, que havia pintado o pano de fundo do palco: uma cortina suspensa por duas estacas, uma de cada lado. O elenco e todos os que haviam participado da produção, assim como seus respectivos amigos, foram convidados. Os Ryan moravam na esquina da Brattle com a Fayerweather Street. Era uma bela noite de março. Embora não estivesse muito frio, George pegara o carro para que, assim que Henry estivesse pronto, pudéssemos levá-lo para a festa. Archie foi conosco. Quase todo mundo já devia estar lá. Da rua, podia-se ouvir o alarido dos convidados. Logo nos separamos, e não tornei a ver George até o brinde proposto por Bob Chapman, para o qual alguém conseguiu fazer com que a multidão se aquietasse. Terminado aquele brinde, Henry ergueu outro, agradecendo a todos, sem, ao que me pareceu, esquecer ninguém. Voltamos para casa bem tarde, e fiquei surpreso quando Henry me seguiu até meu quarto. Depois de se sentar, ele perguntou: Você notou Wilmerding e Allen? O que tem eles?, perguntei. Nenhum dos dois foi à festa, disse, mas assistiram à apresentação. Eu não entendo aqueles dois.

17.

O sucesso..., comentou Tom Peabody, tão logo se certificou de que Wilmerding e seus dois camaradas, com os quais havia acabado de almoçar, não podiam ouvi-lo. Ah, o sucesso... Difícil de conquistar e mais difícil ainda de portar com graça. *Inde ira et lacrimae.*

Estávamos fazendo hora, tomando nosso cafezinho na sala de jantar. Henry também almoçara conosco, mas saíra de repente, no meio da refeição. Perguntei a Tom o que ele havia querido dizer com o trecho de sua máxima que não estava em latim. O latim, eu havia entendido.

É simples, ele respondeu, imaginei que você fosse entender. Essa súbita maré de sucesso de Henry não é do agrado de Wilmerding. Portanto, tampouco é do agrado dos discípulos de Wilmerding. Henry devia ter convencido Wilmerding a aceitar amplo crédito pelo *Ubu*; na verdade, devia tê-lo forçado a aceitá-lo. Agora, o estrago está feito. Você está preparado para outra velha máxima? *Ira furor brevis.* Mas não será assim desta vez. Até Wilmerding se acalmar, o inferno já terá congelado.

Eu protestei, dizendo a Tom que tinha certeza de que Wilmerding não havia feito nada para ajudar na produção da peça, embora tivesse tido todas as oportunidades para tanto. A mesma coisa valia para os camaradas dele, Thatcher e Burlingham. Pura bazófia, nada mais, concluí.

Tom dispensou meu comentário com um gesto. Não duvido, disse, mas pouco importa. Nunca peça ajuda a alguém, a não ser que você realmente queira ajuda e acredite que essa pessoa vá ajudá-lo. Do contrário, estará arrumando encrenca. Mas, se cair na armadilha e acontecer de essa pessoa ser alguém como Ralph, trata de fingir que ele foi de imensa ajuda. Ou, melhor ainda, que sua ajuda foi indispensável. Do jeito que as coisas estão, Wilmerding sente-se menosprezado e vai fazer seu amigo Henry pagar pelo insulto. É claro que ele podia ter se virado contra Henry de qualquer jeito. Essa gente acha que tanto sucesso é muita areia para o caminhãozinho dele.

Perguntei se, em termos práticos, havia alguma coisa que Henry pudesse fazer para consertar o estrago.

Agora? Provavelmente nada. Ser otimista, talvez, mas sem esperar muito. Não foi muito inteligente da parte dele tentar imiscuir-se no círculo de Wilmerding. Foi o que ele fez, você sabe. Eu o observei com interesse, porque, de certo modo, fui cúmplice no crime. Ele me via sentado à mesa de Ralph e perguntava se podia se sentar a meu lado. Passado algum tempo, começou a agir como se fosse seu direito estar ali e não precisasse mais da minha presença como pretexto. Foi quando Wilmerding começou seu jogo de gato e rato com ele, um jogo que só visa humilhar, porque Wilmerding é gato doméstico: não come ratos. Se você o conhece bem, sabe que, quando Ralph escolhe o jogo, é para ganhar. Não importa se é xadrez ou damas, se se trata de lembrar o maior número possível de datas de batalhas famosas ou de saber quantos assaltos Joe Louis lutou contra Tommy Farr. Não sei se Wilmerding e Henry chegaram a jogar de verdade, mas, se jogaram, tenho certeza de que Wilmerding ganhou. Mas aí Henry apareceu com seu próprio jogo: montar uma peça de que ninguém tinha ouvido falar, um jogo em que Wilmerding não teria como derrotá-lo. Só restou uma solução. Banir Henry! Pelo bem da ordem social estabelecida.

Dito isso, Tom dobrou seu guardanapo e levantou-se. Eu o segui até a porta de seu apartamento. Antes que ele entrasse, disse-lhe que queria fazer uma pergunta: Afinal, o que você pensa de fato de Wilmerding e companhia?

Tom ergueu as sobrancelhas. Nada de especial. Mas, em se tratando de graduandos, são companhia decente: boa aparência, boas roupas e um grau razoável de civilidade.

E em relação a esse caso, insisti, ao que eles fizeram?

Foram duros com Henry, respondeu. Mas não se preocupe muito. Desconfio que seu amigo tem enorme capacidade de resistência.

Depois do almoço, lembrei-me de episódios sobre os quais as observações de Tom lançavam nova luz. Era fato que, além de Tom Peabody, apenas outro parnasiano — Jack Merton — havia comparecido à festa dos Ryan, embora todos tivessem sido convidados, e eu tinha ouvido Henry reiterar o convite na véspera da estreia de *Ubu*. Ademais, em tempos bem recentes, notara diversas vezes, tanto no almoço como no jantar, a dificuldade de Henry para dizer alguma coisa à mesa: sempre que tentava, Wilmerding ou Allen o interrompiam e, falando mais alto que ele, conduziam a conversa para alguma outra direção. Em certa medida, era como se comportavam normalmente. Adoravam piadinhas privadas e, por vezes, contavam casos de difícil decifração. No almoço daquele dia, porém, tinham usado de franca brutalidade. Wilmerding ignorara as perguntas feitas por Henry — em vez de respondê-las, virava-se para o outro lado e dirigia-se a Thatcher ou Burlingham —, e Allen, em resposta a algo que Henry havia dito, pusera-se a imitar seu sotaque um par de vezes.

Não duvidava de que Henry soubesse o que se passava. Nos dias que se seguiram àquela minha conversa com Tom, passei a esperar por ele na porta da sala de jantar, para que pudéssemos nos sentar juntos ou, se Henry já tivesse chegado, me juntar a ele à mesa que tivesse escolhido. Não imaginei que ele fosse tentar escalar o Parnaso de novo, embora eu relutasse em ser o primeiro a mencionar a mudança em sua relação com Wilmerding. Não demorou muito, porém, para que Henry me perguntasse se eu podia explicar o que tinha feito a Ralph e sua turma.

Ao que parece, me transformei no inimigo público número um, ele disse, e não sei que crime cometi.

Ainda que acreditasse na correção de tudo que Tom havia dito, não tive coragem de repetir suas palavras. Em parte, esquivei-me da pergunta, afirmando que, à exceção de Merton, eram todos uns pretensiosos de segunda categoria, incapazes de aceitar o sucesso de alguém que não era membro autorizado de seu clube, mas que falava com eles todo dia. E acrescentei que já estava cheio de vê-los no almoço e no jantar. Isso, pelo menos, era a mais pura verdade.

Nada mais dissemos nessa ocasião. Cerca de dois dias depois, Henry, do nada, perguntou-me se eu havia imaginado que *Ubu* poderia se transformar em tamanho fardo.

Fiz que não com a cabeça.

Pois foi o que se tornou, disse-me ele, e muito provavelmente por causa do sucesso. Se tivesse sido um fracasso, um ou outro poderia ter dado uma risadinha, mas ninguém teria se importado de verdade. Em vez disso, virou um problema, e não só entre mim e Wilmerding — aliás, talvez haja mais do que meu sucesso nessa história, mas não consigo identificar o que é. O próprio Departamento de Letras Clássicas se irritou. Alguns poucos dinossauros estão dizendo que o fato de eu ter montado uma peça é sinal de que não sou sério. Um classicista que se dá ao respeito, disseram, se desejasse fazer alguma coisa desse tipo, teria escolhido um texto grego ou latino, em vez dessa bobageira francesa. Não teriam nem notado que tinha havido uma encenação de *Ubu*, se a montagem não tivesse sido tão falada.

Na semana seguinte, porém, Henry me informou que acreditava ter conseguido acalmar tanto o chefe do departamento quanto o professor com quem estudava tragédia grega. Havia lhes contado que, por coincidência, o fato de ele estar lendo Plauto na biblioteca de um *château* em Ardennes despertara a atenção do diretor do Teatro Nacional de Bruxelas, que, por sua vez, fizera a ligação entre Plauto e Jarry.

Foram os nomes que resolveram a questão, contou-me ele. Bastou citar alguns nomes: Denis van Damme, Ardennes, um *château* francês, uma grande fortuna belga. Começaram a me encarar com certo respeito. Por infelicidade, fiz a eles uma promessa tola, de que ainda vou me arrepender. Disse que, se meu trabalho final de graduação assim permitir, vou encenar uma peça grega ou latina na próxima primavera.

Era bastante provável que ele pudesse ter evitado aquele compromisso. Poucos dias depois, Henry ficou sabendo que tivera lugar a eleição para a National Honor Society, e que ele tinha sido um dos terceiranistas escolhidos. No jantar no Henri IV, aonde Archie e eu o levamos para comemorar o feito, Henry recusou-se a receber nossos cumprimentos. Para começo de conversa, ao contar aos pais sobre a distinção, a mãe retrucara: Isso é tudo que você tem para me dizer? Qual a vantagem de ser um dentre oito eleitos? Você não é o melhor da sua classe?

Além disso, continuou, a eleição tem critérios aritméticos. Eles pegam os terceiranistas que tiraram as melhores notas. Ninguém precisou votar em mim porque vai com a minha cara. Seria divertido se, um dia, eu fosse eleito alguma coisa simplesmente porque as pessoas me acham um cara muito legal.

Mais ou menos por essa época, o doutor Reiner e eu atravessávamos nova crise. Eu havia começado a escrever um romance para meu curso de escrita criativa, e o romance ia tão mal quanto a análise. Tinha dias em que conseguia escrever no máximo umas poucas linhas. E começara a passar mais tempo com George, não apenas porque gostava dele, mas também porque ele não tentava me envolver em problemas sem solução. Íamos almoçar ou jantar, tomávamos uma cerveja, ríamos das fofocas de Berkshire e nos despedíamos. Durante o verão anterior, eu havia passado apenas uma semana em Lenox, boa parte dela jogando tênis na quadra dos Standish. Não tinha ido para casa no Natal, nem pretendia ir para lá na Páscoa. George era minha fonte de informações. Sem dúvida, aquele meu comportamento magoara meus pais. Mas seu silêncio — minha mãe parara de me escrever — e o presente que eu ganhara de Natal (três pares de grossas meias de lã e um pijama vermelho de flanela) deixavam claro para mim que eles me davam por perdido, mercadoria defeituosa e sem conserto. Qual tinha sido o grande culpado: a surra que eu levara em Nova Orleans ou o colapso nervoso posterior? Achava possível também que, depois de tantos anos criando o filho de outra pessoa, com maior ou menor alegria no coração, estivessem fartos da história toda. Havia um fundo dos Standish a me financiar. Eu deixara de ser problema deles — um alívio para os dois, considerando-se o trabalho malfeito. O doutor Reiner não mostrava nenhum interesse por especulações dessa ordem. Não estamos aqui para discutir o presente, disse-me.

Estivesse eu menos tomado por essas preocupações pessoais, teria percebido em que grande medida o fim do relacionamento com Wilmerding havia isolado Henry. Afora Wilmerding e sua turma, seus únicos amigos éramos Archie, George e eu, uma situação esquisita para um graduando tão bem-sucedido, em plena segunda metade do terceiro ano. Outra vez, eu devia ter me empenhado por fazer as refeições com ele com mais frequência. O problema era que eu mais faltava aos almoços e jantares cotidianos do que comia, e quase nunca tomava café da manhã. As horas que passava escrevendo e os horários da sala de jantar não eram compatíveis. Assim foi que só retomei os encontros noturnos com Henry depois dos feriados da Páscoa. Em um princípio de noite, fomos juntos a um show no teatro da universidade e, depois, ficamos sentados no meu quarto, conversando.

Vi Madeleine em Nova York, contou-me ele. Ela programou a viagem de modo a me encontrar lá.

Será possível que perguntei algo tão estúpido quanto: Vocês se divertiram? Tanto faz. Ele mal podia esperar para me contar como tinha sido. Ela é fabulosa, disse, e começo a acreditar que talvez tenha se apaixonado por mim. De qualquer maneira, gosta mesmo de ficar comigo. Imagine só: passamos três noites juntos. Depois, ela voltou para Bruxelas, e eu peguei o metrô para o Brooklyn.

Intrigado, perguntei se ele tinha mesmo dormido no hotel onde ela se hospedara. Henry riu e disse: Sim, um hotel enorme, que ela escolheu de propósito — o Waldorf-Astoria. Era tão grande que, mesmo que houvesse no saguão alguém que a conhecesse, era mínima a probabilidade de o conhecido perceber que Madeleine estava com ele, a não ser que ela lhe desse o braço, o que tomava o cuidado de não fazer. Ficaram juntos o tempo todo, até quando ela foi às compras. As exceções haviam sido dois almoços em que ela fora encontrar as esposas dos parceiros de negócios do marido. Era improvável que o senhor e a senhora White sobrevivessem à notícia de que seu filho único estava no Waldorf-Astoria com uma mulher mais velha, trinta anos mais velha do que ele. Perguntei como ele havia conseguido driblar os pais.

Contei uma tremenda mentira, Henry respondeu. Disse que estaria com George. É claro que ficaram furiosos, e precisei concordar em ligar para casa toda manhã, para que soubessem que não tinha sido atropelado por um carro. Naturalmente, não podia dar os telefonemas na frente de Madeleine. Seria embaraçoso demais. Tinha de esperar até que ela entrasse no banheiro. O risco de meus pais ligarem para a casa dos Standish era muito pequeno, porque não iam querer incomodar gente tão graúda. Em todo caso, se acontecesse alguma emergência e eles criassem coragem para ligar para lá, George estava pronto a confirmar minha história e a entrar em contato comigo imediatamente.

Você contou a ele sobre Madeleine!

Precisei contar, Henry ponderou. Além disso, confio nele. Contei a você porque, para você, conto tudo. Mas não disse nada a Archie.

Ele fez uma pausa. Como eu permaneci em silêncio, perguntou-me se eu achava que ele havia cometido um erro ao confiar em George. Garanti a ele que não. Henry pareceu aliviado.

Tem mais uma coisa, prosseguiu. Madeleine sabe da história com o Wilmerding: contei a ela por carta. Ela acha que meus amigos me deixaram na mão, que não fizeram nada por mim. Foi o que ela me escreveu e o que repetiu em Nova York. Acredito tê-la convencido de que não havia o que fazer. Talvez Peabody pudesse ter enquadrado os rapazes, mas esse não é o tipo de assunto a ser tratado por um tutor sênior. De todo modo, o que teria sido de meu relacionamento com Wilmerding se Tom tivesse chamado a atenção dele? Teria se transformado na pior coisa do mundo, ou seja, precisamente no que é agora: nada.

Um nada que atormenta, eu disse, na esperança de que Madeleine não tivesse acertado na mosca.

Ou Henry acreditava de fato que não o tínhamos deixado na mão ou estava determinado a embelezar nossa conduta. A seguir, deu-me a outra grande notícia. Madeleine deixara que o marido a persuadisse a contratá-lo de novo como professor residente de inglês em Bayencourt, para os meses de julho e agosto. Teria inclusive um aumento. Antes, porém, viajaria para Londres, onde ela o encontraria. Passariam alguns dias juntos e, depois, ela voltaria para casa, a fim de estar lá em 1º de julho, o dia previsto para a chegada dele. Essa, disse-me Henry, seria a parte divertida das férias. Com o propósito de acalmar e compensar os pais pelo fato de que iria passar o verão inteiro longe de casa, e também porque se sentia meio culpado pela ausência durante os feriados da Páscoa, tinha prometido aos dois que, tão logo prestasse sua última prova do semestre, viajaria com eles para um resort de que gostavam nas montanhas Catskills, perto de Woodstock. O lugar era administrado por um casal polonês: um ex-tenente do Exército do general Anders, sobrevivente de suas campanhas, e a esposa dele. A clientela era toda composta de judeus poloneses, alguns dos quais haviam também emigrado para Nova York como refugiados, depois de terminada a guerra. O cenário era, de fato, muito bonito, o que propiciava belas caminhadas pelos bosques das redondezas, mas a grande atração era a culinária polonesa. Ainda que no meio de uma onda de calor, os hóspedes consumiriam enormes porções de repolho recheado no almoço, complementando-as com salada de pepino e um bom *cheesecake*. Para o jantar, talvez *zrazy* com trigo sarraceno e mais salada de pepino. Depois, morangos com chantili e algum outro tipo de bolo, provavelmente de sementes de papoula, um dos grandes favoritos, a não ser, é claro, para hóspedes como seu pai, que viviam na iminência de um ataque cardíaco e só comiam queijo cottage com melão. O pai já havia anunciado a reserva de um bangalô, o que significava que Henry teria de ouvi-lo roncar do sofá-cama da sala de estar. Fez ainda um esforço para convencer os pais a reservarem para ele um quarto no hotel. Mas o senhor White recusou-se. Como não cobravam adicional nenhum por uma terceira pessoa no bangalô, pagar por um quarto de hotel seria jogar dinheiro fora. No fim, disse-me Henry, fazia pouca diferença. As paredes do hotel também eram finas e, se era para escolher entre ouvir os roncos do pai ou os de um estranho, dava preferência aos do velho.

Meus próprios planos para o verão não eram nem tão grandiosos nem tão picantes como os de Henry. Sabia que, terminado o semestre, permaneceria em Cambridge, em um quarto de madame Shouvaloff que um estudante de graduação desocuparia. Ficaria ali até 1º de agosto, quando começavam as férias do doutor Reiner. Se saísse da cidade, teria de voltar a tempo para minha primeira sessão depois das férias, no começo de setembro. Não tinha certeza de que meus pais me queriam em Lenox. Ainda que me quisessem, não achava que podia suportá-los por mais de dez dias. George pretendia ir para a Europa e, prometendo não se meter em confusão, convidou-me a me juntar a ele na última parte da viagem, na França. Viajaríamos de carro, disse-me, e seria divertido. Respondi que a oferta era tentadora, mas não ousei pedir mais dinheiro ao senhor Hibble, e decerto não podia esperar que meus pais me dessem algum. Não tinha importância, George me garantiu. Os pais dele haviam sugerido que ele me convidasse e, portanto, arcariam com todas as despesas. Tinham até comprado passagens de navio, de Nova York a Cherbourg, ida e volta, que me devolveriam a Cambridge a tempo.

Por favor, não diga não, insistiu. Meu pai chegou a me dizer que assumirá a culpa, se você tiver problemas em casa por não ter ido a Lenox.

Eu não pretendia recusar. Resolvemos nos encontrar em Paris, aonde eu chegaria de trem.

Deve ter sido pouco antes do período de leituras que Henry me relatou a novidade. Margot havia telefonado para dizer que queria vê-lo no quarto dele. Henry marcou com ela na portaria, anotou sua entrada e levou-a para cima. Uma vez na sala de estar, ela disse: Tome, leia, e estendeu-lhe um envelope endereçado a ele. Dentro, havia uma carta de duas páginas, na qual ela se desculpava.

Somos amigos de novo?, perguntou, quando Henry terminou a leitura.

Mas é claro que sim, respondeu ele.

Archie tinha saído, Henry continuou, e eu sabia que ele voltaria tarde. Dá para imaginar? Primeiro, ela me beijou; depois, namoramos um pouco. Namoramos mesmo, quero dizer; embora eu tenha tomado o maior cuidado, deixando a ela a iniciativa e não indo além do que ela pretendia. Margot ficou até as sete da manhã, quando precisei tirá-la da casa. E voltou outras vezes.

Disse-lhe que aquilo era maravilhoso e que ele devia ter aprendido muita coisa com Madeleine que podia ensinar a ela.

18.

O apetite de George por sexo pago não havia diminuído. Mesmo numa cidadezinha tão sóbria quanto Reims, onde passamos uma noite, ele insistia, e com a teimosia de um menino determinado a brincar com o brinquedo de outro, em percorrer os bairros que julgava promissores, em geral ao lado da estação ferroviária, à procura de um bar ou de uma esquina onde o mágico contato pudesse se dar. Eu o acompanhava até o momento em que George parecia prestes a concluir a transação; depois, voltava sozinho para o quarto de hotel. Na maioria das vezes, já estava dormindo quando ele chegava, ou fingia estar. Senão, ele se sentaria na minha cama e descreveria em minúcias o que fosse que tinha obtido pelo preço pago. Fazer-me de morto, no entanto, apenas adiava o relato até a manhã seguinte. A única exceção a minha abstinência aconteceu em Paris. Uma prima de May Standish e o marido dela nos convidaram para jantar no restaurante do maravilhoso hotel na place Vendôme. Depois, George e eu fomos tomar uma saideira no bar. O primo de George era adido político da embaixada americana, e discutimos os boatos e a propaganda política — conforme me pareceu — que ele utilizara para monopolizar a conversa durante o jantar. Estava convencido de que era necessário deter os rebeldes comunistas na Indochina. Como os franceses eram incapazes de fazer o serviço sozinhos, era nosso dever apoiar seu empenho com dinheiro e suprimentos. Eu perguntara a ele se aquilo significava enviar soldados. Se fosse absolutamente necessário, sim, respondeu-me, mas era preciso envidar todos os esforços para restringir o envio de tropas a situações especiais. Sorte nossa que os franceses estavam lá, fazendo o trabalho pesado, ele tinha dito. George e eu éramos francófilos e, portanto, ajudar os franceses era coisa que, por si só, nos entusiasmava. Mas acreditávamos em descolonização e tínhamos lido *A condição humana*. Perguntávamo-nos, ademais, se porventura os franceses — e, por tabela, nós também — não estariam apoiando outro Ho Chi Minh. Será que não estávamos fazendo a aposta errada? Era difícil debater aquelas questões com o primo de George. Ele sabia demais e já tomara posição. Nossa saideira prolongou-se por mais alguns drinques. Meio altos, deixamos o hotel pela entrada da rue Cambon. Quase de imediato, recebemos uma proposta. O serviço específico que nos ofereceram fez fraquejar minhas pernas. Apoiei-me no braço de George e disse: Vamos lá. Não precisamos andar muito. O quarto a que chamavam de estúdio ficava na rue du Faubourg St. Honoré, subindo cinco lances de escada e no final de um corredor cinza-escuro. Nele, havia uma cama de casal, uma pia e um bidê. Eram travestis. Quando George sugeriu nova rodada, com parceiros trocados, concordei. Só saímos de lá ao amanhecer.

Tínhamos ido a Reims por causa da catedral e porque parecia um bom lugar para passar a noite, antes da visita a Verdun e aos campos de batalha adjacentes. De lá, pretendíamos ir direto a Dijon, mas não sabíamos se conseguiríamos chegar a tempo para um jantar tardio, caso pretendêssemos fazer justiça a Verdun. No café da manhã, George demonstrou entusiasmo menor do que o habitual sobre como terminara sua noite. Bebi mais uma xícara de café enquanto ele estudava o mapa.

Tive uma ideia, disse ele. O que você acha de, depois de Verdun, seguirmos para noroeste, em vez de para o sul, e fazermos uma visitinha ao Henry? Os Van Damme talvez nos hospedem por uma noite.

Olhei o mapa. De Verdun a Bayencourt a distância era pequena. Mas podíamos fazer uma coisa daquelas, os dois sabendo da história de Henry com madame Van Damme? Achei que me sentiria pouco à vontade, mesmo que Henry não tivesse me dito que contara tudo a George. Na condição de beneficiários de sua indiscrição, enxergaríamos a ele e a madame Van Damme através das lentes da nossa consciência culpada. E Henry estaria ciente da vil comediazinha em cartaz.

Você acha que a gente deve ir?, perguntei, considerando-se as circunstâncias?

George corou e disse: Ele contou a você também, eu devia ter imaginado. Fiz que sim com a cabeça.

Bem, contou a nós dois porque quis. Ninguém o obrigou, concluiu George, depois de pensar um pouco.

Eu podia ver que Bayencourt e, talvez, também a prática do voyeurismo eram-lhe uma tentação. Então, George encolheu os ombros e disse: Acho que Henry tremeria ao nos ver chegando pela entrada do *château* ou atravessando a ponte levadiça. Aposto que deve ter uma lá. Vamos ligar antes. Aí, se quiser, ele pode dizer para a gente não ir. Você tem o número aí?

Fiz que não.

Que pena, George comentou. Eu bem que gostaria de ver

aquela mulher, mas acho melhor nos concentrarmos em conseguir um bom jantar em Dijon.

Henry chegou a Cambridge no último dia de matrículas. Nós nos vimos naquela mesma noite, durante o jantar. Era minha primeira refeição na sala de jantar. Depois de voltar da França, eu seguira morando em casa de madame Shouvaloff, esperando pela reabertura de casas e alojamentos. Nesse meio-tempo, retomara as sessões com o doutor Reiner. Não percebia grande progresso no tratamento, mas pelo menos era capaz de funcionar normalmente. Se isso era resultado do trabalho dele, não sabia dizer. Tinha conseguido retomar o romance iniciado no semestre anterior, no qual trabalhara na pensão de madame Shouvaloff até partir para a França. Embora tivesse levado minha Olivetti comigo, pouco fizera ao longo da viagem com George, a não ser tomar algumas notas e esquematizar uma ou outra cena. Como havia sido aceito no curso de redação de Archie MacLeish, uma espécie de Olimpo literário, fiquei aliviado por não ter desmoronado bem no momento em que as aulas estavam prestes a começar. Quando perguntei a Henry como tinha sido seu verão, ele abriu um amplo sorriso. Haviam dado a ele um dia de folga por semana, que aproveitara para fazer longas caminhadas, às vezes com o amigo Denis, que estivera em Bayencourt durante parte de agosto. Não havia lugar mais bonito do que a região de Ardennes onde ficava o *château* dos Van Damme, com suas florestas, suas fazendas fortificadas e os minúsculos vilarejos onde se podia desfrutar de uma cerveja e de um sanduíche de manteiga e presunto local na baguete fresquinha.

Muito bom, disse eu, mas e sua vida amorosa?

Dessa vez, ele estava menos nervoso em relação a Madeleine — decerto, já não pensava que cometera uma injustiça contra o senhor Van Damme. Durante as caminhadas, Denis se revelara bastante loquaz, confiando a Henry o segredo da harmonia no casamento do irmão com Madeleine: a amante que o irmão tinha em Bruxelas. Tanto o marido da amante, um político importante, como a própria Madeleine sabiam do caso; na verdade, os dois casais se davam muitíssimo bem, e o *affaire* era conduzido com grande discrição e dignidade. O resultado disso, Denis prosseguira, era que seu irmão pouco exigia de Madeleine. No máximo, de tempos em tempos, fazia valer seus direitos conjugais. No mais, ela era livre para fazer o que quisesse.

Ouvir aquilo, contou-me Henry, me pôs nervoso. Perguntei-me se ele estava tentando me dizer que sabia de mim e da cunhada. Para forçá-lo a falar, perguntei se Madeleine também tinha casos. Denis me respondeu que ela era uma mulher extremamente reservada. Devia haver outros homens, conjecturou, porque ela com certeza não era lésbica, mas não deixava pistas.

E Margot?, perguntei.

Ela não havia estado em Bayencourt, contou-me Henry, embora Etienne, que agora administrava os negócios da família em Paris, tivesse aparecido duas vezes em fins de semana. De acordo com Madeleine, Margot estava com os pais em Cap Ferrat, onde Etienne passaria com ela as férias de agosto. Aquilo não era boa notícia para Madeleine, que esperava que o filho encontrasse namorada mais apropriada, com os novos contatos que fazia agora em Paris. Henry não disse nada sobre como estava sua situação com ela. Imaginei que nem ele soubesse; por certo, não tinham tido oportunidade de se ver desde o verão.

O fato de Henry ser agora quartanista, concentrado em seus cursos e começando a escrever seu trabalho final de graduação, fez com que passássemos menos tempo juntos. George, por sua vez, não escreveria trabalho de graduação, mas estava saindo com Edie Bowditch, uma caloura de Radcliffe, e, juntando tudo —

Edie, sua equipe e as aulas —, tampouco ele tinha tempo. Gostei de Edie. Sem se repetir, ela falava um bocado, falava o que lhe vinha à cabeça sobre seu assunto preferido, o ambiente das antigas famílias nova-iorquinas — o ambiente de seus pais —, acerca do qual tudo que eu sabia era o que tinha lido em Edith Wharton. Mas era movida por extrema seriedade quando se tratava de seus estudos e de não perder a atenção de George. Essas duas ocupações eram o melhor pretexto para tomarmos café juntos, depois de nossas respectivas aulas das onze horas. Dentre as pessoas que eu via agora com mais frequência restavam Tom Peabody, Jack Merton e Archie. Tão logo o médico me permitiu, retomei as partidas de squash com Archie, que demonstrou imensa paciência para me devolver a minha melhor forma física. Eu tinha a sensação de que agora ele se sentia mais relaxado em minha companhia do que no passado. Era provável que tivesse interpretado meu colapso nervoso como sinal de que eu não era muito certo da cabeça. E isso devia ter amenizado em parte o incômodo provocado pelo ar de desaprovação que eu sempre lhe reservara no primeiro ano. Também eu me sentia mais à vontade, embora minha nova atitude em relação a ele estivesse mais para tolerância do que para aprovação. Íamos ao cinema e, numa dessas ocasiões, ele me contou que não podia mais usar seu quarto durante os horários de visita. A presença de Margot no apartamento tinha se tornado frequente, e Henry ficaria mais feliz se pudesse ter as acomodações só para si.

Logo depois do Dia de Ação de Graças, a *Atlantic Monthly* aceitou publicar um trecho de meu romance ainda inconcluso. Saiu no número de fevereiro. Eu jamais teria tido coragem de submetê-lo à revista; na prática, o professor MacLeish ordenara que eu despachasse o texto pelo correio, junto com uma carta de recomendação. De início, a notícia da aceitação e, depois, a efetiva publicação do excerto tiveram uma série de consequências, algumas das quais achei cômicas. Ao final de uma sessão, o doutor Reiner, por exemplo, me contou que sua esposa, leitora da *Atlantic* e conhecedora de ficção, havia achado minha escrita de alto nível. Era a primeira vez que ele aludia à existência dela ou mantinha uma conversa comigo não relacionada ao contato profissional, âmbito em que ele costumava apenas repreender-me por minhas perguntas ou estocar-me para que eu elaborasse melhor os temas em pauta no momento. Não revelou se ele próprio tinha ou não lido o trecho do romance, mas julguei ter detectado em seu comportamento um novo interesse em minha pessoa, não estritamente profissional. Perguntei-me se teria dito à esposa que eu era seu paciente. Henry, por sua vez, transmitiu-me, em nome dos pais, um convite para que eu fosse visitá-los no Natal. Disse-me: Minha mãe faz questão de ter como convidado o senhor Companheiro de Quarto, futuro escritor famoso. Como atração adicional, contou-me ainda que Margot certamente iria organizar um jantar ou coquetel com os pais dela.

Eu não via o senhor e a senhora White desde o jantar no Henri IV em que havíamos celebrado o aniversário de Henry, mas andara pensando neles, com saudade das conversas telefônicas e até mesmo de meu papel de mensageiro e anteparo entre mãe e filho. Dada sua natureza combativa, me perguntava também se a senhora White não teria se magoado por eu ter decidido não morar mais com Henry e Archie, depois do nosso primeiro ano. Aparentemente, não, ou então tinha me perdoado, talvez percebendo que acontecimentos posteriores, como Nova Orleans e meu colapso nervoso, teriam de todo modo arruinado qualquer plano que tivéssemos feito de morar juntos. É claro que era impossível dizer quanto ela sabia disso tudo; seria, no entanto, aposta segura imaginar que Henry classificara Nova Orleans e minha depressão como informações que não revelava aos pais ou, no mínimo, submetia a pesada censura. Eu não tinha planos para os feriados de fim de ano; só sabia que não pretendia passar a véspera do Natal e o Natal em casa. Era uma decisão cruel; sabia que minha ausência das poucas festas que em geral comemorávamos em família representaria um embaraço para meus pais, e talvez os magoasse também; mas manteria minha decisão e, como bálsamo, prometi alguns dias em casa depois do Natal. Rompi os laços e aceitei o convite dos White. Archie iria para casa, em Houston, e ofereceu o carro a Henry. Não era mais o Nash, que, depois de um baile de debutante, ele havia enfiado na coluna de pedra do portão de uma propriedade em North Shore. Tinha sido um acidente muito esquisito: o bloco do motor se partira e, por milagre, nem ele nem a bela argentina que o acompanhava se feriram. Em agradecimento pela graça alcançada, a senhora Palmer deu de presente ao filho um Chevrolet conversível, que, contou-me Archie, ela acreditava ter melhor capacidade de aceleração. Como aquilo podia prevenir futuras colisões, ou como poderia ter prevenido o acidente em Beverly, isso não me explicaram.

A caminho de Nova York, descobri que Henry também era um motorista perigoso, capaz de desobedecer às linhas duplas para fazer ultrapassagens em pista simples ou de se aproximar dos pedágios a toda velocidade, como se pretendesse arrebentar alguma barreira. Eu sabia que qualquer comentário de minha parte — sugerindo que ele diminuísse a velocidade, mantivesse os olhos na estrada ao falar comigo, permanecesse na sua faixa de rolagem ou coisa do tipo — só pioraria as coisas; ele se sentiria desafiado e iria querer me mostrar do que era realmente capaz. O melhor era encontrar algum assunto neutro sobre o qual conversar. Ele me dissera que levasse um terno social para a noite com os Hornung. Aquilo me forneceu o pretexto para saber dele e de Margot, e perguntei o porquê do *black tie*, se ele não precisara disso em seu primeiro jantar na casa dela. Era verdade, respondeu-me: tinha esquecido de me dizer que íamos à festa de *réveil-*

lon dos Hornung. De início, não tinham certeza se haveria festa dessa vez. Uma das amigas mais antigas da família estava doente, e acharam melhor esperar para ver se o estado dela se agravaria. Poucos dias antes, no entanto, os médicos garantiram que ela estava melhor. Portanto, não correriam o risco de ter música em casa estando a amiga moribunda ou morta.

Comentei que havia algo de macabro naquele tipo de cálculo. Henry riu e me contou que tinha dito exatamente a mesma coisa a Margot, que se ofendera e, falando pelo nariz, lhe assegurara que era coisa que as pessoas faziam o tempo todo, quando planejavam um casamento ou festa, mas tinham algum parente doente. Por falar em casamento, perguntei se Margot e Etienne por acaso planejavam algo do tipo. De início, Henry não me respondeu; depois, confessou que não tinha a menor ideia. Entendia Margot cada vez menos. Embora se vissem o tempo todo — todo dia, praticamente.

Para ser bastante preciso, não fizemos nada ainda, mas é quase como se tivéssemos feito. Ainda deixo que ela tome a iniciativa, qualquer que seja. Não há dúvida de que está satisfeita. E, quanto a mim, é o Paraíso.

É tão bom quanto com madame Van Damme?

Ele me olhou torto e tomou a faixa do meio, a fim de ultrapassar sem demora o carro à nossa frente.

Sim, disse, é tão bom quanto com Madeleine. É diferente: só isso. O que acabei de contar a você é parte do motivo pelo qual não entendo Margot. Ela e Etienne ainda se escrevem o tempo todo. Ele vai a Boston logo depois das provas, para fazer uma palestra sobre bancos europeus em algum seminário da faculdade de administração, e ela já me avisou que, enquanto ele estiver lá, não vai me ver. Talvez eu seja uma espécie de passatempo para ela.

Você não pediu nenhuma explicação?

Na verdade, não. Ela sabe que paira sempre esse enorme

ponto de interrogação entre a gente, mas não toma conhecimento dele. Com certeza, perguntar alguma coisa significaria arranjar briga. E eu não quero brigar com ela. Além disso, não me sinto exatamente em posição de perguntar: como pode esperar que eu divida você com Etienne?

Está me dizendo que ela sabe de Madeleine?

De jeito nenhum, respondeu ele. Madeleine é muito cautelosa. Aliás, ela está vindo para cá de novo, para tratar da história das ex-alunas de Wellesley. Ainda não sei a data.

Em seguida, com uma risadinha, Henry acrescentou: Espero que Etienne não venha junto.

Refleti por um instante e resolvi perguntar: Por acaso, você consegue entender a você mesmo?

De um jeito meio sombrio, entendo, sim. Sei que não posso ser apanhado. Essa parece ser minha única preocupação. É claro que sou um sujeito imoral, mas não consigo acreditar que Margot também seja.

E madame Van Damme?

Ah, disse ele, no caso dela é questão de hábito, do exemplo dado pelo marido, dos usos e costumes do país.

19.

Presos no tráfego da hora do rush — primeiro, na West Side Highway; depois, no túnel —, chegamos à casa dos White depois das seis, uma hora atrasados em relação ao horário que Henry anunciara à mãe. Diversas vezes, ele repetira que o Brooklyn não se parecia em nada com Lenox, Stockbridge ou com qualquer outro lugar que eu conhecia — havia dito isso assim que me retransmitiu o convite dos pais, depois que eu o aceitara, antes de deixarmos Cambridge e, de novo, quando avançávamos pelo Battery Tunnel — e que esperava que eu não fosse ficar chocado. Por isso, comecei a achar que seus pais moravam em alguma espécie de favela, talvez algo como a região decadente de Pittsfield, que costumávamos evitar. Na verdade, porém, estacionamos numa rua de mão única, ladeada por árvores, defronte a uma casa de proporções consideráveis, revestida de estuque e com um minúsculo gramado frontal recoberto de neve aqui e ali. Chegamos, disse Henry. Vou pôr o carro ali, na ruazinha, assim que a gente tirar a bagagem do porta-malas. A ruazinha, explicou, conduzia à garagem onde o pai guardava o carro. Os pais dele tinham comprado aquela casa fazia um ano e quatro meses. O senhor e a senhora White deviam ter ouvido nossa voz ou o som das portas do carro batendo. Saíram para a varanda da frente bem no instante em que subíamos os degraus até lá.

Meu Deus do céu, disse a senhora White, apertando a mão direita contra o coração, por onde você andou? Muito obrigada por se preocupar tanto com seu pai e comigo. Por que país você andou viajando? Algum onde ainda não inventaram o telefone? Ou será que esqueceu nosso número?

Prevendo a resposta ríspida que Henry daria, eu me interpus entre ele e a mãe, numa atitude que, depois, me pareceu uma repetição de meu papel no Sonny Boy. Fui logo dizendo: Senhora White, por favor, não culpe o Henry por isso. Foi culpa minha ele não ter telefonado. Não sei quantas vezes Henry quis parar num telefone público, mas eu o impedi de ligar. Com o tráfego intenso e as pessoas que não dão passagem nas saídas das rodovias, disse que chegaríamos mais cedo se, em vez de parar, fôssemos em frente. A senhora me perdoe, se fiz algo de errado.

O olhar dela não parecia lá muito clemente, mas ela assentiu: Está bem, não importa. Tendo entendido sua resposta como uma absolvição, eu a contornei para poder cumprimentar o senhor White, a quem estendi o presente que trouxera. A expressão no rosto dele era a mesma que lembrava ter visto em Cambridge: preocupada, mas de uma alegria suave. Disse-me que não precisava ter me incomodado, que não devia ter gastado dinheiro com presente. Sua mulher e ele estavam felizes por me ver de novo e esperavam que eu passasse ali dias agradáveis com meu amigo Henry. Ao que a senhora White emendou que o jantar já estava arruinado, mas que, a não ser que pretendêssemos arruiná-lo ainda mais, era melhor que nos sentássemos para comer. Mãe, protestou Henry, que permanecera em silêncio até aquele momento: Mãe, a senhora permite que a gente lave as mãos primeiro? Vá lavá-las, então, faça como quiser, respondeu ela. Que diferença faz? Carregamos nossa bagagem para o piso de cima. Eu ficaria num quarto estreito, vizinho ao de Henry. Para meu alívio, tínhamos um banheiro à nossa disposição e não precisaríamos usar o dos pais dele.

Em geral, Henry e os pais faziam as refeições na mesa da cozinha. O senhor Companheiro de Quarto Escritor, no entanto, era importante demais, declarou-me a senhora White — na verdade, ela sorria —, para aquele tipo de informalidade. Entendi que comeríamos na sala de jantar. A sala revelou-se um amplo cômodo frontal. Os dois aparadores exibiam animais, pastoras e pastores de porcelana, além de pequenos objetos de prata, alguns dos quais talvez fossem utensílios para servir bebidas. Das paredes pendiam naturezas-mortas e nus em estilo impressionista, em maior número, aliás, do que eu teria julgado possível pendurar ali. A mesa estava posta sobre uma toalha branca engomada; exibia peças de um aparelho de porcelana com motivos florais, bem como uma série de descansos para copos, caixas e cestinhos prateados, alguns deles contendo balas de hortelã. Velas ardiam sobre dois candelabros de prata. A senhora White sentou-se à cabeceira, com o senhor White à esquerda e eu à direita. Henry deveria sentar-se a meu lado. Como era sexta-feira, ela havia acendido as velas ao pôr-do-sol, explicou. Era quando o jantar deveria ter sido servido, se Henry ao menos se lembrasse de como cabia às pessoas se comportar.

Mas não tem importância, acrescentou ela. De todo modo, isto aqui não se parece nem um pouco com a casa dos meus pais. Meu marido não liga e tampouco se deu ao trabalho de ensinar meu filho. Faço isso sozinha, para me lembrar de como eram as coisas no passado. Agora, são assim.

O senhor White fez menção de dizer alguma coisa, mas fechou a boca de imediato.

Henry resmungou: Pelo amor de Deus, mãe.

Isso, muito bem, disse ela: Pode blasfemar à vontade. Faça como quiser. Seu pai não se importa mesmo.

Foi a própria senhora White quem trouxe a comida até a mesa: creme de cogumelos, frango assado com molho, cenouras refogadas, creme de espinafre, salada de alface e pepino com molho de queijo, *cheesecake* e biscoitinhos. Henry tentou ajudá-la várias vezes, mas ela ordenou que ele se sentasse, porque não queria comida e pratos quebrados esparramados pelo tapete. Em seguida, trinchou o frango e serviu-nos enormes porções. Comentei que a sopa era a melhor que eu já havia provado. Ela concordou que estava boa: tinha conseguido fazê-la com autênticos fungos secos poloneses. Mas discordou quando elogiei o frango. Estragou tudo, declarou ela. Eu precisava tirá-lo do forno, mas como ia saber que vocês se atrasariam uma hora e meia? Isso arruinou o frango. E você pode agradecer a seu amigo Henry por isso.

O semblante de Henry tornara-se mais sombrio. O esforço que fazia para se controlar era tão óbvio que me perguntei se sua intenção era intimidar a mãe. Abstive-me de mais elogios até experimentar o *cheesecake*. Estava de fato muito bom, tanto que pedi mais.

Está vendo? Esse sabe comer, disse ela ao filho, dando-me um pedaço duas vezes maior que o primeiro.

Depois, pediu a Henry que abastecesse de vinho nossas taças, se possível sem derramar nada na toalha. Vamos brindar ao senhor Escritor, que nos trouxe este vinho tão bom.

Era um Pommard, que eu havia comprado na loja de bebidas de Mount Auburn Street e pedira ao balconista que embrulhasse para presente. Depois de duas visitas à The Coop, a livraria de Harvard, tinha desistido da ideia de dar um livro de arte. Sabia que aquele era um vinho de respeito, mas preocupou-me que a senhora White, e talvez o senhor White também, julgasse inapropriado da parte de um jovem rapaz dar aquele tipo de presente a seus anfitriões. Se foi o que pensaram, não manifestaram essa opinião, ou não a mim, pelo menos; imaginei que, se houvesse crítica, ela seria comunicada a Henry. A maior parte do tempo, jantamos em silêncio. Em razão das hostilidades entre mãe e filho, relutei em dizer mais alguma coisa, a não ser quando me dirigiam a palavra ou quando me vi compelido a elogiar a comida, como fiz com o *cheesecake*. Aquela talvez fosse também a estratégia do senhor White; sua única tentativa de comunicação, a não ser pelo "Me passe o pão, por favor", foi para dizer que, independentemente do que as pessoas pensavam sobre o senador McCarthy, os ataques da imprensa a Cohn e Schine eram injustos. Henry retrucou de imediato que os dois eram patifes desprezíveis. O pai ergueu as sobrancelhas e comentou que não se devia acreditar em tudo que se lia nos jornais, ao que Henry lhe perguntou se ele conhecia alguma outra fonte de informação mais confiável.

Eu estava curioso para ver como o senhor White lidaria com o filho. Antes, porém, que ele pudesse dizer qualquer coisa, a senhora White disparou: Eu me pergunto por que Rysiek sempre toma o partido de quem ataca os judeus. Será que algum dia já existiu um judeu que tivesse razão? E, dirigindo-se a mim, ela perguntou se, como uma pessoa justa, eu não concordava que Cohn e Schine eram vítimas de antissemitismo.

Na verdade, eu estava convencido de que Cohn e Schine forneciam, antes, um bocado de combustível para os antissemitas, mas não ousei dizer isso a ela. Disse, porém, que acreditava que quase todo mundo, a não ser os reacionários malucos hipnotizados por McCarthy, concordava que aqueles dois eram um horror, e que eu era dessa mesma opinião, mas que isso nada tinha a ver com o fato de eles serem judeus. Percebi em seguida que tinha acabado de ofender o senhor White e, talvez, a ela também, uma vez que parecia ter dado a entender que os dois eram malucos. Sem saber ao certo como desfazer o estrago, preferi calar a boca. É provável que tenha sido a decisão correta. A senhora White observou que muitos gentios decentes haviam fechado os olhos ao abuso e ao assassinato de judeus, e que tinha esperança de que eu fosse manter os olhos abertos, porque ela sabia que eu era um homem decente e que tinha sido um bom amigo para Rysiek. Dito isso, porém, ela deu o assunto por encerrado.

Depois de recusar a ajuda de Henry e a minha para tirar a mesa, ela passou a servir o café, acompanhado de uma bandeja de biscoitinhos que ela própria havia feito — ao contrário do *cheesecake*, que tinha sido comprado numa confeitaria — e de uma caixa de bombons de chocolate cremosos. Observou, então, enquanto eu me servia de generosa porção, e, a seguir, perguntou: Senhor Companheiro de Quarto Escritor, seu livro é sobre o quê?

Eu já esperava por aquela pergunta. Aqueles que sabiam que a *Atlantic* era uma revista e tinham ouvido falar que um trecho do meu romance seria publicado em suas páginas, sempre me perguntavam a mesma coisa. Senti-me muito pouco à vontade, porque não sabia se Henry havia contado aos pais sobre Nova Orleans ou sobre meu colapso nervoso. Era possível que a senhora White estivesse curiosa para saber que relação tinha o romance com minha enfermidade, um assunto que eu não estava preparado para discutir. Deveria ter à mão alguma resposta pronta, mas não tinha. Assim sendo, disse a ela que, como faltava muito para a conclusão do livro, ainda não sabia dizer muito bem sobre o que ele seria, afinal.

Mas você há de saber sobre o que está escrevendo, comentou o senhor White, que parecia interessado. Ou você se senta todo dia diante da máquina de escrever e espera pela inspiração? A propósito, você escreve numa máquina de escrever?

Respondi que sim. Como não podia negar que possuía uma

ideia geral do que confiava ao papel, informei que era a história de um garoto criado numa cidadezinha não muito longe daquela onde minha família morava.

Então você está escrevendo sobre você mesmo e sua família, concluiu a senhora White.

Não é bem assim. No meu livro, o garoto tem uma irmã mais velha e um irmão mais novo. Sou filho único. Essa é uma das diferenças, mas há muitas outras. As cidades são parecidas, como todas as cidades antigas da Nova Inglaterra.

Eu acho que seus pais vão se reconhecer no romance, ela disse. Será que vão gostar do que você escreveu?

Disse-lhe a verdade, ou seja, que aquilo era coisa que me preocupava. Não sei se a resposta satisfez a senhora White e seu marido ou se eles simplesmente perceberam que estava na hora do jornal da tevê, mas ela me desejou sorte e disse que esperava que meus pais ficassem orgulhosos de mim. Nesse meio-tempo, Henry estivera examinando a programação dos cinemas. Tinha encontrado uma sessão de *La ronde* no cinema da Flatbush Avenue e perguntou se eu gostaria de ir. Ansioso por sair daquela sala de jantar, respondi que sim. A senhora White deu início a sua objeção argumentando que a neve de muitas das ruas transversais ainda não havia sido removida, e que dirigir com todo aquele gelo era perigoso. Você vai bater o carro do seu companheiro de quarto e, aí, o que vai fazer? Além disso, continuou ela, estava cansado e, pelo menos uma vez na vida, poderia descansar um pouco. Henry respondeu que íamos ao cinema, sim, mas a pé.

O dia seguinte era véspera de Natal, mas, como o dentista de Henry trabalharia normalmente, ele foi substituir quatro obturações temporárias. Sugeriu que eu usasse o carro de Archie, se quisesse ir a Manhattan. Do contrário, podia caminhar até a estação na Newkirk Avenue e pegar o metrô. De início, pensei em ir, porque não conhecia o Metropolitan Museum; depois, decidi ficar.

Estava cansado, e meu conhecimento da geografia e do sistema de transportes de Nova York era quase nenhum. Saí para uma caminhada e, quando começou a chover, voltei para a casa dos White. Minha intenção era me enfiar no quarto sem ser notado e lá ficar até Henry voltar para casa, mas a senhora White interceptou-me no pé da escada e disse que almoçaríamos dali a meia hora, só nós dois, a não ser que aquilo fosse aborrecido demais para mim. Não tive coragem de responder que estava sem fome e preferiria não almoçar. Quando desci para a cozinha, descobri que ela tinha arrumado a mesa com fatias de presunto e algo que ela me disse ser uma gelatina feita da cabeça do porco. O sabor, descobri depois, era melhor do que o sugerido pela descrição. Havia também salsichas, pão de centeio, manteiga, queijo suíço e uma tigela com rabanetes que ela havia acabado de limpar. Bebemos algo que era novidade para mim: leitelho. Ao final da refeição, ela me serviu café e o que havia restado do *cheesecake*. Eu me acostumara de tal forma à comida da universidade e ao hambúrguer da Elsie's que tudo que ela punha na minha frente era uma iguaria. Foi o que disse a ela, que me estimulou com exclamações: Coma! Coma tudo! Faz bem a você!

Você precisa comer bem, reiterou, é tão alto quanto Henry. Depois, começou a me dizer que havia esquecido como se cozinhava. Não tinha mais ninguém para quem cozinhar: o marido não podia comer carne, manteiga ou queijo; Henry nunca ia para casa e, quando aparecia, torcia o nariz para tudo que ela preparava. Quando recebiam convidados — o que era raro, porque os novos amigos que tinham moravam no Upper West Side, em Riverdale ou em Forest Hills —, ela servia frios no almoço e frango assado no jantar. Qualquer outra coisa era complicada demais e, de todo modo, ninguém mais se importava. Perguntava-se mesmo por que ela própria ainda se importava. Aquela casa não fazia sentido nenhum. Era grande demais para ela e o marido; ainda por cima, ficava no lugar errado. Ninguém morava no Brooklyn. Para o marido, era cansativo demais dirigir até onde os amigos deles moravam, em Westchester, ou seguir até Manhattan, se quisessem jantar fora ou ir ao teatro. Ele não era como aqueles homens que gostavam de carros e de dirigir, e sim como os judeus muito religiosos da Polônia, que estudavam o Talmude o dia inteiro e deixavam todo o resto nas mãos da esposa. Estou presa aqui, concluiu, como numa armadilha; meu marido e meu filho não ligam.

A senhora White enxugou os olhos com um lenço e me disse que não prestasse atenção nela. Dizia coisas que eu não podia entender, porque nunca tinha ninguém com quem conversar; era melhor falarmos de Henry. Perguntou-me se eu achava que ele estava bem. Respondi que, para mim, parecia melhor que do nunca e que era brilhante na universidade, um dos melhores de sua turma. É, disse ela, mas as pessoas com quem anda, seus amigos, são muito diferentes dele. Aquele Archie, a tal de Margot, os belgas, mesmo você. Acho que ele não tem um único amigo judeu. Onde essa gente vai estar depois que Henry se graduar? Vão todos voltar para a família e os amigos, e ele vai ficar sozinho. O que há de tão especial em ser professor de inglês na Bélgica? Ele ganharia mais dinheiro trabalhando como ajudante de garçom num resort. Seja como for, não precisa de dinheiro. O pai daria a ele. É um estudante tão aplicado, mas não tem uma carreira à frente. O que vai fazer? Ensinar latim a vida inteira? De que adianta amá-lo tanto? Ele pouco se importa. Ela começou a soluçar; depois, chorando muito, pediu licença e deixou a cozinha. Passado algum tempo, voltou, inteiramente recomposta. Notei que tinha refeito a maquiagem.

Você acha que ele vai conseguir uma daquelas bolsas de que vive falando, para estudar fora?, perguntou.

Respondi que não sabia que tipo de bolsa ele tinha em mente, mas que seu currículo decerto o habilitaria a conseguir uma.

A senhora White me interrompeu para dizer que Henry era muito ambicioso.

Eu concordei, mas acrescentei que, até aquele momento, ele tinha conseguido tudo que se esforçara para obter em Harvard e, portanto, não havia motivo para que ela se afligisse. A família Van Damme era assunto que eu, decididamente, queria evitar, mas garanti a ela que Archie, George Standish e eu seríamos amigos de Henry para toda a vida.

Embora eu não tivesse dito nada que julgasse capaz de impressioná-la, a senhora White se alegrou e me disse que era uma sorte para Henry ter um amigo como eu. E acrescentou: Você anda mais cuidadoso agora?

Espantei-me com a pergunta e imagino que ela tenha percebido que eu não a havia entendido, porque repetiu diversas vezes: Não é nada, esqueça.

Tomado de súbita pena, insisti: Não, por favor, eu ficaria feliz em dizer à senhora qualquer coisa que a senhora queira saber.

Estava me referindo àqueles vândalos que atacaram você, ela explicou. Você tem tomado mais cuidado quando sai, se não por você, pelo menos por seus pais?

Assegurei a ela que sempre havia procurado me manter longe de toda e qualquer encrenca, e que agora estava ainda mais cauteloso.

A senhora White estendeu-me a mão, e eu a beijei, lembrando-me das infindáveis reflexões de Henry sobre como, na Polônia, sempre se beijava a mão das mulheres, o que até motoristas de táxi faziam, ao abrir a porta para suas passageiras. Ela retribuiu meu gesto apertando-me a mão e dizendo: Eu amo tanto meu filho e estou com tanto medo. Ele é tudo que nós temos.

O frio era intenso na véspera de Ano-Novo. A temperatura beirava os dez graus negativos, e Henry teve dificuldade para encontrar uma vaga para estacionar. Depois de algum tempo, desistimos e começamos a procurar um estacionamento. Os primeiros que encontramos estavam lotados. Por fim, achamos um entre a Lexington Avenue e a Terceira. Tremendo de frio em meio ao vento glacial, caminhamos em direção a oeste, rumo a Park Avenue; depois, para o sul pela avenida, até chegarmos ao edifício onde moravam os Hornung, na esquina da rua 74. É aqui, disse Henry, com ar satisfeito de proprietário. O apartamento é fabuloso.

Deixamos os sobretudos no saguão, aos cuidados de duas sombrias senhoras grisalhas, e entramos no elevador. Henry havia me preparado para o fenômeno da porta que abria diretamente para o vestíbulo do apartamento; e a festa dos Standish havia me familiarizado com o fenômeno dos garçons de luvas brancas a oferecer champanhe e trocar taças vazias por cheias. Mas nada na descrição de Henry me levara a imaginar o brilho dos lustres ou a profusão de flores — orquídeas de cores e formatos deslumbrantes e flores de corte —, ou mesmo o número de convidados, muitos deles da nossa idade, filhos de amigos da família, pensei comigo. Margot nos conduziu até seus pais, que haviam se posicionado logo à entrada da sala de estar. A não ser pelo veludo negro que vestia, a senhora Hornung era como eu me lembrava dela. O marido, alto, curvado, de cabelos pretos e com um bigode preto fininho, lembrou-me Harry Levin, um professor que eu admirava e com quem havia feito cursos sobre o drama jacobino e sobre Shakespeare. Não julguei provável que o senhor Hornung pretendesse se fazer passar por gentio, ainda que tivesse se dado ao trabalho de trocar o sobrenome para Horne. Pelo sorriso com que cumprimentou Henry e pela animação dos dois ao conversar, ficou claro para mim que meu amigo havia caído nas boas graças dos Hornung — ou pelo menos nas do senhor Hornung —, e em muito maior medida do que ele me levara a acreditar. Um casal mais velho esperava por sua vez atrás de nós; abri caminho, e Henry e Margot me seguiram. Pusemo-nos a admirar os quadros. De acordo com Margot, uma paisagem de Teniers, o jovem, mostrando uma aldeia com uma taberna e camponeses, era a melhor obra que tinham nas paredes. O bisavô dela, que trabalhara no comércio de madeiras na Rússia, havia adquirido o quadro num leilão das obras de arte de um príncipe russo. Também a coleção do bisavô era principesca à época de sua morte, mas ele tivera de dividi-la entre quatro filhos, e a parte do avô dela havia, por sua vez, sido dividida entre o pai, um tio e uma tia. Tio, tia e primos tinham sido mortos pelos alemães, ela acrescentou calmamente, e suas pinturas e antiguidades, roubadas. Foram burros de não dar ouvidos a meu pai e partir junto com ele. No fim, meu pai conseguiu recuperar parte das obras de arte da família, informou ela, mas doou as melhores ao museu de Haia.

Enquanto eu a ouvia com atenção, mas em silêncio, pude sentir a impaciência de Henry: ele queria um sinal claro de que eu estava impressionado, tão impressionado quanto ele, quando de sua primeira visita aos Hornung.

Em parte para satisfazê-lo, eu disse: Margot, são pinturas magníficas, e magnífico é também o mobiliário. Você tem sorte de ter crescido com isso tudo à sua volta.

Antes que ela pudesse responder, um senhor de idade, completamente calvo e usando pesados óculos de aro preto, apareceu. Enquanto Margot apresentava Henry a ele, olhei na direção do piano. O pianista, que estivera tocando Gershwin, tinha acabado de começar outra melodia, que não reconheci. Encostado ao piano, identifiquei Wilmerding. Ele me viu também — talvez nos observasse — e, depois de um aceno em minha direção, bufou com desdém. Seguia olhando para além de mim, como se eu não estivesse ali. Eu nunca tinha prestado atenção em sua aparência. Notara, é certo, que suas orelhas se abriam quase em ângulo reto e que Wilmerding vestia roupas que pareciam ter sido confeccionadas por um alfaiate inglês. Agora, porém, constatava uma semelhança entre ele e uma fotografia que havia visto do jovem D. H. Lawrence, com um sorrisinho afetado e apenas uma sugestão de bigode no rosto, antes ainda de a barba crescer. Uma raiva enorme brotou em mim, tornando insuportável a presença dele naquela sala. Caminhei até onde ele estava e, muito calmamente, disse-lhe: Vá se foder, Wilmerding. Fez aquilo por Henry, por mim ou por nós dois?

Ele não respondeu; continuou fitando a distância, sem alterar em nada a expressão do rosto. Minha taça de champanhe estava cheia. Atirei o conteúdo inteiro na cara dele. Wilmerding se enrijeceu, abriu e fechou a boca e, então, enxugou deliberadamente o rosto com um lenço tirado do bolso do paletó. Eu ansiava por um pretexto, por menor que fosse, para esmurrá-lo, em especial para lhe desferir um belo soco na boca, naqueles dentinhos muito brancos e bem alinhados. Mas Wilmerding permaneceu imóvel. Ninguém parecia ter prestado atenção em nós. Pisei forte com o calcanhar no pé dele e me afastei.

Margot e Henry estavam na biblioteca. Ela ria de alguma coisa, disse algo a ele, e ele começou a rir também. Fiquei feliz de vê-los juntos. Minha raiva tinha passado. Perguntava-me se a passividade de Wilmerding se devia ao fato de as pessoas pensarem que eu era briguento.

Margot sugeriu: Vamos comer alguma coisa. Havia um bufê na mesa da sala de jantar. Ela e eu fomos na frente; Henry nos seguia. Melhor você apanhar outro champanhe primeiro, Margot sussurrou. Vi você esvaziar sua taça.

20.

A senhora White começou a me ligar depois daquela visita no Natal. Disse a ela que os telefonemas me lembravam minha época de primeiranista. O primeiro deles foi para me agradecer o cartão que enviara a ela assim que chegara a Cambridge. Ela queria que eu soubesse que todas as mães deveriam ter filhos como eu, tão educados e capazes de se expressarem. Depois, começou a me fazer perguntas sobre Henry. Estava estudando bastante? Não estaria estudando demais? Eu achava que ele parecia bem? Dormia o suficiente? Respostas irreverentes, como "Não sou seu guardião", já não me tentavam. Tranquilizei-a o melhor que pude, sem exagerar meu conhecimento da rotina diária de Henry. Pedi a ela, creio, que compreendesse que, por razões diversas, também eu estava estudando muito e, por isso, tinha pouco tempo para ver inclusive os amigos mais íntimos. Meu pedido não a desestimulou; ao contrário, ela passou a me ligar sem pretexto nenhum, dizia apenas que queria conversar sobre seu filho único. Estava bem de fato? Vez por outra, era-me possível demonstrar algum conhecimento dos fatos mais básicos. Assim, parabenizei-

-a, por exemplo, pela notícia de que um leitor do trabalho final de graduação de Henry, John Younger, renomado latinista, o submetia naquele momento ao *Journal of Roman Studies*, com recomendação expressa para que o publicassem. Era uma honraria incomum. O trabalho continha uma análise do uso que Horácio fazia da prosódia grega. Ao conversarmos sobre o assunto, Henry referiu-se ao trabalho em questão como um deleite para o erudito idiota. Younger lhe devia um favor, porque, no final das contas, Henry cumprira a promessa e encenara Plauto na sala de jantar de Lowell House. Mas nem todas as incertezas e os medos da senhora White eram infundados. Tive, pois, de me solidarizar com ela diante das decepções sofridas pelo filho. Henry me contou, por exemplo, que era uma pena ele não ter ganhado a bolsa de estudos do Rhodes, embora, na verdade, já houvesse desistido dela: não era atleta e não se saíra bem na entrevista final, em Nova York. A vista do porto que se tinha da recepção da firma de advogados, a coleção de louças de Delft nas paredes da sala de reuniões e a elegância dissimulada e imperturbável dos quatro homens a ponderar sua candidatura o haviam intimidado. Sentira-se incapaz de falar. Os examinadores tinham feito perguntas sobre seu sobrenome, sobre a Polônia, sobre onde ele e a família haviam estado durante a guerra, e assim por diante, e não por algum sentimento de solidariedade, mas para se certificar de que não havia nada escondido na história dele. Henry voltou a Boston com dois colegas de turma que também tinham avançado até a entrevista final. Descobriram que uma mesma pergunta havia sido feita aos três: qual era melhor, *As bodas de Fígaro* ou *A flauta mágica*, e por quê. Um deles respondeu que só podia ser *Le nozze*, por causa de Cherubino, ao passo que o outro declarou preferir a *Flauta* por dois motivos: as árias da rainha da noite e os conjuntos vocais masculinos. Riram-se a valer da própria inteligência. Quanto a mim, disse Henry, tudo que consegui pensar foi que não se pode afirmar que *Hamlet* seja melhor do que *A tempestade* ou vice-versa. A verdade é que nunca vi nenhuma das duas óperas. A única coisa que meu pai quer ver é Puccini, sempre Puccini! Amargura bem maior provocaram-lhe os sucessivos anúncios dos ganhadores de outras bolsas, tanto para estudos na Inglaterra como para viagens. Uma a uma, elas foram sendo distribuídas, e Henry não ganhou nenhuma delas. Certa noite, contou-me que havia analisado objetivamente os ganhadores. Conhecia todos eles e não podia desqualificá-los: eram muito bons. Só que ele não era menos bom; talvez fosse até melhor que os outros. Ao que parecia, alguma coisa tinha pesado contra ele em cada uma daquelas escolhas. O que era?, queria saber. Respondi que não tinha como lhe dizer. Seu desempenho havia sido espetacular. E ele tinha entrado na disputa sem nem sequer ter treinado. Sobretudo em se tratando da literatura clássica, matéria na qual sua formação era quase nenhuma.

Tolice, disse-me ele. Estudei muito latim durante o tempo em que ficamos escondidos em Cracóvia. Não há nada de errado com meu latim, com meu grego ou com qualquer uma das outras matérias que fiz. Se o critério é quantitativo, eu ganho. Se o critério é escolher quem eles gostam, eu perco. Não gostam de mim. Sou diferente. Não me pareço com eles, não falo como eles e não jogo os jogos que eles jogam. Prefeririam não me ter por perto. Ganharam. Vou deixá-los em paz. Vou deixar todo mundo em paz!

Henry contou-me seu plano: primeiro, o Exército; depois, vou estudar direito — enfim uma decisão que vai fazer meus pais felizes, acrescentou ele com desdém, embora não solicitar adiamento do serviço militar, de modo que ele pudesse terminar o curso de advocacia antes de servir no Exército, talvez desse motivo para nova batalha familiar. Pouco importava: a decisão estava tomada. Além disso, já havia se alistado voluntariamente. O exame físico estava marcado para South Boston, uma semana antes da formatura. Perguntei-lhe se tinha certeza de que queria estudar direito. Henry encolheu os ombros. Havia também as férias de verão. Se ele conseguisse convencer os pais a pagar pela viagem, iria para a Espanha e a Itália com Archie. Você podia vir conosco, sugeriu, pelo menos para a Itália, em agosto. Ardennes não está no programa.

Henry proferiu com toda a calma o comentário sobre Ardennes, mas senti o espanto e a mágoa por trás daquelas palavras. Tarde da noite de uma sexta-feira, logo depois das férias de primavera, a governanta da casa de Margot descobrira, ao verificar o registro de entradas e saídas e, depois, o quarto dela, que Margot não assinalara seu retorno ao alojamento e que, de fato, não se encontrava lá. Reapareceu apenas na manhã seguinte. A investigação que se seguiu não foi árdua: Margot admitiu que havia passado a noite com um homem, em um hotel de Boston. Embora fosse se graduar dali a dois meses e não tivesse mentido à governanta quando interrogada a respeito, a punição foi rápida e definitiva: ela foi expulsa do alojamento. Henry disse-me que ela havia contado a ele já no sábado à tarde que estava encrencada, mas que não quisera comentar a natureza do problema. Depois de notificada da decisão da administração, Margot telefonou para ele e perguntou se podia ir até sua casa, para conversar. Uma vez, dissera a Henry que gostava de ficar nua no apartamento dele; também dessa vez deixou que as roupas caíssem no chão, ficando só de calcinha, mas mordeu o lábio inferior e balançou a cabeça com veemência quando ele a convidou a irem para o quarto. Em vez disso, sentou-se numa poltrona da sala de estar, não permitiu que ele a tocasse e, somente quando Henry se acomodou na outra poltrona, contou a ele que um homem chamado Ross — um sujeito de Hartford, colega de Etienne no curso de administração — a havia convidado para jantar no Ritz. Beberam martínis e, depois, uma garrafa de vinho. O jantar terminou, ele pagou e, sem ter lhe passado nenhuma cantada — nem sequer segurara na mão dela —, disse: Suba até o meu quarto. Não sei o que deu em mim, mas eu fui. Devia saber que não valeria a pena.

Em seguida, Henry continuou, ela me convidou a ir para a cama, para que a gente pudesse se despedir com carinho. Mas se recusou a fazer tudo. Disse que não era o momento certo. Eu sei o que deu nela quando topou dormir com o tal Ross. É uma vagabunda.

Permaneci em silêncio.

Você está surpreso, disse Henry. Também fiquei. Depois que ela se vestiu e deixamos a casa, Margot me disse que aquilo era o fim, que não podíamos continuar como estávamos. Por quê?, perguntei a ela, dizendo que a acompanharia até o alojamento. Ela concordou, mas não me respondeu. Nenhum de nós disse mais coisa alguma até atravessarmos o Common. Minha cabeça girava. No caminho, pensei comigo que estávamos quites, enquanto ela tivesse Etienne e eu, Madeleine. Mas aquele tal de Ross alterara esse equilíbrio. Ao mesmo tempo, que diferença fazia tudo aquilo para uma pessoa imoral como eu? Quem poderia dizer se, um dia depois da partida dela para Nova York, eu não tentaria comer a primeira garota de Radcliffe que topasse dormir comigo? A diferença é que eu sabia sobre Etienne e Ross, ao passo que ela não tinha como saber de Madeleine. Fiquei tentado a contar a ela, mas alguma coisa me deteve. Tornei a perguntar: Por quê? Você vai romper com Etienne? Vou, ela respondeu, já escrevi a ele sobre Ross. Pus a carta no correio a caminho da sua casa. Deus do céu!, exclamei, será que você poderia, por favor, se explicar? Ela aquiesceu e me disse que tudo à volta dela havia se tornado impuro. Estava mergulhada na lama até o pescoço — com Etienne, comigo, com todo mundo. Iria sair de cena. Mas disse que eu não precisava me preocupar com relação a Bayencourt. Não tinha contado nada a Etienne sobre mim, nem iria contar. Paramos na porta do alojamento dela. Margot ofereceu-me o rosto, para que eu o beijasse. Desde então, não houve mais nada entre nós.

Contudo, o período de leituras traria mais novidades com relação a Bayencourt. A secretária do senhor Van Damme escreveu solicitando a Henry a confirmação da data de sua chegada. Henry disse-me, porém, que não conseguiria ir. Aquilo tudo estava muito ligado a Margot. Além disso, por mais absurdo que fosse, não conseguia tirar da cabeça o fato de ela ter chamado seus relacionamentos com Etienne e com ele próprio de impuros. O que ela diria sobre Madeleine? Assim sendo, dois dias depois escreveu ao senhor Van Damme e comunicou-lhe que estava para ser convocado para o Exército, razão pela qual não tinha como fazer planos para o verão. É distorcer um pouco a verdade, confessou-me, considerando-se que, como voluntário, não preciso me apresentar antes de outubro. Mas isso é detalhe, concluiu. Escrevi para Madeleine também. Uma carta simpática, dizendo que espero ser enviado para a Europa após o treinamento básico.

No que me dizia respeito, o ano letivo havia terminado. Boa parte dos quartanistas não viajaria antes da colação de grau, nos primeiros dias de junho. Achava estranho não estar me formando com Henry, George e os outros rapazes da minha época de calouro. De todo modo, permanecia em Cambridge, mas em casa de madame Shouvaloff, uma vez que meu apartamento seria usado por algum ex-aluno, de volta para sua reunião anual, e, mais tarde, por estudantes de recuperação. Na verdade, meu plano era ficar em Cambridge até pouco depois da partida do doutor Reiner para suas férias sacrossantas. Esperava terminar meu livro ainda na casa de madame Shouvaloff, de forma a, no outono, poder mostrar um primeiro rascunho completo a Archie

MacLeish. A pedido de Henry, Tom Peabody convidou-me para o almoço de formatura dos quartanistas e de suas famílias, no pátio da casa. À mesa, formávamos um grupo heterogêneo: Henry, Archie, os pais de ambos, Tom e eu. O mestre da casa veio juntar-se a nós entre o prato principal e a sobremesa. Descartando com um gesto a iniciativa de Tom de ceder-lhe sua própria cadeira ou ir buscar outra, ele se acocorou ao lado da senhora White e, num sussurro alto o bastante para todos ouvirem, disse a ela que Henry era o diamante mais brilhante no diadema daquela casa, assim como fonte de imenso orgulho pessoal para ele. O encômio que proferiu após a sobremesa, ao entregar o diploma a Henry, soou ainda mais pegajoso e melífluo. Quando os aplausos diminuíram, a senhora White — uma luminosa versão de Scarlett O'Hara sob um chapéu branco gigantesco — inclinou-se na minha direção tanto quanto o chapéu permitia e sussurrou-me ao ouvido: Fico muito triste pela senhora Palmer e pelo general. Quase morri quando o mestre não disse nada sobre o filho deles. Devem ter se sentido terrivelmente humilhados. Olhei para a senhora Palmer, que, mais do que nunca, tinha o aspecto de uma enfermeira particular. Havia terminado seu *parfait* de chocolate e comia agora placidamente o de Archie. Quanto ao general, ele tinha lá sua própria visão das coisas, inclusive de Archie, supus. Enquanto saboreávamos xerez e conversávamos, antes do almoço, ele havia me dito que, para ele, estudantes de Harvard pareciam um bando de fracotes, e a formatura, um evento sem graça. Vocês, rapazes, não têm o espírito que é comum na Academia; não são páreo para nossos bons cadetes. Ouça o que eu lhe digo, Standish: Dien Bien Phu caiu, os franceses perderam. Você sabe no que isso vai dar.

As pessoas começaram a se levantar da mesa. Afastei a cadeira para a senhora White, disse-lhe outra vez que ela estava muito bonita e garanti que não precisava se preocupar com os Palmer. Não tenho como evitar, ela respondeu: Eu me preocupo com tudo. Me diga a verdade: não tenho um filho maravilhoso?

Ela ofuscava completamente o marido. O senhor White não parecia se importar, mas o resultado disso era que eu nem havia conversado com ele. Para compensar, ao nos despedirmos, arrisquei-me a dizer-lhe que devia estar muito orgulhoso de Henry. Ele sorriu, feliz, e disse que sim, estava mesmo, em especial porque o filho afinal decidira fazer direito. Também fiz advocacia, ele acrescentou, e poderia ter sido advogado. Assegurei-lhe que Henry havia me contado a história do pai.

Então você sabe como é, disse. Para mim e para minha mulher, nada saiu do jeito que esperávamos, do jeito que nossos pais pretendiam. Agora, nossa única esperança é que Henry seja alguém, que tenha muito sucesso e seja feliz. Trabalhei duro para dar a ele essa oportunidade.

Assenti. O senhor White tomou minha mão, apertou nas suas e, então, depois de uma ligeira pausa, beijou-me em ambas as faces.

Passei o resto da tarde escoltando minha prima May pelo Fogg e mostrando a ela as flores de vidro do museu Peabody, enquanto George e o pai iam a uma cerimônia do clube ao qual pertenciam. Depois, George e eu embarcamos boa parte de seus pertences na perua de Jack, além de uma coisa ou outra no Mini de George, e eles partiram para Stockbridge. No dia seguinte, sexta-feira, teria minha aguardada sessão com o doutor Reiner; depois, outra na segunda; depois, tudo de novo. Minha Olivetti portátil e o manuscrito do meu romance aguardavam-me na mansarda da casa de madame Shouvaloff. Voltaria a eles após o jantar no Henri IV, para o qual Tom Peabody havia me convidado. Ele passaria o verão pesquisando em Oxford, e eu não o veria até o outono.

George aceitara um emprego de verão no banco, mas moraria em casa, em Stockbridge. O pai não desaprovara sua decisão de tornar-se advogado, mas queria que ele aprendesse o bastante sobre os negócios da família, a fim de que pudesse assumi-los, caso necessário. Ao contrário de Henry, George já se candidatara a uma vaga na Harvard Law School e fora aceito. Além disso, não iria servir no Exército: tinha sido dispensado. Para espanto de todos, o exame médico detectara um defeito congênito na válvula do coração que o médico da família — também da minha família — havia deixado passar. Eu planejava passar uma parte de agosto em Lenox. Minha mãe me escrevera para avisar que meu pai não estava bem de saúde e chegara o mais próximo que sua natureza permitia de exigir que eu fosse para casa.

21.

No dia da minha chegada a Lenox, telefonei para George no banco e combinamos de ir ao Great Barrington à noite, para ver *Os brutos também amam*, seu western favorito. Como eu ia passar para apanhá-lo, tinha de sair de casa às seis e meia. Por volta das seis e quinze, desci a escada, certo de que meus pais já tinham se servido de suas respectivas bebidas. Encontrei-os na varanda dos fundos. Gim, vermute, azeitonas, misturador, uma tigela de amendoins e outra de bolachinhas salgadas estavam a postos na mesinha de vime, ao lado do meu pai. Como de hábito, depois do trabalho, ele vestia calça cáqui e uma camisa branca limpinha, sem botão no colarinho, engomada a seu gosto pela lavanderia Sete Anões; sem meias, calçava tênis velhos, que nunca mandava alvejar, ao contrário dos tênis que usava na quadra, sempre de um branco imaculado. Guardo essa imagem bastante vívida na lembrança, assim como a de minha mãe, em seu vestido de algodão azul-claro, cujas alças escorregavam toda vez que ela se inclinava para a frente ou relaxava os ombros. Meu pai ofereceu-me um martíni. Faltava gelo. Candidatei-me a ir buscar, mas minha mãe disse que não precisava, que ela mesmo iria e que eu podia ficar ali, com ele. Pensei que aquilo significasse que meu pai tinha algo a me dizer enquanto ela estava na cozinha, mas ele apenas apontou para as bolachas. Quando minha mãe voltou, flagrei-a olhando para ele com uma expressão inquisitiva. Meu pai não esboçou reação; apenas chacoalhou o gim e o vermute, serviu-me uma dose e reabasteceu sua taça e a de minha mãe. Foi somente depois de erguermos nossas taças para o primeiro gole — um belo gole, no caso deles — que ele pigarreou e começou a falar. Não era o tipo de assunto sobre o qual ele gostaria de ter me escrito. A questão era que ele tinha um tumor no intestino, e os médicos o extrairiam na quarta-feira seguinte. Ele não se importava de perder o torneio de tênis dessa vez, e minha mãe não teria dificuldade para encontrar outro parceiro. Podia ser Chuck Riley, um corretor que era sócio do clube e cuja esposa mancava desde que sofrera um acidente de esqui.

Perguntei se era maligno. Ele fez uma careta e disse que provavelmente sim: teria de usar uma daquelas bolsinhas engraçadas por baixo da calça. Pelo menos, nunca mais ia ter de esperar que algum sujeito decidisse sair do banheiro. Depois, riu da própria piada e esvaziou sua taça: Eu não devia fazer isso, mas já é meio tarde para eu me preocupar com minha saúde.

Ele se recusa a dar ouvidos aos médicos, disse minha mãe.

E não dou mesmo, confirmou meu pai. Já faço muito de deixar que me operem.

Eu me virei para minha mãe e perguntei se a cirurgia seria feita em Pittsfield. Ela assentiu e informou que o doutor Pierson faria a operação. Tinham ido a Boston para consultar outro médico, cujo conselho havia sido o mesmo: não convinha adiar a cirurgia.

Magoou-me saber que tinham ido a Boston sem nem me avisar. Perguntei como fariam depois da operação.

Se não houver nenhuma complicação, seu pai deve ter alta do hospital em dez dias, disse ela. Teremos uma enfermeira aqui em casa durante a primeira semana. De todo modo, a senhora Heaney ofereceu-se para vir um dia a mais.

Era nossa faxineira, que morava em Housatonic e trabalhava para minha mãe três dias por semana, além de ajudar na cozinha e também no serviço, quando meus pais davam algum jantar.

Em um mês, estou de volta ao trabalho, acrescentou ele, preparando outra rodada de martínis, o que fez minha mãe jogar as mãos para o céu.

Está tudo bem, ele disse a ela. Ninguém quer saber o que você pensa. Tome, beba mais um você também.

A voz pastosa era reveladora, sinal para que minha mãe não dissesse mais nada. Sem expressão nenhuma no rosto, ela lhe passou amendoins e bolachinhas.

Lembrei-a de que tinha combinado de ir ao cinema com George e perguntei se preferiam que eu ligasse para ele, desmarcasse e ficasse em casa.

Não, pode ir, disse meu pai. Pegue meu carro. A propósito, contei a Jack e a algumas pessoas no banco sobre essa história.

Aquilo significava que eu podia conversar com George sobre o assunto. Em geral, meu pai não deixava que nem minha mãe nem eu usássemos seu carro. Aquela permissão era sinal de benevolência momentânea. Agradeci.

Não se atrase, George está esperando, disse ele. E, apoiando-se nos braços da cadeira, levantou-se para apertar minha mão. Tornei a agradecer e dei um beijo em minha mãe. Foram gestos que surpreenderam a mim e, talvez, a todos nós. Não eram a norma em nossa família.

Três dias depois que minha mãe, a enfermeira e eu levamos meu pai de volta para casa, retornei a Cambridge. Havia sido necessária a retirada de porção bem maior do intestino do que o doutor Pierson previra, mas ele nos disse que a recuperação seria normal. Recomendou apenas que a enfermeira ficasse mais tempo do que o planejado, duas semanas, talvez, até que meu pai tivesse aprendido a tomar conta de si próprio. Enjoadiça como era, minha mãe concordou de pronto. A enfermeira era outra irlandesa de Housatonic, uma amiga da senhora Heaney. Ela garantiu a minha mãe que, juntas, ela e a faxineira cuidariam de tudo. Deixamos que as duas pusessem meu pai para dormir.

Tão logo ele adormeceu, minha mãe me disse: Não tem nada na cozinha, a não ser comida de hospital e o que eu comprei para a enfermeira. Vamos para o clube.

Sentamo-nos na varanda com tela que dava para o campo de golfe. Ela bebeu três doses de Tom Collins — gim, limão, soda e açúcar —, uma atrás da outra, enquanto fumava. Não tem importância, disse, é você quem vai dirigir. Primeiro, conversamos sobre o médico e as enfermeiras. Depois, ela passou a me contar as fofocas locais, boa parte das quais eu já nem conseguia acompanhar. É natural, disse-me ela, faz tempo que você não vem para cá. Então, suponho que porque a incomodassem as várias e óbvias razões para minhas ausências nos feriados de fim de ano e nas férias, ela me perguntou se eu estava bem.

Por causa da surra de Nova Orleans?, perguntei.

Não, ela disse, estou falando da outra coisa. Aquele era um assunto no qual nem ela nem meu pai haviam tocado desde que a universidade me concedera licença médica. Ela pescou outro cigarro do maço que tinha acabado de abrir. Eu o acendi para ela. Minha mãe era fumante bastante enjoada e metódica. Cada gesto seu ao fumar era parte de um ritual que costumava me fascinar.

Disse a ela que estava bem, que estava tudo sob controle.

Isso é bom, ela respondeu. Mas você continua indo ao médico.

Expliquei que era bastante provável que as sessões com o

doutor Reiner ou com alguém como ele se prolongassem por toda a minha vida.

Imagino que pouco importe, contanto que você possa pagar por elas, foi seu comentário. O senhor Hibble deve estar imprimindo dinheiro.

Ao ver o garçom passar por perto, pediu-me então que o chamasse. Queria outra bebida, a ser servida na mesa. Depois disso, fomos jantar.

Eu havia dito a George que passaria mais tarde na casa dele e, depois de deixar minha mãe em casa, fui até os Standish. Ele foi me encontrar na porta: Venha até a biblioteca. Meus pais ainda estão acordados.

Deviam ter jantado em casa. May vestia uma saia comprida, e o primo Jack, um dos robes de veludo que vestia para fumar. Agradeci pelas flores que tinham enviado ao hospital. Ah, sim, sua mãe já escreveu agradecendo. Bebemos nossos uísques com soda, e George e eu esboçamos o plano da viagem que me levaria de volta a Cambridge. Ele partiria mais cedo para lá, antes do início das aulas do curso de direito, para fazer a mudança para a casa que haviam alugado em Garden Street, ele e dois ou três ex-companheiros de colégio oriundos de Yale. Quando eu estava de saída, meu primo Jack me disse que queria ter uma conversinha comigo. Segui-o até a varanda dos fundos. Depois de fazer sinal para que me sentasse, ele se sentou também e me ofereceu um charuto, que recusei. Tinha parado de fumar depois de Nova Orleans; além disso, os charutos dele eram bem mais longos e fedidos do que todos aqueles com os quais eu estava habituado.

Seu pai está muito doente, começou ele. Falei com Pete Pierson.

Respondi que aquilo era surpresa para mim. O doutor Pierson havia nos dado uma impressão otimista quando falamos com ele.

Jack examinou a ponta acesa do charuto e deu uma tragada profunda. Disse-me que médicos contavam histórias diferentes, dependendo de com quem estavam falando. Havia coisas que não podiam ser ditas. O que tinham feito, claro, havia sido necessário. Sem sua intervenção, o desconforto para meu pai seria ainda maior.

Aquiesci.

Você não precisa contar à sua mãe, Jack acrescentou. Tudo tem seu tempo. Achei que um de vocês precisava saber, e que seria melhor que fosse você.

De novo, assenti sem nada dizer.

A propósito, continuou ele, não se preocupe com ela. Sua mãe terá o bastante. O banco cuidará disso.

Agradeci, dizendo que era um grande alívio, sobretudo porque eu não sabia quase nada da situação financeira de meus pais.

Não se preocupe com nada disso, ele respondeu. Seu pai é meu primo em primeiro grau. Tomara eu tivesse cuidado melhor dele.

De início, o doutor Reiner não opôs resistência a minhas tentativas de explicar o turbilhão de emoções contraditórias que a visita a Lenox despertara em mim. Mas até eu podia ver que estava andando em círculos. Depois de me ouvir por uma semana, ele me aconselhou a pôr de lado o assunto até que eu estivesse em melhor condição de externalizá-lo. Assim sendo, restringi-me a ruminar os mistérios da família Standish, nos quais minhas viagens esporádicas a Lenox haviam lançado pouca luz. Duas semanas antes do Dia de Ação de Graças, o doutor Pierson comunicou a meus pais que o câncer entrara em metástase. Ele não aconselhava nova cirurgia. A enfermeira de Housatonic retornou, sendo substituída à noite por outra irlandesa de West Stockbridge. Continuei com minhas visitas e passei o Natal, o Ano-Novo e a semana entre um e outro em casa. Como minha mãe estava claramente histérica de ficar presa ali, levei-a ao cinema diversas vezes, pouco importava qual era o filme. Ao me convidar para o almoço de Ano-Novo, May Standish surpreendeu-me, dizendo que esperava que eu a levasse comigo. Minha mãe pensou no assunto e resolveu ir.

Meu pai ainda permaneceu vivo por seis semanas — as duas últimas passadas no hospital. Eu estava em Cambridge quando ele morreu; voltei para enterrá-lo no jazigo da família em Stockbridge. Henry e Archie não foram ao funeral. Archie já havia sido designado para uma unidade do Exército baseada em Pusan; Henry estava em treinamento avançado na infantaria.

Nesse meio-tempo, no começo de fevereiro, escrevera-me a editora de Nova York à qual, por sugestão do professor MacLeish, eu enviara meu manuscrito. Por alguns minutos depois de ter lido e compreendido a carta do editor, mal conseguira respirar. Ele concordava em publicar meu livro e iria inclusive me pagar um adiantamento. Não era muito, mas eu nunca havia tido em minha conta bancária mais do que umas poucas centenas de dólares que não estivessem em trânsito para a do doutor Reiner. Telefonei para o professor MacLeish — era a primeira vez que ousava fazê-lo — e, depois, para Tom Peabody. Não liguei para meus pais. Sabia que o que tinha escrito iria magoar minha mãe e, tivesse ele vivido o bastante para ler o romance, meu pai também; mais ele do que ela, talvez. Melhor seria dar a notícia muito de passagem, quando fosse para casa. No fim, quando da minha visita seguinte de fim de semana, meu pai já estava muito mal para compreender o que eu dizia. Mas telefonei para o senhor Hibble. Da última vez que o vira, no verão, ele havia me perguntado por quanto tempo ainda eu precisaria de cinco sessões semanais com o psiquiatra. Era um gasto considerável, disse-me. Respondi-lhe que sabia disso, mas que não podia lhe dizer até quando iria precisar de tratamento depois do doutor Reiner, quando me mudasse para Nova York. Quando isso acontecesse, lembrei-o, deixariam de existir as despesas com a universidade em si e com as acomodações ali, embora, claro, outras fossem surgir.

Nova York, ponderou ele. Então é para onde você pretende ir.

Isso mesmo, confirmei, a não ser que o Exército me queira. Nesse caso, a despesa com o psiquiatra ficará suspensa até eu ser dispensado.

Bem, vamos ver, ele disse, e perguntou-me a seguir que tipo de atividade eu pretendia exercer em Nova York. Ao ouvir que meu plano era escrever, balançou a cabeça e comentou que era mesmo muita sorte eu poder contar com a retaguarda do fundo deixado pelo velho senhor Standish. Não se ganhava dinheiro escrevendo. Eu não era estúpido a ponto de considerar meu adiantamento prova de que ele estava errado. Ainda assim, quis que ele soubesse do fato.

Mesmo com as mudanças que precisaria fazer no romance, minha carga de trabalho não era pesada, uma vez que não iria escrever um trabalho final de graduação. Fui ver minha mãe duas vezes depois do funeral. Antes da morte de meu pai, ela sofrera com as restrições impostas pela doença dele. Agora, parecia não saber a quem recorrer. Os casais que costumavam convidar os dois para jantar ainda não haviam começado a convidá-la como uma mulher sozinha; amigas, não tinha; e os homens que haviam sido objeto de tanta fofoca a meia-voz ou aguardavam quietos ou tinham desaparecido. O telefone dela não tocava. Preocupações de ordem material poderiam tê-la distraído, mas meu primo Jack cumprira com a palavra: um dos colegas do senhor Hibble havia posto em ordem os negócios de meu pai; a pensão vitalícia que o banco concordara em pagar a ela permitiria que continuasse vivendo como antes, sem necessidade de cortar despesas. Uma apólice de seguro de cuja existência não sabia ou se esquecera amortizou a hipoteca da casa. Outra, da qual estava ciente, pagou-lhe a quantia que minha mãe sempre acreditara ser a necessária apenas para suas necessidades mais básicas. Agora, era apenas um dinheirinho a mais. O senhor Hibble aconselhou-a a se dar algum presente que a ajudasse a recobrar o ânimo. O restante, ele a ajudaria a investir em aplicações seguras.

Em meu último dia em Lenox, ela me disse que queria arrumar um emprego, talvez na administração em Riggs ou, quem sabe, alguma coisa ligada a Tanglewood. O que eu achava? Respondi que era uma boa ideia. Será que meu médico podia dizer uma palavrinha em favor dela em Riggs? Disse-lhe que não acreditava que aquele era o tipo de coisa que analistas faziam pela família de seus pacientes. Em vez disso, me ofereci para falar com a prima May, a não ser que ela própria preferisse fazê-lo. Teria de ser pelo telefone e de Cambridge, se eu pretendia pegar o ônibus das cinco para Boston. Já no carro, ela me disse que falaria com May: queria muito o emprego em Riggs. Depois, em tom mais premente, disse-me que o que mais queria naquele momento era sair de Lenox. Estes são meses horrorosos, disse: Quero tomar sol, fugir da lama e do frio.

Vamos comigo para Porto Rico por alguns dias?, pediu. Podíamos partir de Nova York na quinta, e você estaria de volta a Cambridge na segunda ou na terça. Eu pago.

Espere um instante, eu disse, deixe-me pensar um pouco.

Teria de pagar ao doutor Reiner por no mínimo menos três sessões às quais não compareceria: quinta, sexta e segunda. Isso se voltasse a tempo para vê-lo na terça; do contrário, seriam quatro. Era um bocado de dinheiro jogado fora. Mas era dinheiro que, de todo modo, eu iria gastar, e não achava de fato que cada sessão de cinquenta minutos naquele divã valia o que eu pagava por ela. O doutor Reiner, claro, iria querer discutir o assunto: qual era a relação existente entre o meu não-comparecimento e o fato de ter ido viajar com minha mãe para um lugar quente; que papel desempenhava o dinheiro naquilo, o dinheiro do fundo e o que minha mãe se oferecera para gastar; que tipo de fantasia inspirava aquela proposta dela: não seria, ainda que em pequena medida, um caso de satisfação de um desejo?

Que se dane!, disse a mim mesmo, e comuniquei a minha mãe que ela teria um parceiro para a viagem.

Hospedamo-nos num convento da velha San Juan recém--convertido em hotel. Um miniônibus levava os hóspedes até a praia, onde garotos morenos montavam cadeiras e guarda-sóis. O mesmo ônibus conduzia todos de volta ao hotel. O almoço era servido no restaurante que dava para o claustro. Podia-se comer na praia também, em uma instalação que era em parte uma barraquinha pomposa de cachorro-quente, em parte bar tropical, e oferecia sanduíches, daiquiris e cerveja. Talvez oferecesse mais algum tipo de bebida, mas minha mãe gostava de daiquiri: engolido o primeiro, era difícil fazê-la parar ou mesmo dar uma pausa. Ela havia feito todos os preparativos para a viagem, equipando-se no departamento da Kaufmann Brothers de Pittsfield que vendia trajes para cruzeiros. Na praia, vestia um maiô brilhante de duas peças que era pouco mais do que um biquíni, sobre o qual amarrava uma canga taitiana leve; nos pés, sandálias brancas, presas por uma tira de couro que envolvia apenas o dedão. Notei que pintara as unhas dos pés com esmalte violeta. Tudo aquilo era muito diferente de como ela se arrumava para ir à piscina do clube: maiô de uma peça, que se abria numa minúscula saia plissada, camisa de colarinho da Brooks Brothers, branca ou rosa — sobra de meu pai, que gostava de usar esse tipo de camisa para ir trabalhar — e tênis brancos. O sol da tarde era inclemente. Como ela era ainda mais branca que eu, toda vez que minha mãe caía na água pedia-me, depois, que passasse bronzeador nas suas costas, nos ombros, na parte de trás das pernas e insistia que fizesse o mesmo em mim, embora eu me bronzeie com facilidade e jamais tenha sofrido queimaduras de sol, nem mesmo depois de um dia inteiro na água. Havíamos almoçado na praia, e eu me secava depois de nadar por um bom tempo, quando percebi que a pele dela estava adquirindo uma coloração rosada e brilhante. Perguntei se queria outro guarda-sol, para se proteger por inteiro dos raios solares. Ela respondeu que não: estava tonta e começava a sentir os efeitos da queimadura. Eu me importaria se voltássemos para o hotel? Se quisesse ficar, ela pegaria o ônibus sozinha. Disse-lhe que voltaria com ela; fazia horas que estávamos na praia.

Os quartos, com portas protegidas por telas, davam para a sacada que circundava o pátio. Permaneciam frescos mesmo no calor intenso. Tomei um banho e, de pijama, sentei-me à mesa para trabalhar em meu manuscrito. Como o trabalho não avançava, decidi fechar os olhos por alguns minutos. Em vez disso, caí num sono do qual minha mãe me acordou ao bater na porta. Ela vestia um roupão de seda cor-de-rosa que eu nunca tinha visto. Levantei-me para deixá-la entrar. Sentia-se melhor e solicitou que eu pedisse daiquiris ao serviço de quarto. Depois, esticou-se na cama ao lado da minha. Queixou-se de que sua pele ardia; tinha tentado tirar uma soneca, mas de nada adiantara. De todo modo, queria conversar. Olhei para ela da cadeira em que estava sentado, junto da mesa. Também ela devia ter tomado uma chuveirada ou um banho. Os cabelos estavam molhados. Quando o garçom trouxe as bebidas, ela me pediu que desse uma gorjeta a ele e já aproveitasse para pedir nova rodada de daiquiris para dali a meia hora. Traga um só, por favor, eu disse a ele, mas ela riu, dizendo que beberia o meu, se eu não quisesse outro. Bebericamos o daiquiri em silêncio por um momento. Então, ela comentou que aquelas férias tinham sido a melhor ideia que já tivera; jamais poderia tê-las tirado enquanto meu pai estava vivo. Ele se recusava a viajar, mesmo nos piores meses de inverno, quando todo mundo que tinha ao menos um tostão furado ia a algum lugar — o mais longe possível de Berkshire. Tudo que ele queria fazer era jogar tênis, golfe, ficar sentado à toa no vestiário e beber. Era uma briga convencê-lo a ir esquiar, mesmo quando trinta centímetros de neve cobriam o campo de golfe.

Era a pura verdade. Por diversos verões seguidos, eles tinham me mandado velejar em Marion, mas nunca havíamos tirado férias em família. Esquiamos em Catamount, quando eu era pequeno; depois, em Stowe ou Mount Snow, mas quase nunca passávamos a noite, e jamais ficamos mais tempo do que isso. Assim como George Standish, meu pai não se importava de dirigir seis horas para passar seis horas na montanha; e, se voltasse durante a noite, sabia que não estaria desperdiçando tempo que poderia ter sido empregado deslizando encosta abaixo, sobre um par de esquis. Quando ia às convenções dos agentes fiduciários na Flórida, sempre reclamava dos hóspedes nos hotéis e da chatice que tivera de suportar. Minha mãe devia estar se lembrando das mesmas coisas porque, depois de se virar de lado na cama, comentou que, se pelo menos ele tivesse aproveitado as viagens de negócios para ter um caso, talvez tivesse sido um homem menos ruim.

Os trinta minutos estipulados por ela para a rodada seguinte de daiquiris já deviam ter se passado, uma vez que o garçom reapareceu com as bebidas, que depositou na bandeja sobre o criado-mudo ao lado dela. Estava perfeito, ela disse, e já fazia menção de pedir nova rodada, mas eu a interrompi, dizendo ao garçom que chamaríamos se precisássemos de mais alguma coisa.

Você não faz ideia do que era viver com ele, prosseguiu ela, ou das coisas que ele queria que eu fizesse. O tipo de coisa que se faz quando não se tem mais vida sexual. Não vou entrar em detalhes. Não com você, que ficou longe de casa tanto tempo e agora é um estranho, um estranho alto e bronzeado.

Fiquei quieto. Ela riu: Aposto que nem sabe do que estou falando.

Respondi que tinha consciência de que tinha havido momentos difíceis.

Ah, aquelas histórias?, disse ela. Isso também, mas não me referia a elas. Ele insistia em acreditar que eu tinha ido para a cama com todos aqueles homens. Ficava martelando isso. Não entendo por quê. Sempre dei a ele o bastante, a ele e a suas ideias esquisitas.

Ficamos em silêncio por alguns instantes. Quando sua taça tornou a se esvaziar, minha mãe ergueu-se na cama para alcançar o outro daiquiri e pediu: Venha cá, sente-se aqui ao meu lado e tome um gole. Não vai deixar você tonto.

Respondi que não queria outro gole. Tudo bem, disse ela, mas venha cá assim mesmo.

Quando o fiz, ela me abraçou e, ato contínuo, mordiscou-me a orelha.

Saborosa, disse ela. Então, engoliu sua bebida, afofou os travesseiros e recostou-se neles.

Permaneci na cama por um momento. Depois, retornei à cadeira junto da mesa.

Você fez bem, disse-me ela, quando me aconselhou a ligar para May Standish. Tem uma vaga em Riggs para uma bibliotecária-recepcionista. Disse a ela que aceito o posto. Alguns dos médicos e pacientes parecem muito interessantes.

Respondi que ficava contente.

Pensei em começar em duas semanas, depois que voltar para casa. Isso me dará tempo de me desfazer das roupas de seu pai. Suponho que você não queira nada. Já pegou o casaco de pele de guaxinim; todo o resto ficaria largo em você. Vou dar tudo ao Exército de Salvação. Assim que começar em Riggs, quero ver se encontro alguém. Nenhum dos antigos, não se preocupe, mas não posso ficar sozinha o tempo todo. Você não se importa, meu estranho alto e bronzeado, não é?

Balancei a cabeça e disse que entendia. Olhara bem para ela enquanto falava. Minha mãe era dotada de um metabolismo espantoso: podia comer ou beber o que fosse, e não engordava um único quilo. Ainda assim, seu rosto parecia um pouco mais cheio agora.

Não tem problema nenhum, reafirmei, mas tome cuidado com os daiquiris e os martínis. Eles podem fazer mal à aparência.

Bem pensado, respondeu ela. Mas não pretendo perder tempo.

22.

Em troca de pequeno adiantamento, o zelador facilitou minha entrada em um apartamento de aluguel na rua 36 Leste, entre a Lexington e a Park Avenue. Três meses de um pequeno apartamento sublocado, mais adiante na mesma rua, onde eu morava desde minha partida de Cambridge, haviam me convencido de que eu detestava Murray Hill. Contudo, o aluguel tabelado de um apartamento grande de dois quartos era um terço daquele da quitinete mobiliada, e, a julgar pelos classificados do *Times*, não achei que pudesse encontrar nada melhor em Manhattan, a não ser que me dispusesse a morar no Harlem ou no Lower East Side. Havia ainda uma vantagem adicional no fato de morar ali: o consultório do doutor Kalman, o colega nova-iorquino que o doutor Reiner me indicara, ficava a dois quarteirões de casa, defronte ao clube da Union League. Eu levava cinco minutos para chegar a minhas sessões. Ainda faltava um mês para a publicação de meu livro, marcada para meados de novembro, mas as provas já haviam sido enviadas aos críticos fazia um bom tempo e, segundo meu editor, as primeiras reações tinham sido favoráveis. Ele achava que o *Times* e o *Herald Tribune* podiam querer me entrevistar. Enquanto isso, seguindo seu conselho, eu procurava me manter ocupado e pensar em outras coisas. Comecei um novo romance e comprei mobília para o apartamento. Uma noite, estava saindo para ir ao restaurante indiano na esquina quando o telefone tocou. Antes que o homem do outro lado da linha terminasse de perguntar por mim, reconheci sua voz. Era o pai de Henry. Olá, senhor White, eu disse, aconteceu alguma coisa?

Ligar para mim devia ter lhe custado esforço imenso. Não permitiu que eu o interrompesse; em vez disso, deu-se ao trabalho de apresentar-se, antes de responder a minha pergunta. Sim, estava com um problema: a senhora White. Será que eu poderia ir até lá imediatamente? Ele me deu nome e endereço do hospital Kings County, no Brooklyn, e explicou-me como chegar lá de metrô. Estavam no pronto-socorro. Pensei melhor e decidi pegar um táxi: àquela hora, chegaria bem mais rápido. Ele se ofereceu para pagar a corrida. Fiz sinal para um táxi na esquina de casa. O taxista não conhecia o Brooklyn, mas, no fim, depois de parar em dois postos de gasolina para se informar, encontrou o hospital, que ficava num bairro decadente, à margem de um amplo bulevar. A enfermeira na recepção do pronto-socorro me informou que a senhora White havia sido removida para a terapia intensiva. Eu encontraria o marido no corredor, diante da UTI. E foi onde o encontrei, sentado em uma cadeira, sozinho. As demais pessoas pareciam compor grupos familiares.

O senhor White se levantou e me abraçou. Percebi que ele tremia e perguntei o que tinha acontecido.

Não sei onde está Henry, ele disse. Então, pensei em conversar com você. Ela tentou se matar.

Puxei uma cadeira para junto da dele e, pouco a pouco, enquanto aguardávamos por notícias, ele me contou que, cerca de duas semanas antes, durante uma das conversas dela com Henry — ele telefonava para a mãe duas vezes por semana, a cobrar —, a senhora White ficara sabendo que ele havia solicitado uma licença de dez dias. Então, você vem para casa nos feriados!, ela quase gritou. Mais tarde, contou ao senhor White que quase desmaiara ante a possibilidade de ele passar o Rosh Hashanah ou o Yom Kippur em casa. Mas Henry respondeu que era impossível: já tinha compromisso com outras pessoas — uns amigos — e iria para Ghent, Amsterdã e Delft. Você sabe como são as mães, o senhor White prosseguiu, conhece minha mulher. Ela discutiu com ele, e Henry desligou o telefone. Desligou na cara da mãe! Ela até tentou chamar de volta, mas não adiantou: ele havia ligado de um telefone público. Quando cheguei em casa, não sabia o que fazer. Ela parecia doente, não parava de dizer que se jogaria embaixo de um trem e de me pedir que telefonasse para Henry.

Quando ela estava magoada, aquele tipo de ameaça não era novidade nenhuma. Ainda assim, o senhor White tentou falar com o filho três ou quatro vezes nos dois dias que se seguiram, para fazê-lo telefonar para a mãe e pedir desculpa, demonstrar um pouco de afeição. A cada telefonema, o soldado que atendia a ligação dizia que Henry não estava e perguntava se podia anotar o recado. Não conseguir falar com Henry tampouco era novidade, e, de todo modo, ele deveria ligar para casa dentro de mais dois dias. Quando o filho não ligou, a senhora White enviou-lhe um telegrama, sem contar ao marido: "Pais doentes. Telefonar imediatamente". Henry ligou no dia seguinte, tarde da noite dessa vez, quando o senhor White estava em casa, de modo que ele a ouviu dizer a ele que o pai não havia tido um ataque cardíaco, que, não, não ia dizer como o pai estava passando, e assim por diante. Então, brigaram para valer, e Henry tornou a bater o telefone na cara dela. No dia seguinte, foi a senhora White quem telefonou para Fontainebleau. Alegando tratar-se de uma emergência médica, pediu que o chamassem. Passaram-na para um sargento, que lamentou informar que o perito Henry estava em licença. Depois, o sargento consultou alguém, enquanto ela esperava na linha, mas disse-lhe, por fim, que ninguém na ordenança sabia como entrar em contato com o filho dela.

Bem ou mal, conseguiram superar o Rosh Hashanah e, na segunda noite das comemorações do Ano-Novo judaico, até receberam para jantar dois casais que conheciam de antes da guerra, em Cracóvia. No dia seguinte, porém, quando o senhor White chegou em casa da fábrica, encontrou um bilhete no tapete do vestíbulo.

Aqui está, disse ele, retirando um papel dobrado do bolso do casaco, que alisou e passou para mim.

Olhei para o bilhete e lembrei-lhe que estava em polonês.

Perdão, disse-me. Minha esposa se despede e pede que eu lembre a Henry que aquele dia era o do aniversário da última vez que vira os pais dela, quando partiam para Zakopane. Me desculpe, ele tornou a dizer, e começou a soluçar.

Eu o abracei de novo, dando-lhe tapinhas nas costas. Ele se acalmou o suficiente para poder continuar com sua história e me contou que correu para o quarto e a encontrou deitada na cama, de camisola, a boca bem aberta, as pernas esparramadas. Ao tocá-la, notou que o corpo da esposa estava gelado. Não conseguiu sentir o pulso. Um médico que tinha consultório a dois quarteirões dali veio de imediato, embora não se tratasse de paciente dele; examinou-a e disse que lamentava muito: o coração havia parado de bater e não havia nenhum outro sinal vital. Então, apontou para o braço da senhora White, que pendia em direção ao chão, ajoelhou-se e espiou embaixo da cama, bem onde a mão dela tocava o tapete.

Aqui está, disse ele, levantando-se: Vazio. Seconal. O senhor sabe quantos comprimidos tinha aqui? Quando o senhor White disse que não sabia, o médico balançou a cabeça e comunicou-lhe que não podia emitir o atestado de óbito, porque a senhora White não era sua paciente. Era melhor chamar a polícia. Como os policiais demoraram mais de vinte minutos, o médico já havia partido quando chegaram. Dois policiais e dois paramédicos. Um dos policiais olhou em torno e disse: Suicídio. Ela deixou um bilhete ou coisa parecida? Enquanto o senhor White explicava que havia encontrado o bilhete em polonês, ele viu que um dos paramédicos massageava com força o peito dela, ao passo que outro segurava no ar uma seringa cheia.

Não está morta, disse ele. Vou aplicar uma dose de adrenalina. Vamos tirá-la daqui.

Informaram, então, que a levariam para o Kings County, e ele os seguiu de carro. Aquilo tinha acontecido havia mais de três horas. No pronto-socorro, depois de fazer uma lavagem estomacal na senhora White, o médico responsável anunciara que o coma era profundo, mas que ela estava viva. Foi quando a levaram para a terapia intensiva.

Eu não sabia o que dizer para consolá-lo, nem o que fazer em seguida. Por isso, perguntei se ele queria um café e um sanduíche ou uma rosquinha do restaurante do hospital. De início, o senhor White insistiu que não conseguia comer nada. Mas, quando observei que ele tinha a obrigação de se manter forte, concordou em tomar um café com creme e muito açúcar.

Voltei com a comida. Ele bebeu seu café de uma vez só, engoliu um sanduíche de queijo e adormeceu. Não apoiou a cabeça em meu ombro nem a tombou para a frente: permaneceu ereto na cadeira, olhos fechados, e começou a roncar. Por vezes, um ronco mais profundo e sonoro o acordava. Ele abria os olhos, estremecia incontrolavelmente e voltava a dormir, murmurando alguma coisa em polonês. Por fim, uma enfermeira saiu da UTI por volta das dez e meia da noite, mas apenas para anunciar que todos precisavam se retirar do corredor até as onze. Eu me levantei e perguntei baixinho, para não acordar o senhor White, como estava a senhora White. O senhor é da família?, perguntou ela. Este é o marido dela, respondi. Então, aguarde um instantinho: o médico já vem falar com os senhores. Vou avisar que estão aqui. Acordei o senhor White com um leve chacoalhão e contei a ele que teríamos notícias em breve.

Sua esposa, disse o médico, fez um belo estrago em si mesma. Está respirando e hidratada. A questão agora é se vai se recuperar ou piorar de novo. Não sei ainda. O senhor e seu filho deveriam ir para casa. Seja como for, não podem ficar aqui. Nós temos o seu telefone e vamos ligar se acontecer alguma coisa durante a noite. Do contrário, o senhor pode se informar pelo telefone amanhã cedo ou, se quiser, pode vir até aqui.

Não foi fácil tirar o senhor White daquele corredor, mas enfim consegui. Expliquei repetidas vezes que ninguém ia quebrar as regras e deixar que ele visse a esposa na UTI; que não havia nada que pudesse fazer por ela, a não ser cuidar bem de si próprio; e que era muito importante evitar hostilizar a equipe do hospital. Esse último argumento surtiu efeito.

Ele havia deixado seu Chrysler no estacionamento e perguntou se eu me importava de dirigir. Havia um lugar na esquina da Flatbush com a Church onde ainda podíamos encontrar comida quente, disse-me, caso eu quisesse acompanhá-lo. Pedimos algum tipo de almôndega com molho e purê de batatas; depois, uma torta de maçã e um café. Eu bem que gostaria de ter tomado uma cerveja, mas o estabelecimento não tinha licença para vender bebidas alcoólicas. Ele me contou que a esposa tinha passado por um bocado de coisas e que seus nervos nunca haviam se recuperado da preocupação com ele e com os pais dela, além, é claro, do medo que sentira, por ela e por Henry. É uma boa mulher, ele não parava de me assegurar. Henry devia ser mais gentil com ela, menos impaciente. Devia aprender a não ser tão rude. Entende o que digo?, perguntou. Fiz que sim com a cabeça, embora não tivesse muita certeza de com que estava concordando: se com sua avaliação do estado dos nervos da senhora White ou com a referência ao lado sombrio de Henry. De todo modo, não me pareciam assuntos que eu pudesse discutir com ele — por certo, não naquele momento. O horário normal da minha sessão com o doutor Kalman era dez da manhã. Perguntei ao senhor White se ele gostaria que eu fosse ao hospital no dia seguinte: podia estar lá ao meio-dia. Podia ir mais cedo também, se alguma coisa acontecesse. Ele julgou que não seria necessário: era desperdiçar tempo que eu devia empregar para escrever. Queria que eu avisasse algum amigo da família?, perguntei. Ouvir aquilo o pôs de prontidão: não, respondeu, sua esposa não ia querer que ninguém soubesse; não o perdoaria se ficassem sabendo. Mas ele me telefonaria, caso precisasse de ajuda e, de todo modo, me ligaria com frequência, para me informar do estado dela. Tão logo terminamos de comer, ele me aconselhou a ir descansar e insistiu em me pôr num táxi diante do restaurante. Dessa vez, tomei eu a iniciativa de abraçá-lo. O senhor White enfiou uma nota de vinte dólares na minha mão e não permitiu que eu a devolvesse de modo nenhum.

De fato, me ligou várias vezes nos dias que se seguiram. Tinha tentado entrar em contato com Henry e falado com o primeiro-sargento da companhia, que, no entanto, lhe dissera que o máximo que podia fazer era retransmitir a mensagem a Henry, assim que ele retornasse da licença. Durante boa parte da semana, não houve nenhuma mudança no estado de saúde da senhora White, ou nenhuma que ele fosse capaz de descrever, e eu comecei a imaginar o que ele e Henry fariam se ela permanecesse num coma prolongado ou se emergisse dele com algum tipo de sequela, física ou mental. O doutor Kalman dissera-me que aquela era uma possibilidade, se muito tempo houvesse decorrido até que os paramédicos ou a equipe do pronto-socorro tivessem conseguido fazê-la respirar de novo.

Em seguida, porém, o estado dela começou a melhorar bem depressa, até que o senhor White me comunicou em triunfo que a esposa ficaria como se novinha em folha. Seu último telefonema foi para me avisar que a havia levado de volta para casa. Os dois estavam bem, ele havia arranjado uma enfermeira para cui-
claro, tinham a faxineira. Esperava, contudo, que eu
desse o fato de não me convidar para fazer-lhes uma
estavam prontos para isso. Respondi que me sentia ali-
z por toda a família. A florista da Lexington Avenue
ne que, por intermédio de outra empresa, fazia entre-
klyn também, e eu enviei uma dúzia de rosas verme-
ra White. Algumas semanas mais tarde, recebi uma
decimento pelas flores e pela gentileza para com o
. Estava muito envergonhada, escreveu, para dizer
ra coisa.

não me escreveu nem me telefonou depois de reas-
sto. Eu também não fiz nenhum esforço para entrar
om ele. Em parte, sem dúvida, porque o apareci-
u livro nas livrarias — por vezes, até nas vitrines
passava — de repente me abriu as portas para uma
l, absorvente, ainda que de um jeito estranho. Eu
para coquetéis e jantares por gente que nem
soas mais velhas e dotadas de grande reputação
r natural me encontrar em casa de amigos, e con-
versavam comigo como se estivéssemos no mesmo nível. Parei de me sentir embaraçado quando me apresentavam a estranhos como romancista, ou quando as pessoas mostravam certo respeito por minhas opiniões.

Capital das Letras Distribuidora de Livros Ltda.
ENDEREÇO: Rua Barao de Mesquita, 123 / 125 -
FONE / FAX: (00) 0000-0000
MUNICÍPIO: Rio de Janeiro
FATURA / DUPLICATA VALOR VENCTO DUPLICATA VALOR VENCTO DUPLICATA

Estava muito ansioso para saber como o livro seria recebido em Berkshire. Não por minha mãe, de quem eu esperava apenas silêncio hostil ou coisa pior, mas pelas pessoas com quem me importava, gente que saberia decifrar o que estava por trás da história que eu havia contado. George me surpreendeu. Deve ter lido o romance de uma sentada, muito provavelmente pela primeira vez em sua vida de leitor. Menos de uma semana depois de ter recebido o livro pelo correio, ele me telefonou para dizer que já havia comprado exemplares para sua namorada, Edie, e para suas primas, as Appleton. Quis saber também se eu me disporia a ir falar sobre o livro e sobre a vida de escritor aos membros de seu clube no curso de direito. Depois, May Standish escreveu-me para comunicar que ela e o primo Jack queriam oferecer um coquetel em homenagem a seu romancista, nas palavras dela; podia ser um dia depois do Natal ou um dia antes da véspera de Ano-Novo, como eu preferisse, embora ela achasse que as pessoas estariam menos frenéticas e mais atentas no dia 26. Como descobri que o doutor Kalman iria esquiar no Canadá da véspera de Natal até 1º de janeiro, escolhi a primeira data. Estranhamente, minha mãe insistira para que eu fosse passar as festas com ela. Eu havia dito que iria. Na pior das hipóteses, pensei comigo, se ela me criticasse por causa do livro, eu iria ao coquetel dos Standish, passaria a noite por lá e pegaria um trem para Nova York logo cedo, na manhã seguinte.

Por fim, recebi uma carta dela. Era sucinta. Depois de me agradecer pelo livro e pela dedicatória, escreveu: "Você deve ter trabalhado bastante. Espero que o livro venda bem. A senhora Jennings [a dona da livraria de Lenox] me contou que um monte de gente parece se interessar por esse tipo de romance". Senti-me aliviado. Ela devia ter trabalhado quase tão duro naquelas três orações quanto eu no livro todo, mas pelo menos não fazia nenhuma recriminação, não dizia nada sobre o que meu pai teria pensado ou dito. Em resposta, confirmei o dia da minha chegada e disse a ela que iria de carro. Lembrava-me vagamente de ela ter me dito em San Juan que pretendia vender seu carro e usar o de meu pai. Não queria depender dela como motorista e tampouco obrigá-la a ficar em casa, caso eu resolvesse sair sozinho. Reservei um carro para mim na Hertz. No fim, descobri que não precisava ter gastado dinheiro com isso. De fato, ela havia vendido o Buick, mas tinha outro carro à disposição, assim como um motorista.

Sabia que ela tinha começado a trabalhar em Riggs, e não havia tido notícia de que houvesse largado o emprego. Quando desci para a cozinha, depois de depositar a mala em meu antigo quarto, descobri também que ela arranjara um namorado: Greg Richardson, ex-paciente de Riggs. "Ex", no sentido por ela empregado, significava que ele não morava mais lá: tinha alugado o apartamento em cima do celeiro dos Jackson e seguia fazendo suas sessões com um dos analistas do Centro, na qualidade de paciente externo. Durante o período das festas, porém, ficaria hospedado em casa de minha mãe, e esse era o motivo pelo qual era tão importante que eu fosse para casa. Minha presença ajudava a dar àquilo tudo um gosto de Natal de verdade.

É difícil para ele, disse-me ela. Tem duas filhas, de nove e onze anos, e elas moram com a mãe, em Darien. É uma mulher desprezível, e ele sente uma falta terrível das meninas. Você já ouviu falar dos Richardson. É família antiga de Connecticut, de muito dinheiro.

E ele já viu a cor desse dinheiro?, perguntei.

Ainda não, respondeu minha mãe. O pai controla todos os fundos e mantém Greg e o irmão caçula em coleira bem curta.

Depois, acrescentou que Greg tivera as meninas tarde. Ele é alguns anos mais novo que eu, mas não, não o peguei para criar.

Era evidente que ela esperava que eu dissesse alguma coisa. Disse, portanto, que lamentava pelas meninas e pelo dinheiro.

Ela concordou e me informou que as bebidas seriam servidas no horário habitual e que jantaríamos às sete e meia. Enquanto meu pai era vivo, o horário habitual era assim que ele chegasse do banco e tivesse dado sua mijadinha. Para ele, o jantar sempre podia esperar. Garanti que estaria lá. Uma bela tarde terminava. Embarquei no carro alugado da Hertz e parti para Stockbridge. Primeiro, fui levar os presentes que trouxera para os Standish e para Edie, que tinha ido passar as festas com George. Feito isso, dei um passeio pela cidadezinha, que sempre preferira a Lenox. Na rua principal, Riggs estava todo iluminado e adornado com coroas e grinaldas de ramos de pinheiros. Pelas janelas, pude ver que uma multidão circulava em grande confusão pelas salas do andar de baixo, suponho que mascando biscoitinhos doces, bebendo *eggnog* (misturado com bourbon, no caso dos que tinham permissão para fazê-lo, ou puro, para os que não tinham) e cantando canções natalinas. Que eu soubesse, minha mãe e o tal Greg estavam lá, mergulhando no espírito de Natal. Não havia o menor perigo de eu ir procurar por eles. Subi rumo a Snake Hill e estacionei ao alcançar a casa de gente que sabia estar morando na Europa. Caminhei até o jardim dos fundos, que, descaindo em terraços, oferecia uma bela vista em todas as direções. Durante os poucos minutos em que permaneci ali, a noite caiu, e a neve que cobria o vale mudou de coloração, passando de uma delicada tonalidade violeta para uma cor mais escura e ameaçadora. Era hora de voltar para casa.

Encontrei um bilhete para mim na mesa do vestíbulo. Minha mãe e Greg estavam se lavando e desceriam num instante. Como minhas mãos e meu rosto já estivessem limpos o suficiente, fui até a cozinha, pus água para ferver e dei uma espiada no forno. Rosbife guarnecido de batatas — o típico prato que minha mãe sempre deixava de prontidão. Depois de fazer um chá, sentei-me na biblioteca e fiquei à espera. Demorou um pouco para que eles descessem. Minha mãe tinha o rosto corado — do banho quente, de satisfação ou talvez das duas coisas. Vestia uma saia preta longa que eu nunca tinha visto e um cardigã branco barato, com botões vermelhos em forma de coração, que eu dera de presente de aniversário a ela quatro ou cinco anos antes. Greg usava uma jovial calça vermelho-escura de veludo cotelê, malha amarela de gola olímpica e um blazer verde, com a insígnia de algum clube bordada em prata sobre o bolso. Talvez para mostrar que se sentia em casa, calçava chinelos de veludo preto. Com certeza, era tão alto quanto meu pai, só que mais encorpado. Trocamos um agradável aperto de mãos, e eu me sentei com minha mãe, enquanto ele foi à cozinha buscar gelo e, depois, à copa, reunir os componentes para o martíni. Perguntei-me se o dele seria tão bom quanto costumava ser o de meu pai, e que problemas ou vícios haviam conduzido a Riggs aquele sujeito simpático e com pinta de despreocupado, apartando-o das filhas que tanto amava e da mãe desprezível delas.

Ele não é legal?, sussurrou minha mãe. É uma mão na roda ele ser de boa família. Pouco antes de você chegar, May Standish ligou. Pediu-me que o levasse comigo para a festa que estão dando em homenagem a você e convidou-nos para o almoço de Ano-Novo. Dá para imaginar? Com seu pai, ela nunca me convidou para esse almoço.

Lembro-me do dia e da hora em que Henry me telefonou com a precisão em geral reservada aos pesadelos. Foi no dia de são Valentim, às sete horas da noite. Eu tinha acordado tarde naquela manhã, porque voltara na noite anterior de San Francisco, onde passara duas semanas à testa de um seminário em Berkeley. O garoto de entregas da florista me acordou com o presente enviado por minha mãe: uma enorme azaleia branca. Telefonei a ela para agradecer, cuidei dos afazeres matinais de sempre e fui para a biblioteca da rua 42, onde passei o resto do dia, com uma única pausa para um hambúrguer no Harvard Club. A chave ainda pendia da porta da frente do meu apartamento quando ouvi o toque do telefone. Percebi de imediato que algo terrível havia acontecido: era Henry, e sua voz entrecortada parecia indicar que ele estava sem fôlego e com a boca seca. Ofegante, repetia sem parar: Por favor, venha agora para cá, pelo amor de Deus, venha logo. Perguntei onde ele estava. Em casa, respondeu: Venha depressa, por favor. Em minutos, eu estava num táxi a caminho de Dorchester Road. Henry aguardava por mim diante de casa. Desta vez, ela conseguiu, disse-me ele: Foi-se, de verdade. Ele me conduziu escada acima, até o quarto dos pais. Lá dentro, o senhor White chorava.

Está ali, disse Henry, abrindo a porta do banheiro.

Vestida com uma camisola, a senhora White jazia numa rala poça de sangue. A cabeça estava virada para o lado, como se num imenso esforço final para ver alguma coisa por sobre o ombro.

Cortou os pulsos, disse Henry. Um canivete aberto jazia na dobra da camisola, entre as pernas dela.

Há quanto tempo está aí?, perguntei. Vocês chamaram a polícia?

Não, ainda não, ele disse. Meu pai não me deixou chegar nem perto do telefone. Está fora de si. Você poderia falar com ele?

Senhor White, disse, eu lamento muitíssimo. Precisamos chamar a polícia. Por favor, entenda.

Ele não respondeu nem se mexeu. Eu me virei para Henry e disse: Pegue o telefone. Faça a ligação, por favor. Você precisa chamar a polícia.

Juntei as peças a partir das conversas que tive com Henry naquela noite. Primeiro, no necrotério; depois, na refeição que fizemos sozinhos ao amanhecer — o senhor White não conseguia reter nada no estômago —, no mesmo restaurante da esquina da Flatbush com a Church aonde o senhor White havia me levado antes; e, mais tarde, na agência funerária onde Henry e eu fomos cuidar dos preparativos para o funeral. A história daí resultante foi um emaranhado do antigo infortúnio pelo qual a família passara com novos elementos específicos de horror. Pai e filho pareciam incapazes de tomar qualquer atitude, a não ser insistir que a senhora White precisava ser enterrada: não permitiriam que fosse cremada. Além disso, tudo que consegui deles foram gestos que interpretei como: não posso responder, faça você. No fim, fiz o que imaginei que precisava ser feito, embora não tivesse nenhuma experiência com a morte ou com o cuidado para com os mortos, à exceção do enterro de meu pai, do qual minha mãe havia cuidado em todos os detalhes. Assim, vi-me vasculhando a agenda de telefones dos White e ligando para pessoas que, de início, reagiam com suspeita a meu inglês sem sotaque para, depois, tendo eu explicado o motivo do telefonema, se tornarem exageradamente polidas e me dirigirem frases de extrema cautela acerca de convenções que eu não entendia.

Henry voltara para casa por cinco dias em licença especial. Telefonou-me assim que chegou; tentara meu número repetidas vezes, mas sem sucesso, ao longo dos dias que se seguiram. Eu não possuía nenhum tipo de serviço telefônico que pudesse tê-lo avisado de que estava viajando ou de onde poderia ser encontrado. A razão para ele ter solicitado a licença havia sido uma série de apelos frenéticos do pai, que lhe implorara que ele fizesse o que fosse necessário para poder passar alguns dias com a mãe. Ela tornara a tomar pílulas para dormir, embora em menor quantidade dessa vez. O mesmo médico que antes a declarara morta tinha ido examiná-la. Não julgara necessário fazer lavagem estomacal. Deixe que ela durma até passar o efeito, sugeriu. E procure ajuda especializada, ajuda de verdade, quero dizer, numa clínica e com um psiquiatra que saiba o que está fazendo.

E tinham feito isso?, perguntei.

Ela não queria nem ouvir falar no assunto, Henry me contou. Para ser sincero, meu pai também não queria. Era humilhante demais. Ele não queria tratá-la como se ela fosse louca; ela não merecia aquilo. Eu sabia, prosseguiu Henry, o que ele queria dizer com isso. Se algum dos amigos deles descobrisse que a senhora White precisara ser internada numa clínica para distúrbios mentais, meu pai iria morrer de vergonha. Em vez disso, ele comprou para ela um casaco persa de pele de carneiro e reservou passagens num cruzeiro para as Bermudas em abril. De início, ela pareceu animar-se: já tinha pedido o casaco de pele a ele e queria fazer uma viagem de férias na primavera. Mas, duas ou três semanas antes, as coisas tinham piorado de novo. Ela havia dito ao senhor White — e a Henry também, por telefone — que era o fim. As conversas com ela, a partir de uma cabine telefônica em Fontainebleau, tinham se tornado insuportáveis, e mais surreais do que nunca. Ou ela ficava com raiva e batia o telefone na cara dele, ou o repreendia e insultava a ponto de o próprio Henry desligar, embora ele tivesse uma lembrança vívida das consequências que aquilo podia acarretar. Por fim, ele solicitou a licença e, assim que conseguiu, pegou um avião para Nova York e apareceu no Brooklyn. Uma única refeição bastara para que ele lhe desagradasse ou fizesse alguma coisa errada, e ela logo deu início à sua cena: O que você veio fazer aqui? Quis saber onde ele tinha aprendido a praticar excessos e a jogar dinheiro pela janela. O Exército não ia pensar que estava se aproveitando? Não era melhor ele voltar para lá e retomar o trabalho que deixara de fazer? E assim por diante. Não tinham passado um único momento agradável. Ela se matou no último dia dele em Nova York: Henry tinha um voo para Paris naquela noite. Para a noite anterior, haviam combinado um jantar de despedida em um restaurante de que os pais gostavam muito, em Sheepshead Bay; o restaurante fazia uma bela lagosta grelhada e mariscos no vapor. Contudo, quando o pai chegou em casa do trabalho — Henry tinha ido ao Brooklyn Museum, mas já voltara —, a mãe disse que não estava com vontade de sair. Não havia o que comemorar. Era melhor Henry ir para a cama e desfrutar de uma boa noite de sono, já que passaria a noite seguinte em um avião. Em seguida, teve início outra cena. Henry nem sabia dizer direito como começara, mas a mãe havia corrido para o quarto e batido a porta, ao passo que o pai se trancara no escritório e se recusava a falar com ele, embora Henry tenha implorado, argumentando que levaria um bom tempo para que tornassem a se ver. O senhor White só dizia: Você quer sempre fazer as coisas do seu jeito, arruma encrenca e, depois, deixa tudo na minha mão. Por fim, Henry concluiu que estava numa situação absurda e que não adiantava nada ficar em casa. Não havia contado a Margot que viria a Nova York. Embora fosse pequena a chance de ela estar em casa, telefonou e descobriu que ela não tinha compromisso. Jantaram juntos e Henry passou a noite no apartamento dela. Não era o que havia planejado. Tinha a firme disposição de voltar e dormir em casa, mas não voltou. Nem ligou para avisar que estaria fora até a manhã seguinte. Ligar teria apenas provocado outra cena ao telefone.

Você passou a noite com Margot?, perguntei.

Passei, disse ele. Ela está trabalhando no Metropolitan Museum. Bom, pouco importa agora.

Chegou em casa por volta das dez da manhã. O pai ainda estava lá; não tinha ido à fábrica. Tanto ele quanto a mãe exibiram-lhe uma expressão vazia e pétrea no rosto, quando Henry se dirigiu aos dois. Não ficaram simplesmente em silêncio: fizeram questão de demonstrar que o ignoravam. Aquela forma de castigo não era novidade. Passado algum tempo, ele desistiu e subiu para tomar um banho e trocar de roupa. Quando tornou a descer, o pai tinha ido embora; a mãe estava sentada à janela, olhando para o nada. Henry falou com ela, chegou mesmo a implorar. Queria que ela o perdoasse. Nada. Ele saiu para dar uma volta, assistiu a cerca de metade de um filme numa matinê e, lá pelas duas e meia, estava em casa de novo. Nesse meio-tempo, o pai também já voltara e o recebeu dizendo: Onde você esteve? Sua mãe precisou me ligar na fábrica porque você desapareceu. O que mais eu podia fazer?, Henry perguntou a ele. Você se recusa a falar comigo, minha mãe se recusa a falar comigo. Eu saí, oras. E aqui estou, de volta. Seguiu-se alguma gritaria, mas a essa altura Henry tinha engatado o piloto automático, preparando-se para partir para o aeroporto. Subiu a escada, jogou numa maleta as coisas que levaria para a França, vestiu o uniforme e tornou a descer, maleta em punho. Os dois continuavam ali, esperando. Vou indo, disse ele. Obrigado pela maravilhosa acolhida.

O pai barrou-lhe o caminho até a porta e respondeu: Você não pode ir embora assim. Precisa pedir desculpa à sua mãe. Está bem, disse Henry, peço desculpa, então, me perdoe, eu me arrependo de tudo que fiz, e até a próxima. Depois, tentou beijá-la, mas ela o empurrou: Se você sair daqui agora, será a última vez que vai me ver com vida. Não, não será, ele respondeu. Então, despediu-se de novo e beijou o pai, que não o repeliu. Enquanto isso, a mãe berrava: Você não pode deixar que ele vá embora, não pode deixá-lo sair, eu sei que vou morrer. Henry contou-me que nessa hora já estava tão confuso que não sabia mais se estava falando inglês ou polonês. E, quando tentou falar polonês, descobriu que não conseguia. Não encontrava as palavras. Encarou pai e mãe e explicou-lhes em inglês que era inútil discutir: precisava ir para o aeroporto naquele minuto e embarcar naquele avião, ou seria punido por estar fora de serviço sem licença para tanto. Parado na esquina da Flatbush Avenue, Henry demorou algum tempo para conseguir um táxi. Quando conseguiu, embarcou e dormiu durante todo o trajeto até o aeroporto. Ia fazer o check-in quando o funcionário atrás do balcão o informou de uma mensagem urgente para que ele ligasse para casa de imediato. Embora estivesse convencido de que se tratava de outro truque da mãe, ele foi até um telefone e ficou sabendo do que tinha acontecido.

O resto da história, tinha ouvido do pai. A mãe havia dito que estava exausta e precisava de uma pílula para dormir. Está bem, disse ele, eu vou buscar. Depois da primeira tentativa de suicídio, o senhor White havia trancado os barbitúricos numa gaveta da escrivaninha do quarto da qual só ele tinha a chave. Ele subiu a escada sem perceber que ela vinha logo atrás. O tapete grosso abafara os passos. Quando abriu a gaveta, viu de repente a mão dela arrebatar o frasco de Nembutal. Ela correu para o banheiro. Ele abriu a porta antes que ela pudesse trancá-la, obrigou-a a abrir a mão, despejando os comprimidos no vaso, e deu descarga. Histérica, ela gritava: Saia do meu banheiro, me deixe em paz! Tentava arranhar o rosto dele, que foi recuando para fora do banheiro, mas mantendo-a ao alcance do braço. Assim que cruzou a soleira, ela bateu a porta. Supondo que ela a tivesse trancado, ele pensou em chamar um chaveiro, mas não queria arruinar a porta nem piorar ainda mais a situação. No fim, deitou-se na cama, onde planejava esperar que ela se acalmasse. Acabou adormecendo, claro. Quando acordou, viu que mais de uma hora se passara. A casa estava em completo silêncio. Tentou a porta do banheiro, que se abriu de imediato.

23.

Parecia uma corrida para a cova. Tinha levado menos de um ano para que a senhora White seguisse os passos de meu pai, vencedor inconteste. Depois, foi a vez do senhor White. Morreu de um derrame, como temia, nos primeiros dias de janeiro de 1957. O funeral foi postergado por mais tempo do que prescrevia o costume judaico, a fim de permitir que Henry chegasse de Fontainebleau. Nesse meio-tempo, o advogado e testamenteiro do senhor White se encarregarra de todos os preparativos. Mais tarde, George me contou que foi uma sorte, porque Henry parecia completamente desorientado. Recebi um telegrama uma semana depois do funeral. Ninguém parecia ter meu endereço correto em Roma, onde eu agora morava numa *pensione* perto da Piazza del Popolo, trabalhando na revisão de meu segundo romance.

Feita e refeita a revisão, despachei o manuscrito para meu agente, viajei pela Toscana e pela Úmbria em companhia de Tom Peabody — que gozava um semestre sabático em Florença — e, por fim, fui sozinho para Atenas, Istambul e Viena. Havia proposto a uma revista fazer um relato bastante pessoal de minha primeira visita àquelas capitais de impérios decaídos. Aceitaram a proposta; um fotógrafo foi me encontrar em cada uma delas. Pude viajar em grande estilo, sem ter de me preocupar com o aluguel do apartamento em Nova York, o qual eu não havia sido eficiente o bastante para sublocar. Depois de passar o verão inteiro fora, peguei um navio para casa em Southampton. Quando desembarquei em Nova York, Henry já havia partido para Cambridge, a fim de dar início à vida de estudante de direito, de modo que não o vi, nem a George, até um sábado de outubro, quando da festa de noivado que os pais de Edie promoveram para a filha e para George. Ao me mudar para Nova York, prometera a mim mesmo não me deixar impressionar pelo glamour dos ricos. Como May Standish gostava de dizer, havia ricos demais na cidade. Minha promessa foi submetida a prova severa pela mansão castanho-avermelhada de dois andares dos Bowditch, na rua 81 Leste, e pelas paredes das duas salas de visita, da sala de jantar e da biblioteca, todas elas cobertas de obras de Renoir, Manet e Monet. Depois disso, seria difícil continuar a tratar Edie apenas como mais uma garota legal de Radcliffe, sem pensar nos barões larápios de sua árvore genealógica ou na extraordinária colecionadora de arte impressionista e benfeitora do Metropolitan Museum, que, como eu percebia agora, juntando dois e dois, só podia ser sua avó.

Minha fama recém-nascida como escritor, muito agradável em si mesma, era útil para certas questões práticas. Sem ela, não acredito, por exemplo, que o doutor Kalman teria concordado sem nenhum problema com minha longa ausência, sem exigir nem mesmo o pagamento de algum tipo de taxa para a manutenção do meu horário; tampouco creio que ele teria encontrado vaga para mim logo de manhãzinha, assim que regressei. Nas grandes festas, como a dos Bowditch, ainda que eu conhecesse apenas o anfitrião, a anfitriã e um punhado de convidados, podia atravessar a multidão confiante de que, ao me apresentar a alguém, obteria reação do tipo: Mas você deve ser o romancista! Não li seu livro, mas vi as resenhas. No que você está trabalhando agora? Respondia àquelas perguntas com maior ou menor prazer, de acordo com o grau de inanidade ou atratividade de quem as fazia, e seguia adiante. Foi assim que, pouco a pouco, depois de trocar algumas palavras com Edie, com os pais dela e com os de George, cheguei a Henry. Ele tinha acabado de voltar do jardim e me perguntou se, na condição de primo, amigo e guarda-costas, eu ia jantar com George, Edie e os pais de ambos. Dei risada e disse a ele que não tinha sido convidado; na verdade, pretendia dedicar a noite a ele, Henry, caso estivesse livre. Respondeu-me que precisava falar com alguém antes, mas combinamos de nos encontrar às nove num restaurante que ficava aberto até tarde em Irving Place.

Isso me deu tempo para falar brevemente com George. Ele havia passado aquele verão — crucial para estudantes de direito, porque é no verão entre o segundo e o terceiro anos que as empresas escolhem os estudantes que desejam contratar depois de formados, e é, portanto, nessa época que os estudantes vão procurar as firmas de advocacia — trabalhando para a Wiggins & O'Reilly, uma firma que, a despeito do nome irlandês de um dos cofundadores e de toda a politicazinha forense pé-de-chinelo que isso evocava, ocupava o topo do *establishment* legal nova-iorquino. Tinham oferecido a ele um posto normal de associado e, com a bela experiência que adquirira durante o verão, George iria aceitá-lo.

Não acharam ruim, contou-me George, o fato de o Lee Sears & Bowditch destinar boa parte do trabalho jurídico à Wiggins, o que fazia desse banco o cliente mais importante da firma. Ou um dos mais importantes, corrigiu-se: Eles mantêm em segredo absoluto esse tipo de informação. Também não vão achar isso ruim no futuro, quando tiverem de decidir quem será promovido a sócio.

O Lee Sears, eu bem sabia, era o banco de investimentos de que o pai de Edie era um dos sócios principais e, em essência, o proprietário. A pessoa na Wiggins que o estava contratando devia ter esfregado as mãos de contentamento ao atrair para a empresa o futuro genro do senhor Bowditch.

Perguntei a George se ele havia morado com os Bowditch durante o verão. Ele riu e disse que era bem o que havia pretendido fazer, uma vez que Edie tinha decidido ficar em Nova York também, mas os pais dela e os dele tinham vetado a pretensão. São totalmente contra facilitar demais o caminho para o amor jovem, comentou. Ele tinha sido forçado a dividir um apartamento sublocado com um de seus companheiros de quarto do curso de direito provenientes de Yale. Mas, nos fins de semana, ou ia para a casa dos Bowditch em Syosset ou levava Edie para Stockbridge. Havia trazido seu carro para Nova York com aquele propósito.

Depois, George pôs a mão no meu ombro e disse: É claro que, como meu irmão caçula, você será meu padrinho de casamento. Evidentemente, vai precisar estar por aqui em junho do ano que vem. Já vou avisando com tanta antecedência que é para você não ter escapatória, e poder ir encomendando a seu alfaiate aquele fraque que você sempre quis ter.

Sem palavras, eu o abracei. George aprendera a me conhecer tão bem quanto qualquer outra pessoa — à sua maneira, melhor até do que Henry —, e nossa amizade, que durante tantos anos parecera impossível, agora revelava uma solidez que me espantava. Era um grande consolo, uma vez que, embora eu gostasse tanto dele e de Henry quanto sempre gostara, sabia que estava me apartando dos dois e que, para que me aceitassem sob minhas novas condições, precisaria contar com a paciência e a boa vontade de ambos. Era inevitável que os personagens que eu estava criando clamassem agora por grande parte da minha atenção. Eu pensava mais neles, e decerto com maior intensidade, do que em qualquer pessoa de carne e osso.

George percebeu que eu tinha ficado comovido e que, portanto, era preciso mudar de assunto. Perguntou por minha mãe. Respondi que ele provavelmente sabia mais dela do que eu, que estava em Nova York fazia só uma semana e não pensava ainda em fazer nenhuma viagem a Lenox.

Eu a vi no clube algumas vezes durante o verão, contou-me ele. Ela e aquele Richardson jogaram um bocado de tênis em duplas. Ele tem um saque espantoso. Deixaram que se associasse ao clube só pela duração do verão, para que pudesse disputar o torneio do Dia do Trabalho com sua mãe. Eles ganharam, e os Leland ficaram muito bravos! O boato é que sua mãe e o Richardson vão se casar. Não é uma coisa boa, uma tremenda sorte?

Respondi que, para ela, com certeza era, sim. Meus sentimentos a esse respeito eram outros quinhentos. Eu teria de lidar com eles.

Henry já me aguardava no restaurante quando cheguei, pensativo diante de uma garrafa de chianti. Animou-se ao me ver. Comentei que parecia muito absorto, mas ele respondeu que não era nada. Depois, corrigiu-se: Não, é coisa importante. Estava preocupado com seu grupo de estudos no curso de direito. Havia cinco calouros no grupo, incluindo ele próprio, e, embora os outros fossem inteligentes, conhecedores do vocabulário de negócios que ele apenas começava a aprender, eram, falando francamente, figuras esquisitíssimas. Em geral, disse-me ele, estudantes de direito eram gente terrível, verdadeiros idiotas, se comparados aos estudantes que conhecera anteriormente. Mas aquele grupo era o fim da picada. O que o redimia era a inteligência de seus membros, que Henry não julgava maior do que a dele.

Imaginava se as pessoas iriam supor que, tendo escolhido formar um grupo com aquelas criaturas, ele era do mesmo tipo. Perguntei por quê, afinal, se juntara a elas.

Respondeu-me que os cinco viviam se candidatando a responder perguntas nas áreas de direito civil e patrimonial, ou então eram chamados a fazê-lo pelos professores, e não nos saíamos nada mal. Os dois professores eram dureza. Um dia, depois da aula, um deles veio com a ideia de formarmos um grupo de estudos, e todo mundo concordou.

Disse a ele que parecia uma ideia razoável, embora eu imaginasse que ele fosse formar um grupo de estudos com seus companheiros de quarto.

Não tenho companheiros de quarto, Henry respondeu. Moro sozinho em Harkness. Não sabia se alguém da nossa turma iria estudar direito também, como eu, depois do Exército. Agora sei que alguns foram, mas ninguém que eu conheça bem. De todo modo, não tem ninguém lá a quem eu pudesse ter sugerido dividirmos um quarto. Todos os antigos graduandos que eu conhecia e apreciava estão agora no último ano — George, por exemplo. A propósito, ele tem feito de tudo para me apresentar pessoas. É um grande sujeito.

Reservado a graduandos de Harvard College e a estudantes de direito, Harkness era um alojamento modernista medonho projetado por Walter Gropius, o fundador da Bauhaus, que bem poderia ter feito coisa melhor. A única vantagem da edificação era o fato de ser vizinha da biblioteca Langdell. Ninguém que fosse de algum interesse social morava ali, a não ser os graduandos mais sombrios, condenados a ser esnobados pelos professores de seus respectivos departamentos. O pobre do Henry começara com o pé esquerdo.

Então, chegou a comida, e quando retomamos a conversa foi para falar dos pais dele. Henry estava com a cabeça cheia dos problemas práticos vinculados aos negócios do pai. O senhor White possuía edifícios de apartamentos com hipotecas a pagar, consertos a fazer que eram de responsabilidade do proprietário, manutenção geral a cuidar e aluguéis que precisavam ser recebidos para pagar por aquilo tudo. Como praticamente não havia apartamentos vagos, Henry tinha sido poupado de ter de arranjar novos inquilinos. O sujeito que gerenciava os imóveis estava fazendo um bom trabalho, de acordo com o senhor Berger — o advogado de seu pai —, mas Henry se lembrava do pai dizendo que era preciso ficar em cima do tal gerente, o que ele não tinha tempo nem talento para fazer. Tudo que se relacionava com a fábrica era ainda mais complicado. Por sorte, o pai tinha dado quinze por cento da sociedade a seu melhor vendedor. Também de acordo com o senhor Berger, o homem era competente e honesto o bastante para tocar o negócio até que fosse vendido.

Não posso deixar a fábrica afundar, disse Henry. Não é só por causa do dinheiro: são cerca de quarenta empregados. Tenho de mantê-la aberta ou, então, preciso fechá-la com muito cuidado, para que todos possam se arranjar, pelo menos aqueles empregados que já estavam lá quando meu pai assumiu o controle.

Henry não havia nem tentado remexer na casa em Dorchester Road, para jogar fora o que não quisesse — quase tudo que ela continha, ele estimava — e decidir o que fazer com a papelada dos pais. O senhor Berger se encarregara de organizar os documentos relativos aos negócios; o dinheiro do seguro de vida do pai cobriria os impostos patrimoniais. Por enquanto, Dorchester Road ficaria como estava; a faxineira continuaria indo lá duas vezes por semana, até as férias de verão de Henry. Depois, ele se mudaria para a casa apenas pelo tempo necessário para esvaziá-la e colocá-la à venda. Como faria para manter a sanidade enquanto permanecesse acampado no Brooklyn, isso ele ainda não sabia. Um raio de esperança era a crença do senhor Berger de que a fábrica talvez pudesse ser vendida antes do verão. O advogado aconselhou Henry a manter os prédios de apartamentos: eram um ótimo investimento, e Henry tinha como mantê-los.

Vou seguir o conselho, disse-me ele, porque confio no senhor Berger, mas só se ele se dispuser a ficar em cima do gerente atual ou de quem a gente venha a arranjar para substituí-lo.

Depois, ficou em silêncio, mas era evidente que lutava para dizer alguma coisa. Esperei até que, por fim, Henry começou a falar.

Não consigo escapar da visão daquelas duas cenas, disse-me. Aquele banheiro, claro, e meu pai também, o rosto barbeado e verde, só um pouquinho de espuma nos cantos da boca. Tinha feito a barba, como sempre, barbeava-se uma segunda vez à noite, para agradar a minha mãe, mesmo ela já estando morta. De manhã, passava espuma e navalha duas vezes; à noite, uma só. Era sua lei. Sei que era assim que tinha de ser, podia dizer só pelo aspecto dele, quando o vi embrulhado numa mortalha na funerária. Você vai dizer que estou inventando isso, porque ele morreu sozinho, com o filho no exterior. E, de fato, na hora provável da sua morte, alguns de nós, que tínhamos ido a Paris, estávamos sentados a uma mesa do La Coupole, para um jantar tarde da noite. Acho que nunca mais vou conseguir comer *choucroute*. E sabe o que mais? Eles o congelaram enquanto esperavam por mim. Parecia um bloco de gelo quando o beijei.

Tem outra coisa que você não sabe, Henry continuou. Quando minha mãe morreu, o Exército teria me concedido transferência para algum outro lugar, como Governor's Island, por exemplo, para que eu pudesse ficar perto do meu pai. Eu só precisava pedir. Mas não pedi. Acho que, se o comandante da minha companhia tivesse me dito que eu podia voltar para casa, eu teria respondido: Obrigado, senhor, mas não quero, senhor. Acredito que meu dever é permanecer aqui, no quartel-general da companhia. Por quê? Não queria que meu pai se apropriasse de mim. Não queria fazer companhia para sua dor, seu medo de morrer, sua obstinada incompetência em tudo que não tivesse a ver com os negócios. Se deixasse, ele teria me devorado vivo, feito uma serpente. Era o que eu pensava. Portanto, em vez de voltar, ajudei a matá-lo.

Lembrei a Henry que, desde que o conhecia, eu ouvia falar do coração fraco do pai e da ameaça de um ataque cardíaco ou derrame.

É verdade, ele respondeu, eu sei disso, e é por essa razão que eu disse que ajudei a matá-lo. Cedo ou tarde, ele teria mesmo morrido do coração, mas tenho quase certeza de que antecipei sua morte, e de que a tornei mais triste e mais dolorosa. Aconteceu exatamente o que ele temia: morrer sozinho e ser encontrado por uma estranha — a faxineira, quando ela chegou na manhã seguinte. Você vai me dizer que, ainda que eu tivesse voltado para casa, não teria estado com ele vinte e quatro horas por dia. Não enquanto estivesse fazendo o trabalho burocrático em Governor's Island nem depois, o que é verdade, de um ponto de vista pragmático. Mas a verdade simbólica é outra: é que eu voluntária e inequivocamente abandonei meu pai. Não quis ficar com *daddy* do mesmo jeito como não quisera ficar com *mommy*!

Henry se calou enquanto o garçom abria espaço para a sobremesa.

Vou querer um mil-folhas!, exclamou ele. É a sobremesa que eu quero.

Quando a torta chegou, ele a examinou com muito cuidado e disse: Era a torta favorita da minha mãe, napoleon, uma especialidade de Cracóvia de que ela sentia falta aqui. Honestamente, você acha que qualquer outra pessoa teria armado tamanha confusão em sua única visita — em licença especial, nada menos que isso — para ver a mãe, que mostrava sinais claros de loucura? Me aponte outro monstro capaz de uma coisa dessas, se você puder. Com certeza, é meu irmão perdido. Outro matricida. Eu me pergunto por que não é esse o epíteto genérico de todo recruta. É tão mais claro do que aquele que a gente usa. Eu chego em casa, e ela me pergunta: O que você está fazendo aqui? Volte para seu quartel. E o que eu faço? Dou uma de arrogante. Não consigo evitar. É o que faço sempre que ela diz alguma coisa que me magoa, faço questão de exibir minha mágoa. Feito um bobo, como se não entendesse tão bem o mecanismo daquilo que fazemos um ao outro, um mecanismo que eu seria capaz de desmontar e montar de olhos vendados. A felicidade de me ter por perto a extasiara, mas, para ela, reconhecer aquela felicidade significava invocar o raio que a destruiria. Muito melhor era, portanto, pôr fim àquilo, escrevendo a cena e dirigindo o drama. Acrescente a isso o orgulho dela e o medo de que eu a censurasse, além do desejo ardente que ela sentia pela tensão, pela agitação e pelo perigo — até onde conseguiria me provocar antes que eu me voltasse contra ela? Não é mais divertido do que bacará ou roleta, que, de resto, ela nunca jogou? Depois de quatro anos na casa de *pani* Maria, atrás de uma porta trancada, esperando a noite cair para poder sair por uma ou duas horas, carregando um penico em cada mão, coberto com todo o cuidado para conter o fedor — que outro jogo se podia sugerir que ela jogasse? Por que eu não podia, por que não quis, uma vez que certamente podia, por que não disse a ela: Está tudo bem, *mommy*; eu vim porque amo a senhora e o papai, e assim que esse Exército malvado me liberar, eu volto para casa? Não era meu dever, tão simples e tão comum? Por que tive de ser tão arrogante?

Henry me olhava como se esperasse uma resposta. Só me ocorreu a mais óbvia delas todas: ao longo de todo aquele tempo que nos conhecíamos, eu nunca duvidara do amor dele pelo pai e pela mãe, nem da certeza dos dois de que ele os amava. E sabia que o amor dos pais por ele era central na vida dos dois.

Pois isso é o que torna tudo mais difícil, disse ele. Agi contra eles e agi contra mim mesmo. Como um sonâmbulo.

Embora fosse tarde, eu não podia deixá-lo ali, não com aquela fantasia de assassinato desenrolando-se em sua cabeça. Se ele não tivesse de voltar para o Brooklyn, eu proporia uma saideira. Perguntei onde estava hospedado.

No apartamento de Margot, Henry respondeu.

Eu contive o espanto e perguntei se, naquele caso, a gente não podia ainda tomar alguma coisa em um bar próximo do restaurante ou no meu apartamento. Ele consultou o relógio e balançou a cabeça.

É melhor eu ir embora. Margot me disse que voltaria tarde, mas, a esta altura, já deve estar chegando.

Está bem, disse eu. Vejo você em Cambridge, antes do Natal, a não ser que você venha a Nova York antes disso.

Despedimo-nos com um aperto de mãos e, quando estávamos prestes a tomar nossos caminhos — ele para o leste, em direção à estação do metrô; eu para oeste, rumo a Park Avenue —, Henry chamou: Espere aí, tive uma ideia. Por que você não vem beber alguma coisa comigo e com Margot?

Você tem certeza de que ela não vai se importar?, perguntei.

Ela vai adorar.

No táxi, lembrei a Henry que, da última vez que havíamos nos visto — tomei o cuidado de não mencionar as circunstâncias —, ele me dissera que explicaria da próxima vez em que pé estavam as coisas com Margot.

É mesmo, disse ele, eu me lembro. Ela me escreveu logo depois da formatura, muito carinhosa, cumprimentando-me pelo *summa cum laude* et cetera e tal. No fim, sugeria que eu ligasse para ela, no apartamento dos pais. Por sorte, recebi a carta pouco antes de embarcar num navio para a Europa e telefonei de imediato. Ela me disse: Venha para cá. O porteiro me disse para subir. Descobri que o senhor e a senhora Hornung estavam passando a semana fora, mas o mordomo estava lá e nos serviu um jantar com pratos frios e vinho, além dos drinques antes do jantar. Serviço completo. Depois, fomos ao clube do Eddie Condon ouvir um jazz. Não me lembro de quem estava tocando. Estava agitado demais para prestar atenção. Como não dava para conversar de fato por causa da música, voltamos para a casa dela. Margot tirou os sapatos e nos sentamos no sofá da biblioteca. Ela me contou que iria para Sarah Lawrence no outono, nem tentaria voltar para Radcliffe. Depois, disse-me que lamentava o modo como tinha me deixado, que a culpa era toda dela, que havia sido um período louco, com coisas demais acontecendo ao mesmo tempo e que ela só tinha uma certeza: estava tudo acabado com Etienne. Ele havia desempenhado papel fundamental naquela loucura toda, ele e seus amigos, com todo aquele vaivém por hotéis de Nova York e pela Europa, como num romance não escrito de F. Scott Fitzgerald. Assim sendo, será que a gente podia voltar a ter o que tínhamos antes? Ela ofereceu o rosto para que eu a beijasse. Achei que estava no meio de um transe. Margot me disse que aquilo significava que seríamos amigos muito íntimos e carinhosos; ela podia até dormir comigo, embora não naquela noite. Mas eu teria de aceitá-la como ela era, o que, naquele momento, não incluía exigências de fidelidade nem fingir que estávamos casados, quando não estávamos. Eu disse sim. Você me imaginaria dizendo não? Ela trabalha como curadora assistente do Metropolitan agora, no departamento de desenhos. O senhor Hornung é um dos maiores doadores do museu. Margot tem um pequeno apartamento perto dos pais. Já tinha contado isso a você? Sei que disse — acho que no dia em que nos conhecemos — que ela seria meu projeto de longo prazo. Bom, eu estava certo.

O apartamento minúsculo, explicou Margot, era do tipo daqueles da Quinta Avenida ou da Park Avenue destinados a viúvas, velhas solteironas e solteirões inveterados que, por uma quantia absurda, podiam morar em quatro cômodos exíguos e desfrutar de todos os serviços e da segurança que pessoas como os pais dela julgavam apropriados. Na sala de estar, havia dois sofás, um de frente para o outro. Uma mesinha comprida e estreita havia sido posicionada diante de um deles, onde ela e Henry se sentaram, depois que ela nos serviu uísque com soda. Eu me sentei no outro, de frente para eles. Não podia deixar de admitir que ele de fato tinha razão. Margot era magnífica; estava diferente não apenas daquela primeira visão que eu tivera dela no Harvard Yard, mas também de quando eu a vira pela última vez, em algum coquetel ou em Harvard Square. Os cabelos estavam mais longos, o que suavizava os traços do rosto; o batom era mais sutil; o vestido, mais retilíneo e mais curto, tinha um caimento mais brando do que aquele que me acostumara a identificar como o new look. As pernas longuíssimas rebrilhavam sob as meias brancas iridescentes. Depois de se recostar nas almofadas, ela me disse como estava feliz por me ver. Conversamos sobre seus planos, sobre Sarah Lawrence e sobre o Metropolitan. Terminado o verão seguinte, ela iria estudar na Europa, no Courtauld ou na École du Louvre, talvez nos dois. Ficaria em Nova York durante as férias de verão de Henry, enquanto ele cuidava da herança do pai. Tentaria tirá-lo da cidade nos fins de semana. Os pais dela talvez alugassem uma casa em East Hampton, em vez de ir para Cap Ferrat, como de costume. Tudo dependia de o pai ser aceito como sócio do Maidstone Club. Ela riu ao dizer aquilo. É um absurdo, disse, nem ele nem a mãe jogavam tênis ou golfe, mas o pai ficaria infeliz se não pudesse pegar o telefone e reservar uma quadra ou um campo.

Contei a ela que, aparentemente, algumas pessoas que iam a Berkshire sentiam a mesma coisa com relação a nosso clube, que nem era grande coisa, e perguntei por que Maidstone poderia criar algum problema para os pais dela.

Ela tornou a rir: Judeus e negros não são bem-vindos. Nem católicos irlandeses ou italianos, a não ser que possuam algum título que o comitê de admissão considere verdadeiro.

E seus pais?, perguntei, pensando, talvez equivocadamente, que não deveria deixar transparecer a indiscrição de Henry.

Você não sabe que eles são judeus?, ela perguntou. Minha mãe também, embora isso seja segredo dos grandes: ela ficaria furiosa se soubesse que contei a você. Meu pai é diferente. Não esconde que é judeu. Só não fica anunciando.

Tinha terminado meu drinque, e Henry se ofereceu para reabastecer meu copo. Era muito tarde. Disse a eles que estava muito feliz pelo jantar com Henry e, talvez, mais feliz ainda em vê-los juntos.

Margot me disse que queria mesmo me agradecer por toda a ajuda que eu prestara a ele.

Ajuda?, perguntei, com espanto genuíno.

É, respondeu ela, desde o começo, quando você disse a ele que parasse de ser tão tímido comigo. Não somos judeus antissemitas, daqueles que detestam judeus. Só somos esnobes.

Perguntei se aquilo era melhor.

Claro que sim, respondeu ela, porque queremos sempre que as pessoas tenham uma segunda e uma terceira chances.

Para fazer o quê?

Não seja tão denso, atalhou Henry, refazendo-se.

24.

Archie começou em Wharton logo depois de sair do Exército, mas não gostou da Filadélfia e abandonou a faculdade tão logo terminou o primeiro ano, indo trabalhar para um banco de investimentos em Wall Street. O plano era que, com seu espanhol perfeito, maneiras elegantes e contatos nas Américas Central e do Sul, ele ajudaria a expandir os negócios. Voltei a jogar squash com ele. De novo, estava destreinado, e Archie era exatamente o que eu precisava para me forçar a jogar com mais energia e vontade de vencer. Passado algum tempo, conseguia derrotá-lo de vez em quando. Ele jogava com inteligência e velocidade, o que era preferível aos saques violentos que ninguém consegue rebater e coisas do tipo. Enquanto Archie trabalhou no centro da cidade, jogávamos todo fim de tarde, o que era bastante conveniente para mim. Em determinado momento, porém, ele trocou de emprego. A nova firma ficava mais longe, e começamos a jogar quase sempre na hora do almoço, o que, de início, me pareceu menos interessante. Mas, como estava aprendendo a acordar cedo e logo começar a trabalhar, uma pausa no meio do dia não me atrapalhava tanto. Jogávamos no Harvard Club e, depois, comíamos um hambúrguer no restaurante do andar de baixo. Algum tempo depois, Archie associou-se a um clube muito mais elegante, com quadras de squash de um régio esplendor, e passou a me convidar para ir jogar lá depois do trabalho. Com considerável relutância, eu às vezes aceitava o convite. Não gostava que ele pagasse tudo para mim, e ele recusava toda e qualquer contribuição de minha parte para o aluguel da quadra e para os drinques que se seguiam. Era costume da casa os garçons servirem os coquetéis ou qualquer coisa que se pedisse no salão contíguo ao vestiário. Era costume também que as conversas fossem abertas, de modo que se era mais ou menos obrigado a conversar com outros membros do clube e convidados eventuais que lá estivessem. Eu não gostava muito do tipo que faziam; lembravam-me certos amigos de George na faculdade, que usavam a gravata de seu clube feito um aríete, puxada para a frente pelo alfinete dourado que juntava as abas do colarinho. Tampouco gostava de sua conversa. Quando falavam, grasnavam feito gansos. Tema quentíssimo bem àquela época era o número de garotas que eles ou suas primas conheciam que Jack Kennedy havia estuprado, como se garotas bem-nascidas não fossem pular na cama do presidente só porque ele era irlandês.

Nem aqueles amigos horríveis do clube nem a quantidade de álcool que Archie consumia haviam, até aquele momento, desestimulado sua nova namorada, Phoebe Jones. Por trás das muitas fachadas que ele erigia, ela pressentiu uma incômoda insegurança. Feita essa descoberta, clareou-se o caminho até seu grandioso objetivo — melhorar a autoestima de Archie —, e a distância daí até a paixão foi vencida com rapidez. Para uma jovem de vinte e quatro anos, formada em artes liberais por uma pequena faculdade de Ohio e que trabalhava como editora assistente de uma revista para adolescentes, ela era bastante maternal, não obstante a fachada de que ela própria se valia, com seus terninhos executivos cinza ou marrons, como os das vitrines da Peck & Peck, as camisas listradas novinhas em folha e os sapatos marrons de salto alto que a tornavam meia cabeça mais alta que ele. Ao contrário de Archie, ela era leitora contumaz e tinha especial preferência por romances do século XIX. Estava lendo Dostoiévski, e Stendhal era o próximo na lista. Imaginei que algum dia chegaria a Henry James e se reconheceria como uma versão mais branda e atualizada de Henrietta Stackpole.

Archie me convidava com frequência para irmos beber os três, depois das partidas de fim de tarde. O motivo era óbvio: na condição de romancista, eu era o tipo de nova-iorquino que Phoebe queria conhecer, além de prova viva de que namorar Archie não a condenava à companhia exclusiva de Voorhis, Schermerhorn, Van Gelder e Phipps, seus amigos de clube, todos advogados e corretores de valores; e tampouco às conversas deles, tão logo saíam do vestiário, sobre reuniões da Squadron A, apresentações da Blue Hill Troupe, casas alugadas em Amagansett e Newport durante o verão e, claro, a importação de babás irlandesas e britânicas. Embora Henry, como Voorhis, também fosse advogado — e Phoebe achava os advogados tão chatos quanto os corretores —, ela gostava dele porque, como ela, ele era um amante dos livros. Contudo, a utilidade dele para Archie era ainda mais limitada do que a minha, uma vez que Henry passava a maioria de suas noites e muitos fins de semana no escritório.

Mesmo os grandes bebedores que eu conhecia, antigos colegas de turma que tinham ido morar em Nova York, haviam reduzido seu consumo de álcool a uma quantidade modesta, ainda que constante. Archie constituía notável exceção, como eu redescobria toda vez que ele conseguia me fazer sair para jantar com ele e com Phoebe. Se alguma diferença havia, era que ele estava bebendo mais ainda do que nos tempos de faculdade e, pelo que pude depreender do ocasional sarcasmo de Phoebe e das histórias que ele contava sobre si mesmo, ao velho estilo autodepreciativo, continuava se embebedando a valer. Não o fazia apenas em festinhas de fim de semana, mas quase todo dia. Um ou dois martínis já o convenciam de que a ocasião era de festa; daí em diante, o terrível processo era rotineiro e bem conhecido. Inúmeros remédios infalíveis, cujas receitas ele obtinha dos mais experimentados *barmen*, faziam com que conseguisse se apresentar quase na hora para o trabalho no dia seguinte, atravessando a manhã até poder dar um golinho curativo na hora do almoço. Tinha também uma arma secreta: um tubo de oxigênio que mantinha ao lado da cama. Archie me garantiu que umas poucas fungadas clareavam a cabeça e resolviam boa parte dos sintomas, ainda que não todos. Eu não gostava de vê-lo beber daquele jeito, e ter Phoebe por testemunha só piorava as coisas; achava aquilo indecente.

A notícia de que iam se casar — que Archie me deu por telefone — pegou-me de surpresa. Imaginei que ela tivesse mais juízo. O noivado foi confirmado pela edição do *Times* da manhã seguinte e, alguns dias mais tarde, por um convite para uma festa em homenagem ao casal patrocinada por dois irmãos que eram os pilares do clube mais grandioso frequentado por Archie. Não pude comparecer; em vez disso, convidei-os para tomar um drinque comigo no Plaza, algumas semanas mais tarde. Convidei Henry também, mas ele estava em Washington, onde fazia uma exposição ao Departamento do Tesouro sobre o impacto que um imposto recém-criado teria nos negócios de um cliente. Pelo que um e outro me disseram, e por uma conversa que tive com Archie creio que à época do noivado, no curso da qual ele havia me dito que Henry praticamente não tinha vida social, soube que os dois andavam se vendo. Archie queria poder ajudá-lo, integrá-lo a alguns dos clubes de que era sócio. O Harvard Club, ao qual Henry pertencia, era bom para jogar squash, o que Henry desistira de fazer em razão do excesso de trabalho, mas não servia para muito mais. A situação seria bem diferente se ele fosse membro do Union ou do Racquet, mas aquilo estava fora de cogitação. Não o deixariam entrar, contou-me Archie.

Não muito tempo depois, recebi um convite que era mais uma súplica de Archie para que fôssemos de novo beber alguma coisa no Plaza. Como aquilo me pegou num momento de fraqueza, concordei, embora estivesse decidido a limitar nossos encontros à quadra de squash. Cheguei tarde ao Oak Room e vi de imediato que ele e Phoebe estavam prestes a dar cabo de uma rodada de martínis. Archie emitiu algum ruído benevolente em resposta a minha desculpa pelo atraso e chamou o garçom para anotar meu pedido e trazer-lhes outra rodada. Phoebe disse a ele que não precisava, porque iria embora num instante. Eu já falei, disse ela, não aguento mais outra noite daquelas. Além do mais, estou com uma dor de cabeça terrível. Num gesto de desalento, ela tirou os óculos e olhou para o outro lado. Tinha lágrimas nos olhos.

Não fique zangada comigo justo hoje, Archie respondeu, você sabe que estou com a cabeça cheia. Desta vez vai ser diferente. Vamos lá, se você ficar, Sam fica também, e ele vai fazer com que eu me comporte, certo? Ele beliscou meu braço e, depois, deu-lhe um tapinha.

Fiz que sim com a cabeça, concluindo que, como meu atraso dera vantagem a ele no gim, eu tinha alguma responsabilidade naquele dissabor. Meu uísque com soda chegou, e eu o bebia com vagar. Aquilo acabou por revelar-se um erro, porque Archie se valeu da minha lentidão para ingerir outros dois martínis antes de partirmos para um de seus locais favoritos, uns poucos quarteirões adiante, na Lexington com a 60. A sugestão havia sido minha, porque eu queria economizar o táxi até o restaurante da Máfia na rua 114, que era outro de seus favoritos. Foi mais um equívoco de minha parte, porque, como de costume, tivemos de esperar no bar por uma mesa, e aquele não era o tipo de estabelecimento em que a gente espera de mãos vazias. Na verdade, nós três pedimos uma bebida. Fiquei aliviado de ver que o álcool não parecia estar afetando Archie. Seu rosto estava corado, mas aquilo era tudo. Talvez o ar gelado durante nossa breve caminhada tivesse lhe dado o equivalente a algumas fungadas no balão de oxigênio. Foi somente quando o garçom finalmente trouxe o prato principal que notei a mudança. Archie havia começado uma ladainha pedante, repetitiva, não permitindo interrupção por parte de Phoebe. Primeiro, só falava da empresa de valores mobiliários em que estava trabalhando, que havia decidido que ele precisava passar no mínimo metade do tempo no México, em São Salvador e na Venezuela, países onde se concentravam seus contratos. Teria também de captar novos clientes na Argentina e no Peru. O Peru era moleza, disse. Tinha lá um contato perfeito, um de seus companheiros de rúgbi, cuja mãe, espanhola, tinha propriedades imensas no país e uma casa em Lima, onde ele poderia conhecer todo mundo que importava. A Argentina era mais complicada. Phoebe com certeza teria de viajar com ele, estivesse ela trabalhando ou não, particularmente em se tratando do emprego atual, que, de todo modo, ela devia largar mesmo, porque tomava tempo demais da senhora Archibald P. Palmer III. Ela não teve tempo de responder, e talvez nem o tivesse feito, porque Archie se levantou de repente e partiu em direção aos toaletes. Seu passo era incerto, como se caminhasse pelo deque de um navio antes de ter se acostumado ao movimento do mar. Eu o segui com o olhar, na esperança de que ele não colidisse com os garçons que saíam apressados da cozinha, carregando pratos escaldantes de espaguete.

Quando voltou, Phoebe e eu ficamos observando em silêncio enquanto ele beliscava a comida. Na melhor das circunstâncias, Archie já comia tão devagar que chegava a ser irritante.

Agora, tendo vomitado, como inferi de sua palidez, parecia determinado a repor tudo quanto havia expelido, pelo menos no tocante à bebida. A despeito dos protestos de Phoebe, pediu uma segunda garrafa de vinho, fez com que o garçom enchesse nossas taças e, depois de esvaziar a sua, desembestou a contar, sem nenhum introito, uma série de episódios relativos aos procedimentos do comitê administrativo do mais grandioso de seus clubes. Apenas recentemente tinha passado a integrá-lo, e suas histórias versavam sobre a esperteza com que os membros do tal comitê, lendo nas entrelinhas das cartas de recomendação e procedendo a investigações minuciosas junto a seus próprios conhecidos, desentocavam segredos desabonadores que candidatos a membro, ou mesmo seus patrocinadores ou apoiadores, haviam nutrido a esperança de que passassem despercebidos. Em geral, eram parentes judeus que os candidatos ocultavam, embora todo o seu dinheiro procedesse da fortuna da família judia em questão. Com os irlandeses católicos era a mesma coisa, e havia o caso de um italiano, contou Archie, sobre cuja família se afirmava que seria de nobres proprietários de terras na Toscana, quando, na verdade, mãe, pai e todos os primos moravam no norte de Nova Jersey e tinham feito dinheiro com o comércio de ferro-velho. Enquanto ele seguia tagarelando, o garçom chegou para anotar os pedidos de sobremesa. Aproveitei a oportunidade e disse que precisava voltar para casa, porque tinha de trabalhar um pouco antes de ir dormir.

No começo do verão, embarquei para Paris. Durante minha estada lá, recebi um telefonema de Phoebe. Ela também estava na cidade, como repórter vinculada ao escritório parisiense da revista *Time*. Jantamos e, durante a refeição, ela me confirmou o que eu já havia deduzido: tinha terminado com Archie. Estava triste e amargurada. A bebida, ela sentia, tinha se tornado um instrumento de agressão: Archie sinalizava com isso que não queria se casar, ou, de todo modo, que não queria se casar com ela. Sabia, disse, que eu era um velho amigo dele e, por isso, não estava me pedindo que concordasse ou discordasse.

Voltei para Nova York no final de setembro, mudei-me para um apartamento num edifício remodelado que antigamente abrigava uma cocheira, na altura da rua 70 Leste, e chamei Henry para um jantar de inauguração da nova casa do qual ele era o único convidado. Contei a ele sobre as dolorosas agruras de Phoebe. Ele assentiu e me disse que Archie tinha enlouquecido. Eu não sabia da história completa, mas ele deixaria que Archie me contasse o resto. Era o terceiro ano de Henry como profissional de advocacia. Disse-me que estava trabalhando tão duro como sempre, talvez mais ainda. Tinha muito a contar, mas, de novo, estava com viagem marcada para o dia seguinte e precisava ainda correr para o escritório e se preparar para ela. Combinamos de jantar quando ele voltasse, dali a duas semanas. Seria sua vez de me convidar: ele me levaria a um restaurante.

Nesse meio-tempo, para melhorar minha forma física e desempenho, joguei squash com os profissionais do Harvard Club. Não marcava muitos almoços, preferindo fazer um lanche sozinho ou ir para casa e comer o que achasse na geladeira. Depois de uma dessas partidas de squash, eu saía do clube quando o porteiro me deteve para dizer que o chefe estava com o rádio ligado na cozinha e acabara de ouvir que tinham atirado no presidente. Eu parei e, em minha colossal estupidez, perguntei: O presidente? O presidente Pusey?

Não, respondeu ele: O presidente dos Estados Unidos.

Saí para a rua e, por alguma razão, comecei a correr. Corria para onde? De início, não sabia, mas descobri que estava correndo para casa. Quando alcancei a Park Avenue, as bandeiras estavam sendo arriadas, e limusines estacionadas no meio-fio mantinham a porta do motorista aberta. Os rádios, ligados no último volume, repetiam a notícia. O presidente havia levado um tiro e estava morto.

Mas eu estava vivo. Uma semana mais tarde, ia convidar Archie para uma partida de squash, quando ele me telefonou. Eu devia ter feito grande progresso com os profissionais do clube, ou então Archie estava fora de forma. Venci. Ele esperou até a partida terminar para me contar a novidade, enquanto bebíamos uma cerveja no bar. O noivado com Phoebe tinha acabado. Revelei que ela havia me ligado em Paris. Sem me dar tempo de dizer que era uma pena, ele prosseguiu: Agora, a boa notícia. Vou me casar. Mostrou-me uma foto da futura esposa que levava na carteira. Era loiríssima, olhos azuis, ligeiramente gorduchinha. Alemã?, perguntei. Um palpite muito inteligente, disse ele, alemã por parte de pai e de mãe. A família vivia em Buenos Aires desde o fim da guerra. O pai havia sido alto oficial da Marinha alemã e tinha construído uma grande empresa de importação e exportação de produtos alimentícios. O casamento estava marcado para dali a seis meses, em Nova York. Os pais dela estavam felizes com a escolha, porque conheciam um monte de gente na cidade, que, ademais, ofereceria maior comodidade para a família e os amigos que viriam da Alemanha. Depois, ele e Alma partiriam para o oeste, numa rápida viagem de lua-de-mel. Assim que voltassem, os pais dela dariam uma grande recepção em Buenos Aires. Será um casamento perfeito, ele disse, se você concordar em ser meu anfitrião. Henry já concordou em ser meu padrinho. É uma boa combinação, e Alma é uma mulher muito especial, disse ele com grande seriedade. Vai exercer uma influência maravilhosa sobre mim.

E aí, posso contar com você?, ele perguntou ao nos despedirmos. Com todo o prazer, respondi-lhe.

E foi assim que, sob o comando de Henry, eu me vi num estranho e variado pelotão composto de sobrenomes como Verplanck, Phipps e Voorhis, saudando os convidados do almirante Von Holberg e de sua *Frau* na igreja de St. Ignatius Loyola; depois, dancei com cada uma das damas de honra de Alma, garotas latinas de considerável apetite sexual e, segundo me disseram, todas comprovadamente virgens. Coubera a mim escoltar a mãe de Archie a seu lugar na igreja. Seca e algo curvada, a esposa do general não envelhecera tão bem quanto ele. Já não possuía a vivacidade otimista de uma enfermeira; agora, mais parecia uma senhora de idade à espera do ônibus em algum terminal interiorano, agarrada a uma enorme bolsa preta da qual força terrena nenhuma teria sido capaz de apartá-la. No Colony Club, os últimos convidados tinham acabado de passar pela fila da recepção quando o rufar de tambores e os gritos de Olé! Olé! do líder da banda chamaram a atenção de todos. Voltamo-nos para a pista de dança e vimos a senhora Palmer encaminhando-se para o palco. Ela disse algo em espanhol para o referido líder da banda que o fez dar a ela um microfone sem fio. De novo, ouviram-se os tambores enquanto ela vasculhava sua bolsa preta. Por fim, encontrou a folha de papel que procurava, trocou de óculos e começou a ler. Eu esperava um brinde, embora aquele não fosse o momento habitual para a fala da mãe do noivo. Na verdade, a senhora Palmer dizia que, se olhássemos pela janela para a Park Avenue, poderíamos admirar o automóvel que ela dera a Archie como presente de casamento. Ela esperava que o filho e Alma se divertissem com ele durante a viagem de lua-de-mel. As aparências enganam, prosseguiu ela. Aquela máquina ali pode parecer um Mercedes conversível comum, mas tem um motor com cavalos em dobro, só esperando para sair em disparada. Foi por isso que ofereci a Archie, em sua última visita a sua velha mãe no Texas, algumas aulas de pilotagem de carros de corrida. Pé na tábua!

A banda começou a tocar "La cucaracha", e Archie pôs-se a dançar com a mãe, que se revelou bastante ágil, enquanto todos os latinos — homens, mulheres e virgens — formaram um círculo espontâneo em torno dos dois, batendo palmas ao ritmo da música. Eu segui a determinação da senhora Palmer e dei uma olhada na oferenda. O carro era vermelho como um caminhão do corpo de bombeiros e muito bonito. Quando o assunto era dar presentes, ela com certeza demonstrava muito estilo.

Depois do casamento, algum tempo se passou sem que eu recebesse notícias de Archie. Provavelmente não me dei conta. Não me lembro de ter comentado seu silêncio com Henry. Então, um dia, depois de uma partida de squash com um profissional do clube no horário de almoço, topei com outro dos anfitriões, Bill Voorhis, que conhecia de passagem da faculdade.

Que coisa mais horrível, disse-me ele, quando penso naquele casamento e no quanto todos nos divertimos...

Mas do que você está falando?, perguntei.

Você não sabe?, retrucou ele.

E pôs-se a me contar que Archie e Alma tinham chegado a Denver de avião e, lá, reencontrado o Mercedes, que havia sido despachado por trem. Pouco antes do almoço, alguém levara o carro até o hotel onde estavam hospedados. Os dois saíram para dar uma boa olhada no bólido e, depois, nas palavras de Voorhis, tinha havido um daqueles almoços típicos de Archie. Quando terminaram, Archie levou Alma para dar uma volta. Oitenta quilômetros adiante, estavam mortos: tinham se espatifado contra um caminhão de cerveja numa curva cega.

Disse a Voorhis que estava me sentindo mal.

Foi como nos sentimos depois do telefonema do general, disse ele, mas o que mais se podia esperar? O general falou primeiro com Phipps, que, então, ligou para o resto da turma. Fomos, alguns de nós, ajudar com o traslado dos corpos para Buenos Aires. Era o que queriam os Holberg, e o general concordou. Está certo, acrescentou ele, você não tinha mesmo como saber. O pobre do Archie não mereceu nem sequer um obituário.

Almocei sozinho no restaurante de Harvard Club. Depois, entrei na cabine telefônica do saguão, fechei a porta e disquei o número de Henry. Ele estava ao telefone, mas eu disse à secretária que aguardaria na linha. Por fim, ele atendeu, e eu lhe contei. Um longo silêncio se seguiu. Era daquela maneira, percebi, que Henry lidava com o pesar, até que um dia uma represa dentro dele acabaria por se romper.

Assim tinha sido. Henry não conhecia a turma do Union Club, e ninguém — nem mesmo o general ou a senhora Palmer — havia se dado ao trabalho de ligar para ele ou para mim. Essa era a medida de como a vida de Archie mudara completamente. Não se tratava de Archie ter, ele próprio, se sentido menos próximo de Henry. Afinal, convidara-o para ser seu padrinho, e não Voorhis ou Phipps. Mas, para o general e para os pilares da mesa de gamão de Archie, Henry era invisível, algum desajustado que grudara no pobre do Archie nos tempos de faculdade. Ao chegar em casa, pensei em Phoebe. Ela estaria saindo para o trabalho naquela hora. Encontrei-a de imediato, mas não conseguia dar-lhe a notícia que havia sido o motivo do telefonema. Ficamos conversando. Estava namorando um jornalista inglês que se recusava a pedir o divórcio; a maior parte do tempo, porém, a esposa dele ficava em Londres e o deixava viver em Paris como bem entendesse. Será que eu conhecia algum homem solteiro, ela me perguntou, que não fosse bicha e quisesse se casar? Respondi que a produção do modelo que ela queria tinha sido descontinuada. Depois, sem mais delongas, dei-lhe a notícia.

25.

Archie estivera certo a respeito de uma coisa: a vida social de Henry. Talvez tivesse ajudado bastante entrar para o Union, o Racquet Club ou uma daquelas instituições menores e ainda mais exclusivas a que o próprio Archie não conseguira acesso. Quando sozinho, ele teria podido buscar refúgio e companhia no bar do clube ou à mesa de jantar dos associados. Talvez tivesse desenvolvido gosto pela conversa e se tornado, pouco a pouco, um figurante desejável, um sujeito procurado pelas esposas daqueles para os quais perdia no gamão. O problema era que, para Henry, teria sido difícil deixar de ganhar.

Por certo, tinha à mão as riquezas culturais de Nova York. Mas a escravidão em que as firmas nova-iorquinas de advogados, como a dele, mantinham seus associados — à disposição dos sócios a qualquer hora do dia ou da noite, inclusive nos fins de semana e feriados — tornava frustrante, de tão difícil, uma mera ida ao cinema, ao teatro ou a um concerto, a não ser que se fosse sozinho ou que se tivesse alguém disposto a aturar de bom grado cancelamentos de última hora. Esse papel era, em geral, desempenhado por uma esposa com um longo histórico de sofrimento. Muitos dos colegas de Henry tinham uma, assim como filhos, com ou sem os vestígios da primeira dentição, treinados ou não no uso do banheiro; os que tinham dinheiro próprio contratavam babás para empurrar o carrinho, trocar as fraldas, dar mamadeira e manter os anjinhos longe do penteado dos pais. Aquilo, porém, não significava que pudessem correr para pegar um show na Broadway e pensar consigo: Será que o Henry não gostaria de ir com a gente? Muito mais provável era que, como parte de uma corrente de convites trocados no interior do universo inato e hermeticamente fechado das firmas de advocacia e dos bancos de investimento chiques de Nova York, estivessem dando ou comparecendo a um jantar no apartamento do Upper East Side, ou mesmo do Upper West Side, de algum outro jovem casal. Ali, resplandeceriam ainda os presentes de casamento — a roupa de mesa, a prataria, os cristais e as porcelanas —, em exibição que até a pobre senhora White aprovaria. Servidas e reabastecidas duas vezes as taças de martíni, a anfitriã e o mais empreendedor dentre os maridos presentes poriam a comida na mesa. Seis em cada dez vezes, o cardápio constituía-se de codorna recheada, arroz silvestre, queijo brie (finas fatias do qual já teriam comparecido na condição de acepipe, acompanhadas de pão norueguês) e, de sobremesa, talvez uma torta de frutas comprada na Dumas da Lexington Avenue; tudo isso, regado a mais Beaujolais do que seria aconselhável a qualquer criatura. A seguir, uísque com soda e conhaque. Pouco importava que um dos maridos — ainda que fosse o anfitrião! — houvesse ficado preso no escritório, revisando modificações em alguma documentação, e tivesse perdido a festa, só reaparecendo em casa ao amanhecer, a tempo apenas de fazer a barba, trocar de camisa e voltar para o trabalho. A supergarota bacana com quem ele havia se casado compreenderia, assim como compreenderia tudo o mais que pudesse vir a impedi-

-la de viver como mamãe e papai. Enquanto isso, os felizardos que haviam se livrado de passar a noite no escritório trocavam histórias sobre negócios que estavam fechando, sobre as horas trabalhadas e cobradas na semana anterior, no mês anterior e desde o começo do ano, sobre as excentricidades do sócio da firma para o qual trabalhavam e, esgotados todos os assuntos semelhantes, sobre minúcias acerca de pareceres dados a emprestadores em financiamentos securitizados. Avaliavam um ao outro, porque era inquietante e difícil decidir qual das formas do chique era mais elevada: ter vindo direto do centro da cidade, com uma bela pasta de couro forrada de documentos a serem estudados e sublinhados antes do nascer do sol (como se algo do tipo fosse viável depois do segundo uísque ou conhaque pós-jantar), ou ter passado em casa e vestido uma camisa oriunda da Jermyn Street londrina e o blazer azul da Anderson & Sheppard.

Claro, Henry podia contar com convites para pequenos jantares em casa de George e Edie. Convidavam-no sem cessar, George explicou-me, porque Edie gostava muito de Henry, gostava tanto quanto ele próprio. Aliás, tinha sido dela a ideia inicial de convidá-lo para ser um dos anfitriões do casamento dos dois. Do contrário, ele não insistiria em chamá-lo para jantar a todo momento, o que, de qualquer modo, era melhor deixar na mão das mulheres, tanto mais em se tratando de alguém tão difícil de definir, como era o caso de Henry.

Manifestei alguma surpresa com o fato de ele não achar Henry um convidado de fácil adaptação.

Tem uma série de fatores, ele explicou. Edie gosta de mesas equilibradas, o que é justo, e Henry parece nunca conseguir companhia. Eu não entendo. Não acredito que ele não conheça nenhuma garota ou que tenha vergonha de nos apresentar a garota com quem está saindo no momento. Tentamos arranjar alguma coisa entre ele e a prima de Edie, Mary, e também com duas ou três ex-colegas de escola de Edie, inclusive aquela Adams que estava no casamento, mas não deu certo. A gente realmente achava que, com Mary, podia dar certo. Ela sempre leu bastante, eles deviam ter se entendido bem. Henry saiu com ela duas ou três vezes, antes de pormos os dois, lado a lado, num jantar. Mas acabou aí. Edie desconfia que ele forçou a barra cedo demais. Quanto às outras garotas, acho que ele nem chegou a ligar para elas.

Perguntei como Henry estava se saindo no escritório e por quê, numa firma tão grande como a Wiggins & O'Reilly, não havia uma vida social à qual ele pudesse se integrar.

Uma coisa com a qual você não precisa se preocupar é como ele está se saindo lá, George respondeu com grande seriedade. O senhor Allen recorre a ele o tempo todo. Só isso já significa um bocado, porque Allen é um verdadeiro capataz. E é muito poderoso. Henry trabalha para Jim Hershey também. Isto é, quando acontece de o Hershey estar por lá. O sujeito viaja o tempo todo, em visita a seus clientes estrangeiros. As pessoas dizem que, do seu jeito astuto, ele está de olho em Henry, e é muito poderoso também. Mas tudo isso fica fora do meu modesto departamento: estou só repetindo o que ouvi.

George trabalhava com fundos fiduciários e espólios, ao passo que Henry atuava em área mais refinada: a das grandes empresas. Eram dois mundos que raras vezes se encontravam. Não obstante, refiz minha pergunta: Mesmo que tudo isso seja verdade, por que ele haveria de ficar tão sozinho depois do trabalho?

Aí é outra história, respondeu George. Na Wiggins, não temos uma vida social lá muito organizada, não existem aqueles coquetéis mensais que outras firmas costumam promover. Só temos dois jantares para todos os advogados: um no inverno, outro em junho. As pessoas organizam a própria vida. Os sócios quase nunca convidam associados para o que quer que seja. Tenho certeza de que os Allen convidam Henry para jantar, quando precisam de um homem a mais — ele é praticamente o escravo do senhor Allen. Talvez Hershey o leve para jantar também, em seu clube. A senhora Hershey teve poliomielite depois do casamento, está numa cadeira de rodas. Não acredito que recebam convidados. Quanto aos associados, não tenho notícia de que ele tenha toda essa intimidade com nenhum deles. Talvez porque esteja sempre ocupado demais, ou talvez porque Henry nunca tenha sido muito amigo dos dois outros rapazes da turma dele de direito que contratamos, Forrester e Lovett. Para ser sincero, nunca soube de quem ele é amigo. Só sei desses dois rapazes porque fomos colegas de colégio.

Enquanto refletia sobre o assunto, lembrei-me da tentativa de George de integrar Henry a seu clube do curso de direito, uma iniciativa embaraçosa e fracassada.

O que costuma acontecer na firma, explicou-me George, é que associados solteiros que vieram da mesma turma ou trabalham na mesma área, como fundos e espólios, andam juntos, dão festas em seus apartamentos e assim por diante. Alguns cozinham bem. Dividem apartamentos, o que torna mais fácil receber as pessoas. Eu não sei por que Henry pelo menos não divide um apartamento com alguém. O apartamento dele é ótimo. Ele nos convidou para beber alguma coisa, logo depois que se mudou para lá, e justo com Margot, aliás. Podia ter sido um problema, mas acho que ela e eu nos comportamos bem. Provavelmente estou falando besteira, mas ouvi dizer que Henry foi contratado porque Jim Hershey foi até o sócio responsável pelas contratações e ordenou que Henry fosse contratado. Por que ele faria isso, não tenho ideia, mas é um boato que não faz bem nenhum a Henry. O fato é que não me lembro de ele ter sido entrevistado. Sei que Edie pediu ao pai dela que arranjasse uma entrevista, mas ele disse que tinha tentado e descoberto que não havia nada que pudesse fazer. Se Henry tivesse sido entrevistado, o responsável teria perguntado se ele tinha amigos entre os funcionários da firma e o teria levado para uma visitinha a seus conhecidos. Eu não teria sido um deles? Portanto, pode haver alguma verdade nessa história de que ele teria cortado caminho. Isso, fora o que você e eu sabemos, ou seja, que mesmo com toda a sua inteligência, energia e seu currículo, Henry não é bem o tipo de sujeito que a gente imaginaria na Wiggins & O'Reilly.

Eu sabia disso. Também conhecia — assim como George, talvez — o quadro mais amplo da busca de Henry por um emprego, nada típica de alguém que concluiu a Law School entre os melhores de sua turma. O verão entre o primeiro e o segundo ano, ele o havia passado resolvendo os negócios do pai, como previra naquela noite em que fomos ao apartamento de Margot. Todo o tempo livre que tinha, passava com ela. Crucial, porém, tinha sido o verão seguinte. Henry se candidatara a um emprego em cinco ou seis das principais firmas de Nova York, baseando seu critério de excelência em boataria e em comentários do *Harvard Law Review*. Isso significava que tinha ido contra a opinião de todo judeu que conhecera no curso de direito, incluindo seus colegas de turma no Law Review, que afirmavam que aquelas firmas não contratavam judeus, a não ser em casos raríssimos, em geral vinculados a filhos da mais alta burguesia judia vinda da Alemanha. E mesmo esses judeus especiais, uma vez contratados, nunca eram promovidos a sócios, com uma única exceção. Essa exceção era Augustus Stern, sócio da Albright & Kinsolving, brilhante e conhecido de todos como o menos judeu dos judeus, além de ter ingressado, pela via do casamento, na família que era proprietária do mais grandioso banco de investimentos judeu e de ter se tornado, como o senhor Bowditch gostava de dizer, o mestre dos cães de caça de um dos clubes de caça à raposa do sul de Nova Jersey. Henry insistia que uma parte de seu cérebro sabia que aquilo tudo era verdade. Mas alguma coisa nele se rebelava contra o bom senso: Este é um país livre, dizia a si mesmo, e me recuso a ser como aqueles americanos primitivos e fatalistas que recebem treinamento básico em Fort Dix, fodidos por natureza e convicção. Você, George, Archie e Margot, todos vocês me venderam a ideia do sonho americano, disse-me ele no Henri IV, aonde eu o levara para jantar no outono de seu terceiro ano do curso de direito. Eu tinha ido a Cambridge visitar Tom Peabody.

Respondi que não esperava encontrar Margot naquela lista.

Como assim?, ele rebateu. Ela me abriu a porta pela qual eu mais queria entrar!

Pedi que ele prosseguisse com sua saga.

Por mais estranho que parecesse, das cinco firmas nova-iorquinas que o haviam entrevistado, só uma desejara contratá-lo: aquela de que ele menos gostava, cheia de irlandeses travestidos de advogados, provavelmente bombeiros e policiais na vida real. Deviam ter se equivocado, confundindo-o com algum O'Boyle ou Sweeney. Fosse como fosse, nunca que ele iria aceitar aquela oferta. Não com tantas firmas judias em Nova York cheias de sócios e associados dotados de currículos acadêmicos melhores do que qualquer um nas empresas em que ele havia depositado suas esperanças — firmas que adorariam contratá-lo. Mas o coração tem razões que a própria razão desconhece: ele achava que, se tomasse aquele caminho, estaria se diminuindo a nossos olhos. O que eu, Archie, George e Margot pensaríamos se ele, um espírito livre, sem nenhum interesse em ser judeu, baixasse a cabeça e fosse para o gueto? O senhor Hornung foi em seu auxílio e tornou a questão inútil ao convidá-lo para passar o verão no banco, como seu assistente. Chegou mesmo a ir a Boston para fazer-lhe a proposta pessoalmente, Henry me contou, embora seu banco não contratasse advogados e o próprio senhor Hornung na certa não costumasse viajar para recrutar um office boy de luxo. Bastava ter pegado o telefone, e o assunto estaria resolvido.

Tanto a proposta como o interesse do senhor Hornung em sua carreira o haviam surpreendido; a terceira surpresa era que não tinha ouvido de Margot uma única palavra sobre o assunto. Ela se matriculara na École du Louvre e estava morando em Paris; o pai não contara nada a ela. Recuperado da surpresa, ele concluiu que só podia ter caído nas graças daquele homem rico e poderoso que tanto o aterrorizara e, tinha quase certeza, nada sabia da natureza de sua relação com a filha. Agarrando a oportunidade de ouro, Henry aceitara a proposta. No final do verão, teve outra surpresa: o senhor Hornung o levou para almoçar no La Côte Basque e o aconselhou a terminar o curso de direito, tirar longas férias e, depois, retornar ao banco. Garantiu a Henry que ele tinha uma cabeça para negócios bem melhor do que imaginava e estaria cometendo o maior erro de sua vida se não se valesse daquele talento. Henry agradeceu-lhe da forma mais calorosa que julgou conveniente. Depois, explicou que, ao contrário do que ele próprio esperava, havia descoberto que gostava de direito e estava se saindo bem na Law School. Estava, pois, determinado a tentar dedicar-se à prática da advocacia. O senhor Hornung assentiu, embora desapontado com a decisão. Na certa, Margot também ficaria — era a primeira vez que ele a mencionava a Henry. No seu caso, porém, desapontado ou não, ele não se deixaria abater: a proposta permaneceria de pé. A não ser, acrescentou, que vendesse o banco. Henry se permitiu perguntar quais seriam suas perspectivas, caso isso acontecesse. O senhor Hornung deu uma risadinha e respondeu que uma solução poderia ser encontrada.

Também para mim era um desfecho surpreendente. O que você vai fazer agora?, perguntei, lembrando-me de que, com base no que acontecera com George, logo haveria outra rodada de recrutamento por parte das firmas de advocacia.

Na verdade, estou de olho em dois postos na Suprema Corte, disse ele, secretariando Frankfurter ou Harlan. O problema é que eles não contratam gente recém-saída da universidade. Você tem de trabalhar, primeiro, numa corte de apelação, e são muito poucos os juízes dessas cortes que me interessam. Para falar a verdade, só um me interessa: Henry Friendly, em Nova York. Se isso não der certo, acho que vou me recandidatar àquelas mesmas cinco firmas, só para ver se os irlandeses ainda me querem.

Nosso almoço havia consumido mais tempo do que eu esperara. Eu ia jantar com Tom Peabody, o que significava jantar cedo, e esperava trabalhar um pouco durante o que me restava da tarde. Pedi a conta e, enquanto esperávamos, Henry perguntou-me se eu estaria em Nova York no Natal. Respondi que provavelmente ia viajar, esquiar um pouco, mas que, estivesse na cidade ou não, ele podia usar meu apartamento. Era o que ele queria ouvir. A casa em Dorchester Road tinha sido vendida — não que ele pretendesse ficar lá, de qualquer maneira — e Margot entregara seu apartamento na cidade.

No fim, adiei a temporada de esqui a fim de acompanhar minha mãe e Greg Richardson até o cartório de Pittsfield, onde a cerimônia de casamento civil teve lugar em data um tanto inconveniente, dois dias depois do Natal. Passar a véspera e o dia de Natal com eles era mais do que eu imaginava que meus nervos aguentariam. Os Standish me acolheram. Tão logo entreguei minha mãe ao noivo e suportei o almoço no clube, do qual Greg era sócio agora — almoço, aliás, a que compareceram não menos do que três pacientes de Riggs com situação clínica tão incerta quanto a de Greg —, parti para Nova York e para o sossego de meu apartamento. Sentia-me tão perturbado que receei não ser capaz de aguentar a visita de Henry. Estava enganado. Ele entendeu quando lhe disse que não estava no melhor da minha forma e passava fora boa parte do dia.

Seu futuro de curto prazo parecia decidido, contou-me ele durante o jantar na noite em que cheguei: tiraria as férias que o senhor Hornung havia sugerido, talvez com Margot, se a situação dela se tornasse menos complicada. Depois, iria trabalhar como associado na firma de George, Wiggins & O'Reilly.

Comentei que obviamente lhe devia parabéns. Foi uma surpresa para todo mundo, disse ele, sobretudo para George. Archie — que viveria ainda quatro anos — tinha reagido de uma forma muito engraçada: O que falta agora?, comentara, onde mais os judeus vão entrar? George confidenciou-me, Henry continuou, que, sabendo da minha ansiedade de encontrar emprego, Edie pediu ao pai que falasse com Nick Allen. No fundo, é ele quem administra a firma, mas a resposta do pai de Edie foi de que o tiro só podia sair pela culatra, porque a Wiggins faz questão de não deixar que nem mesmo o maior de seus clientes interfira nas contratações e promoções. Edie achou que o pai foi inteiramente honesto com ela e que, se achasse que aquilo poderia ajudar, teria telefonado para Allen. Segundo ela, ele se lembrava de mim do casamento e não tinha dito nada que indicasse que sabia que sou judeu. Essa, portanto, não pode ter sido a razão.

E Margot, perguntei, o que ela acha?

Essa foi uma grande surpresa. Em novembro, ela me disse que eu era um bobo de não tentar as firmas judias, onde me receberiam de braços abertos e eu poderia ter uma vida normal. Disse a ela que não ia fazer isso. Aí, logo que recebi a notícia da Wiggins & O'Reilly, claro, liguei para ela.

Que garota mais incomum, comentei.

Ela é estranha, Henry concordou, e muito inteligente. Mas acho que, nesse caso, estava errada.

Henry estava mais confuso do que nunca em relação a ela e não menos convencido de que os dois estavam destinados a ficar juntos. Ao mesmo tempo, embora entendesse a insistência dela em ter liberdade sexual, não se imaginava aceitando aquela condição, caso fossem se casar — não que pensasse que ela iria se casar com ele. Nem o estranho jogo que ela jogava com ele. Em novembro, por exemplo, quando tinha ido visitá-la em Nova York, reservara um quarto no Waldorf para que pudessem ficar juntos.

No Waldorf?, interrompi-o de novo.

Vejo que você se lembra da visita de Madeleine, ele respondeu. Também me lembro. Não resolvi me hospedar lá por causa dessa lembrança. Só calculei que, se Madeleine tinha escolhido aquele hotel, era porque não havia escolha melhor. Não conheço nada de hotéis nova-iorquinos.

Então isso quer dizer que você e Margot agora dormem juntos de fato?, perguntei.

Henry balançou a cabeça. Não, não é bem assim. Em novembro, ela ia para a cama comigo. Eu podia estar nu e fazer o que quisesse, menos a coisa em si. De novo, ela disse que era uma questão de pureza e coerência. Aquilo me desanimou e perguntei se Etienne tinha voltado. Não, não é isso, ela me disse, embora eles jantassem juntos em Paris de vez em quando. Ele está mais ou menos para se casar com uma herdeira francesa. Não, agora é outra pessoa que ela conheceu na Europa. Um advogado americano. Ao que parece, ele está por lá o tempo todo e conta histórias fascinantes sobre os casos em que trabalha. Eu me pergunto se é algum espião.

Então foi assim que ela aprendeu tanto sobre advogados, comentei. E os postos na Suprema Corte?

Ele deixou passar meu comentário jocoso e respondeu-me que iria trabalhar na Wiggins apenas se o cargo com o juiz Friendly não saísse. Só saberia na primavera. Se tivesse de apostar, acrescentou, diria que as chances eram mínimas. Depois, permaneceu em silêncio por alguns instantes e, por fim, disse: Sabe de uma coisa? Estou começando a pensar melhor naquela história das firmas judias. Talvez eu devesse ligar para uma delas e avisar: Aqui estou eu, vocês não querem me contratar? Se me quiserem, vou dizer àquela gente da Wiggins onde enfiar sua pureza racial. Você não acha que sou louco — ou, pior do que isso, que estou errado em ir procurar quem não me quer?

Apontei a contradição: se não o quisessem na Wiggins, ele não teria sido convidado a trabalhar lá.

Ele aquiesceu. Era uma conclusão lógica, admitiu.

Tom Peabody chegou no dia seguinte. Passaria o período de leituras em meu apartamento. A ausência de Cambridge, ele a justificou para mim e, talvez, para sua própria consciência com a proximidade da biblioteca da rua 42, onde havia manuscritos que queria consultar. Henry abreviou sua estada. Continuava se dando bem com Tom, mas imagino que tenha concluído que três era demais.

26.

Sonolência, fadiga e uma tristeza imensa — um estado que eu conhecia tão bem — caíram outra vez sobre mim como um manto de chumbo, enquanto ganhávamos e perdíamos no vale de Ia Drang e nossos B-52 entravam em ação, em apoio à Primeira Cavalaria. Não tentei me iludir com a ideia de que minha doença pudesse estar vinculada a esses fatos; não entendia ainda que o país estava mergulhando na loucura. O doutor Kalman trocou o comprimido que me fazia dormir e sugeriu que eu passasse a tomar também um dos novos antidepressivos, dos quais se dizia que ajudavam a combater a insônia e a ansiedade — um paradoxo, na minha opinião. Recusei-me a tomá-los, argumentando que meu trabalho dependia de eu ser quem era e como era, com todas as minhas tristezas, e não apenas quando me sentava para escrever, mas também quando desperdiçava meu tempo sem nenhum propósito aparente. Ele ergueu a sobrancelha e disse que, ao que lhe parecia, meu objetivo primordial deveria ser sentir-me melhor. Sugeri que ele não sabia o que estava dizendo. Continuamos nossas explorações nesse pé. De nada adiantavam.

Kalman e eu estávamos empacados, incapazes de avançar ou encontrar uma saída.

Enquanto isso, minha carreira literária seguia movimentada. Meu terceiro romance, que, ao contrário do segundo, escrevi num ímpeto constante de criatividade, foi publicado. A editora cobrou-me a promessa que eu havia feito de me colocar à disposição para turnês e entrevistas. A opinião geral da casa era que as vendas do meu segundo romance teriam sido menos anêmicas, tivesse eu me disposto a cooperar. De novo, Kalman sugeriu o antidepressivo. Dessa vez, segui o conselho e enfrentei aos trancos e barrancos as noites de leituras e autógrafos em uma série interminável de cidades que esperava jamais revisitar. Quando voltei a Nova York, porém, as sessões com o doutor Kalman não pareciam ter melhorado em nada. Reuni coragem e perguntei a ele se podia me recomendar alguém em Paris, caso eu fosse morar lá. Não para sempre, porque não tinha a intenção de me tornar um expatriado.

Ah, entendo, você acha que emperramos. Talvez tenha razão. Poderia mencionar um ou dois nomes em Paris, mas prefiro falar com Jake Reiner antes.

Subitamente abalado pela enormidade do que havia feito, tentei convencê-lo da minha afeição e do meu respeito, mas tudo que consegui arrancar dele foi um leve aceno de cabeça. Estava claro que ele me julgava um parricida. Ainda assim, algumas sessões adiante, comunicou-me que o doutor Reiner e ele concordavam que, caso me mudasse para Paris, devia procurar madame Bernard. Ele já havia tomado a liberdade de falar com ela por telefone, e parecia que ela tinha vaga para mim em seu horário. Perguntei se era formada em medicina.

Ah, não, ele respondeu, nem havia necessidade. Madame Bernard é uma analista freudiana e membro da sociedade psicanalítica parisiense.

Disse a ele que suspeitava estar sendo lançado nos braços de Lacan. Não, não, respondeu-me, não é nada disso. De todo modo, você não tem nenhum compromisso com ela. Existem outras possibilidades.

E assim teve início minha temporada de longas caminhadas até a rue de la Faisanderie. A partir da rue de Tournon — onde eu alugara um apartamento com vista para um grande jardim atrás do prédio —, era um endereço tão difícil de alcançar por transporte público que comprei um Peugeot 404 para aquelas idas e vindas entre o sexto e o sétimo *arrondissement*.

Por sorte, eu tinha uma vaga de garagem no pátio interno da rue de Tournon. Em vista de meus ganhos, o dinheiro gasto no carro e, de resto, com meu estabelecimento em Paris de modo geral não me parecia insensato. Além disso, o senhor Hibble — prestes a se aposentar e a passar a administração de meu fundo para uma empresa de Boston — havia me mostrado o resultado de seu trabalho em números. Meu respeito pelo velhote esquisitão subiu ao espaço sideral. Quase desde o começo, quando eu ainda estava na escola, ele tinha investido pesado em ações da IBM, correndo grande risco, segundo me disse, uma vez que a regra básica de administração de fundos recomendava diversificar os investimentos. Incapaz de controlar minha curiosidade, perguntei se aquela estratégia era dele próprio ou se Jack Standish também a adotara. Pela primeira vez desde que nos conhecêramos, ele sorriu, levou um dedo aos lábios e sussurrou: Psssiu!

O costume de tirar férias em agosto, tão característico dos analistas americanos, era norma também em Paris, onde, no entanto, se aplicava ao conjunto da população. Não apenas madame Bernard, mas, ao que parecia, Paris inteira estava de partida. Imaginava se membros da sociedade psicanalítica porventura teriam um cantinho só seu, razão pela qual perguntei a ela onde pretendia passar o mês. Ao contrário do doutor Reiner, ela evitava respostas secas. Simplesmente deixou a pergunta sem resposta nenhuma. Na verdade, eu também estava de partida. Quando Tom Peabody me escreveu, dizendo que viajaria à Europa sem nenhum outro compromisso fixo além do de visitar a biblioteca Bodleian nas primeiras três semanas de julho, propus que, assim que ele terminasse sua pesquisa, fôssemos de carro de Paris a Montreux e passássemos o mês de agosto no hotel com vista para o lago. Eu não seria o primeiro romancista a tentar trabalhar lá.

Antes de partirmos, recebi um telefonema de Margot. Henry havia contado a ela que eu estava em Paris. Por um momento, cheguei a pensar em convidá-la para jantar em meu apartamento, mas teria sido a primeira refeição que eu ofereceria a um convidado e não tinha certeza de que minha simpaticíssima *femme de ménage* estava à altura de preparar um prato de verão que Margot pudesse aprovar. Em vez disso, convidei-a para ir a um restaurante na rue Marbeuf, logo dobrando a esquina da rua em que os pais dela tinham seu *pied-à-terre*, onde ela estava hospedada. Não a via desde aquela noite em que Henry me levara ao apartamento dela para tomar uns drinques. Margot havia mudado ainda mais; a garota de Radcliffe por excelência era agora uma mulher. Perguntei se estava em Paris a passeio, uma vez que Henry me contara sobre a ideia dela de ir estudar no Courtauld ou, talvez, trabalhar em Londres. Ela me disse que o lugar onde iria morar era coisa ainda indefinida; dependia de uma novidade que iria me contar em seguida, se eu prometesse ter em mente que nada era certo, que não era fatal que acontecesse. Depois, disse-me: Talvez eu me case!

Dei-lhe os costumeiros parabéns, ainda que pensando no golpe que aquilo deveria ter representado para Henry.

Rapidamente, ela me contou que o futuro marido era um francês que morava em Paris, o que talvez excluísse Londres do campo das possibilidades. Seu nome era Jean du Roc, um romancista cerca de quinze anos mais velho que ela.

Margot ficou visivelmente aliviada quando lhe assegurei que conhecia seu nome e sua reputação, que éramos publicados pela mesma editora e que eu tinha lido um dos romances dele — o segundo, acreditava — com grande interesse.

Que legal!, exclamou ela. E você gostou?

Muito divertido, respondi. Na verdade, eu me lembrava de ter me surpreendido com o fato de ser um homem o autor daquela história de um jovem apaixonado por uma condessa casada e por automóveis velozes — um romance que mais parecia uma *joint venture* de Louise de Vilmorin com Françoise Sagan.

Margot me contou em seguida que o sobrenome verdadeiro de Du Roc era Lebon e que os pais dele moravam em Chatellerault, onde o pai era dono de uma farmácia. Contou ainda que Jean tinha começado estudando ciências políticas e, depois, por puro tédio, decidira tentar o jornalismo, mas acabara escrevendo um romance. Com tanta gente no mundo..., comentou ela. Você entende como essas coisas acontecem, não é?

Assenti e perguntei sobre os planos para o casamento.

Tem um complicador; Jean é casado; estamos esperando sair o divórcio. A mulher dele está fazendo corpo mole. Não sei se é maldade, não querer encarar os fatos ou as duas coisas. A propósito: meus pais não sabem nada sobre Jean, nem sequer o conheceram ainda. A diferença de idade vai ser um problema e, claro, o dinheiro também. Ele não tem um tostão. A esposa atual é a segunda. Ele vai ter de pagar alguma coisa a ela, e já paga algum tipo de pensão à primeira mulher, com quem teve filho. Acho que minha mãe vai gostar dele, porque é muito educado. Meus pais vão para Cap Ferrat em agosto, e é lá que vou revelar a surpresa a eles.

E Henry?

Contei a ele na semana passada.

Deve ter sido uma notícia dura de dar e de receber.

Os olhos dela se encheram de lágrimas. Depois, Margot se recompôs e disse que não tinha sido tão ruim. Henry havia feito um tremendo esforço para ser legal.

Pura insensibilidade de minha parte? Intromissão crônica? Como se jamais fosse haver momento melhor para tanto, perguntei à queima-roupa por que ela estava se casando com Jean du Roc, e não com Henry White, que a amava fazia dezessete anos, era solteiro e nunca tinha se casado. Achava aquela uma história das mais estranhas.

E é mesmo, disse ela, mas você sabia que ele nunca me pediu em casamento?

Respondi que, na verdade, não sabia, mas que ela e eu tínhamos plena consciência de que aquilo era mero detalhe. Se não a havia pedido em casamento era por uma única razão: a certeza de que ela diria não, e ele não estava disposto a perder o pouco que tinha.

Margot baixou os olhos e me contou que até o pai queria que ela se casasse com Henry. Tinha inclusive se oferecido para propor o casamento a ele em nome dela.

Lembrei-lhe que ela não respondera minha pergunta.

É uma coisa muito pessoal, disse Margot. Você sabe que eu durmo com ele.

Fiz que sim.

De vez em quando, ela se corrigiu. Nunca sei ao certo quando vai acontecer. E sabe que já tive outros, assim como ele também já teve outras.

Respondi que o que sabia era que Henry a amava e que o relacionamento entre os dois assumia várias formas. Não sabia nada além disso.

Ela estendeu a mão para dar um tapinha na minha e disse: Não seja absurdo. Eu sei que ele conta tudo a você, no mínimo por alto. E você sabe que há vileza dos dois lados. Já não importa: Jean me faz fazer o que ele quer. Henry não faz isso, nem jamais fará. Ele se pôs de quatro diante de mim desde o começo e nunca soube como se levantar. Etienne — lembra dele? — sabia me botar de quatro e me fazer rastejar. Cometi um erro terrível quando larguei dele.

Que fim deu?, perguntei.

O que se esperava. Desde a aposentadoria do pai, é ele quem toca os negócios da família. Casou-se com uma francesa loira da melhor sociedade e, dia desses, o rei vai transformá-lo em barão, para que ele não tenha de esperar o velho morrer. Ah, e tem três filhos, três meninos, acrescentou ela. Com certeza, são todos loiros e lindos também. Depois, teve aquele advogado; pois é, outro advogado. Fiquei anos com ele, anos, literalmente, se é que se pode dizer assim de alguém que a gente vê tão pouco. Alguém que aparece sem avisar e deixa um recado: venha ao hotel. Como se eu fosse uma prostituta. Não importa. É casado; trabalha e viaja tanto que, mesmo quando está na Europa, é como se não estivesse. Nunca vai deixar a esposa. Cheguei mesmo a pensar que se cansou de ser infiel a ela.

Permaneci em silêncio enquanto ela terminava de comer seu linguado grelhado.

Por falar em advogados, por que você não me perguntou nada sobre Henry?

E não é dele que estamos falando?, protestei.

Não, não me refiro a Henry comigo, disse ela. Mas a Henry somente, como está indo a carreira dele na firma, essas coisas. Você sabe, da maneira como as empresas de advocacia lidam com seus associados, o ano que vem será um momento decisivo para ele. Ou o promovem a sócio ou estará na rua. Claro que consegue outro emprego — tem lá meu pai. Assim que disse isso, Margot soltou uma risadinha.

Respondi que não era bem assim. George entrara na Wiggins dois anos antes de Henry, ainda era um associado e parecia muito tranquilo a esse respeito.

É diferente, retrucou ela. Advogados que trabalham com espólios levam mais tempo para serem promovidos a sócio, porque não trabalham tanto nem rendem tanto dinheiro.

Tornei a protestar. George trabalhava até tarde.

Não é como a empresa vê, ela disse. Ele vai precisar esperar até que todos da turma do Henry tenham sido promovidos, talvez mais. Claro que não está preocupado. Eles o adoram na Wiggins e, com certeza, não vão fazer nada que possa irritar o senhor Bowditch.

E Henry?, perguntei.

Você não tem mesmo falado com ele, não é? Pediram ao Henry que viesse para o escritório de Paris, porque precisam de fato de alguém aqui que saiba lidar com as complicações fiscais dos grandes contratos internacionais. Neste momento, firma nenhuma tem alguém com esse perfil em Paris. Henry pode dar à Wiggins uma vantagem real na competição com as outras empresas — se tudo der certo. Mas ele está muito preocupado, porque ser mandado para um escritório no exterior na qualidade de associado sênior pode significar o beijo da morte: longe dos olhos, longe do coração. Quando examinam o grupo do sujeito para eventual promoção, ele é preterido. Ao mesmo tempo, ele sabe que, à sua maneira extremamente sutil, podem estar dizendo a ele: Vá para Paris, Henry, ou você não será promovido a sócio.

Jogo duro, disse eu. Você com certeza sabe um bocado sobre firmas de advocacia. Aquele pensamento me ocorrera, lembrei-me, da última vez que a vira.

A gente vai pegando uma coisinha aqui, outra ali...

Monsieur du Roc não vai tornar a vinda de Henry para Paris muito mais difícil?, perguntei.

Margot admitiu que sim, mas acrescentou que não ser promovido a sócio podia ser golpe bem mais duro.

E se ele vier para cá e a coisa não der certo? Não é essa a pior das hipóteses? Não tem ninguém mais experiente no escritório a quem ele possa pedir conselho? Acho que me lembro de que havia um sócio importante para quem ele fazia contratos internacionais. O que diz o sujeito?

Jim, ela disse, você está falando de Jim Hershey.

Margot corou e, de imediato, evitou meu olhar.

Dessa vez, eu disse a verdade: não me lembrava do nome.

Ele conversou com Hershey, sim. Disse a ele para confiar na firma.

E para você, Margot? Isso tudo não vai ser duro para você?, perguntei.

Eu não sei, ela respondeu bem devagar. Depende de Henry, do que ele estiver disposto a aceitar.

27.

Madame Bernard e seu ilustre professor, doutor Otto Abend, defendiam a ideia de que se devia impor um prazo de duração à análise, e ela logo anunciou que terminaríamos em dezoito meses. Tendo passado muitos anos aos cuidados dos doutores Reiner e Kalman — anos inconclusivos, é verdade, mas que eu às vezes julgava terem sido indispensáveis —, imaginei, de início, que aquele prazo fosse outro exemplo do pavoroso senso de humor dos psicanalistas, uma piada de mau gosto que visava sacudir o paciente e colocá-lo num estado elevado de autoconsciência, para obter sua total colaboração. O que se revelou foi que ela falava muito sério. Pouco depois de atingirmos a extensão de tempo por ela fixada, madame Bernard me comunicou que tinha ido até onde julgava apropriado. As análises de seus demais pacientes também chegavam ao fim. Ela havia aceitado uma proposta para dar aulas na Universidade de Genebra e se mudaria para lá.

A senhora vai me deixar em apuros, eu disse a ela. Sabia dessa proposta da universidade quando me aceitou como paciente e ajustou a extensão do meu tratamento para que coincidisse com seus planos pessoais. Para mim, isso não é um comportamento profissional.

Eu já devia saber então que não era capaz de irritar nem mesmo um fio daqueles cabelos loiros.

Você não entendeu, respondeu-me ela. Avaliei seu caso e concluí que ele podia ser tratado dentro do tempo de que eu dispunha. Do contrário, não o teria aceitado como paciente.

Assim, antes de ser largado à deriva, tendo por corda de salvação apenas o número telefônico — jamais testado — do analista da própria madame Bernard, um homem de cavanhaque branco que recebia os pacientes em seu próprio apartamento, próximo à estação de metrô de Gobelins, só um pouco mais fácil de alcançar do que a rue de la Faisanderie, compareci ao casamento de Margot, que havia sido adiado em um mês por causa dos acontecimentos de maio de 1968. A primeira parte, o casamento civil, teve lugar na *mairie* do oitavo *arrondissement*, dentro da jurisdição em que se encontrava o *pied-à-terre* dos Hornung. Du Roc, ao que parecia, não tinha domicílio fixo. Desde que abandonara a esposa, vinha ocupando apartamentos emprestados por amigos em férias e quartinhos temporariamente vagos. Suspeitei que seu lustroso Lancia, cujo banco de trás estava entulhado de objetos disparatados que a ninguém ocorreria procurar num carro, também lhe havia oferecido refúgio ocasional. Não houve casamento na igreja. Mais tarde, no entanto, os Hornung deram uma recepção no Ritz, onde estavam hospedados. O apartamento deles tinha ficado para Margot, até o dia em que ela e Jean se mudassem para residência própria. Aquilo não aconteceria num futuro próximo, contou-me o senhor Hornung. *Monsieur* Jean tem opiniões firmes sobre como as coisas devem ser. Não se dedicou a seu verdadeiro talento. Deveria ter sido empreiteiro. Não importa que tipo de imóvel decidam que eu deva lhes comprar, ele vai querer derrubar cada parede e mudar cada centímetro do encanamento. Vai levar anos, eu garanto.

O senhor Hornung pode não ter simpatizado muito com o genro. Ainda assim, a recepção me fez pensar no "Reino de paz", de Hicks: o cordeiro deitado com o lobo, o leopardo com a criança, e a criança levando consigo o jovem leão e o bezerro. Como não havia norma determinando que, no casamento civil, as testemunhas da noiva deveriam ser mulheres, Margot havia pedido a Henry e a mim que desempenhássemos o papel. Eu era talvez a escolha mais surpreendente e me perguntava se devia meu lugar ali ao vínculo com Henry — morto Archie, eu era com certeza seu amigo mais próximo — ou a minha fama como escritor, o que fazia de mim um contrapeso para Du Roc e os dois acadêmicos sexagenários que ele escolhera, um da Academia Francesa, outro da Goncourt. Sugeri que convocassem Etienne para meu lugar, ou como terceira testemunha. Margot dirigiu-me um olhar glacial, o que me levou a pensar que talvez ela tivesse considerado a possibilidade, mas desistido dela em razão do temor de que a escolha representasse um golpe pesado para Henry, cujo senso de humor não era confiável. Etienne, porém, estava presente na *mairie* e no Ritz, acompanhado da glamorosa esposa e da mãe, às quais me apresentou. Imaginei que pudesse identificar o pai de Jean, *monsieur* Lebon, o farmacêutico, e a mãe dele — se não na *mairie*, decerto nos salões creme e dourado do Ritz —, mas não havia ninguém ali que correspondesse à descrição que eu inventara. Aproveitando-me de breve conversa com o dono da editora que publicava meus romances, que comparecera acompanhado do editor dos livros de Du Roc, perguntei se ele podia apresentar-me aos pais do noivo. Eles não vieram, disse-me ele. São *insortables*. Jean não os mostra a ninguém. Só os coloca em seus romances.

Jantamos tarde, Henry e eu, numa *brasserie* de Les Halles.

Que coisa mais bizarra, ele disse. Por que aquela garota idiota não me quer? Me diga: por que ele, e não eu?

Ela é estranha, respondi.

E me conte por que ele ainda não a engravidou, para meter logo as quatro patas no dinheiro? Andei fazendo perguntas a respeito dele. Tem um filho do primeiro casamento e dois do segundo. Ou seja, é capaz de engravidá-la. Que não tenha dinheiro porque gasta com os filhos, é conversa fiada. Não dá um centavo a eles nem lhes dá a menor atenção, o que significa que um quarto filho com Margot não lhe prejudicaria o estilo. O que está acontecendo? Não me diga que é questão de princípios, alguma batalha contra a superpopulação.

É a pílula, eu disse a ele. Ela ainda não estava disponível para as ex-senhoras Du Roc, que arriscaram e não deram sorte.

Henry não achou graça. Já me acostumara ao fato de ele não rir de quase nada. Tinha vindo para Paris porque, no fim, os barbas-grisalhas da Wiggins & O'Reilly haviam expressado seu desejo com clareza suficiente. A todo momento, sabia que o relógio do escritório todo revestido de mogno de Wall Street estava correndo. Um número fixo de meses, dias e horas o separava da data terrível em que a decisão seria tomada, a seu respeito e a respeito dos outros pobres-diabos — o que provavelmente incluía George Standish. Não restava dúvida de que havia outro relógio igual no escritório da Place de la Concorde, e que os chefões locais também estavam de olho nele. Quanto da minha suspeita acerca de Jim Hershey estava correta? E, se tinha fundamento, até onde Henry percebera a história toda? Havia fatores imponderáveis. Decerto, eu não podia perguntar a ele. Mas quando Henry me dissera que Hershey o aconselhara a confiar na firma, ele obviamente entendera aquilo como um conselho a ser seguido. Em que medida Henry tinha noção de seu valor para a empresa era outro dado que eu desconhecia: era bem possível que ele oscilasse um bocado entre o orgulho que beirava a presunção e a auto-depreciação excessiva. George havia me dito com frequência que sócios de real importância na Wiggins julgavam Henry capaz de andar sobre as águas, o que imaginei que tivesse contado a Henry também. Mas Henry já vira outros prêmios lhe serem arrancados, e a perspectiva de ficar encalhado em Paris enquanto, a seu lado, outra pessoa desfrutava do prêmio que mais quisera na vida, acima de qualquer outro, era insuportável e apavorante.

Eu contara a ele sobre o plano da minha analista de se mudar para Genebra no verão e, por conseguinte, que teria menos motivos para permanecer em Paris, embora não soubesse o que iria fazer se, de fato, tivesse de ir-me embora dali. Tom Peabody insistia que eu considerasse a possibilidade de me mudar para Roma. Em conversa com Henry, fui forçado a perceber em que grande medida ele contava com minha permanência na cidade, imaginando uma retomada da nossa velha intimidade, com contatos diários não agendados, sujeitos apenas a obstáculos intransponíveis. Agora, essa possibilidade se revelava apenas uma miragem. Henry não fez nenhum esforço para esconder a decepção. Não havia muito que eu pudesse dizer para animá-lo, a não ser repetir que não havia ainda tomado a decisão de partir e que voltaria para comemorar com ele, quando sua promoção fosse anunciada.

Ah, a promoção?, disse ele. Parece mais uma jogada de merda com dados viciados. Melhor seria nem pensar no assunto, mas a verdade é que eu penso.

Era já muito tarde, mesmo para aquele restaurante, que afirmava ficar aberto até as quatro da manhã. Paguei a conta. O táxi chegou. Pedi ao motorista que passasse primeiro em Trinité, onde Henry morava num apartamento que não quis me mostrar. Disse-me que o proprietário o decorara pensando em abrigar ali o zelador, o que incluía um grande rádio coberto com uma toalhinha de renda, principal atrativo da sala de estar. Se ficar em Paris, disse-me ele, vou parar de viver como escriturário, mas, enquanto eu for escriturário e ganhar como escriturário, não vejo por que me arrogar ares de mais do que isso. Aquela era uma virada no modo como Henry via as coisas. Talvez prenunciasse uma decisão de despender menos tempo e energia na tentativa de ser o melhor em tudo — sem, contudo, levar em consideração se, para ele, ganhar era ou não uma necessidade.

Madame Bernard partiu para Genebra. O buquê de flamejantes rosas vermelhas que eu levara para nossa última sessão provavelmente havia sido depositado na lata do lixo ou repassado à zeladora do edifício. Ela parecia ter gostado de recebê-las, tendo me agradecido pelas flores sem nem me enfiar o facão analítico. Em vez disso, perguntou-me se costumava ir a Genebra. Se for até lá, prosseguiu, meu marido e eu teremos grande prazer em convidá-lo para jantar em nossa casa. Em seguida, deu-me seu cartão. Eu, de minha parte, agradeci e, estimulado pela iniciativa dela, perguntei se o marido também lecionaria na universidade. Ah, não, ela respondeu, ele é poeta — bem conhecido até, mas seu sobrenome não é o mesmo que o meu.

Um acesso de timidez impediu-me de perguntar o nome dele, e alguma emoção semelhante deve ter compelido madame Bernard a explicar que, em Genebra, pretendia dedicar-se apenas à análise didática: não trataria pacientes. Senti que a linha que separava analista de paciente havia sido retraçada, e que não a atravessaria caso a visitasse na Suíça.

Minha curiosidade havia sido aguçada e talvez eu tivesse encontrado algum pretexto para passar por Genebra no outono, se uma carta de minha mãe não tivesse então me levado a Lenox. Dizia que ela e Greg tinham se cansado de Berkshire tanto no inverno — com sua multidão de esquiadores, e os dois nem gostavam tanto assim de esquiar — quanto no verão, com as hordas de turistas atraídas por Tanglewood. Restavam apenas a lama da primavera, sobre a qual era melhor nem falar, e o outono, que era magnífico, quando se desconsideravam os ônibus e ônibus de velhinhas em busca da folhagem e do xarope de bordo, o que era impossível ignorar. Ela se cansara também da falsidade dos amigos. Portanto, os dois tinham decidido se mudar para o Havaí — não para Oahu, que Greg achava comercial e americana demais, mas para Maui, que ainda era como o antigo Havaí costumava ser. Sem dúvida, eu entenderia que manter a casa de Lenox — um grande desperdício de dinheiro, apesar do excelente estado do imóvel — não fazia sentido para ela e para Greg. Achava, pois, que eu devia comprar a casa. Pertencia à família desde a construção, ao passo que a casa do primo Jack, em Stockbridge, tinha sido um presente de casamento dado a ele e a May pelo pai dela. Eu não ia me arrepender, garantiu ela. Os preços dos imóveis na região de Berkshire estavam subindo; uma casa histórica, e de propriedade de um escritor famoso, valeria ainda mais.

Respondi que pensaria no assunto e, se vislumbrasse a possibilidade de aceitar a proposta dela, iria a Berkshire no começo de outubro. Ficaria com George e Edie, no estábulo que os Standish haviam transformado em acomodações independentes para uso dos dois. Depois, telefonei ao senhor Hibble, para sondá-lo acerca da transação. Era uma pechincha, disse-me ele, com ou sem o mobiliário da família, mas ele não conseguia entender por que minha mãe havia, na prática, resolvido me dar a casa. Com a pensão que o banco pagava a ela, mais o dinheiro do Richardson, ela não precisava de dinheiro vivo. Claro, esse dinheiro vai, por direito, acabar voltando para você mesmo.

Mas eu posso pagar pela compra?, perguntei. Pode, respondeu ele, mesmo que você nunca mais ganhe um centavo na vida.

Além disso, ela está certa quanto ao valor dos imóveis em Berkshire. Existem poucas apostas mais seguras do que essa.

Negociar com minha mãe sempre tinha sido um prazer, contanto que tudo corresse como ela queria, nos mínimos detalhes. Fui até nossa casa no dia seguinte a minha chegada à casa de George, e descobri que ela pretendia me dar tudo que tinha vindo dos Standish, à exceção de uma escrivaninha que eu considerava pequena demais para ser de alguma utilidade. Nesse caso, disse eu, negócio fechado; só preciso mandar inspecionar a casa para ver se não tem cupim. Posso garantir a você que não tem cupim nenhum aqui, informou-me ela com altivez. Respondi que tinha certeza de que ela estava com a razão, mas, de todo modo, queria mandar verificar. Deixaria uma procuração para alguém do escritório do senhor Hibble, a fim de que o negócio pudesse ser fechado depois do meu retorno à Europa. Tudo bem, amor, Greg disse a ela, é como essas coisas são feitas normalmente. Está certo, repetiu minha mãe, eu concordo, mas acho que meu filho deveria poder confiar em mim.

Regressei a Paris no final de novembro, depois de ter mostrado a meu editor o primeiro rascunho de um longo ensaio sobre Hawthorne. Ele me estimulou a ir adiante, mas sugeriu algumas mudanças na abordagem. Estudá-las e revisar o manuscrito demandaria tempo. No início de dezembro, a Wiggins & O'Reilly anunciou sua decisão. Henry e George haviam sido promovidos a sócios da firma. Quando Henry me telefonou para contar a novidade, convidei-o a jantar no Maxim's na mesma noite. Para minha surpresa, ele chegou acompanhado de Margot.

Jean foi a Marselha, disse-me ela, para uma noite de autógrafos. Não é bacana estarmos juntos, só nós três?

Ela e Henry pareciam correr para a pista de dança cada vez

que a banda tocava um foxtrote, e não pude deixar de notar o modo como ela se agarrava a ele. Por volta da meia-noite, já estávamos todos bem sentimentais. Henry disse que gostaria de poder ligar para Archie. Em vez disso, descemos para a cabine telefônica e ligamos para George. Ele estava numa reunião, da qual sairia direto para o teatro, para se encontrar com Edie. Desistimos. Como eu não havia ido de carro e Margot estava com o dela, me deram carona até em casa.

Henry também convidou Margot, dessa vez com Jean, para a enfadonha comemoração oficial de sua admissão na sociedade. Também esse evento foi realizado no Maxim's. O sócio sênior da Wiggins em Paris, Derek de Rham — uma figura aracnoide, de braços e pernas finos, vestindo traje social antigo que só por milagre se ajustava à estranha carapaça —, havia reservado a seção mais estreita do restaurante, que, devido à forma, era conhecida pelo apelido de "ônibus". Era o único lugar do Maxim's no qual um habitué aceitaria se sentar durante o almoço, mas destinação menos desejável à noite, porque distante da pista de dança. O fato de ser longe da banda, porém, tornava o local ideal para brindes, dos quais haveria número considerável. George e Edie tinham vindo de Nova York, ele na dupla condição de melhor amigo de Henry na firma e representante da classe dos novos sócios; de lá, vieram também o velho senhor Allen, mentor de Henry e homem forte da Wiggins & O'Reilly, e alguns outros sócios e suas esposas, assim como todo um pelotão de clientes. O irmão mais novo de Derek de Rham e um de seus primos tinham estudado comigo na escola. Depois que contei isso a ele, e que Edie lhe explicou quem eu era, ele julgou que valia pena conversar comigo. Na verdade, acenou para que a esposa se juntasse a nós, uma mulher severa e ossuda. Perguntei como Henry havia se adaptado à prática de seu ofício na filial francesa da firma.

Como ele se adaptou?, espantou-se De Rham. Ele simplesmente assumiu o controle. Se não fosse política da empresa manter um ou dois seniores aqui para tomar conta da rapaziada, tanto Warner — ele sinalizou para um homem forte, que ouvia pacientemente a senhora Allen — como eu poderíamos fazer as malas e voltar para casa. Henry tem excelentes relações com todos os *avocats* e *notaires* com os quais trabalhamos e, além disso, já conquistou alguns peixes grandes para nós. Está vendo aquele cavalheiro ali — não quero apontar, mas é o senhor que está falando com Henry e com aquela jovem mulher casada com um francês?

Fiz que sim.

Pois é um deles. Um belga, conde de Sainte-Terre. Dono de uma riqueza imensa e de uma holding muito agressiva, que faz investimentos estratégicos um atrás do outro. O conde se apaixonou por Henry, ou, mais exatamente, pelos arranjos que Henry tem inventado para ele. Um cavalheiro que vale a pena conhecer.

28.

No dia seguinte, Edie foi às compras com Margot. Henry estava no escritório, e fui almoçar com George. Ele me mostrou novas fotos das crianças e me deu uma de minha afilhada, vestida como uma bruxinha de Halloween, numa moldura prateada da Tiffany gravada com minhas iniciais. Era meu presente de Natal. Em algum momento, perguntei sobre o novo cliente belga de Henry.

O Goldfinger?, George rebateu. Diz o Henry que é como o chamam, quando ele não está por perto. O belga sabe disso, é claro, mas parece não ligar.

Expliquei que me referia ao loiro bastante musculoso e com orelhas de abano, o sujeito que De Rham tinha chamado de conde sei-lá-o-quê.

Isso mesmo, confirmou George, Hubert de Sainte-Terre. Você viu a mulher dele? Estava lá também, parecia a dama conduzindo o unicórnio. Dizem que Hubert é o homem mais rico da Bélgica e também um dos mais poderosos. Come na mão de Henry. Em julho passado, Henry conseguiu que o sujeito pedisse a nosso grupo que organizasse seu espólio. Os sócios do grupo agora acham que, com Henry, não tem erro. Só para dar a você um exemplo do que estou dizendo, vou contar o que Billy Rhinelander me contou. Ele está na firma faz dois anos e, portanto, participou da escolha dos novos sócios. Enfim, Billy disse que, desta vez, só uma pessoa conseguiu cem por cento dos votos. Adivinhe quem.

Você, respondi.

Não, Billy me disse com todas as letras que foi Henry, ainda que, para ser sincero, não acredito que alguém tenha votado contra mim. Ou talvez tenha havido um voto, sim — um daqueles sujeitos que se arrogam a função de censor e que vivem protestando contra o nepotismo.

Ergui as sobrancelhas e perguntei desde quando ele tinha tios ou mesmo primos entre os sócios da empresa.

Claro que não tenho. Se tivesse, não teria nem passado pela porta: eles são bastante rigorosos nesse aspecto. Mas sou genro de Hugh Bowditch. Não é pouca coisa, mas, acredite, é uma faca de dois gumes. Claro, todos os sócios sabem que, na prática, não podem desprezar um sujeito cujo sogro controla trinta por cento dos negócios da firma, a não ser que tenham um motivo e tanto para fazer isso. Eu precisaria ser uma besta completa ou um vagabundo de carteirinha para me estrepar de fato. Por outro lado, um caso como o meu dispara todo tipo de alarme, por causa da influência enorme de Hugh. Começam a se preocupar com a dependência exagerada em relação a um único cliente, com o eventual sentimento de injustiça dos outros associados, e coisas assim. Graças a Deus, ninguém pode dizer que não realizo um bom trabalho ou que não faço minha parte. Trabalho um bocado de horas por dia, tanto quanto o pessoal que cuida das grandes empresas.

Henry conseguiu arrumar tempo para jantar comigo antes da minha partida para Malta, onde Tom e eu passaríamos o

Natal e o Ano-Novo juntos. Depois, ele voltaria para Cambridge. Se a ilha se revelasse tão atraente quanto tinham me dito que era, e se o clima permanecesse ameno, pensava em ficar por lá até o verão, talvez, caso ainda precisasse de tanto tempo para terminar meu livro.

Henry havia me pedido que o apanhasse, e eu o encontrei à espera naquele que logo seria seu ex-escritório, uma bela sala com uma janela para a rue Royale. Mostrou-me o escritório para o qual se mudaria assim que tivessem terminado de instalar o novo papel de parede — que não era de papel, mas de seda —, e tão logo o marceneiro acabasse de montar as estantes de mogno. A nova sala tinha duas janelas, que se abriam para a Place de la Concorde. Era quase tão grande quanto a sala de canto de Derek de Rham, e do mesmo tamanho da do outro sócio especializado em grandes empresas, Dick Garland, que, na noite da festa no Maxim's, estava em Amsterdã, fechando um negócio de emissão de bônus. Henry me apresentou ao colega, de aparência robusta e uns dez anos mais velho que nós. Depois de apertar-lhe a mão, olhei para Henry e, de novo, para Garland, mas suprimi o desejo de rir. Em aspecto, Henry agora se parecia com ele, com George e, tinha certeza, com todos os outros sócios brilhantes da Wiggins que tivessem mais ou menos a mesma idade. Até onde ia aquela semelhança? Imaginei que, entre aqueles futuros lordes de Nova York, Henry ainda se via como um Moisés — um Moisés que não tinha matado nenhum egípcio por haver golpeado um hebreu e que provavelmente não pretendia fazê-lo; e que tampouco guiaria seu povo para o deserto para celebrar uma festa ao Senhor, nem partiria para lá ele próprio.

O anfitrião dessa vez era Henry. Ele me levou a um de seus restaurantes favoritos em Paris e, tão logo pedimos a comida, contou-me seus planos para as festas de fim de ano. Estava bastante animado. Todo ano, os De Rham davam uma festa na véspera do

Natal para advogados e funcionários da empresa. Dadas as novas circunstâncias, achava que era seu dever comparecer e o faria de bom grado. Eram todos muito simpáticos. No dia de Natal, tinha convite para jantar nos Garland. Dois dias depois, o avião particular de Hubert Sainte-Terre o apanharia em Le Bourget para levá-lo a St. Moritz, onde passaria uma semana esquiando com ele e com Gilberte — Gilberte, explicou-me, era a esposa de Sainte-Terre. Ficaria hospedado no chalé do casal. Voltariam juntos, lá pelo dia 5 de janeiro. Havia uma discussão sobre se esses dias podiam ser computados como de serviço ao cliente; do contrário, seriam considerados férias. Ele não sabia ao certo como faria, mas pouco se importava.

Desde quando você esquia?, perguntei.

Não esquio, respondeu ele. Hubert me disse que preciso aprender, para passar as férias com eles. Os dois são apaixonados por esqui. Diz ele que o professor que reservou em St. Moritz seria capaz de transformar um elefante num atleta olímpico.

Nesse caso, comentei, talvez você tenha alguma chance. Babar era muito bom com os esquis, por que não você?

Pois é, por que não?, ele respondeu, embora me pareça que Babar começou mais cedo.

Não me lembrava se era isso mesmo nem perguntei de onde ele conhecia Babar. Eu travara conhecimento com ele comprando livros em Paris para os gêmeos de George. Em vez disso, perguntei que mágica ele havia feito para conquistar um cliente tão importante e se tornar tão íntimo dele e da esposa.

Henry corou e respondeu: Mágica nenhuma. Foi pura sorte. Lembra-se dos Van Damme?

E como poderia esquecer Madeleine?, perguntei. Além disso, você não se lembra de que ela e Etienne foram ao casamento de Margot?

Claro, disse ele. Tudo isso é história tão antiga que, de

repente, já nem me lembrava mais. Na verdade, tenho visto Etienne em Nova York, quando ele vai para lá. Costuma me convidar para jantar, para pedir algum conselho jurídico gratuito.

Passou-me pela cabeça que aquilo seria novidade para Margot.

Os Sainte-Terre, prosseguiu Henry, são amigos dos Van Damme há gerações. Hubert é só alguns anos mais velho que Etienne, e os dois são muito chegados. Na verdade, Madeleine é prima da sogra de Hubert, cujo marido — o sogro — pertence à família francesa encabeçada pelo duque de Grandlieu. O fato de Gilberte ser uma Grandlieu é fonte de satisfação considerável para Hubert. De todo modo, ao contrário de Etienne, que é bom empresário, mas não muito ambicioso, Hubert é uma ave de rapina, aquilo que os franceses chamam de *un rapace*. Cerca de dez anos atrás, ele herdou do pai um banco lucrativo, mas relativamente pequeno: Banque de Sainte-Terre.

Palestina!, exclamei.

Cale a boca, disse Henry. Filho único, ele herdou todas as ações do pai e tornou-se, assim, acionista majoritário, com algo em torno de sessenta e cinco por cento do capital da empresa — o restante está nas mãos de algumas das mais conhecidas companhias belgas. A Bélgica, caso você não saiba, é a terra das holdings. As companhias investem umas nas outras e, depois, amor com amor se paga. Alguns anos atrás, quando Hubert começou a comprar uma empresa atrás da outra — companhias belgas, francesas e holandesas —, ele conseguiu que os acionistas o apoiassem. Em geral, ele e os tais acionistas, como um grupo, assumiam o controle. Na Europa, isso não significa necessariamente adquirir a maioria do capital. Os detentores de ações ao portador raramente votam, o que equivale a dizer que uma fatia bem menor é suficiente para assumir o controle da empresa ou, no mínimo, para vetar todo e qualquer passo importante. Veja, por exemplo, o Banque Industrielle d'Occident. Ele vale duas ou até, dizem alguns, três vezes mais do que o Banque de Sainte-Terre de Hubert, e boa parte desse seu valor está fora da França. Pois ele é controlado pelo Banque de Sainte-Terre, que detém apenas quarenta por cento do capital e do voto. Foi um investimento e tanto. Claro que, quando digo que Sainte-Terre é proprietário de todas essas ações, isso não quer dizer que ele as comprou diretamente. Por razões decorrentes de impostos e da regulamentação dos bancos, isso muitas vezes é feito por meio de holdings intermediárias sediadas em países com regime fiscal mais favorável. Holanda e Luxemburgo são muito usados. Em outros casos, a Suíça pode ser melhor, mas tem lá uma série de problemas. O uso de holdings, a propósito, torna mais fácil financiar esse tipo de aquisição, porque terceiros podem, sob a forma de um fundo de investimento, galgar posições e assumir o controle efetivo com um dispêndio mínimo de capital.

Ergui a mão para interromper aquele fluxo de palavras enquanto o garçom me servia mais vinho. O entusiasmo de Henry por aquela espécie de esoterismo transportou-me de volta, pensei comigo, para aquela noite, tantos anos antes, em que ele me falara pela primeira vez em *Ubu rei*. Havia algo de farsesco e maravilhoso naquilo tudo.

A pausa, Henry parece ter concluído, já era suficiente, e ele prosseguiu com sua exposição. Você bem pode imaginar que operações desse tipo, sobretudo quando envolvem mais de um país, como sempre é o caso com as de Hubert, acabam por demandar arranjos legais complexos e envolver questões fiscais bastante delicadas. Acredite: mesmo quando o negócio em si é sólido, os lucros reais dependem desse arranjo. Para economizar em impostos em cada país envolvido, é preciso fazer com que essas transações sejam capazes de driblar o direito societário, o controle de divisas e as regulações bancárias. Do contrário, você estraga tudo.

Está bem, interrompi, tudo isso é muito interessante, mas de que maneira isso aproxima você de Hubert?

Me perdoe, disse ele, eu me empolguei. Quem diria que esse tipo de coisa se transformaria numa paixão para mim? Mas, para responder a sua pergunta, foram os Van Damme que aproximaram a gente: nada além disso. Hubert e Gilberte estavam em Bayencourt. Etienne também estava. Conversavam sobre negócios, e Hubert mencionou que procurava sem sucesso por um bom advogado americano que pudesse atuar como seu consultor-geral. Queria alguém baseado na Europa, mas com experiência de Estados Unidos, que tivesse os recursos de uma firma americana de primeira classe atrás de si e pudesse subir a bordo tão logo a oportunidade certa se apresentasse para que ele, Hubert, pudesse fazer sua tentativa de entrar no mercado americano. Etienne citou alguns advogados experientes, que trabalhavam na área de negócios internacionais tanto em Paris como em Londres. Hubert já tinha falado com todos eles, e não havia se impressionado com nenhum. A alguns, faltara certa química pessoal; em dois ou três outros casos, ele não tinha certeza se o advogado em questão estaria disposto a lhe dar atenção total, ou mesmo se poderia fazê-lo, dados os compromissos com outros clientes. Entre seus negócios pessoais e o banco, disse, tinha trabalho suficiente para manter plenamente ocupados um advogado experiente e toda uma equipe de associados. Chegara à conclusão de que talvez precisasse de alguém mais jovem. Assim que ouviu isso, Madeleine disse que ela e Etienne conheciam o profissional certo para ele. Cá entre nós, comentou Henry, corando, não sei como ela podia ter qualquer ideia da minha capacitação ou do meu talento como advogado, ou mesmo por que razão alguém confiaria numa indicação dela nesse campo. Mas Etienne, que de fato entende do assunto, interferiu para dizer toda sorte de coisas extremamente lisonjeiras a meu respeito. Concluí que ele andara fazendo perguntas sobre minha reputação por interesse próprio. Quem sabe não estava tentando se decidir se, um dia, não deveria me contratar e me pagar por meus serviços. Enfim, essa conversa toda aconteceu no início de junho. Pouco depois, Hubert veio a Paris e me convidou para ir ao escritório dele, para discutirmos um possível projeto. Interrogou-me por cerca de duas horas sobre meus estudos, o trabalho que eu fazia na firma e sobre como eu resolveria uma série de problemas hipotéticos, além de, acredite ou não, sobre poetas gregos e latinos. É um classicista também. Pressenti que a conversa já se aproximava do fim quando ele, quase à guisa de comentário, me perguntou: A propósito, por que você não está listado no Martindale & Hubbell como sócio de sua firma? É simples, respondi: porque não sou sócio. Queria desesperadamente dizer que ainda não era sócio, mas não me atrevi. Compreendo, ele disse, você foi preterido. Juntei forças para explicar que minha vez ainda não tinha chegado. Ele balançou a cabeça e comentou: Etienne podia ter me dito isso. Achei que era o fim, que ele agora apenas me agradeceria por ter ido ao encontro. Em vez disso, olhou bem para mim e disse que podia apostar que eu era o homem certo. E fui contratado!

Uma história e tanto, eu disse.

Ele é uma figura. E o trabalho é o mais instigante que posso imaginar. Além disso, ficamos amigos. Se eu não soubesse que ele gosta um bocado de mulheres — até um pouco demais —, poderia até me perguntar se não seria o caso de eu me cuidar.

Não se preocupe, não acho que você seja grande tentação para uma bicha, eu disse.

Perdão, respondeu ele, claro que não. Mas, falando sério, gostaria que você conhecesse Hubert e Gilberte. Iriam gostar um do outro. Já falei muito sobre você.

Disse a Henry que aquilo teria de esperar até o fim da primavera ou o começo do outono, dependendo de quanto tempo eu ficasse em Malta e do que fosse fazer no verão.

Quando você puder, não tem problema, respondeu ele. Enquanto isso, vou dar seus romances a eles.

A propósito, perguntei: como você conseguiu se manter tão amigo de Madeleine, embora eu presuma que a parte mais intensa da amizade já tenha se acabado?

Um raro triunfo diplomático de minha parte, ele disse. Continuei disponível em teoria, mas cada vez mais ocupado na prática. Depois, um ano inteiro se passou, e logo a outra parte da amizade não estava mais lá. Tinha evaporado.

Tom caiu de cama com pneumonia poucas horas depois de chegar a Malta. Julgamos que ele foi tratado com competência pelo médico italiano recomendado pelo hotel. De todo modo, aquilo estragou as férias, e fiquei aliviado de poder embarcá-lo no avião para Roma. Ele pretendia passar alguns dias na American Academy antes do longo voo até Nova York e, depois, Boston. Fiquei em Malta. O hotel antiquado e seu restaurante quase sempre vazio me fizeram tão bem que, depois de ter despachado o manuscrito revisado, comecei de imediato a trabalhar em alguns contos que tinha esperança de publicar, juntos, em forma de livro. Só voltei a Paris no fim de junho, no meio de uma onda de calor. Henry estava em Bruxelas, para reuniões no quartel-general do Banque de Sainte-Terre, e a secretária dele informou-me que provavelmente não voltaria em menos de uma semana ou dez dias. O fim de semana, ele passaria na casa do conde e da condessa. Ela me desaconselhou a pôr em prática a ideia que me ocorreu de imediato: ir até Bruxelas para jantar com ele e passar a noite lá.

Vai estar muito ocupado, ela disse. Trabalham até tarde e pedem comida da sala de conferências mesmo.

Contudo, deu-me o número do telefone e me perguntou se as fotos de Henry de esquis, durante sua segunda viagem com os

Sainte-Terre, que ele a encarregara de enviar para meu hotel, haviam chegado. Tinham chegado, sim, e me desculpei por não tê-la avisado antes. As fotos mostravam Henry numa roupa preta de esqui, os bastões debaixo dos braços, os joelhos dobrados, fazendo uma curva numa descida que parecia íngreme. Telefonei no fim da tarde e disse a ele que estava em Paris por poucos dias e que gostaria de vê-lo. Henry me confirmou o que a secretária havia dito: ainda que pudesse escapar para comer alguma coisa, não seria divertido. Ele estava muito concentrado no que tinha a fazer.

Praticamente todo mundo que eu teria gostado de ver estava fora da cidade, mas acabei indo tomar uma bebida com o dono da editora, que me contou que Jean e Margot du Roc estavam em Paris. Ver Margot era uma oportunidade tão boa quanto qualquer outra de saber como Henry estava. Disquei seu número e já esperava ouvir a secretária eletrônica, mas ela atendeu e me convidou para almoçar no dia seguinte no *pied-à-terre* dos pais, onde ainda morava.

Estávamos a sós, conforme eu esperava. Recusei a oferta de um drinque preliminar e fomos direto ao almoço, servido por um senhor sombrio num terno preto. Quando ele deixou a sala, Margot me explicou que se tratava do serviçal, que, assim como a cozinheira, viera junto com o apartamento. Não tinha sido uma ideia ruim. Na verdade, Jean até passara a gostar daquilo e agora esperava que ela mantivesse o mesmo nível de serviço no apartamento da rue Barbet de Jouy, para onde se mudariam no outono, assim que a reforma ficasse pronta. Antes que eu pudesse interrompê-la, ela se pôs a descrever as modificações que fariam e o jardim abandonado, mas de grande potencial, a que teriam acesso exclusivo. Depois, confessou que as ideias eram todas de Jean, e que ele tinha planejado tudo com o arquiteto e, em seguida, com o empreiteiro.

Cumprimentei-a pela mudança para o apartamento em rua tão charmosa e disse que esperava que ela estivesse feliz em sua nova vida; ao que parecia, possuía todas as razões para tanto.

É, assim parece, disse ela, mas é uma vida estranha. Jean trabalha em seu escritório — ela apontou vagamente para longe da porta por onde havíamos entrado na sala de jantar. Quando precisa de um descanso, vai caminhar na Cours Albert I. Sempre sozinho, porque precisa pensar. Nossa diversão é irmos a festas e jantares. Nelas, nunca conheço ninguém, e pior ainda: nunca entendo sobre o que falam. Não é por causa do francês. Meu francês é bom. Mas são as pessoas e os assuntos sobre os quais conversam com tanta animação. Quando pergunto a Jean, ele diz: *Ah, c'est très compliqué*, e muda de assunto ou, quando tenta me explicar, me dá até dor de cabeça. Henry é a única pessoa por aqui que me alegra. Só que está sempre trabalhando em alguma coisa superimportante ou superurgente, em geral para aquele Sainte-Terre. Parece uma criança que ganhou um brinquedo novo.

O rosto dela se iluminou ao falar de Henry.

Disse a ela que lamentava e que sentiria falta dele.

É uma pena, continuou ela. É divertido vê-lo crescer e assumir sua nova posição. Henry está de mudança — para um apartamento na rue de Rivoli, a poucos quarteirões do escritório. Vai ocupar a cobertura inteira, com uma vista fabulosa para as Tulherias. Os *travaux* estarão concluídos até o final do verão. O empreiteiro concordou em pagar todo tipo de multa em caso de atraso.

O barulho do tráfego não vai ser insuportável?, perguntei.

Foi o que me preocupou também, disse ela, mas Hubert recomendou uma firma que instala janelas capazes de abafar todo o barulho. É o mesmo pessoal que forneceu as janelas do apartamento de Hubert no Quai Conti, onde o problema era o mesmo. Você não acreditaria se eu contasse como Hubert administra a vida de Henry.

Você conheceu seu novo melhor amigo? Como ele é?

Ah, conheci, disse ela, em um jantar na casa dele e na ópera também. Ele tem grande interesse pelos velhos amigos do Henry. Eu o ouvi dizer que quer conhecer você. Como ele é? Um tolo, só que com um título de nobreza. Quando eu disse isso a Henry, ele quase me esganou, mas o Hubert primordial, o *Ur*-Hubert, é exatamente isso. O que mais? É muito inteligente — talvez não tão brilhante quanto Henry, mas dotado de inteligência suficiente para entender como ele é. Além disso, claro, é absurdamente rico e muito consciente da posição que ocupa. Não me refiro só aos negócios. A família é muito antiga, distintíssima. Não acredito que ele se esqueça disso nem por um instante, e tampouco deixa que os outros se esqueçam. Mas gosta mesmo do Henry, e confia nele. Quer ouvir uma coisa engraçada?

Fiz que sim com a cabeça.

Henry me contou, e acho que eu já sabia, que há muito antissemitismo na Bélgica. Os êxitos de Hubert nos negócios não agradam a todo mundo, e espalhou-se um boato de que os Sainte-Terre são judeus, o que explicaria sua ganância. O raciocínio é óbvio: de Sainte-Terre, ou seja, da Terra Santa e, portanto, israelita. Tudo isso, claro, é besteira, como Hubert explicou a Henry. O primeiro membro da família a ostentar esse nome foi um cavaleiro que recebeu nome e título, conde de Sainte-Terre, de Luís VII, durante a segunda Cruzada. Por acaso, trata-se da Cruzada que, de longe, matou o maior número de judeus. Talvez Hubert tenha contado essa história a Henry para preveni-lo, agora que, por sua causa, Henry circula pelas altas esferas da sociedade belga. Por outro lado, pode ter pretendido apenas mostrar a Henry em que grande medida ele é capaz de ser condescendente, em nome da amizade entre os dois. Eu não diria que Hubert seria incapaz disso.

29.

Henry me contara alguns anos antes que, ao contrário do que esperava, o abatimento e a desorientação que experimentara quando da morte da mãe e, depois, do pai não haviam desembocado num sentimento de que ele era agora, enfim, um homem livre.

Claro, disse-me ele, agora ninguém me contradiz quando falo no que aconteceu na era a.H. — antes de Harvard; não preciso mais dar aqueles telefonemas odiosos e inúteis, nem me perguntar se dessa vez minha mãe enlouqueceu de verdade ou por que meu pai finge que está com angina. Mas ficar olhando para o que arruinei — que tipo de libertação é essa? Olhar para o mal feito, e em prejuízo de outros?

Eu não sentia esse remorso em relação a meu pai. O que ele havia feito a si mesmo, incluindo o câncer — que teria sido mais fácil ele enxertar no próprio intestino —, era responsabilidade dele. Disso eu tinha certeza. O que se podia especular era se ele teria se tornado um bêbado tão inútil caso houvesse tido a sorte de ter um filho de verdade, em vez de um fac-símile, e se poderia ter sido um bom pai para o sangue de seu sangue. Mas o que isso tinha a ver comigo? A mesma utilidade tinha perguntar se minha mãe poderia ter sido uma esposa fiel se o casamento dela não tivesse sido um vazio gelado e pegajoso. Dizia a mim mesmo que os dois haviam merecido um ao outro. Havia feito mal a eles ao fugir, ao me esconder atrás dos véus, primeiro da indiferença, depois da enfermidade? Não duvidava disso mais do que duvidava da excitação que eles haviam sentido no passado, ao ver seu enjeitado masoquista rastejar de volta a cada vez que lhe chutavam os dentes. Como comparar o mal feito a eles ao mal feito a mim? E por um casal de loucos que havia tido o desplante de acolher em sua casa o filho de outra pessoa, foder com ele e fingir que era o seu próprio? Nossas contas estavam zeradas; qualquer dano adicional que eu pudesse ter causado foi pago, e muito bem pago, com a compra da casa de minha mãe. Que ela levasse seu Greg embora foi uma bênção inesperada, um dividendo adicional, como Henry teria dito. De agora em diante, disse a mim mesmo, eu teria o prazer de redirecionar gente com os melhores votos e perguntas espertinhas sobre minha querida mãe para a caixa postal dela, em Maui. Sem dúvida, outros demônios fincariam seus espetos na minha carne, mas, terminado o exorcismo do local por parte de encanadores e pintores, a casa que fora de meu pai e de minha mãe daria início a nova carreira: aquela de uma bela construção do final do século XVIII, dotada de um frontão e de propriedade de um conhecido romancista que, assim como todos os seus donos anteriores, se chamava Standish.

A presença dos trabalhadores não me impediu de passar ali o mês de agosto, quando George estava em férias. Jogamos tênis com frequência, George e Edie contra mim e May Standish, muitas vezes almoçando no clube também. Enquanto bebericava um gim com tônica ou comia uma salada de galinha, George explicava seus planos para uma moderna gestão internacionalizada de fundos e espólios, que permitiria a estrangeiros super-ricos proteger seus dólares, suas ações de companhias americanas e seus imóveis nos Estados Unidos de cada centavo de imposto passível de ser economizado por meios legais. O modelo para a viabilização desses planos era o que Henry tinha conseguido fazer com Hubert Sainte-Terre. Henry não apenas estava à testa das questões jurídicas das empresas de Sainte-Terre como obtivera êxito também, sabia-se lá como, em fisgar para a Wiggins o planejamento de seu espólio e de outros assuntos pessoais. Só esse trabalho mantinha ocupada metade dos advogados da firma especializados em fundos, e agora os primos e associados de Hubert começavam a migrar também para a Wiggins & O'Reilly.

A regra, disse George, é que a firma deve cuidar também da fortuna pessoal de todos os chefões dos grandes grupos empresariais que já são seus clientes. É a melhor maneira de garantir para nós a prestação de serviços jurídicos para as empresas em si. Lindon Johnson estava certo: se você os agarra pelo saco, fatura-lhes também o coração e a mente!

Em algum momento, devo ter perguntado a ele como a Wiggins estava reagindo às conquistas de Henry.

George ficou muito sério e disse não haver consenso real entre os sócios. Um dos mais antigos, um figurão muito poderoso, era da opinião de que um advogado nunca devia acalentar a ambição de abocanhar a totalidade da assistência jurídica a um cliente importante. O risco era muito grande de esse cliente começar a ver como natural o alto nível do serviço prestado. Daí, era pequena a distância até ele começar a perguntar por que o advogado cobrava tanto por serviços de rotina, pouco importando se o trabalho em questão era ou não rotineiro. O cliente vai deduzir que, se o advogado o faz com tanta rapidez e sempre com a mesma eficiência, só pode ser porque o serviço é de rotina, explicou. Portanto, de acordo com o ponto de vista desse antigo sócio, o melhor é estimular o cliente a se valer dos serviços de outros advogados também, para que ele possa compará-los. Se, mesmo assim, seu trabalho for bem-visto, você poderá contar com a fidelidade e o respeito desse cliente. Como princípio geral, eu concordo com ele, mas o caso de Henry é exceção, já que ele e Hubert se tornaram tão próximos. É natural que Hubert queira a opinião de Henry sobre praticamente tudo. Ao mesmo tempo, tem algo de excessivo nisso. O velho Derek de Rham jura que Henry agora fala francês com sotaque belga.

Observei que, caso fosse verdade, aquilo era muito engraçado. Na minha opinião, Henry tinha menos sotaque quando falava francês do que quando falava inglês. Com o tempo, talvez conseguisse se passar por belga.

Outra questão, prosseguiu George, é se Henry está virando francês. Dois ou três sócios do escritório de Nova York foram com ele a uma recepção em Paris, dada por uma das companhias de Sainte-Terre. Quando voltaram a Nova York, um deles contou no almoço da firma que Henry corria de um lado para outro do salão para beijar a mão das mulheres. Alguns riram, mas o senhor Allen, que ainda vai ao almoço da firma, toda quinta-feira, disse que Henry é americano, e que americanos não têm nada que se comportar como franceses. Acredite ou não, um bocado de sócios ao redor da mesa gritou: É isso mesmo!

Eu gostava do meu apartamento na rue de Tournon e me acostumara por completo à vizinhança. Não obstante, sabia que provavelmente teria de passar os verões em Berkshire. Além disso, um laço de amizade que eu cultivara com um escritor japonês me levava a passar todo o inverno e o início da primavera em Kyoto. O resultado era que morava na rue de Tournon não mais do que três meses por ano. Assim sendo, o aluguel alto tornara-se uma despesa injustificada. Como calhou de eu estar em Nova York naquele outono, e com um livro a ser publicado a tempo para o Natal — o que significava que a editora iria querer minha ajuda para propagandeá-lo em novembro —, decidi ir a Paris em setembro para fechar o apartamento. Havia motivos de sobra para supor que o novo livro venderia bem. Se assim fosse, eu talvez me animasse a comprar alguma coisa pequena, de que um zelador poderia tomar conta quando eu não estivesse em Paris e mesmo, talvez, quando estivesse lá.

Em várias de minhas visitas recentes à cidade, sentira falta de Henry. Dessa vez, ele estava em Paris, e eu o convidei para jantar. Ele me pareceu descansado e bronzeado — resultado, contou-me, de duas semanas no barco de Sainte-Terre, velejando de Bodrum em direção ao sul, ao longo da costa da Anatólia. O itinerário do iate havia sido majestoso, com pausas para nadar à hora do almoço e belíssimas excursões a ruínas e sítios arqueológicos. A cada parada, um especialista em antiguidades do período helênico aguardava a lancha, juntamente com carros e motoristas.

Além dele, Etienne e a esposa haviam sido os únicos convidados, Henry acrescentou após uma pausa. Fiquei de fato muito lisonjeado por terem me chamado.

Comentei que, no lugar dele, também ficaria.

Era sobre isso que eu queria falar, Henry emendou. Conversei com Hubert logo depois que nos falamos, e lhe contei que você está na cidade. Ele gostaria de convidá-lo para jantar amanhã, aqui mesmo em Paris, ou, se você topar, para um jantar mais festivo em Bruxelas, na sexta-feira. Manda seu avião nos apanhar e, depois, nos trazer de volta no sábado — a não ser que você queria passar mais tempo em Bruxelas; eu talvez queira.

Estava curioso para conhecer Goldfinger, sobretudo em seu torrão natal. Portanto, comuniquei a Henry que iria a Bruxelas com prazer. Depois, perguntei como andava o trabalho para o Banque de Sainte-Terre.

É a coisa mais divertida que já fiz como advogado, ou talvez em toda a minha vida, disse. Primeiro, tenho essa ligação inacreditável com Hubert, a quem admiro de verdade. Imagine você que, a certa altura, ele passou a me escrever em latim. Não é nada difícil redigir respostas sobre como nos divertimos no teatro ou sobre o jantar refinado que se seguiu. Mas ele me escreveu sobre negócios também! De início, não entendi de onde ele tirava as palavras para coisas e conceitos que não existiam na era pagã ou no latim medieval. Então, Margot me perguntou: Bom, como é que o Vaticano faz, não só com as bulas papais e cartas pastorais, mas também com a correspondência cotidiana? Por sorte, lembrei-me de que há algum tipo de gabinete na cúria que cuida da criação de novas palavras, e ocorreu-me que ele provavelmente publicava um dicionário. E publica mesmo. Consegui a versão do italiano para o latim e, acredite: não existe uma única palavra de que eu tenha precisado para escrever sobre o mundo moderno que a Igreja já não tenha inventado. Está tudo no tal dicionário. O engraçado foi que, tão logo demonstrei minha maestria, Hubert parou de me escrever em latim. De vez em quando, mando algum enigma epistolar para ele. Nunca sobre negócios, claro. Na realidade, gasto uma porção cada vez maior do meu tempo com o Banque de l'Occident aqui de Paris mesmo, que é controlado pelo Banque de Sainte-Terre. É uma fatia de seus negócios à qual Hubert se dedica com grande entusiasmo. Aqui em Paris, o responsável pelo banco é um francês chamado Jacques Blondet, que está com os Sainte-Terre desde o princípio dos tempos. É um sujeito muito afiado e muito profundo — profundo a ponto de me perturbar, às vezes.

Em determinado momento da conversa, Henry me contou que Margot não havia ainda retornado a Paris: continuava no sul da França. Jean estava sozinho no apartamento da rue Barbet de Jouy. O menino estava num colégio interno na Suíça.

Senti-me envergonhado ao me dar conta de meu egocentrismo e da total falta de atenção para com os outros. Passara anos sem dar nem receber notícias. Além da vaga lembrança de ter recebido alguma espécie de comunicação, talvez um ano após o casamento dos dois, de que Margot tinha tido um filho, não sabia mais nada. Era provável que não tivesse mandado um presente, e mais ainda que nem tivesse escrito alguma coisa.

Ah, sim, disse Henry, Margot insistiu em ter um filho de imediato. Imagino que você saiba o nome do menino, não é?

Confessei que não tinha registro.

Ele se chama Henry, informou, corando. Com *y*, em homenagem a Henry de Montherlant. Foi o que ela disse a Jean. Não acho que ele acreditou, mas, uma vez na vida, Margot fincou pé. Sou padrinho do menino.

E como você conseguiu?, perguntei. Por acaso se converteu?

Não foi necessário. Dei um jeito de estar fora da cidade, e Margot pediu a um fotógrafo da *Paris Match*, que andava atrás dela e de Jean, que me representasse.

Admirável.

É, o adjetivo é merecido, disse ele. Se você encontrar com Margot, insista em ver o apartamento e o pavilhão de caça do século XVIII que eles compraram nos arredores de Chantilly. Desde que o senhor Hornung ficou sabendo que um neto estava a caminho, extravagância nenhuma é considerada excessiva.

Jean deve estar gostando um bocado, sugeri.

Pois é, disse Henry. Muito luxo e, para completar, Margot também: para um cretino presunçoso e afetado com talento para canalha, ele se deu muito bem. Mas eu não deveria me queixar. Ele não se importa com o tempo que eu passo com Margot. Sou bem-vindo para aproveitar as sobras. Imagino que devesse até ser grato pelo fato de ele não a tratar bem. Se tratasse, sobraria menos para mim.

Henry, perguntei-lhe, você não tem mais ninguém além de Margot?

Ele balançou a cabeça. Saio com outras mulheres também, vou para a cama com elas, claro que sim. Algumas são legais; outras, nem tanto. São relacionamentos estéreis. Não posso dizer a nenhuma dessas damas, nem mesmo àquelas que aprecio e respeito mais, que eu a amo mais do que a qualquer outra na face da Terra e que quero me casar com ela. Não com Margot ali, na rue Barbet de Jouy.

Talvez ela largue dele, arrisquei. Não foi criada para oferecer a outra face.

Ainda não chegou a esse ponto, Henry me disse pausadamente, mas pode chegar, se ele continuar a interferir no esforço dela para ser uma boa mãe. O que quer que aconteça, não vai me ajudar em nada.

Por quê?, perguntei.

Porque estamos no caminho errado já faz muito tempo.

Insisti para que ele explicasse aquilo, mas Henry balançou a cabeça e disse que não queria falar no assunto. Já é o bastante que eu esteja lá quando ela me quer e que ela me queira. Assim é, e não há nada que se possa fazer.

O efeito Empain, disse Henry. É por isso que estamos neste maldito tanque.

O tanque era uma desajeitada limusine Mercedes, blindada para resistir ao fogo de metralhadoras pesadas e bazucas, bem como a todos os tipos conhecidos de bomba empregados pelos terroristas. Hubert de Sainte-Terre enviara a limusine para nos apanhar em Paris e levar a sua *villa* gigantesca. Henry destacou certas particularidades do veículo: pneus tão resistentes quanto a carroceria e um painel de controle com quatro botões que permitiam que o conde desligasse o motor e travasse os freios, ativasse uma sirene de alarme, baixasse e erguesse o vidro à prova de balas que separava o banco dos passageiros daquele do motorista e trancasse e destrancasse as portas e o porta-malas, sem que o motorista pudesse interferir em nenhum desses comandos.

Primitivo, comentou ele, se você comparar isto aqui aos carros que Q oferece a 007, mas deixa Hubert menos nervoso. Ele está determinado a manter todos os dedos da mão.

A caminho, Henry me contou a história do barão Empain, o chefão da Empain-Schneider, grande produtora francesa de aço e maquinaria pesada, cujo xará havia construído o palácio em Heliópolis. O barão contemporâneo tinha sido sequestrado no começo do ano, quando saía de seu apartamento na Avenue Foch. Durante as negociações para o pagamento de resgate, os sequestradores tinham enviado à baronesa por correio o dedo mindinho do marido, com o intuito de deixar claro para ela e para os executivos da companhia que estavam falando sério. Ainda em Kyoto, eu havia visto uma menção ao *affaire* Empain no *Herald* ou na *Time*, mas já havia me esquecido do episódio ou nem tinha lido os detalhes, que Henry me relatou com aparente deleite. De acordo com ele, o barão acabou por ser libertado, sem o dedinho, numa estação de metrô parisiense, depois que a polícia descobriu o grupo de sequestradores. Nenhum resgate havia sido pago. Ninguém estava tão ansioso assim para tê-lo de volta, disse Henry. Havia muita sujeira cercando o caso e o estilo de vida do barão, o que incluía imensas dívidas de jogo no cassino em Aix-les-Bains ou, talvez, Enghien, lavagem de dinheiro de drogas, e assim por diante. As preferências sexuais do barão também haviam sido assunto de boatos.

Nada no caso Empain tinha a mais remota relação com Hubert, Henry prosseguiu, falando com cautela e baixando o tom de voz, porque, conforme disse, não tinha certeza de que o motorista havia desligado a comunicação interna. Mas, claro, as pessoas logo o apontam como outro empresário belga muito importante e com um título de nobreza. Até agora, Hubert manteve sua vida pessoal livre de escândalos. Não é pouca ajuda que as mulheres com as quais ele tem seus casos sejam, em geral, damas. E ele opera dentro da lei. Do contrário, eu não estaria prestando consultoria a ele. É óbvio que é bastante persistente nos objetivos que se propõe a alcançar — em geral, a compra de alguma companhia que não está à venda. Fora isso, gostaria de ser conhecido como o homem mais rico do continente, talvez de toda a Europa. Já é, de longe, o homem mais rico da Bélgica, e é provável que da França também. Eu deveria saber em que posição está na Alemanha, mas não sei. Por sorte, nem todos temos as mesmas ambições.

Que Hubert, como ele de pronto me pediu que o chamasse, era sósia de Gert Fröbe, não havia dúvida. A diferença era que, ao contrário do Goldfinger do filme, ele tinha a cabeça repleta de cabelos loiros, cortados num antiquado estilo militar, à escovinha. Os cabelos eram tão espetados que concluí que só podia usar algum tipo de pomada. Quando corava, o que não era raro, o efeito era surpreendente. Contanto que Bond não o provocasse, a polidez do Goldfinger do cinema alternava tapinhas e punhaladas nas costas. A de Hubert era mecânica e muito eficiente. Apresentou-me a Gilberte, sua condessa saída das tapeçarias do unicórnio, e, em seguida, me levou de convidado em convidado, explicando a cada um, e nos mesmíssimos termos, que, além de renomado autor norte-americano de diversos romances, eu havia sido companheiro de quarto de Henry na faculdade e era seu amigo. A reação quase invariável a minhas atividades literárias por parte daquelas figuras elegantes — a maioria possuidora de títulos que Hubert escandia tão bem quanto seus sobrenomes duplos ou triplos — era um sorriso bem-educado e a promessa de ficar à espera de meu novo romance. Gilberte, no entanto, me pareceu sincera ao dizer que havia gostado do mais recente, assim como Corinne, a esposa de Etienne, também presente à festa. Eu sabia que Corinne era fã de verdade dos meus livros; fazia anos que ela me escrevia cartas perspicazes sobre eles em seu inglês adorável.

Se Henry ou Hubert tinham sido ingênuos o bastante para supor que meus feitos literários impressionariam os convidados dos Saint-Terre, fui uma decepção para eles. E, de fato, era possível que Henry houvesse alimentado semelhante esperança; fazia muitos anos que ele admirava perdidamente aquela minha condição de celebridade menor. Quanto a Hubert, de repente me ocorreu que ele era astuto o bastante para ter tramado aquele convite com o único propósito de mostrar a Henry que sua própria importância talvez fosse maior que a minha no contexto de uma reunião da alta sociedade como aquela, e que, portanto, tendo se tornado um cosmopolita sob a tutela de Hubert, Henry não tinha por que se deixar impressionar tanto comigo. Essa teoria batia com o que Hubert havia dito ao começar a me exibir pelo salão. Henry não havia apenas se tornado seu principal conselheiro, disse-me ele: com o tempo, Hubert pretendia também desafiar minha posição de melhor amigo. Achei graça e respondi-lhe que, ao longo de toda a minha extensa experiência com Henry, nunca tinha havido um postulante único àquela posição; ele teria de lidar com pelo menos mais dois rivais. Ótimo, retrucou Hubert, apertando-me o cotovelo. Vou gostar do combate. Nunca ganhei um prêmio apenas para dividi-lo.

Se o romancista causou nos convidados impacto imperceptível, o mesmo não se podia dizer da aura de poder e importância de que Hubert revestira Henry. Prova disso era o modo como se empertigaram aqueles que Hubert me apresentou como seus sócios à menção de que eu era velho conhecido de Henry. Semelhante estado de alerta, imaginei, os ancestrais daqueles nobres valões terão demonstrado ao se verem na presença de um grande aliado de um dos favoritos do rei. Sabia o suficiente sobre a retórica de poderosos homens de negócios para compreender que, quando Hubert dizia "sócio", empregava a palavra como um título honorífico, uma honra reservada a funcionários de alto escalão e a certos investidores que punham dinheiro em suas empreitadas. Um desses "sócios", que não parece ter sentido o mesmo *frisson* de alegria que os demais colegas ao me conhecer, era Jacques Blondet, o número um do banco parisiense que Henry havia mencionado. Blondet examinou-me intrigado e assegurou-me que tinha lido cada palavra do que eu havia escrito — à procura de pistas, pistas reveladoras da minha personalidade. Devíamos conversar um pouco, sugeriu. Talvez saboreando um conhaque, depois do jantar. Curvei-me ligeiramente, sem nada dizer. Quando ele se foi, flanei na direção de Corinne e permaneci a seu lado até sermos convocados para o jantar. Esperava que me acomodassem à direita de Gilberte. Que me pusessem entre Corinne e Gilberte foi uma agradável surpresa. Antevia já com prazer nosso bate-papo. Mas não conseguimos trocar mais do que algumas palavras antes que a conversa à mesa se generalizasse com grande animação, tendo por assunto o acordo de Camp David que Sadat e Begin tinham acabado de assinar. Talvez por respeito a Henry ou talvez por admiração a Sadat, o fato é que, se havia antissemitas naquele encontro da classe dirigente belga, eles ficaram de boca fechada.

Depois da sobremesa, a um sinal de Gilberte, as damas se levantaram e seguiram-na até a sala de estar. Os homens foram conduzidos por Hubert para a biblioteca. Como eu não gostava do cheiro dos charutos, encontrei uma poltrona próxima a uma janela aberta e ali me acomodei para beber meu café. Pensava na facilidade com que Henry se conduzia naquele cenário, extraindo evidente prazer do mundo no qual Hubert o introduzira. Ou rumo ao qual ele próprio abrira caminho. Fisicamente, ele não havia mudado — achava que, dentre meus antigos colegas de turma, ele era o que menos tinha mudado. A não ser pelo fato de que, ao longo dos dez anos desde que havia sido promovido a sócio, ele adquirira destreza e competência quase assustadoras, no mais ele ainda era, em muitos aspectos, o velho Henry de sempre, meu amigo fazia mais de trinta anos. Queria estar no controle e estava, pouco importando que, naquele cenário em particular, seu poder derivasse de Hubert. A posição que alcançara era fruto de seus próprios esforços e mérito exclusivo seu; a interferência dos Van Damme, *mère et fils*, havia lhe dado uma ajudazinha, mas não mais do que isso. Seu único grande fracasso era o relacionamento com Margot. Estavam os dois atolados em areia movediça.

Jacques Blondet interrompeu-me os pensamentos. Puxou uma cadeira para perto de mim e, sem nenhum preâmbulo, disse que imaginava que eu conhecesse Henry melhor do que ninguém. Esperava pela resposta, mas, vendo que eu não lhe concederia nenhuma, acrescentou que aquilo era me forçar a fazer uma afirmação que poderia ser considerada imodesta. Para ele, no entanto, era uma conclusão embasada em prova clara: uma amizade que datava de muitos anos e que incluíra os finados pais de Henry, bem como uma sensação mais geral de que eu estava e sempre havia estado do lado dele. Blondet fez outra pausa, de modo a me dar tempo para que eu me manifestasse. Depois, disse-me que, em sua experiência com Hubert de Sainte-Terre, que começara com a morte do pai dele, quando o filho assumira os negócios da família, ninguém havia conquistado de forma tão completa a confiança de Hubert, nem mesmo ele, Jacques, embora tivesse ido trabalhar para o velho conde de Sainte-Terre tão logo concluíra os estudos, na École Polytechnique de Paris; assim como ninguém adquirira compreensão tão boa da estrutura e da dinâmica dos negócios dos

Sainte-Terre. Em sua opinião, o desempenho de Henry havia sido o de um virtuose.

Quanto mais ele falava, menos eu gostava de *monsieur* Blondet, mas respondi que Henry possuía, de fato, uma inteligência excepcional e trabalhava muito duro, além de ser um amigo leal.

São características que vocês dois compartilham, Blondet observou. Depois, disse-me que, por vezes, aqueles traços inestimáveis geravam certa falta de medida na persecução dos objetivos de um cliente que fosse, também, amigo de seu consultor. Entende o que digo?, perguntou.

Neguei com a cabeça.

Vou lhe dar um exemplo, disse ele. Um negociador hábil e bastante duro pode, muito corretamente, decidir não arrancar toda a carne da carcaça do adversário. Por quê? Porque tem de cuidar da própria reputação. Prefere perder alguns pontos que sabe não serem essenciais a adquirir uma reputação de inescrupuloso. Isso é privilegiar o próprio interesse em detrimento do interesse do cliente? Pode ser. Mas se, em essência, já obteve para o cliente tudo de que ele necessita, não há mal nenhum, e essa atitude pode até beneficiar o próprio cliente. Afinal, a reputação de inescrupuloso do consultor pode começar a contaminar o cliente, e isso é coisa a ser evitada. Se, contudo, o consultor perde o distanciamento que lhe permitiria fazer esse tipo de raciocínio, vai insistir em arrancar a carne toda e até a última gota de sangue do adversário. Entende agora o que quero dizer?

Mais ou menos, disse eu.

Menos fervor, disse Blondet, menos fervor. Se pelo menos você pudesse sussurrar essas duas palavrinhas nos ouvidos do nosso amigo Henry...

Você está sugerindo que Henry briga demais por Hubert?

É uma bela síntese.

Então, imagino que você deveria dizer isso a ele, respondi. Se tivesse de conversar com Henry a esse respeito, teria de contar o que acabo de ouvir. Ele com certeza iria querer saber por que você não foi falar diretamente com ele, e eu seria obrigado a responder que não sei.

Muito justo, disse Blondet, muito justo. De todo modo, fico feliz que tenhamos conversado.

30.

Minha amizade com o escritor japonês e as consequentes estadas em Kyoto tiveram um fim abrupto. Voltei a Nova York antes do que de hábito. Durante o verão, Tom desabou na quadra de tênis dos Standish enquanto jogava uma partida de simples; Edie e eu assistíamos ao jogo. Levei-o ao hospital de Pittsfield e, depois, ao Massachusetts General Hospital, em Boston. Após três semanas em coma, estava morto. Desaparecia assim o amigo mais velho, com cujos conselhos e afeto eu sempre contara. Quando o doutor Kalman se aposentou, comecei a ir a outro analista em Manhattan que, como seu predecessor, parecia disposto a suportar minha agenda incerta; julguei, porém, que, naquele período de luto, era melhor tê-lo por perto e mergulhar no trabalho. A companhia de George e Edie era outra razão para que eu tornasse a fazer da rua 70 Leste meu principal domicílio, com ocasionais fins de semana prolongados em Lenox. Embora tivesse seguido meu plano e comprado um apartamento pequeno em Paris, nada me atraía para lá. Não podia nem dizer que sentia saudade de Henry, porque as visitas dele a Nova York eram frequentes, e ele sempre arranjava tempo para almoçar ou jantar comigo. De fato, veio à cidade poucos meses depois da morte de Tom. Eu não escrevera para lhe contar a respeito nem ele tinha visto o obituário no *New York Times*, que o *Herald Tribune* não havia reproduzido. Dei a notícia a ele enquanto jantávamos, e Henry chorou. Mas recompôs-se rapidamente e pôs-se a lembrar de como Tom era divertido nos velhos tempos da casa em Harvard, quando nos brindava com suas histórias carolíngias e merovíngias. Pouco tempo depois, fiquei sabendo que Henry havia feito contribuição considerável à bolsa de estudos criada em memória de Tom, para a qual eu doara o capital inicial.

Que estava se dando muito bem como advogado, tornavam evidente o que ele me contava sobre os negócios de Hubert de Sainte-Terre, seu ar satisfeito de prosperidade e os ocasionais comentários ligeiramente invejosos de George. O que eu sabia de sua vida pessoal era limitado por seu comportamento reservado e por minha ausência de Paris. Sabia, porém, que ainda morava na rue de Rivoli e que, na companhia de Hubert, Gilberte e do instrutor, se tornara exímio esquiador. George achava que ele devia ter comprado alguma casa no interior da França. Era o boato que corria no escritório parisiense, onde a curiosidade se misturava a uma pitada de irritação pelo fato de ele não ter contado aquilo a ninguém. Ainda assim, os fins de semana que passava em seu suposto esconderijo eram logo notados. Em vez do telefone de uma das residências de Sainte-Terre ou de um hotel em Londres ou Veneza, ele deixava num memorando apenas um número — sempre o mesmo — em Tours, sem as demais informações habituais. Vez por outra, o escritório tentava falar com ele no número indicado. Um serviço de resposta atendia, oferecendo-se apara anotar o recado e alegando não ter nenhuma notícia do paradeiro do assinante. Em geral, Henry chamava de volta em alguns minutos. Aquilo me intrigou. Se estivesse morando com alguma mulher, julguei que George e eu saberíamos. Que talvez tivesse um caso com Margot no tal esconderijo foi uma suspeita que cogitei mais de uma vez, mas Henry não se dignara a me dar informação nenhuma a esse respeito, e eu nada concluí da tristeza com que ele me falou dos pais dela. Por uma daquelas coincidências sem significado nenhum, mas dolorosas, o senhor Hornung havia morrido na mesma semana de Tom; ao ler seu obituário, fiquei sabendo que a senhora Hornung o precedera, menos de um ano antes. Escrevi a Margot de imediato, expressando minhas condolências por ambas as perdas. Ela me respondeu com duas frases, talvez recriminatórias, afirmando que a lealdade dos amigos a confortara.

Independentemente de Henry e Margot, Paris voltou a ocupar-me os pensamentos dois anos depois, sobretudo por causa da eleição de maio que levara François Mitterrand ao Élysée. A mudança de direção política com sua chegada ao poder depois de Giscard d'Estaing estava em flagrante contraste com aquela recém-ocorrida nos Estados Unidos, onde Jimmy Carter havia sido derrotado por Ronald Reagan. Juntos, aqueles dois fatos ilustravam minha tese de que vivíamos numa Era sem Razão. Eu não tinha grande apreço pelo regime de Giscard ou pela classe que ele representava. Mas Mitterrand me preocupava, por causa da exumação do *affaire de l'Observatoire* e por outra razão, que guardei para mim mesmo: o estado pavoroso de seus dentes, que eu tivera oportunidade de inspecionar de perto alguns anos antes, num pequeno jantar promovido pelo cônsul-geral da França em Nova York. Teria eu opinião muito melhor dele caso ele ostentasse algo parecido com os dentes de porcelana de Ronald Reagan? Não sei dizer. Mas segui com atenção maior do que a habitual a cobertura zombeteira que o *New York Times* dedicava à França. Cheguei mesmo a fazer uma assinatura da edição do *Le Point* despachada por via aérea. Foi assim que, entre artigos dedicados ao programa adotado pela esquerda, deparei com a controvérsia em torno do Banque de l'Occident — o banco francês controlado por Hubert de Sainte-Terre, que estava na lista da primeira onda de nacionalizações. Jacques Blondet aproveitava toda e qualquer oportunidade para tornar pública sua convicção de que ter o Estado como proprietário conduziria à ruína um banco como o Occident, que tinha boa parte de seus negócios fora da França. Bancos e clientes não franceses passariam a evitar a instituição, porque não tolerariam que o Estado francês metesse o bedelho em suas transações. Hubert fazia coro a essas declarações com igual vigor e de forma ainda mais pungente. Os ataques contra as forças do capital internacional por parte dos porta-vozes do governo francês e de jornalistas de esquerda — nesse caso, era difícil distinguir repórteres de editorialistas — respondiam com a mesma energia. Como outros bancos privados, além das mais importantes indústrias, também estivessem sob ameaça de nacionalização, era fácil ter a impressão de que a burguesia francesa, prevendo novo reinado de terror, havia decidido emigrar. Londres e Nova York eram os refúgios preferidos. Eu não tinha por costume fazer telefonemas internacionais. Ainda assim, liguei para Henry para perguntar o que se passava — não tanto de modo geral, mas com o banco de Hubert e com ele. Henry estava em reunião, e a secretária me disse que ele entraria em contato tão logo saísse.

Ha!, exclamou ele ao me ligar de volta, o que se passa é que *monsieur le comte* e seu fígaro, Blondet, querem deter o Estado francês e impedir a nacionalização do Occident. Portanto, me pediram — ou, para ser mais preciso, ordenaram — que eu ache uma maneira de fazer isso. A cada hora, um ou outro me telefona para ver se fiz algum progresso. Fico imaginando que terrível castigo me aguarda, caso não haja solução ou eu não consiga encontrá-la. Em Roma, costumavam punir o escravo, se o *dominus* o flagrasse fazendo besteira: mutilação, se quebrasse um prato; chicotadas, se derramasse vinho etc. etc. etc. Talvez os Sainte-Terre cultivem algum costume semelhante, passado de pai para filho desde as Cruzadas e aplicável no caso de escriturários a seu serviço.

Mas você acha que pode haver solução?, perguntei.

Claro que tem, ele disse, e eu sei qual é. Ela me ocorreu há poucos dias, quando eu ia do escritório para casa. Fiquei revirando o problema na cabeça enquanto caminhava e, pimba!, encontrei um jeito. Tenho quase certeza de que funciona. Inclusive com um possível benefício fiscal que parece bem promissor.

E você já contou a eles?

Ainda não. Quero tirar a ideia da cabeça por uns dias para, depois, tornar a analisá-la friamente. Tem também outro motivo: acho que vão adorar minha proposta, mas, mesmo que ela funcione tão bem quanto imagino, politicamente ela seria um veneno. Portanto, preciso encontrar uma maneira de mostrar a eles que encontrei o que queriam e, ao mesmo tempo, de aconselhá-los a se absterem, para o bem de seu próprio interesse, de pôr a ideia em prática.

Mais adiante, enquanto conversávamos sobre política francesa e norte-americana, Henry me perguntou de repente se eu poderia ir a Paris. Naquele momento, queria ter um amigo de verdade a seu lado, porque estava diante de questões legais e morais que eram as mais difíceis de sua carreira. Tinha havido momentos no passado em que julguei tê-lo abandonado em momentos de dificuldade; em cada um deles, eu me arrependera depois. Não queria cometer o mesmo erro. Estava trabalhando duro num romance, mas pareceu-me que, se sublocasse o apartamento de Nova York, poderia trabalhar em Paris. Disse a Henry que estaria lá dentro de poucos dias. Na manhã seguinte, a primeira coisa que fiz foi ligar para George no escritório e contar a ele o que iria fazer.

Henry e eu fomos jantar no dia em que cheguei, e ele foi logo me dizendo: Agora, tenho certeza de que sei o que fazer, tanto quanto tenho certeza também de que não posso deixar que eles façam o que tenho a propor. A única incógnita é como a Wiggins vai reagir a essa minha posição — dizer a um cliente como Hubert que sei resolver o problema dele, mas que não quero que ele use minha solução — e como diabo vou fazer para manter quietos Hubert e aquele louco do Blondet. Blondet, você sabe, anda berrando aos quatro ventos, como porco no matadouro, como se alguém desse a mínima para o que ele pensa. É um *polytechnicien*, como uma porção de gente graúda no governo, e todos se tratam por *tu*, ainda que não tenham a menor intimidade um com o outro, como os duques em Balzac. Enfim, foi visitar burocratas importantes para expor seus argumentos, e disseram-lhe que enfiasse todos eles — ou seja lá o que for que um *fonctionnaire* francês diz a outro. O que você acha que eu devo fazer?

Respondi que, no momento, não sabia o bastante para opinar. Nem tinha certeza se entendia por que ele estava diante de um dilema. Faz sentido, disse ele. Tinha esperança de poder poupar você de todo o quebra-cabeça, que nem seria capaz de explicar sem um quadro-negro. Bom, o essencial é o seguinte. Primeiro: boa parte do que vale o Occident está em negócios não franceses, os quais, à parte uma ou outra exceção descartável, pertencem a uma companhia holandesa de propriedade do banco francês — e não diretamente de propriedade dele. Vou chamar essa companhia de Occident Holandesa. Segundo: pessoalmente, ou por intermédio do Banque de Sainte-Terre, de que ele é acionista majoritário, Hubert de Sainte-Terre possui cinqüenta e cinco por cento do Banque de l'Occident e tem comprado cada vez mais ações, à velocidade máxima permitida pelas condições de mercado. Terceiro: o governo francês fixou um preço para fins de nacionalização, ou seja, o preço pelo qual os acionistas do

Occident serão obrigados a vender suas ações ao Estado, e esse preço é muito baixo, de metade a dois terços do valor real. Henry fez uma pausa e perguntou se eu estava entendendo tudo até ali.

Fiz que sim.

Pois bem, disse ele, passando às regras legais básicas. Primeira: de acordo com a lei de nacionalização, o Estado francês tem o poder de forçar todos os acionistas, inclusive os estrangeiros, a vender suas ações pelo preço estabelecido, sujeito, é claro, a demandas judiciais nos tribunais franceses em torno do preço justo. Segunda: há um furo aí — o Estado não declarou ilegal que uma companhia francesa que esteja na lista das nacionalizações venda seus ativos, sobretudo seus ativos estrangeiros, antes de ser nacionalizada.

Aqui, quero abrir um parêntese, disse Henry. Só um imbecil compraria a empresa francesa — isto é, o banco francês e todos os ativos franceses, incluindo-se aí as participações em empresas estrangeiras —, porque isso seria jogar dinheiro fora: no momento em que se tornasse proprietário do banco francês, estaria na mesma encrenca que os atuais acionistas. O Estado poderia forçá-lo a vender o banco, e ele não teria ido a parte nenhuma com sua aquisição.

Feita essa observação, Henry anunciou que o parêntese estava fechado e que ele me relataria a regra legal básica número três: os diretores do banco francês têm o dever legal de agir no melhor interesse dos acionistas. Em termos mais concretos: se os diretores podem escolher entre duas transações, estão obrigados a optar por aquela que renda mais dinheiro aos acionistas, ou poderão enfrentar ação indenizatória por parte deles. Em essência, é a mesma lei que vigora nos Estados Unidos, com algumas diferenças importantes, mas que não vêm ao caso.

De novo, Henry me perguntou se eu estava entendendo e, outra vez, só me restou fazer que sim com a cabeça.

Isso não é coisa simples, disse ele, mas vou mostrar a você a solução para o problema de Hubert, que tenho quase certeza de que o governo francês não poderá contestar com base em nenhuma medida legal. Tem certeza de que você quer ouvir isso?

Mal posso esperar, garanti-lhe.

Pois então lá vai, ele disse. Hubert, o Banque de Sainte-Terre e talvez mais alguns amigos abrem uma companhia holandesa que vou chamar de Sainte-Terre Holandesa — precisa ser holandesa por razões fiscais que não vou detalhar, o que seria uma tremenda chatice para você. A gangue de Hubert, então, dá a essa companhia holandesa acesso a dinheiro vivo suficiente para que ela compre do Banque de l'Occident a tal Occident Holandesa, que, você há de se lembrar, é a companhia que detém boa parte dos negócios não franceses do Banque de l'Occident. A oferta de compra tem de passar pela diretoria do banco. Os diretores, claro, irão aprová-la, porque foram todos nomeados segundo os interesses de Sainte-Terre. A beleza desse plano, porém, é que também os diretores independentes serão forçados a ou votar pela aceitação da proposta ou a se absterem, uma vez que já foram advertidos de que, se votarem contra, estarão sujeitos a uma gigantesca ação indenizatória. Por quê?

Sim, por quê?

Simples: porque a Sainte-Terre Holandesa propõe pagar o valor real das ações, e não o valor rebaixado que o governo está oferecendo para todo o Occident. Lindo, não é?

Brilhante!, exclamei, convicto do que dizia.

À prova de furos. Pena que não posso recomendar isso a Hubert.

Aí, eu não entendo. Não pode por quê, afinal?, perguntei.

Porque seria muito perigoso. Transformaria Hubert, o banco Sainte-Terre e até Blondet — não que eu me importe com ele — em párias até os socialistas serem derrotados e deixarem o poder na França, e quem é que sabe quando isso vai acontecer? O governo vai empregar todos os truques possíveis e imagináveis para persegui-los. É certo que, juridicamente, os socialistas não vão poder desfazer a transação; em compensação, Hubert e companhia podem esquecer seus negócios na França e tudo o mais em que o atual governo puder interferir. Em teoria, o grupo poderia suportar a pressão, mas só se não for assombrado pelos truques do governo e se se resignar a não fazer negócios na França que necessitem de aprovação governamental, seja ela tácita ou oficial. O problema é que boa parte dos negócios de monta precisa dessa aprovação.

Então, o que você pode fazer, Henry?

Ele me respondeu que queria explicar seu plano a Hubert — inclusive com as interessantes vantagens fiscais que não havia me explicado — e, se Hubert assim desejasse, a Blondet também. Se usarem a cabeça, prosseguiu, vão enxergar os perigos e deixar que o Occident seja nacionalizado. Mas essa gente é ambiciosa. Enfiaram na cabeça que não se deixam assustar facilmente e, por isso, podem decidir ir em frente, sem atentar para as consequências. Nesse caso, vou pôr à disposição deles toda a minha capacidade e meus conhecimentos para ajudá-los a contratar outro advogado — de preferência holandês —, para que ele, então, possa executar o plano. Fiz a minha parte, disse Henry. Qualquer profissional de competência mediana pode dar conta do resto.

Mas, se você vai explicar como se faz, por que não fazer você mesmo? Não tenho certeza de entender o motivo.

O motivo é o bom nome da Wiggins & O'Reilly, respondeu ele. E acrescentou que, dada a importância do escritório parisiense, não seria bom negócio para a firma ficar marcada pelo ônus daquela transação. Estava preparado a pedir à Wiggins que não cobrasse nada de Hubert e do grupo Sainte-Terre pelo trabalho que tinha feito, caso Sainte-Terre contratasse consultoria de alguma outra empresa para seguir adiante.

Tem outra coisa referente a Hubert, disse ainda, depois de uma pausa. Mas é algo que não tenho condição de discutir agora.

E se derem ouvidos a você e dispensarem o plano?, perguntei.

Então eu terei feito meu trabalho à perfeição e, nesse caso, tenho de ser remunerado, respondeu ele.

Eu podia compreender a lógica do que ele dizia, mas tinha ainda uma pergunta básica a fazer: a solução mais simples não era dizer a Hubert que não havia como contornar a nacionalização? Quem foi que disse que todos os problemas têm solução? O orgulho de Henry White não o estava impedindo de reconhecer que tinha sido derrotado, quando, na verdade, não tinha?

Henry admitiu que já havia se perguntado aquilo mais de uma vez. Mas sua consciência estava limpa. Quaisquer que fossem os clamores de seu *amour-propre*, era sua opinião que ele tinha o dever profissional de relatar ao cliente o que descobrira. Não podia esconder essa descoberta no interesse do cliente porque, no fim, cabia ao próprio cliente dizer qual era seu interesse. Que essa conclusão de fato coincidisse com os clamores de seu *amour-propre* era absolutamente irrelevante. Contudo, acrescentou, não posso ter minha conversa com Hubert sem, antes, discutir o assunto com meus superiores na Wiggins & O'Reilly. Henry não achava que podia fazer aquilo por telefone. Na verdade, enquanto conversávamos, tinha decidido ir a Nova York na manhã seguinte. Seria uma viagem de um único dia, e ele esperava que eu o perdoasse por sair correndo daquela maneira. Pegaria um Concorde na ida e na volta.

Um dia transformou-se em três. Jantamos em seguida a seu passeio supersônico. Henry estava bastante solene; não tinha sido fácil para o comitê da Wiggins & O'Reilly tomar uma decisão. Hubert não se ofenderia com o fato de Henry não se dispor a executar seu próprio plano? E de que forma aquilo afetaria o fluxo dos negócios que Sainte-Terre tinha com a firma? Aquela havia sido a grande questão. No fim, porém, tinham aprovado sua decisão, o que incluía não cobrar pelo trabalho, embora diversos sócios houvessem implorado que ele pelo menos cobrasse alguma coisa, ainda que com um desconto considerável nos honorários. Todos nutriam a esperança de que um gesto generoso poderia, talvez, acalmar Hubert. Henry comunicou-me que falaria com ele no dia seguinte. Por acaso, Hubert estava em Paris.

Fiquei aliviado que ele não parecesse interessado em continuar a conversa sobre o Occident. Perguntei se tinha falado com Margot.

Agora não posso, disse. Ela já tem preocupações demais. Desde que descobriu que a herança de Margot está presa a um fundo para benefício exclusivo dela e dos filhos — sem um único centavo para ele, enquanto ela estiver viva, e sem direito a nenhuma herança, caso ela morra antes dele —, Du Roc passou a se concentrar, por certo em detrimento de sua produção literária, em empregar o dinheiro dela na compra de grandes obras de arte (o que é chover no molhado, considerando-se a coleção que Margot herdou, mas pretende deixar para o Metropolitan Museum) e de mais imóveis da maior elegância. Fez com que ela pagasse por outro solar na Normandia e por uma casa magnífica em Versalhes, que já pertenceu a um dos ministros de Luís XIV. A jogada dele é transparente: esses ativos, não incluídos no fundo, podem vir a ser dele, se Margot morrer ou, em caso de divórcio, se ele negociar um belo acordo. Margot ficou magoada; esse insulto — porque é disso que se trata — pode ter sido a gota d'água.

E como andam suas esperanças?, sondei.

Não tenho esperança nenhuma, respondeu ele. Mas Margot talvez tenha uma: um cineasta americano, dez anos mais novo, que ela conheceu faz pouco tempo por intermédio de Jean. Ficou bastante impressionada. Sei bem quando ela fica assim.

Disse a ele que sentia muito.

Quando cheguei em casa, havia uma mensagem de Henry em minha secretária eletrônica. Ele achava que devia manter o dia seguinte livre para Hubert. Será que poderíamos almoçar dali a dois dias? Liguei de volta, respondi que sim e desejei-lhe sorte.

31.

Foi uma reunião muito estranha, disse Henry. Já relatei tudo à firma. Vou contar a você uma versão resumida. Nem vou pedir que guarde segredo, porque sei que vai. O fato predominante é que, tão logo comecei a explicar o plano a eles, seus olhos brilharam. Achei que Hubert ia se levantar do sofá — ele nunca se senta à mesa quando recebe alguém no escritório — e sair dançando. O efeito sobre Jacques também foi impressionante, só que, em se tratando de Jacques, parecia mais provável que ele fosse levitar: sentado, braços cruzados sobre o peito, descendo de vez em quando, mas só para ser de novo alçado às alturas por seu próprio deleite. Quando terminei de explicar os pormenores, mergulhei num veemente discurso sobre as realidades políticas a demandar que meu plano fosse confiado à lata de lixo. Não tinha ido muito longe quando Hubert me interrompeu. Henry, disse ele, essa transação sobre a qual você nos contou é ilegal? Não, respondi. Ao que Jacques perguntou: Você quer dizer que não incorremos em nenhum risco legal se pusermos esse plano em prática? Respondi que não havia risco de a transação suscitar processo legal, e que o governo não tinha como invalidá-la juridicamente, porque ela não infringia nenhuma lei. A seguir, enumerei todas as coisas que o governo francês podia fazer, se o primeiro-ministro ou o ministro das Finanças ficasse muito bravo, ou se o presidente expressasse a eles seu descontentamento. Para tanto, precisei repetir parte da argumentação que já havia exposto. Jacques parecia entediado e tentou me interromper, mas Hubert disse-lhe: Deixe que ele termine de falar. Ouviram, mas eu sabia que a batalha estava perdida. Depois, muito gentil, porque é, afinal, meu amigo e um cavalheiro, Hubert me disse: Escute, Henry, você não acha que deveria deixar a análise da política francesa a cargo de Jacques, que é francês, além de diretor-presidente do Occident? E, quanto às consequências mais amplas, deixe que eu me preocupo com elas: é o meu dinheiro que está em jogo.

Só havia uma resposta para aquilo. Concordei tão educadamente quanto possível, acrescentando apenas que havia mais uma questão, referente a mim e a minha firma. Eu não podia ajudar na execução de uma transação que, a meu juízo profissional, era contrária aos interesses de longo prazo de meu cliente e suscitaria a ira do governo francês contra todos os envolvidos nela. Do ponto de vista prático, prossegui, se desejavam desconsiderar meu parecer e ir adiante, podiam, para tanto, contratar outro advogado — de preferência holandês, jamais um francês. Diante do silêncio pétreo de todos, disse enfim que não cobraria pela ideia que apresentara a eles. Acho que a paciência de Jacques comigo havia se esgotado, porque ele declarou que qualquer pagamento estava fora de questão. Hubert interferiu, dizendo que aquela decisão era dele e instou-me a mandar a conta de imediato. Depois disso, sem mais delongas, ele e Jacques puseram-se a discutir como se organizar para fazer a transação com a ajuda do advogado belga habitual do Banque Sainte-Terre — Hubert disse que não queria um advogado holandês, porque precisava de alguém a seu lado. Enquanto os dois faziam seus planos, tive a estranha sensação de ter me tornado invisível para eles. Tinha deixado de existir. Uma sensação estranha — você não acha? — para alguém que trabalhou tão duro e por tanto tempo nos problemas de um cliente, e alguém que tinha resolvido esse problema em particular, que, na minha opinião, teria derrotado noventa e nove por cento dos advogados. Em todo caso, eu me levantei, desejei sorte a eles e fui apertar a mão de Hubert. Não, não vá embora assim, protestou ele. Gilberte está aqui em Paris comigo, vamos jantar no Grand Véfour. A ocasião merece uma comemoração. Assim que terminarmos o trabalho pesado, acho que vamos ficar agradecidos a Mitterrand. Nunca dei muita bola para a parte francesa do Occident. A França tem bancos demais, é um ambiente esclerosado. Depois, perguntou a Jacques se ele e a esposa nos acompanhariam, mas Jacques disse que tinham marcado jantar na casa da sogra. E, adivinhe só, disse Henry, balançando a cabeça: Tive um jantar muito agradável em companhia de Hubert e Gilberte. Em nenhum momento conversamos sobre negócios — uma coisa incómum para ele, qualquer que seja a circunstância, o que me fez imaginar de imediato se algum dia conversaremos de novo sobre alguma coisa relacionada a suas empresas. Quando a sobremesa foi servida, ele me deu um presente. Um exemplar belissimamente encadernado da primeira edição de *As ilusões perdidas*. Hubert sabe como eu gosto desse romance; conversamos várias vezes sobre ele. É uma coisa adorável de ter, de segurar nas mãos, mas sei que ele pensa muito antes de fazer essas coisas, e eu teria ficado ainda mais grato se não tivesse certeza de que o presente tencionava me fazer refletir sobre quem havia perdido as ilusões — se ele, eu ou nós dois.

Bem tarde, naquela mesma noite, o telefone tocou. Era Greg Richardson. Minha mãe havia morrido de septicemia em consequência de um ferimento. Andando descalça pelo quintal, onde algum tipo de construção estava em curso, tinha pisado num prego enferrujado. Os médicos não haviam percebido a gravidade da situação até a noite anterior; ele sabia que deveria ter ligado de imediato. O desejo dela era ser cremada, o que ocorreria naquele mesmo dia, mas pedira também que a urna fosse depositada no túmulo da família, em Lenox. Eu via algum problema naquilo? Respondi que, até onde sabia, não havia problema nenhum. Concordamos que eu entraria em contato com a igreja em Lenox e marcaria uma cerimônia para dali a dez dias. Greg disse que conhecia os amigos dela e se encarregaria de avisar todos eles. Liguei eu mesmo para Jack e May e para George e Edie e, na manhã designada, acompanhei o que restava de minha mãe ao cemitério. Havia sido um tolo de pensar que a ida dela para o Havaí me libertara; ter deixado que essa noção diabólica, estimulada de forma irresponsável por madame Bernard, deitasse raízes em mim rendera-me apenas um motivo adicional para o pesar. Não porque a amasse. Era provável que a tivesse amado quando criança, antes que o rancor se instalasse, antes que me tornasse quem era. Por mais que tentasse, não conseguia me lembrar — e já nem tinha certeza de que o sabia — do que o amor por ela significara, talvez, para mim. Tampouco estava certo de que a revelação do senhor Hibble me havia fornecido mais do que mero pretexto para minha hostilidade. Entendia, porém, que havia falhado no tocante a um dever básico: o dever de tratar com gentileza uma mulher que se acreditava no direito de poder contar comigo. O fato de esse dever emanar de um processo legal de adoção, e não de um nascimento fortuito, não o diminuía. Na verdade, só podia fazê-lo maior, tanto para com ela como para com meu pai: afinal, não tinham me dado uma vida por certo muito melhor do que a infância indesejada que, de outro modo, eu teria tido? Não era esse um dever mais forte do que aquele que eu haveria de ter tido para com meus pais naturais, se os tivesse conhecido, pelo presente envenenado da vida que me haviam concedido? Se existia um círculo do inferno para ingratos assim, Henry e eu tínhamos vaga garantida. E, lá, desfrutaríamos da companhia de muitos de nossos amigos, imaginei.

Como tentei compensar tudo isso oferecendo ajuda a Greg, minha estada nos Estados Unidos durou mais do que o esperado. Quando voltei a Paris, "o sequestro do Occident", como a imprensa francesa o chamou, tinha sido aprovado pela diretoria e pelos acionistas. O primeiro-ministro, o ministro das Finanças, o ministro da Justiça e o presidente do Banco da França, todos eles haviam condenado a manobra vil que, como reconheceu o porta-voz do governo, as autoridades não tinham como impedir. A lei de nacionalizações era imperfeita, e os consultores demoníacos do Banque de Sainte-Terre não tinham hesitado em tirar proveito disso. Os três ministros prometeram revidar o golpe. Imaginei que Henry devia estar no sétimo céu: seu plano havia funcionado e resultara, de fato, venenoso em termos políticos. Sua capacidade de antevisão tinha se mostrado notável. Telefonei para ele do aeroporto, tão logo passei pela alfândega. Surpreendentemente, eu havia dormido bem no avião e não estava cansado; propus que almoçássemos juntos dali a duas horas. Estava mais do que livre, disse-me ele, e me pediu que o encontrasse num restaurante da rue de Bellechasse, a poucos passos do meu apartamento.

Como é estar certo em tudo?, perguntei a ele.

Sabe de uma coisa?, ele me respondeu, mesmo em meus piores acessos de insegurança, nunca duvidei da minha inteligência ou da minha capacidade como advogado. Mas, se você quer saber se essa situação em particular me dá alguma alegria, a resposta é não. Quer ele agora perceba ou não, Hubert vai sofrer, e isso me aflige. Ele ainda me liga o tempo todo para perguntar se isso ou aquilo que fizeram está certo. Não posso responder às perguntas. Ou, em todo caso, não em termos específicos. Sou obrigado a dizer coisas como: Se você seguiu o conselho de Jean-Louis Lièvre — o advogado belga —, tenho certeza de que está certo. Se disser qualquer outra coisa, não poderei negar que o estou ajudando nessa travessura. Seja como for, não gosto de opinar sobre o trabalho de colegas. Mas não resisti à tentação de salientar o reconhecimento humilhante, por parte do governo, de que meu plano é imbatível, e também a fúria governamental, que previ.

Por um momento, Henry se concentrou na comida; depois, prosseguiu: Não se passa uma semana sem que um novo projeto legal tome forma na Terra Santa, e todo santo dia Hubert tem cinco perguntas importantes que demandam considerável conhecimento jurídico e bom senso. Foi isso que sempre me manteve ocupado, desde que Hubert se tornou nosso cliente. Agora, nem projetos nem perguntas chegam até mim, e ninguém jamais me deu a menor explicação para isso. Você me conhece, nunca vou perguntar por quê. Sou orgulhoso demais. Será que Lièvre é tão rápido que consegue dar conta ao mesmo tempo da transação com o Occident e de tudo o mais? É possível, mas ele é de uma firma pequena — devem estar atolados até as orelhas com o Occident. Contrataram outra firma americana? Não ouvi nenhuma conversa a esse respeito. Ou talvez tenha ouvido. Uma semana atrás, Blondet sugeriu que fôssemos jantar juntos, só nós dois, e, em dado momento, *entre la poire et le fromage*, perguntou como andavam minhas relações com Hubert. Respondi que imaginava estarem excelentes; julgava que éramos amigos, a despeito de termos concordado em discordar no caso do Occident. Ah, disse Blondet, *mon pauvre ami*, a amizade dos príncipes — é como tentar conter a água juntando as duas mãos. Você não se pergunta se *cet excellent* Hubert não terá chegado à conclusão de que você não é mais o servo leal, de que o abandonou com medo de se ver sob fogo?

O sangue me subiu à cabeça, continuou Henry, e eu disse a Blondet que aquilo era um absurdo completo. Estava provado que eu estivera certo em todos os aspectos: tanto na solidez impecável do plano como nos custos políticos proibitivos para Hubert e para todos os envolvidos, assim como em minha certeza de que qualquer advogado competente seria capaz de pôr em prática a solução proposta. Tudo isso, salientei, revelou-se a mais pura verdade. Estar certo não é tudo, Blondet retrucou, embora, verdade seja dita, tivesse sido uma catástrofe se você estivesse errado quanto ao aspecto legal. Mas considere a possibilidade de que, mais do que apreciar a ideia brilhante, Hubert teria gostado de ver você disposto a tombar sobre a própria espada. E o que eu posso fazer, perguntei, sem que eu tenha de me enforcar ou pedir emprestada uma espada aqui ou ali? Ah, não, isso seria inútil, observou Blondet. Quando um vaso se quebra, não há como juntar os pedaços. É claro que os príncipes precisam ser práticos — às vezes — e podem fingir não ver os cacos no piso de mármore. Como você bem pode imaginar, disse-me Henry, não nos demoramos à mesa terminado o jantar. Enquanto isso, a despeito dessa conversinha desagradável, os convites para jantares em Paris e Bruxelas seguem no ritmo habitual; Gilberte tem falado comigo sobre o Natal e sobre os demais assuntos costumeiros. Estou quase enlouquecendo.

Henry, de fato, parecia perturbado e, quando se desculpou por ter falado tanto de si próprio antes de dizer uma palavra sobre minha mãe, pude tranquilizá-lo com sinceridade, garantindo a ele que compreendia e não levava a mal. Depois, perguntei sobre Margot. Respondeu-me que ela estava em Paris: tinha jantado na casa dela, na companhia de Jean e do cineasta americano. Era possível que Jean não soubesse de nada, assim como era possível também que não ligasse, contanto que Margot mantivesse a discrição.

E qual o próximo passo?, perguntei.

Em relação a Hubert, a Margot ou em algum outro fronte?

A tudo isso, esclareci.

É um bocado de coisa, disse ele, mas como estou sendo subempregado... A transação do Occident estará concluída em dez dias. Aí, é esperar para ver. Talvez eu procure uma oportunidade para ficar a sós com Hubert e pôr à prova o que há de verdade nas insinuações de Blondet. Não gosto desse joguinho dele. À parte isso, vou me sentar à minha mesa e fazer o trabalho que tiver para fazer. Margot? Falei sério quando, da última vez, disse a você que ela e eu perdemos o bonde. Por que você não vai visitá-la? Um terceiro fronte? Não há um terceiro fronte. Como você sabe, gosto de mulher e gosto de sexo. Em Paris, hoje em dia, se vou a um coquetel ou a alguma recepção de negócios em que haja mulheres desacompanhadas, o que acontece com frequência, meu faturamento médio é bastante elevado. E se a companhia revela algum talento na primeira noite, eu a chamo de volta até nos cansarmos um do outro. Nenhuma delas espera mais do que isso, nem eu.

Um tanto decadente, comentei.

É mesmo?, disse ele. Achei que, se alguém iria entender, esse alguém seria você.

Uns dois dias mais tarde, seguindo a sugestão de Henry, almocei com Margot no apartamento dela. Ela me mostrou fotografias do filho, Henry, que já não parecia tão pequeno nas fotos mais recentes. Frequentava uma escola em Gstaad cujo nome me soou conhecido como incubadora de futuros playboys. Contei a ela, claro, que havia estado com o outro Henry, tão logo chegara de volta a Paris. É mesmo?, ela comentou. Ele contou a você que andam falando um bocado nele? Balancei a cabeça. Pois é, disse ela, ainda não chegou aos jornais, a não ser por uma satirazinha no *Canard*, mas as pessoas sabem — e o governo com certeza sabe — que foi ele quem arquitetou o sequestro do Occident. A transação ainda não foi concluída. Vi um comentarista na tevê dizendo que o ministro das Finanças continua insistindo com Hubert de Sainte-Terre e com aquele sujeito pomposo que trabalha para ele em Paris, tentando fazer com que recuem. Só que ninguém acha que isso vai dar resultado, e logo a confusão estará armada.

Confessei que Henry não havia dito nada sobre ser assunto do noticiário e perguntei se ela acreditava que ele, pessoalmente, corria algum risco. Margot fez uma careta e disse: Quem brinca com fogo...

Henry acertara em suas previsões.

Os negócios estrangeiros do Occident foram vendidos para a subsidiária do Sainte-Terre numa terça-feira. Naquela noite, Hubert deu um jantar comemorativo no Grand Véfour, seu restaurante favorito, ao que parecia — a não ser que o tivesse escolhido como uma espécie de insulto, por sua localização bem próxima do Ministério das Finanças. Aos Grands-Echézaux 1971, seguiram-se La Tâche 1962 e Krug 1975 — o vinho fluía como cerveja. Henry e eu estávamos à mesa de Hubert. Foi ideia dele convidar você, disse-me Henry. Segundo ele, já que você testemunhou meus primeiros triunfos, devia estar presente também à celebração do mais recente. Não faço ideia do que quis dizer.

Foi difícil para mim avaliar o sentimento geral em relação a Henry em meio aos muitos convidados que lotavam o salão onde as bebidas foram servidas antes do jantar. Não conhecia ninguém, à exceção de Blondet, que parecia me evitar. À mesa, no entanto, vi-me ao lado de Gilberte, e ela me falou de Henry da mesma forma calorosa que havia falado dele em sua própria casa. O jantar arrastava-se além da conta — Hubert encomendara um daqueles *menus de dégustation* —, e, para mim, a conversa também, porque Gilberte prestava muita atenção no homem à sua direita, cujo nome não consegui captar, e a mulher à minha esquerda era uma nobre inglesa que parecia ter uma batata quente na boca quando falava. Eu entendia uma palavra a cada três e também não tinha certeza de que ela me entendia de fato. Por fim, chegamos à sobremesa: sorvete gratinado. Tão logo ela foi servida, Hubert se levantou, afastou-se alguns passos da mesa, fez soar um sininho que retirou do bolso do paletó e anunciou que, valendo-se do privilégio de ser o presidente da empresa, iria fazer o primeiro brinde, e que ele seria dedicado a nosso amigo Henry White. Seguiu-se o habitual alarido de aprovação e expectativa. Hubert silenciou-o, dizendo que ainda nem começara, e pôs-se a fazer um discurso que, de início, soou como uma confusa divagação, pomposa e pedante, sobre seus ancestrais, os antiquíssimos direitos senhoriais deles na Borgonha e as propriedades que em algum momento haviam tido por lá, o que não estava desvinculado da escolha que fizera dos vinhos magníficos que todos nós havíamos tido a boa fortuna de saborear. Em seguida, passou a discutir as relações de força e dependência mútua entre os Países Baixos e a Grã-Bretanha, como as demonstrava o fato de tantas vezes terem se aliado contra os franceses. Destacou, nessa mesma linha, a presença em sua mesa do grande amigo e parceiro lorde Cholmondeley. Passou pela minha cabeça que Hubert estivesse bêbado. Seu rosto com certeza estava vermelho. A semelhança com Goldfinger era desconcertante.

Passei a prestar muita atenção quando ouvi a menção a meu nome: Hubert dizia que era uma honra para ele e seus convidados terem entre si um celebrado romancista norte-americano, fiandeiro de imaginosas histórias que nos revelavam, na ficção como na vida, refinada apreciação tanto da coragem como da lealdade. A amizade entre esse grande escritor e nosso amigo Henry, cujas raízes, a despeito do nome anglo-saxão e de seu domínio magistral tanto do direito anglo-saxão como daquele do continente europeu, estavam na Europa Oriental — e, aliás, tinha prazer em pensar que essas origens remontavam à terra que dera nome a seus próprios ancestrais —, essa amizade, pois, comprovava, ele insistia, que, na juventude, Henry devia ter possuído os dons do entusiasmo e da impetuosidade, sem os quais as amizades profundas eram impossíveis. Agora, Henry dera provas de uma qualidade bem diferente — a prudência —, seu *cri de guerre*, seu grito de guerra. Não, aquela não era a expressão correta: a máxima que agora murmurava tornara-se "a discrição é o melhor da coragem". Era uma máxima admirável e muito apropriada a um advogado; a sua própria, porém, também tomada ao grande bardo, sempre fora "é do espinho do perigo que se colhe a flor da segurança". E assim prosseguiu Hubert na exposição do que pretendia dizer. Por fim, concluiu: Ergo minha taça num brinde a Henry.

Já se iam longe os dias em que eu teria jogado meu excelente champanhe na cara de Hubert ou lhe dado um soco, e estava dividido quanto ao que faria se estivesse no lugar de Henry. Contudo, depois que vi meu amigo levantar-se da cadeira e curvar-se em silêncio na direção de seu anfitrião, percebi que ele havia tomado a decisão correta. Henry não era brigão. Manteve a boca fechada.

No dia seguinte, o governo francês abriu fogo. O relato de suas medidas tomou conta do noticiário daquela noite de quarta-feira e ocupou as primeiras páginas do *Figaro* e do *Le Monde* do dia seguinte. O *Herald Tribune* e o *New York Times*, os dois jornais de língua inglesa que eu lia, deram as notícias na sexta-feira. O Ministério das Finanças tinha dado início a uma investigação sobre possíveis e antigas violações do controle de divisas por parte do Occident e da alta cúpula do banco. Isso significava uma ameaça de processo criminal dirigida diretamente contra Jacques Blondet. Outra investigação relativa a tais violações tratava do suposto conluio de outros bancos franceses com vínculos comerciais conhecidos com o Banque de Sainte-Terre. Embora nenhum anúncio oficial tenha sido feito, o *Le Monde* noticiava que Blondet seria objeto de extensa auditoria fiscal que retrocederia até o limite de prescrição de um eventual crime cometido nessa área; o ministério, segundo a mesma matéria, suspeitava de graves infrações. Se tinha havido fraude, o crime era imprescritível. Outro artigo discutia medidas prováveis para restringir as operações do Banque de Sainte-Terre na França. Infelizmente, eram operações insignificantes.

Tentei falar com Henry, mas sua secretária informou-me que ele não estava e de que não havia como contatá-lo. Ofereceu-se, no entanto, para marcar um almoço para segunda-feira, quando ele estaria de volta ao escritório. Marcamos num restaurante perto da Madeleine. Telefonei para Margot, para perguntar se ela tinha falado com Henry ou se sabia onde ele estava. O mordomo me disse que Margot não se encontrava na cidade.

Na segunda, eu estava prestes a sair em direção ao restaurante quando Henry ligou. Ainda bem que me pegara em casa, disse-me ele. A polícia estava pretendendo fazer uma busca no escritório da Wiggins & O'Reilly à procura de documentos relacionados à consultoria que ele dera ao Banque de Sainte-Terre. Era uma medida escandalosa, e ele não tinha a menor intenção de dizer coisa nenhuma nem de entregar um único pedaço de papel. Vamos jantar amanhã, propôs, supondo-se que eu não esteja preso por desobediência a alguma determinação legal. Perguntei se ele estava brincando. Não muito, Henry respondeu, mas tampouco estou preocupado.

Havia um frango assado na minha geladeira. Almocei, trabalhei até o final da tarde e fui assistir ao noticiário. O destaque nacional era a prisão de Jacques Blondet sob acusações diversas, relacionadas a numerosas violações do controle de divisas, incluindo-se aí o envio ilegal de moedas de ouro para o exterior. O advogado de Blondet surgiu na tela da tevê, protestando com veemência contra a natureza revoltante dos procedimentos judiciais, em especial a recusa em libertar seu cliente de imediato sob pagamento de fiança.

32.

Os jornais do dia seguinte estavam, outra vez, recheados de notícias sobre o *affaire* Occident. Henry me ligou no meio da tarde e contou-me que Blondet havia sido libertado sob fiança naquela manhã e que, com o auxílio do presidente da Ordem dos Advogados parisiense, ele conseguira despachar a polícia de mãos vazias do escritório da Wiggins & O'Reilly. Na sequência, o promotor havia feito algum barulho, falando em convocá-lo para depor, como mentor da transação, mas Henry acreditava que era mera bazófia. Um advogado não podia ser forçado a revelar o conselho dado a um cliente, a não ser que o tivesse aconselhado sobre como violar a lei, o que ele jamais havia feito, menos ainda no caso do Occident. Ainda assim, queria adiar de novo o jantar para a noite seguinte. Hubert viria a Paris naquela mesma noite e havia marcado uma reunião com ele logo cedo, em seu próprio escritório. Blondet também estaria presente. Henry achava que era melhor se preparar e rever questões da política da Wiggins com Nova York.

Na manhã seguinte, no *Le Figaro*, li um editorial acerca da espalhafatosa tentativa do governo de se vingar de Blondet apenas para ocultar os próprios equívocos na redação da lei de nacionalizações. O editorial mencionava ainda o opróbrio a que o promotor público se sujeitara, depois da fútil e mal avisada invasão do escritório parisiense de uma famosa firma internacional de advocacia. O *Le Monde* relegara o Occident a uma notinha na seção de economia e negócios. Tudo isso era bom sinal para Henry, concluí, e liguei para sua secretária para dizer que jantaríamos no Lucas Carton e que eu o estava convidando. Na minha opinião, aquele era *o* grande restaurante de Paris, com mesas afastadas o suficiente para permitir uma conversa verdadeiramente em particular. Cheguei com cinco minutos de atraso e encontrei Henry já à mesa, olhando fixa e sombriamente para seu martíni. Como tinham ido as coisas?, perguntei.

Ele me respondeu que eu poderia julgar por mim mesmo, depois que ele tivesse tomado mais uma bebida e tivéssemos pedido o jantar. Na verdade, tomou dois outros martínis antes de começar a contar sua história.

Estou farto dessa gente, disse. O cenário foi o habitual: o escritório de Hubert, ele sentado no sofá junto do telefone — não sei se já contei a você, mas ele não larga do telefone —, Jacques Blondet na poltrona que forma um ângulo reto com o sofá, também com um telefone ao alcance da mão, e eu na poltrona diante da mesinha e de Hubert. Hubert pediu ao cambojano que serve o café e de vez em quando trabalha também como moço de recados que dissesse a madame Ginette — a secretária-chefe — para não lhe passar nenhuma ligação. É claro que todo mundo sabe que, se sua linha particular tocar, ele vai atender de qualquer maneira. Mas estamos acostumados. Então, começou com um discurso sobre como eu sempre ocupara um lugar especial tanto em seus negócios como em seu coração, e como ele confiava em mim. Assenti com modéstia. No entanto, prosseguiu, eu o havia decepcionado amargamente. Ele se lembrava — e Jacques também — de ter me perguntado repetidas vezes se a transação com o Occident era legal, e eu lhe havia assegurado que sim. Não obstante, Jacques havia sido preso e tinha inclusive passado a noite na Santé. Eu podia explicar aquilo? Respondi que podia, sim, e que era muito simples: Jacques não tinha sido preso por nenhuma ilegalidade cometida por mim na transação com o Occident; tinha sido preso por seus próprios méritos ou por seus próprios defeitos, como quisessem. Não me exprimi dessa forma, mas você entendeu a ideia.

Mas a prisão não aconteceu por causa do Occident?, Hubert perguntou. Muito provavelmente sim, respondi. O governo está furioso com vocês dois e talvez pouco se importasse com violações do controle de divisas, se vocês não tivessem lhe aplicado um golpe. Foi disso que tentei avisar vocês: que o governo iria querer sangue.

Nesse momento, Jacques saltou da poltrona e disse: Pois muito bem, mas você não disse a Hubert nem a mim que alguém poderia ir para a cadeia.

Imaginei que ainda não estava me fazendo entender, Henry continuou, e, portanto, começando a me sentir irritado, tornei a explicar: Escute, Hubert, o governo não está tentando nem invalidar a transação com o Occident nem processar você por ela. Ele sabe que não pode. Mas vai querer pegar você onde puder. Pode apostar que o fiscal do imposto de renda responsável pela auditoria nas declarações de Jacques recebeu ordem de crucificá-lo. E quanto a você, Hubert, quem é que não sabe que você dirige seu Lamborghini depressa demais? Eu não ficaria surpreso se plantassem um carro da polícia perto da sua casa com ordens estritas de apanhar você.

Seguiu-se um momento de silêncio, durante o qual pedi outro cafezinho. Hubert apertou um botão, e o cambojano reapareceu com o café e tornou a sair. Por fim, Jacques repetiu: Você deveria ter nos avisado de que alguém poderia ser preso. Eu jamais teria corrido esse risco. Estava fora de mim e, por isso, não respondi, continuou Henry: Só fiquei sentado ali. Hubert também não disse nada. Ficamos em silêncio por mais alguns minutos, até que, dirigindo-me a Hubert, tornei a falar: Com certeza, você e Jacques têm feito negócios na França por tempo suficiente para saber que o governo possui muitas maneiras de aplicar pressões legais e extralegais para conseguir o que quer ou para punir alguém. Eu tentei avisar, a ponto de sugerir que o plano não fosse implementado. Em essência, você me mandou calar a boca. Não sei o que mais eu poderia ter feito.

A seguir, Hubert disse que ele e Jacques precisavam conversar, e os dois se retiraram para sua pequena sala de reuniões. Permaneci em minha poltrona e apanhei da mesinha à minha frente uma edição da *New Yorker*. Passados vinte minutos, Hubert reapareceu sozinho e me disse que estava decepcionado. E que, levando em conta tudo que havia acontecido, ele não achava que nosso relacionamento poderia continuar nas mesmas bases. Pedi a ele que me explicasse em linguagem simples o que aquilo queria dizer. Respondeu que não sabia ao certo, mas que já não tinha plena confiança em meus conselhos e que, portanto, eu obviamente não podia mais ser seu consultor pessoal. Ao mesmo tempo, não achava que eu podia trabalhar bem com Jacques Blondet, que, de todo modo, estava se mudando para Bruxelas, de onde capitanearia os negócios estrangeiros do Occident para o Sainte-Terre. Aquilo o deixava perdido e, de qualquer forma, queria reafirmar que estava muito magoado. Como era que eu podia tê-lo abandonado na transação com o Occident? Meu lugar era ao lado dele, disse. Perguntei se ele acreditava de verdade na lógica do que estava dizendo. Não sei, ele retrucou, sou um homem muito emocional. Foi quando finalmente entendi a indireta e disse que compreendia agora o que ele estava me dizendo: que nossa relação pessoal e profissional estava terminada. Hubert não se manifestou. Eu, portanto, me levantei, despedi-me e pedi a ele que se despedisse de Jacques por mim. Quando estou saindo, ele me chama: Henry, tem mais uma coisa. Feche a porta. Não quis dizer isso na frente de Jacques, explicou, mas fui vítima de outra consequência desagradável. O embaixador francês em Bruxelas me ligou esta manhã para dizer que, infelizmente, diante dos acontecimentos, não vou ser promovido ao grau de comandante na Legião de Honra. Quando ouvi aquilo, contou Henry, não pude mais me conter e explodi numa gargalhada. Você nem imagina a cara dele. Foi como se eu tivesse atirado uma torta no rosto de Hubert.

Nossa conversa séria no Lucas Carton terminou aí. Henry estava exausto. Além disso, o vinho talvez lhe tivesse subido à cabeça. Mas disse que teria mais a me contar nos próximos dias e prometeu me telefonar. Antes, porém, que isso acontecesse, George me ligou.

Está tudo muito confuso, disse ele, e Henry está bastante abatido com essa história toda. As pessoas aqui estão preocupadas. Está claro que a relação dele com Sainte-Terre acabou, o que é irônico, considerando-se que Henry acabou de aplicar o golpe do século em favor dele. Mas, infelizmente, não há ninguém em Paris ou Nova York que possa interferir e cuidar de Hubert como cliente, até que ele recupere a razão. Seja como for, Henry anda fazendo declarações bastante dramáticas sobre o futuro. Não quero comentar o conteúdo delas, porque, de repente, isso tudo pode passar. Mas queria advertir você de que Henry está em dificuldades.

Perguntei se ele trabalhava em alguma outra coisa, além do que fazia para Sainte-Terre. Vendo de fora, disse, parecia que ele empregava todo o seu tempo num único cliente.

Esse é o problema, explicou George. As pessoas se perguntam se ele poderá ser útil em Paris sem esse trabalho, e não está claro de que maneira ele poderia conseguir uma transferência para Nova York. A diretoria acha que vai dar tudo certo, se ele tiver paciência e não perder o controle. São os mais jovens que estão agitados. Me ligue se descobrir alguma coisa que você ache que eu deva saber.

Eu escrevia um artigo para um semanário norte-americano sobre o primeiro ano do socialismo francês. Mas o que eu imaginara que seria uma distração só me fazia pensar em Henry e em seus problemas. De novo, telefonei para Margot. Ninguém atendeu, nem mesmo uma secretária eletrônica, embora eu tenha tentado diversas vezes. Perguntei a meu editor se ele sabia onde Margot e Jean poderiam estar. Ele expressou surpresa pelo fato de eu não saber e disse que não acreditava que trairia a confiança de ninguém se me contasse o que todo mundo estava comentando nos círculos literários: Margot tinha ido embora com um cineasta americano — ele mencionou um nome que eu desconhecia —, o garoto estava na Suíça e Jean, em viagem, em algum tipo de programa de leituras e palestras em Québec. Não tinha nenhuma informação sobre o paradeiro exato de Margot.

Quatro dias depois, Henry deu notícia.

Escute, ele disse, você é meu amigo mais antigo. Não posso ser evasivo com você. A verdade é que decidi fazer uma mudança radical na minha vida — estou a um passo disso, para ser mais específico. Preciso pensar, mas uma série de tarefas cotidianas, boa parte trabalho do escritório, está me impedindo de chegar a uma conclusão. Não leve a mal se eu sumir por um tempo, talvez umas três semanas. Assim que "o intelecto tiver certeza de que tudo se arranjou numa visão clara", a gente torna a se falar.*

Eu não sabia se aquilo era notícia boa ou ruim; em todo

* "And till his intellect grows sure/ That all's arranged in one clear view [...]. Citação do poema "The man and the echo", de William Butler Yeats. (N. T.)

caso, era importante. Era também tão imprecisa que não julguei que fosse trair a confiança de Henry, se a comunicasse a George de imediato.

George informou-me: Foi o que ele disse a nosso novo sócio-presidente, Jake Weir. E é uma sorte que Jake seja um fã dele de verdade.

Meu agente me ligou naquele mesmo dia para me contar que um diretor muito conhecido queria fazer um filme baseado numa trilogia que eu havia escrito no final dos anos 60, começo dos 70. Antes, porém, de se comprometer com o projeto, o diretor queria me conhecer, e o desejo era recíproco. Deixei um recado com a secretária de Henry, informando que eu viajaria para a Costa Oeste, que ele podia entrar em contato comigo por telefone e que, de todo modo, estaria de volta em uma semana. Deixei também um bilhete semelhante no apartamento dele. E, como precaução adicional, telefonei para meu editor francês e pedi que ele informasse Margot de como ela podia entrar em contato comigo, caso reaparecesse.

As reuniões com o diretor se estenderam, e prolonguei minha estada nos Estados Unidos por uma semana. Contudo, minha ansiedade em relação a Henry aumentava. No horário de Paris, eu telefonava toda noite para seu apartamento e, durante o dia, para o escritório. O resultado era sempre que ou ele ainda estava fora, refletindo, ou tinha pedido a sua secretária, admiravelmente serena e bem-educada, que mentisse. Por certo, teria sido sensato passar também uns poucos dias em Nova York, mas decidi não fazer isso e retornei a Paris no dia de Finados. A cidade estava vazia e lisa da chuva.

33.

Imagino que haja muito pouco que você não saiba sobre si mesmo, disse-me Henry quando enfim nos reencontramos. Começou a escrever tão cedo, e faz análise há séculos. Entre a análise e os romances, suponho que não tenha deixado inexplorado nem mesmo um único centímetro quadrado do seu eu.

Não é tão simples assim, eu disse. A gente muda. Aprende a enganar. Assim que você se livra de um disfarce engenhoso, descobre outro, logo atrás. Não posso nem afirmar com certeza que, para mim, algum dia existiu um eu real a desmascarar, a não ser que ele seja a soma das minhas mentiras e de tudo aquilo de que me apropriei.

Talvez eu chegue a conclusão semelhante algum dia, Henry ponderou. Estou só começando. Toda essa história embaraçosa com Hubert Sainte-Terre e o Occident me deixou desgostoso e exausto, mas teve uma consequência bem-vinda: como fiquei sem trabalho, pude pensar em mim mesmo, para variar, em vez de me dedicar a meus clientes e aos resultados maravilhosos que posso obter para eles. Na verdade, como você bem sabe, já faz muito tempo que "clientes" significa para mim Hubert e seus negócios. Descrevi em detalhes o comportamento dele no caso Occident. Ao longo dos anos, nós dois conversamos sobre o tipo de trabalho que eu fazia para ele e sobre a amizade que se desenvolveu entre nós. É provável que George tenha preenchido muitas lacunas também — ele sempre adorou fofoca de escritório. Ainda assim, não vejo como você poderia perceber a extensão do que, sem nenhuma modéstia, vou chamar de meu feito. Quero dar a você uma ideia clara, mesmo correndo o risco de parecer que estou me vangloriando. Até algumas semanas atrás — um mês, talvez? —, nem um único dos sicofantas de Hubert teria sequer pensado em negar que dei ao patrão consultoria impecável. E, de fato, dei. Economizei milhões e milhões para ele, dando ordem sensata a suas empresas. Pus fim a todo um número de esquemas levianos que o teriam enrolado, quando não fraudado. Tirei-o de confusões desastradas e desagradáveis que ameaçavam sua reputação. Só na jogada do Occident, Hubert vai dobrar em dois anos o dinheiro que apostou, e isso é um bocado de dinheiro. Eu sei que, tendo me recusado a implantar o plano que arquitetei, o crédito que me cabe pela transação poderá ser objeto de contestação, mas o negócio não teria existido sem mim. Digamos, então, que tenho direito a cinquenta por cento desse crédito. Eu poderia enumerar outros exemplos, mas esse já é suficiente para contextualizar a ingratidão de que fui vítima. Do ponto de vista das desvantagens acarretadas por meu plano, a perda é incalculável. Não sei que valor monetário atribuir à espera de Hubert até a próxima troca de governo, para que ele possa enfim se tornar comandante na Legião de Honra. O custo inicial em termos de orgulho ferido deve ter sido considerável. Eu teria detestado assistir ao acesso de raiva que ele deve ter tido depois do telefonema do embaixador francês. Por outro lado, Hubert pode culpar os socialistas pelo insulto, o que talvez amenize a ferroada. Bom, também eu sou capaz de ter um ataque. Você se lembra do presente que ele me deu no Grand Véfour, *As ilusões perdidas*? Contei a você sobre isso.

Fiz que sim com a cabeça.

Foi uma amostra da inteligência dele, que é poderosa e estranhamente sutil. Hubert me entende. Veja bem, estou lhe dando o crédito que merece. Ele sabia que, a despeito da minha própria inteligência, da experiência como advogado e de minha história pessoal — uma infância nada feliz e a americanização acelerada por que passei, dois assuntos sobre os quais ele me interrogou —, eu era um romântico sonhador! Cheio de ilusões, até mesmo no tocante a minha relação com ele! Cresci um pouco depois disso tudo, nesse e em outros departamentos, mas, por enquanto, estou apenas relatando qual era minha posição então e qual minha posição agora nessa questão em particular. Não tenho mais nenhuma ilusão em relação a Hubert. Na verdade, comecei a perdê-la antes de ele me chutar, mas claro que não era capaz ainda de dar nome ao que estava vendo. Houve, portanto, episódios que me deixaram arrepiado e que notei, mas sobre os quais não fiz nada. Vou dar dois exemplos a você, um sério e outro cômico. Jacques Blondet é outro ingrato filho-da-puta, cujo pescoço salvei inúmeras vezes, sobretudo renegociando acordos em que ele comprometeu um bocado de dinheiro do patrão, o que, aos olhos de Hubert, é crime passível de pena de morte. Em geral, eu conseguia recuperar parte do dinheiro, de modo a dar a esses acordos aspecto melhor. Para minha surpresa, descobri que, precisamente por causa desses mesmos acordos, Jacques espalhava por aí o boato de que eu era um Shylock, sempre atrás da minha libra de carne, ao passo que ele seria o guardião do estilo elegante de Hubert de negociar acordos justos.

Aquiesci, lembrando-me dos comentários que Blondet me fizera em Bruxelas.

Esse é o tipo de mexerico ao qual eu não costumava dar muita atenção e que, com certeza, não teria interferido nos meus sentimentos para com Hubert. Mas fiquei sabendo por outro de seus lacaios que Hubert estava a par do joguinho de Blondet e, na verdade, divertia-se bastante com isso. Uma coisa levou à outra, e descobri que jogar uma contra a outra as pessoas que trabalhavam para ele, como galos de briga, era um dos passatempos preferidos do conde, tão apreciado quanto esquiar. É bem possível que ele próprio tenha dado um jeito de me fazer saber que assistia ao espetáculo. Havia outros passatempos sádicos também. Vou voltar a esse assunto e a um deles. Mas a história engraçada é a seguinte: Você se lembra da correspondência em latim que costumávamos trocar? Pois bem, a verdade é que, como o papa, Hubert tinha um secretário que escrevia prosa e verso em latim em nome dele. Claro, Hubert lê latim muito bem, melhor até do que muita gente que, em algum momento da vida, se dedicou seriamente ao estudo da língua. Memorizou trechos de poemas, mas isso não é o bastante para que alguém saiba escrever em latim, o que demanda uma capacidade muito diferente. O que ele fazia, portanto, era falsificar sua capacidade. Aliás, depois que contei a ele sobre meu dicionário, Hubert parou de me mandar as tais cartas. Sabia que elas já não representavam um tormento. A propósito, imagino que você saiba que ele trai Gilberte.

Respondi que, anos antes, George havia me contado alguma coisa do tipo, ouvida de Derek de Rham.

Ah, sim, Henry disse, conheço as histórias de Derek. Há dúzias e dúzias de outras, parecidas, a maioria delas verdadeira. Hubert costumava me brindar com elas — em particular sobre casos ainda em curso —, dando ênfase aos pormenores mais sórdidos. De início, achei que eram o equivalente belga dos rapazes na caserna contando balelas sobre a boceta que haviam faturado na Pigalle numa folga de sábado à noite. Mas não, eram reais, e sobre mulheres que não eram profissionais. Conheço algumas delas. Tudo bem, acho que, se um sujeito quer ir para a cama com uma mulher sobre a qual ele diz esse tipo de coisa, é problema dele; e se quer contar a seu advogado, cabe ao advogado interrompê-lo, se se sente enojado. Eu não me sentia: parecia parte da nossa intimidade. Mas a indiscrição de Hubert é tanta que descobri, por uma frase dita num momento que só podia ser de distração ou por certos silêncios, que também Gilberte sabia de tudo. Pobre mulher! Hubert me impressionou tanto, fiquei tão possuído por aquele espetáculo todo, tão lisonjeado com a atenção que me dedicava e tão envolvido em meu trabalho para ele que demorei muito a acordar. Para mim, havia muito em jogo, tanto profissional como pessoalmente, para que eu pudesse dizer a mim mesmo, com todas as palavras, que Hubert era um bosta, que podia ser meu cliente, mas não meu amigo. E, quando enfim acordei — e o que vou dizer é paradoxal, considerando-se que meus relacionamentos com mulheres nem sempre foram como deveriam ser —, foi essa conduta imprópria de Hubert, sua infidelidade e o tratamento pavoroso que dispensava a Gilberte que me chamaram a atenção para seu lado ruim: o sádico, o valentão dominador rapinando qualquer um que não possa com ele. Foi o fim da minha admiração pelo *rapace*!

Henry recobrou o fôlego e prosseguiu. Portanto, juntando-se à dor da ingratidão a do chute na boca que levei, não havia como eu continuar a servi-lo como advogado sem prejuízo para minha honra. Um advogado precisa ser o guardião de seu cliente, tem de defender os interesses dele com o máximo zelo, e eu já havia chegado a um ponto em que não tinha certeza de meu respeito por Hubert nem de que queria o seu bem. Não que eu esteja convencido de que poderia ter continuado a servi-lo como meu cliente, se ele ou eu tivéssemos posto fim ao que passava por amizade — não é assim que ele funciona.

Henry pediu outra garrafa de borgonha ao garçom e permaneceu em silêncio até que o vinho chegasse à mesa, decantasse e fosse servido.

Já falei com toda a sinceridade, continuou, sobre a decepção medonha que sofri e quero ter certeza de que você não vai tirar daí a conclusão errada. Perder Hubert como cliente não me abateu, por mais que isso tenha desagradado à firma. Se quiser, posso substituí-lo por outros clientes que renderão à empresa faturamento igual ou até superior. Minha especialidade é solucionar quebra-cabeças compostos de pedaços de sistemas jurídicos que não foram feitos para se encaixarem. Não tem ninguém, seja na Europa, seja em Nova York, que saiba fazer isso melhor do que eu, o que é um fato objetivo e incontestável. Pelo que sei, há alguns novatos agressivos e impacientes na Wiggins que acham que matei a galinha dos ovos de ouro. Por sorte, Jack Weir, que agora é o presidente, não caiu nessa. Nós dois sabemos que os rapazes estão enganados. Concordamos que, passados os poucos meses de que precisaria para me rearranjar, eu conseguiria outro trabalho tão desafiador e tão rentável quanto o que fazia para Hubert. Para o bem ou para o mal, não é segredo para ninguém que fui o mentor da operação com o Occident, e muitos presidentes de grandes instituições financeiras não se importariam de ter a seu lado alguém capaz de inventar estratégias desse calibre. Tampouco minha desavença com Hubert representa alguma mácula em minha reputação: clientes que me interessariam e seus consultores percebem que Hubert se comportou como um imbecil.

Fico feliz e aliviado, disse a ele. Vamos brindar a quebra-cabeças maiores e melhores!

Não tão rápido, Henry interrompeu-me. Disse a você que estive pensando. Entre outras coisas, perguntei a mim mesmo qual a satisfação que extraio do exercício da minha profissão. As recompensas têm sido numerosas e muito intensas. Na verdade, tenho sido muito mais feliz na Wiggins & O'Reilly do que teria imaginado, dadas as circunstâncias especiais — ou deveríamos dizer tenebrosas? — que levaram a minha contratação. Fiquei muito orgulhoso quando me promoveram a sócio. Mas a satisfação extraída de um trabalho benfeito não aumenta a cada tarefa cumprida, não importa quanto estardalhaço clientes e colegas façam a respeito da gente. Por outro lado, o preço que se paga pelo sucesso constante, o que implica pôr os interesses dos outros à frente dos seus, acaba sendo muito alto. Diria mesmo que ele é exorbitante. Li em algum lugar que a sobrevivência das espécies — ao menos nas ordens superiores — se assenta numa única anomalia: até a senescência, nem macho nem fêmea se cansam de ter orgasmos. Eu, contudo, posso garantir a você que nada do que fiz como advogado chegou perto de me dar ao menos uma ereção, que dirá um orgasmo.

Era possível que Henry soubesse da intervenção de Jim Hershey em seu favor ou que quisesse me revelar o papel desempenhado por Margot naquele episódio decisivo de sua vida? Quando e por que via ficara sabendo? E por que parecia supor que eu também sabia? Havia perguntas que não podia fazer a ele. Se, como era bem possível, ele tinha apenas deixado escapar aquelas palavras, sem pretender que eu as entendesse, assim como havia sido provavelmente involuntária a indiscrição de Margot, da qual eu extraíra inferência não comprovada; ou mesmo se eu tivesse me equivocado ao interpretar as palavras dela, havia o risco de, ao reagir ao que acreditava que ele houvesse dito, eu acabar por humilhá-lo no pior dos momentos, quando ele demonstrava grande vulnerabilidade. Em vez disso, ergui a mão, na tentativa de fazê-lo falar mais devagar. Queria digerir o que tinha ouvido.

Henry não deu atenção a meu gesto ou à expressão decerto atormentada no meu rosto. Ouça-me até o fim, disse ele. Continuo falando do meu exercício do livre-arbítrio. Pretendo fazer todo o possível para me certificar de que você compreenda que não há nada que me obrigue a abandonar minha profissão ou a vida que levo. Só que isso é precisamente o que estou prestes a fazer, por livre e espontânea vontade, e não porque as circunstâncias tenham me imposto essa decisão.

Sam, prosseguiu ele, agora que o pobre do Archie está morto, que meus pais estão mortos, você é a pessoa que me conhece há mais tempo e melhor. Nem mesmo Margot jamais chegou a me conhecer tão bem, porque passei muitos anos representando para ela. Nunca fiz isso com você. Desde o dia em que nos conhecemos, desde aquele primeiro dia no alojamento, o que você viu é o que eu sou, e sempre me aceitou assim. Aceite, então, por favor, o que vou fazer e me prometa que, no futuro, vai me querer tão bem quanto me quer agora.

Do que você está falando?, indaguei. O que está pensando em fazer?

Pssssiu, fez ele. Me deixe respirar um pouco, e já te digo.

Quando tornou a falar, perguntou: No curso de toda essa lamentação, já disse a você que odeio minha vida?

Balancei a cabeça.

O fato é que odeio, sim, disse Henry. Como acabei de dizer, você me viu como sou desde o princípio. Percebeu que eu não queria ser o que era: um judeu refugiado da Polônia, com uma casa no Brooklyn e um diploma de colégio também do Brooklyn. Archie me contou que você expressou isso de forma bem sucinta: Henry está tentando se passar pelo que não é. Ou talvez tenha sido ele quem disse isso a você — não importa. Num caso ou no outro, foi dito sem maldade e era a pura verdade. Eu tinha vindo para a terra da liberdade e, por isso, queria ser livre, o que significava me livrar das correntes, do peso que me detinha: a Cracóvia e o pântano da história e do sofrimento dos judeus antes, durante e depois da guerra. Me livrar de tudo isso. De todo o "judeísmo".

Aquela era uma palavra que eu não o ouvia empregar desde a faculdade, razão pela qual não pude conter um sorriso.

Henry fez que sim com a cabeça e disse: Parece uma coisa imoral, sem coração, não é mesmo? Bom, nada disso mudou. Tente viver com uma carga dessas, e vamos ver quanta devoção vai sobrar em você. Meus pais também tinham de ser imolados, ou o restante seria impossível. Eles personificavam meu passado, barravam meu caminho, cobravam explicações. Eu não teria trocado de lugar com Archie — ele também era um desajustado, mas com uma vantagem em relação a mim: não precisava trocar a pele de refugiado. Já você e seu primo George eram outros quinhentos. Se pelo menos eu pudesse roubar de vocês a aparência, o modo de falar, o modo de se vestir, os colégios que frequentaram — enfim, cada uma das credenciais, cada um dos ornamentos que compunham aquela diferença tão injusta entre mim e vocês. Os corpos mais fortes, mais duros também. Depois daquela surra em Nova Orleans, você me disse que não tinha mudado nem um pingo. Tem ideia do que aquilo significou para mim? Em que grande medida tornava você superior? De meu, eu teria provavelmente desejado manter o cérebro, porque achava que ele era melhor que o de todo mundo. Mas, se soubesse então do seu talento, eu talvez tivesse ficado com seu cérebro também, e com todas as vantagens daí decorrentes.

Henry disse aquilo e deu um sorrisinho.

Ergui as sobrancelhas.

Me perdoe, disse ele. Eu sou assim, você sabe. E me estendeu a mão, que apertei.

Você poderia se perguntar, e com razão, o que toda essa negação de mim mesmo me rendeu. Meu "judeísmo" continua comigo, como uma espécie de mau hálito. Depois, o que ganhei por trair meus pais? Já falamos sobre minha carreira de advogado. Eles a teriam aprovado, depois de alguma doutrinação. Por exemplo, não acredito que já tivessem ouvido falar da Wiggins & O'Reilly. Mas teriam compreendido que ganho muito dinheiro e ficariam felizes de ouvir que meu emprego é seguro, embora Hubert de Sainte-Terre tenha acabado de dispensar meus serviços e outros clientes possam vir a fazer o mesmo no futuro. Pensando bem, não sei se teriam acreditado nisso. Meu pai ou minha mãe teria dito: Cuidado, Rysiek. Aqueles goyim jogam fora quem não tem mais utilidade. O fato é que, para o bem ou para o mal, não vou fazer a firma passar por esse teste. E meu apartamento, meus móveis, meus belos ternos ingleses? Posso ouvir minha mãe dizendo: Você precisa de um apartamento tão grande? Para quê? Você não tem filhos; não tem nem sequer uma esposa! O que eu diria a ela? Não posso me imaginar explicando Margot a eles. Tampouco acredito que possa explicar o que aconteceu conosco. No meu balanço, restam, portanto, apenas as amizades. Valorizo a sua acima de todas as outras, mas espero que você me perdoe por dizer algo que você sabe melhor do que ninguém: como os livros, amigos são capazes de mobiliar uma sala, mas não de dar vida a ela. Enfim, para responder à pergunta que eu pus na sua boca, não tenho nada, zero, menos que zero. Meu soldo é a desgraça e a vergonha.

Falamos muito pouco durante o resto do jantar, cada um de nós mergulhado em pensamentos. Os meus haviam me conduzido à beira do pânico.

Recusei a oferta de um cafezinho, mas havia algo de solene na sugestão de Henry de que tomássemos um brandy, e não protestei quando, após nova consulta ao *sommelier*, ele pediu duas taças de um antiquíssimo armagnac. Bebeu a sua com rapidez, pediu mais uma e, então, disse: Agora vou contar a você a conclusão a que cheguei. Vou sair desta vida odiosa. Estou dizendo *adieu*.

Henry!, exclamei, você está louco! Aquele porco daquele belga tratou você mal, você está exausto, extenuado, precisa descansar e clarear as ideias. Ou vá ver um médico, consigo para você uma recomendação confiável.

Não estou louco, ele retrucou, e, ao contrário da minha mãe, não estou obcecado pela ideia do suicídio. Não sofro de depressão. Se estou obcecado, é pela ideia de uma vida bem diferente. Quero essa vida desesperadamente. Mas não posso conceber o início dessa nova vida sem fechar a porta desta aqui. Meu jeito de fazer isso será desaparecer. Vou sentir saudade de você, Sam — e provavelmente só de você —, mas é assim que tem de ser. Por favor, não tente me ver depois que a gente se despedir esta noite. Você vai saber do que fiz por intermédio do George. Não procure por mim. Se sou tão bom advogado quanto penso, não adianta: você não vai conseguir me achar. E se, por um golpe de sorte, vier a descobrir onde estou, me deixe em paz. Senão estará me prejudicando. Se quiser manter contato comigo, continue escrevendo seus livros. Pode ter certeza de que eu os lerei e de que vou escrever cartas de um fã a você. Mas é claro que você não as reconhecerá como minhas.

Dito isso, Henry se levantou. Nós nos abraçamos, e ele me fez sinal para partir. A emoção evidente provocara nele um silêncio engasgado.

Fui para casa chorar. No dia seguinte, falei com George. Henry não havia me pedido que mantivesse sua decisão em segredo, mas julguei que devia tomar cuidado para não dizer nada que pudesse afetar sua posição na firma. Contudo, tão logo mencionei o nome de Henry, George me disse que estava prestes a me ligar para contar sobre uma reunião de emergência dos sócios da Wiggins que começara de manhã cedo e tinha acabado de terminar. Nela, Jake Weir tinha anunciado que estivera negociando em segredo a saída de Henry da empresa. Henry estava saindo por insistência própria, não só contra a vontade, mas também contra o que Jake julgava ser a decisão mais sensata — tinha deixado isso muito claro. Jake pedira aos sócios que aprovassem o acerto financeiro, bem como uma carta dele a Henry, expressando o desejo da firma de que ele retornasse. Henry enlouqueceu, George concluiu. Você sabia alguma coisa sobre isso?

Da decisão dele de deixar a Wiggins e, não sei bem como, desaparecer, sim — desde ontem à noite, quando ele me contou num jantar.

Ele enlouqueceu, George repetiu, enlouqueceu de vez.

Perguntei se Henry seria capaz de viver confortavelmente, sem precisar trabalhar.

Esse é o menor dos problemas, ele respondeu. Tem dinheiro guardado; tem também a herança que o pai deixou e que acabou se revelando uma soma considerável; e fez um acordo vultoso com Jake. Se você juntar tudo isso, é muito dinheiro. Não sei se você percebeu, mas ele sempre viveu de modo frugal. Aquele belo apartamento em Paris, por exemplo, era pago pela firma.

O que vamos fazer?, perguntei.

Tentar falar com ele, suponho, sugeriu George. Ele me telefonou poucos minutos antes do início da reunião, para me dar um toque. Muito decente da parte dele. Assim que desligar, vou tentar falar com ele, para perguntar se podemos nos ver semana que vem, nós três.

Em menos de uma hora, George me ligou de volta. Tarde demais, disse. Ele esvaziou o escritório durante a noite. Quando a secretária chegou esta manhã, encontrou caixas encostadas às paredes, prontas para serem despachadas. Henry estava em sua sala, tomando café e lendo jornal. Pediu a ela que se sentasse e contou-lhe, com muito jeito, que tinha decidido se aposentar. Era um plano que vinha preparando fazia tempo, disse, mas que não queria que ninguém soubesse até que ficasse pronto, e o dia havia chegado: estava indo embora. Deu a ela um presente generoso — cem mil francos em dinheiro e uma passagem de primeira classe, ida e volta, para o Taiti, um lugar que ela sempre quis conhecer. Depois, pediu que enviasse as caixas e toda a correspondência pessoal a seu *notaire*. A correspondência profissional, ele disse a ela que encaminhasse ao sócio mais novo que trabalhava com ele. Não haveria muita, avisou, e pararia de chegar assim que a firma anunciasse sua aposentadoria.

Tive uma premonição e disse a George que desligaria, para tentar telefonar para a casa de Henry. Uma mensagem da companhia telefônica avisou-me que a linha havia sido desligada a pedido do assinante. Tornei a ligar para George e disse-lhe que pegaria um táxi até o apartamento de Henry. O empregado de sempre abriu-me a porta. Ah, *monsieur* Standish, disse ele, *monsieur* White foi-se embora. Estou aqui apenas para limpar tudo, antes de devolver o apartamento ao proprietário.

E a mobília, e as roupas de *monsieur* White?

O que restou foi dado ou será enviado à Salle Drouot semana que vem.

Apertei a mão do homem e, sentindo-me de repente muito cansado, fui para casa, para falar com George de novo. Mas tivemos dificuldade em conversar. Também ele sentia-se cansado e desanimado. Perguntei se sabia alguma coisa sobre o *notaire* de Henry. George respondeu-me que não, mas que encontraria alguém para ir atrás dele. Quando tornamos a nos falar, na semana seguinte, ele não tinha nenhuma novidade, a não ser que o *notaire* havia se mantido firme: seu dever profissional o impedia de revelar qualquer coisa sobre o *monsieur* ou sobre suas disposições.

Pelo amor de Deus, eu disse, sua firma deve estar fazendo pagamentos a Henry e é provável que precise se comunicar com ele por outras razões também. Não há nada que você possa fazer?

Na verdade, tudo isso já estava resolvido, disse ele. Em essência, o acordo previa um pagamento único. O dinheiro foi depositado na conta de Henry em Nova York — que suponho que ele já tenha fechado ou vá fechar em breve, se entendo a forma como está agindo. Ele e Jake têm um trato: se Jake ou qualquer outra pessoa na empresa precisar dele para algo importante — se formos processados, por exemplo, e só ele dispuser do conhecimento dos fatos —, basta enviar uma carta, com um carimbo de "urgente", aos cuidados do *notaire*, e Henry responderá em seguida.

Não havia razão para prolongar minha estada em Paris. Retornei a Nova York. Em casa de George e Edie, alguns dias mais tarde, nossa conversa à mesa também girou em torno de Henry — dos velhos tempos e da enxurrada de cartas de clientes e advogados que, em algum momento, haviam trabalhado com ele, todas expressando o choque provocado pela notícia da aposentadoria. A firma acusa o recebimento das cartas em nome de Henry, disse George, e as encaminha ao *notaire*. É pouco provável que ele venha a responder pessoalmente a alguma delas. Era um dos assuntos que Henry havia discutido com Jake em detalhes. Tinham concordado que aquele procedimento tornaria o silêncio de Henry menos ofensivo.

A despeito do pedido que ele me fizera, foram muitas as minhas tentativas de restabelecer o contato com Henry ao longo dos anos seguintes. Armado de uma carta de apresentação assinada por um membro do Conseil de l'Ordre dos advogados parisienses, fui visitar o *notaire*, mas deparei apenas com um muro de silêncio bem-educado. Escrevi para a associação de ex-alunos de Harvard solicitando o endereço de Henry e, informado de que não o possuíam, aproveitei-me de uma estada em Cambridge — onde daria as palestras do programa Charles Eliot Norton — para vasculhar eu mesmo os arquivos. Um dia, ocorreu-me que ele com certeza continuava lendo a *New Yorker* e a *New York*

Review of Books. Conhecia bastante bem os editores de ambas as publicações para perguntar se Henry era assinante. Os dois me responderam que sua assinatura expirara em 1983 e não havia sido renovada. Por essa época, a companhia telefônica francesa lançara o Minitel, um extraordinário sistema computadorizado para a localização de endereços e números de telefone. Um editor assistente da minha editora francesa, que tinha fama de craque no uso da nova tecnologia, conduziu diversas buscas destinadas a fechar o cerco em torno do nome de Henry, caso ele figurasse em alguma lista em qualquer parte do país. Por fim, durante uma longa passagem por Paris, encontrei o número do telefone da ex-secretária de Henry, que já não trabalhava para a Wiggins. Marquei um encontro para bebermos alguma coisa e tentei arrancar dela alguma pista sobre o que ele tinha feito e aonde ia durante suas ausências clandestinas. Ela me garantiu, com evidente sinceridade, que não sabia. *Monsieur* White era muito discreto, disse-me ela, muito discreto.

Margot parecia ser outra fonte de informação que poderia conduzir a ele. Meu editor não sabia onde ela estava morando, mas duvidava que fosse em alguma parte da França. Jean du Roc, como muitos outros escritores franceses, tinha ido embora do país, em busca de regimes fiscais mais favoráveis. A Irlanda era muito apropriada a artistas criativos; consegui descobrir que ele morava em County Clare. Telefonei e escrevi para lá. Ele se recusou a me ver ou me contar onde eu podia encontrá-la. Nada disposto a desistir, tentei a associação de ex-alunas de Radcliffe, mas me informaram que, como eu devia saber, a associação deixara de existir, tendo sido encampada pela administração de Harvard. A associação de ex-alunos de Harvard também não me foi de alguma valia.

O silêncio de Henry, seu eventual destino e os mais recentes esforços que George ou eu havíamos feito para contatá-lo excluíam de nossas conversas qualquer outro assunto. Mas nada havia a acrescentar, a não ser que aquelas cartas escritas em espaço simples, que demonstravam notável conhecimento da minha produção literária e que eu recebia em seguida à publicação de novos romances, viessem dele. A assinatura compunha-se apenas de uma inicial ilegível, as cartas não continham endereço do remetente e eram postadas em Paris. De forma geral, quando um leitor se dá ao trabalho de escrever uma carta cuidadosa ao autor, ele quer uma resposta. Aquelas eram as únicas cartas anônimas de um fã que eu jamais recebera. A anomalia me fez pensar que eram de Henry.

34.

E assim as coisas permaneceram por muitos anos, no curso dos quais desenvolvi o hábito de viver fora de Nova York, dividindo meu tempo entre Veneza e Berkshire, onde me refugiava do calor e dos turistas do verão veneziano. Depois, por diversas razões — das quais o antiamericanismo que a presidência de George W. Bush engendrou em boa parte da Europa foi a principal —, decidi voltar a passar os invernos em Nova York. Por inércia ou, talvez, por um bom instinto para o mercado imobiliário, eu jamais me desvencilhara do apartamento na rua 70 Leste. Vivia ainda a esmo, vestindo minhas roupas diretamente das malas, quando Edie telefonou para me convidar para uma festa-surpresa em comemoração aos setenta anos de George. A festa teria lugar no clube dela, porque, antes de se dar conta do que fazia, tinha convidado mais gente do que podia alimentar com algum conforto no apartamento do casal. Contava comigo para fazer um discurso.

No fim, foi uma grande reunião do que, de início, pareciam ser pessoas que não se conheciam. Com a ajuda de Edie, no entanto, consegui pouco a pouco identificar alguns rostos, relacionando-os a pessoas que conhecera no passado — alguns, dos tempos de faculdade; outros, da época em que George era um associado ou dos primeiros tempos como sócio na Wiggins, quando ele e Edie ainda formavam um casal jovem e cintilante. Uma pessoa que reconheci sem dificuldade foi Peggy O'Neill, que, como logo descobri, era agora a senhora Gordon Lattimore. Nós dois havíamos frequentado o extraordinário curso sobre poetas simbolistas ministrado por Renato Poggioli, quando eu era terceiranista de Harvard e ela, quartanista de Radcliffe. Peggy me disse que tinha um presente de boas-vindas para mim, uma vez que soubera por Edie que eu estava de volta a Nova York e que estaria na festa. O presente estava dentro de um grande envelope pardo em que se lia: "Não dobre. Abra quando chegar em casa".

Me ligue de manhã, depois que você der uma olhada, ela me disse.

Cheguei tarde em casa. Dentro do envelope, encontrei uma ampliação granulada de um instantâneo preto-e-branco de um grupo de jovens posando na popa do que supus ser algum barco de excursão. Uma jovem mulher de chapéu de palha, uma taça alta nas mãos, parecia executar um passo de dança. À esquerda dela, um rapazinho erguia sua taça para fazer um brinde. A margem estava borrada, mas julguei reconhecer o rio Charles, a leste da ponte de Harvard, onde o leito foi alargado. Pequenos veleiros, todos da mesma classe, podiam ser vistos mais para o lado, o que indicava que talvez uma regata estivesse em curso. Quanto aos festeiros no convés, não consegui identificar nenhum deles, mesmo depois de examinar a fotografia com uma lente de aumento.

Telefonei para Peggy e confessei que estava confuso.

Mas é uma bela foto de Henry White, pouco antes da formatura!, queixou-se ela. Achei que você ia adorar. Era por isso que eu queria tanto dar a foto de presente a você.

Henry?, perguntei, mas cadê ele?

De perfil, ela explicou, fazendo um brinde. E, do lado, com a mão no ombro dele, está o pobre do Archie.

De súbito, senti uma imensa tristeza. Não reconhecê-lo deveria ter sido impossível para mim. Perguntei se ela era a garota que dançava.

Que ideia mais tola!, respondeu-me, rindo. Minhas pernas nunca foram tão bonitas assim. Acho que aquela garota nem era de Radcliffe. Devo estar em algum lugar, lá no fundo. O engraçado é que não consigo encontrar Margot. Se tem alguém que devia estar lá, era ela.

Se a foto foi tirada ao final do quarto ano de Henry, seria impossível que estivesse, eu disse. Ela deixou Cambridge um ou dois meses antes.

Ah, é verdade, disse Peggy, depois que a lembrei das circunstâncias da partida de Margot. Tinha esquecido essa história toda. Mas você está na foto, ela acrescentou, bem atrás de Henry.

De novo, Peggy estava certa. Depois, contou-me que tinha encontrado o instantâneo original numa caixa de sapatos cheia de fotografias que nunca tinham entrado para um de seus álbuns e confirmou minha suspeita: estávamos no rio Charles, a bordo de um barco fretado. O objetivo da expedição era torcer pela equipe de remo de Harvard, o que explicava por que George não aparecia na foto. Ele estava no bote, remando com os outros. Ela achava que Archie era um dos promotores da festa, o que me pareceu correto: era o tipo de festa que ele e seus amigos boas-vidas, os latinos e os jogadores de rúgbi, gostavam de organizar.

Em seguida, Peggy me contou que seu filho caçula, curador de fotografia do museu de belas-artes na Filadélfia, tinha escaneado e ampliado a foto, depois de limpar a imagem e acentuar o foco. Não era fabuloso?, perguntou.

Era, e não apenas porque o tratamento dado pelo filho tornara a fotografia fantasmagórica, como se de outro mundo, lembrando-me das imagens da Terra feitas por satélites em órbita, mas também por uma razão pessoal, que não pretendia discutir com Peggy. Aquele instantâneo era prova objetiva e visual do apogeu da primeira grande transformação de Henry, que fizera dele um rapaz elegante e gracioso, capaz de divertir-se no rio de um modo que o fazia parecer completamente à vontade na companhia de jovens ricos. Era, ademais, uma dolorosa lembrança do seu desaparecimento.

Com certeza, até o final da década de 80, Henry permanecera em minha mente. Em parte, sem dúvida, devido aos esforços intermitentes e, por vezes, quase compulsivos que fazia para encontrá-lo. Depois, ainda que de início sem reconhecê-lo para mim mesmo, aceitei a derrota. A não ser pelas cartas daquele fã, que continuavam a chegar, não havia razão para supor que ele ainda estivesse vivo; tampouco para supor que houvesse morrido. A firma de George ou não sabia nada ou persistiu assim afirmando e escondendo dele qualquer informação que tivesse. Eu pensava cada vez menos em Henry e, quando o fazia, era com aquele tipo de devoção que se expressa por intermédio de metáforas — túmulos abandonados, corpos sem amigos de homens insepultos, coisas assim. Não há nada mais reconfortante. Balbucia-se um verso ou outro e pronto: a citação toma o lugar da lembrança, afastando outra vez os fantasmas pálidos dos mortos. Mas o solavanco provocado pela fotografia de Peggy tinha sido poderoso e oportuno. Resolvi conduzir minha busca por Henry a uma conclusão mais precisa.

Tinha perdido a esperança de encontrar Margot, depois que minhas incursões pelas associações de ex-alunos de Radcliffe e Harvard se revelaram infrutíferas. A internet agora oferecia novos meios para localizar pessoas. Como meu assistente era versado na matéria, primeiro pedi a ele que procurasse por Henry. Como não encontrou nada, solicitei que repetisse o processo, mas à procura de Margot, tanto pelo nome de solteira como pelo de casada. De novo, ele me relatou seu insucesso. Havia pessoas, disse-me, que deliberadamente tomavam todas as medidas necessárias para se proteger das máquinas de busca. Uma nova maré de desânimo se abateu sobre mim. Em seguida, lembrei-me do relato de Henry sobre sua reconciliação com Margot e de ela ter dito a ele que nem tentaria persuadir Radcliffe a readmiti-la: iria para Sarah Lawrence. Eu estivera procurando no lugar errado. Menos de duas semanas mais tarde, uma carta — um telefonema para a faculdade revelara-se insuficiente — informou-me o endereço dela na Califórnia. Morava em La Jolla. A faculdade alegou não possuir o número do telefone. Tentei o serviço de informações, mas ouvi que se tratava de telefone que não constava da lista. Escrevi de imediato, explicando como fora difícil encontrá-la e perguntando se ela sabia do paradeiro de Henry. Levou mais algumas semanas até que eu recebesse a resposta. Dizia que ela não tinha certeza se podia ou devia me ajudar. Eu costumava ir à Califórnia? Se sim, podíamos discutir pessoalmente o que fazer. Dava-me seu número de telefone. Liguei no mesmo dia em que recebi a carta e, uma semana depois, a bordo de um carro alugado, dirigi do aeroporto de Los Angeles até o pomar de limões acima do qual ficava sua casa.

Uma Margot mais rude ofereceu-me o rosto para que eu o beijasse. A boca estava enrugada. Tinha envelhecido. O que não havia mudado era seu porte: continuava com a postura e a agilidade de uma garota. Um almoço tardio seguiu-se no terraço.

Esperava que ela fosse falar de Henry de imediato, mas ela não disse nada. Ocorreu-me que, primeiro, talvez quisesse falar de si mesma. Pedi a ela que me contasse um pouco de como tinha sido sua vida. Tantos anos haviam se passado.

Muito justo, ela disse. Com certeza, não preciso perguntar o que você tem feito. A imprensa me mantém informada de tudo. Todas aquelas fotos, todos aqueles perfis — que tremenda estrela você se tornou.

Então, ela me contou que Jean a surpreendera: quando ela o abandonou para vir para a Califórnia com Steve — esse era o nome do cineasta —, tinha certeza de que ia enfrentar uma árdua batalha pela guarda do filho: de modo geral, a Justiça francesa favorece o pai, sobretudo se ele é francês e a mãe não. No fim, porém, Jean não estava nem um pouco interessado no filho, Henry, contanto que o preço lhe agradasse. Ela pagou a ele uma soma que, segundo imaginava, fazia do filho a criança mais cara do mundo. Nos últimos tempos, andava se perguntando se não tinha lhe oferecido dinheiro demais. Aquelas brigas sobre quem ficaria com os filhos eram tão tolas, disse. Os anos se passaram, a criança não era mais criança e, em sessenta por cento dos casos, os filhos davam mais atenção ao pai que não ligava muito para eles ou que não os tratava tão bem assim. Há um princípio oculto de justiça nisso, ela disse, mas ainda não consegui destilá-lo.

A propósito, acrescentou, o prêmio por atenção é do padrinho ausente, Henry White. Ele abriu uma conta de investimentos para o meu Henry no dia em que o menino nasceu e, desde então, não se passa um único aniversário sem que um cheque polpudo seja depositado nela. Mas só manda dinheiro: nem uma única palavra ou outro sinal de vida. Eu sei, porque pergunto.

Então ele está vivo!, exclamei.

Ah, sim, ela disse, ou pelo menos suponho que esteja. Não sei bem por quê, mas penso comigo que, se tivesse morrido, meu Henry teria recebido quantia ainda mais substancial. Ou alguma indicação de suas perspectivas futuras.

Me diga como encontrá-lo, pedi.

Por quê?, ela perguntou. Isso significaria revelar o segredo dele. É a única lembrança que ele me deixou.

Era meu melhor amigo, respondi. Estamos no fim da vida. Gostaria de vê-lo de novo.

Depois, contei a ela sobre as tentativas frustradas que George e eu tínhamos feito ao longo dos anos.

Margot pensou por um instante e disse-me que não tinha o endereço, tampouco tentara obtê-lo, mas que podia me contar o suficiente para que, com uma pesquisa simples, eu chegasse até ele. Mas eu já não tinha me metido o bastante na vida de Henry? Será que não entendia que a culpa era tão minha quanto dela?

Culpa do quê?, perguntei.

Nem isso você sabe? É tão simples, ela respondeu. Foram você e Archie que ensinaram a ele todos os truques. Como a um urso no circo. Archie nem tanto — ainda que, no fundo, Henry às vezes gostasse mais dele. Você era o sujeito que ele levava a sério, era o que ele queria se tornar, com uma pitada do seu primo, George, aquele troglodita odioso! Por que vocês não o deixaram em paz? Por que ajudaram Henry a se tornar um ariano honorário? Por que o estimularam a vir atrás de mim? Eu fui burra de agradecer a você por isso daquela vez, no meu apartamento minúsculo. Ele teria se dado muito melhor com uma mulher mais parecida com ele, com alguém como ele próprio.

Isso é besteira, eu disse, e perguntei se ela achava que havia alguma lei, abaixo das de Nuremberg, que poderia ter resguardado Henry daquele seu tipo de americanização. Por acaso, ela já tinha conhecido alguém como Henry? Na verdade, ele próprio era da opinião de que não existia ninguém como ele. Você está falando igualzinho à senhora White, disse a ela.

E a mãe dele estava certa, Margot replicou. Você, eu e Harvard corrompemos o filho dela. Teria sido melhor se ele tivesse ficado longe — longe de você e de mim.

Os olhos dela se encheram de lágrimas. Tomei sua mão e disse: Já conversamos sobre isso antes, mas por que, afinal, você e ele não tentaram? Foram tantas as chances, até mesmo em Paris, quando as coisas não deram certo entre você e Du Roc. Henry estava bem ali, era seu na hora em que você quisesse. E vocês se amavam.

Amor, disse ela, amor não era o problema nem a solução. Talvez a gente pudesse ter tido um casamento de conveniência, com um pouco de sexo — é o que meu pobre pai teria recomendado. Não que alguma vez a gente tenha discutido o assunto. Mas não teria sido satisfatório para mim, fisicamente. Já disse isso a você faz tanto tempo. Isso nunca mudou. Mas ele mudou.

Margot se deteve, mordeu o lábio e disse: Será possível que haja uma coisa que você não saiba sobre o que aconteceu entre a gente? Você não sabe mesmo o que ele fez?

Respondi que não tinha ideia do que ela estava falando.

Está bem, ela disse. Vou contar a você, só para garantir que seu dossiê fique completo. Não sou completamente maluca, você sabe. Portanto, quando soube que teria de deixar Jean mais cedo ou mais tarde, acabei pensando no tal casamento de conveniência. Propus isso a Henry, ainda que não com essas palavras; propus carinhosamente, a um velho amigo, a um velho amante, ao homem que me comia desde que eu tinha dezenove anos, inclusive naquele exato momento. Você sabe muito bem que, tanto antes de Henry nascer — divertia-me que ela de fato pronunciasse Henri — como depois disso, mantivemos nossos encontros das cinco às sete, ou qualquer que fosse o horário que calhasse de ele estar livre e de eu poder sair. Mas imagino que você não saiba, ou talvez saiba — ele contava a você até as coisas mais sórdidas —, a resposta que ele deu a minha proposta. Não sabe mesmo? Pois ele disse o seguinte: Nós envelhecemos, Margot, e você passou da idade para termos um filho juntos. Estamos bem do jeito que estamos. Fiquei estarrecida. Mas aí, como se nada houvesse acontecido, ele desabotoou meu vestido, soltou meu sutiã e pôs minha mão no seu pau duro. Foi quando eu lhe dei um tapa na cara — para valer — pela segunda vez na vida dele. E sabe o que ele me disse? É uma pena que você tenha se ofendido. Achei que estava dizendo o óbvio. Quer mais um pedacinho, para completar o quadro? Eu tomei a mão dele e a beijei. Porque nós dois tínhamos errado.

Que desperdício, eu disse.

Claro, disse ela, se eu tivesse sido outra pessoa, menos caprichosa, menos niilista; se não tivesse precisado dos outros homens, ou, de todo modo, se não tivesse querido todos eles... Mas, se eu fosse diferente, teríamos nos ligado um no outro? Até que ele não pudesse mais viver sem mim? Devíamos ter nos juntado enquanto ele ainda estudava direito.

Teria sido a melhor coisa, comentei.

Mas ela balançou a cabeça e disse: Como você é certinho! Está certo, não me casei com ele, mas o servi de outras maneiras, e não me refiro apenas a sexo de graça, embora eu tenha continuado a fazer sexo com ele mesmo quando estava com outro e até enquanto estava casada com Jean, não apenas porque eu gostava, mas porque sabia ser essa a coisa que ele queria que eu podia dar.

Margot, perguntei de súbito, porque julguei tê-la entendido: Você contou a Henry como ele conseguiu o emprego na Wiggins ou ele descobriu sozinho?

Você sabe disso também?

Fiz que sim.

Foi ele quem contou?

Ah, não, respondi. Comecei a pensar que podia ter acontecido alguma coisa por causa de um comentário casual que você fez num almoço. Não tinha certeza se havia escapado sem querer ou se você estava pretendendo me dar uma dica.

Escapou, ela disse, foi sem querer, era para ter ficado entre mim e aquele homem, nunca contei a Henry. Claro, eu o provocava a respeito do seu grande patrono e mentor, porque ele vivia me contando as coisas maravilhosas que Jim tinha dito ou feito. Pode ser que eu tenha exagerado. Ou talvez o pobre do Jim tenha deixado escapar alguma coisa durante as horas e horas que passaram juntos, trabalhando. Se bem que me pergunto se isso seria possível. Jim era tão cuidadoso, mantinha cada coisa no seu devido compartimento. Mas, um dia, percebi que Henry sabia, ou quase. Disse-me que jamais esqueceria o que me devia, ou coisa parecida. Comecei a sentir que a quase certeza o corroía, mas não havia nada que eu pudesse fazer. Nunca discutimos o assunto.

Aquiesci.

Margot abriu mais meia garrafa de vinho e serviu-me uma taça. Bebemos em silêncio, até que voltei a falar no propósito da minha visita e disse que esperava que ela me dissesse como chegar a Henry. Ela me garantiu que era verdade que não tinha o endereço, mas, no fim, me contou tudo que eu precisava saber. Henry White transformara-se em Henri Leblanc e morava não muito longe de Avignon.

Como você descobriu?, perguntei.

Ela riu e me respondeu que, durante os encontros das cinco às sete, havia também momentos em que as pessoas descansavam e falavam besteira sobre o que ainda não era e o que poderia vir a ser.

Nova busca no Minitel informou-me o número do telefone e o endereço de Henri Leblanc, numa cidadezinha a sudoeste de Avignon. Não imaginei que telefonar antes poderia ser de alguma utilidade. Em vez disso, voei para Paris, descansei uns poucos dias e peguei o trem de alta velocidade para Avignon. Às cinco da tarde, estava na estação. Havia um café do outro lado da rua, e liguei de lá. Ele atendeu ao telefone em francês, mas não havia como confundir sua voz. Henry, eu disse, estou a menos de trinta minutos da sua casa. É o suficiente para você tirar o gelo da geladeira. Depois dessa viagem de trem, vou querer um *pastis*.

Seguiu-se um longo momento de hesitação. Depois, ele disse em inglês: Eu pedi a você que não fizesse isso.

Pouco importa aquilo tudo, respondi. Foi há muito tempo. Estou aqui agora e quero ver você.

Depois de nova hesitação, ele concordou e deu-me instruções de como chegar até sua casa.

O táxi me deixou diante de uma ampla *bastide*. Henry veio abrir a porta e fiquei aliviado de ver que ele não tinha mudado muito, a não ser pelos cabelos, que, antes ruivos, tinham adquirido uma estranha tonalidade loira. Demo-nos as mãos e então — como se houvesse se espantado com a formalidade do cumprimento —, ele me deu um abraço.

Estou feliz que você esteja aqui, ele disse. Entre. Vamos nos sentar no terraço, lá do outro lado. Mireille vai chegar logo. É melhor eu pôr você a par de tudo, para que você não diga nenhuma besteira. Antes, deixe-me cuidar daquele *pastis*.

Henry entrou na casa e voltou alguns minutos depois, seguido de uma velha senhora vestida de preto, que trazia as bebidas. Nós nos sentamos, e ele me contou sua história com a seriedade e a concisão que eu conhecia tão bem.

Tinha comprado a casa três anos depois de ser promovido a sócio da Wiggins — comprara por uma mixaria, mas gastara um bocado na reforma, uma soma que, à época, era uma fortuna para ele. A ideia era ter um esconderijo onde pudesse se refugiar de tudo e de todos, inclusive de Margot e de mim. Terminada a reforma, ia para lá com a maior frequência possível, o que por certo não significava todo fim de semana, já que, naquele tempo, a viagem durava de cinco a seis horas, e as estradas eram perigosas. Ir de trem para passar dois ou três dias não era prático. Às vezes, ele próprio cozinhava; outras vezes, ia a algum restaurante e, quando saía, gostava de ter companhia. Adquiriu o hábito de convidar a corretora que lhe vendera a casa, uma mulher bastante jovem, praticamente uma garota, recém-divorciada e mãe de dois meninos pequenos. Depois, se apaixonou por ela. O que fazer naquela situação era coisa que o atormentava, porque ela não era do tipo que poderia viver a vida de esposa de um sócio da Wiggins, em Paris ou em Nova York, e não tinha a menor intenção de expatriar os filhos. Isso, de todo modo, teria sido impossível, porque a guarda das crianças era do pai, que morava em Aix. Ao mesmo tempo, começava a brotar o sentimento da absoluta falsidade — não, do horror que era a vida que ele levava, um sentimento que me comunicara com grande veemência em nosso último jantar. Como ele teria resolvido esse conflito entre Paris e a necessidade de estar perto de Aix, se Hubert não tivesse se revelado um tamanho imbecil, disso ele não tinha a menor ideia. Era provável que tivesse feito um arranjo tosco para se tornar uma espécie de marido de fim de semana, o que, com a experiência que tinha agora de sua vida com Mireille, com certeza não teria dado certo. Nenhum dos dois teria suportado uma restrição desse tipo. O chute na bunda chegara bem a tempo. Em poucos meses, estava casado. Tinham um filho juntos, um garoto que já estava no *lycée* em Avignon. Eu iria conhecê-lo, porque Mireille o apanharia ao sair do trabalho. Ela insistira em continuar trabalhando — o mercado imobiliário florescia na região —, e ele a ajudara a abrir sua própria imobiliária.

É um negócio fantástico, disse Henry, a melhor coisa que eu podia ter feito com aquele dinheiro. A consequência curiosa é que isso me obrigou a voltar a atuar como advogado, um trabalho de meio período. Mireille achou que não seria saudável eu ficar em casa o dia inteiro, lendo livros e brincando com Sam, enquanto ela trabalhava. Como a maioria dos clientes dela é de estrangeiros — quero dizer, de não-franceses —, ela se saiu com a ideia de eu dar assessoria fiscal a eles, ajudando-os a se fixarem na França de uma forma que funcionasse bem tanto aqui como em seu país de origem, qualquer que seja ele. Acontece que isso é uma coisa que sei fazer muitíssimo bem. O resultado é que tenho uma clientela cinco estrelas de esquisitões internacionais. Sou um *conseiller fiscal*, um consultor fiscal, uma atividade que tenho pleno direito legal de exercer.

Henry, eu disse, sua voz soa feliz, e seu aspecto também é o de um homem feliz. É como você se sente? É esta a vida que você queria?

Ele sorriu, benevolente. Estou muito feliz, disse-me ele. Dois terços disso devo a Mireille; um terço, a Sam; e, como uma espécie de dividendo, ainda ganhei isto tudo — ele fez um gesto amplo, abarcando a casa toda, suas oliveiras, as colinas no horizonte, talvez o mundo inteiro. É maravilhoso aqui, você não acha? E, pela primeira vez, sou eu mesmo. Leblanc não é meu nome, assim como White também não era, mas todo mundo aqui sabe que não nasci um Leblanc, e ninguém liga. Embora meu francês seja tão bom quanto o inglês, as pessoas percebem que sou estrangeiro. E isso me define. Não há nada a explicar, ninguém a trair. Tenho me comportado bem neste lugar, e me tratam com grande discrição e tolerância. Quando não sinto vontade de comer o que madame Susanne quer preparar para o almoço, pego minha bicicleta e vou ao café na cidade. Jogo até *pétanque* com o pessoal daqui. Finalmente encontrei um uso para o que aprendi durante minhas raras visitas a um boliche no Brooklyn. As pessoas ficam felizes em beber um *pastis* comigo depois do jogo e não fazem perguntas. Se fizessem, eu diria a verdade. Uma versão simplificada, talvez, mas, ainda assim, a verdade.

E o que acontece quando você encontra americanos? Você não corre o risco de topar com americanos nesse seu trabalho, e até mesmo com gente que pode conhecer você?

Não aconteceu ainda, mas, se acontecer e alguém me reconhecer, vou saber lidar com isso. Afinal, não é que eu tenha fugido da Ilha do Diabo! A propósito, você recebeu minhas cartas, não é?

Recebi, sim, mas não tinha como agradecer por elas.

No futuro, você terá.

E você deu a seu filho o nome de Sam.

Pois é, respondeu ele, e sorriu.

Henry, perguntei, por que você teve de se isolar de mim, de George, de seus amigos e parceiros? Por que fez isso com gente que se importava tanto com você?

Ele ficou muito sério. Todos vocês eram meus cúmplices, sempre me ajudando e encorajando. Eu não podia abandonar minha velha vida de crimes com vocês do meu lado. Precisava me apartar de todos.

Ele parou de falar e pôs-se a escutar. Também ouvi. Era o som de rodas sobre o cascalho.

É Mireille, ele disse. Ela sabe tudo sobre mim e um bocado sobre você, inclusive sobre os romances. Fico feliz que você possa enfim conhecê-la. Muito rapidamente. Depois, precisa ir embora.

Ela era pequena e de aspecto alegre, com aquele tipo de rosto mediterrâneo que se costuma associar à região e cabelos negros brilhantes. Sua risada era como a de uma menina. Sam era tão alto quanto o pai e tinha a cor da mãe. Tivemos uma conversa agradável por alguns minutos e, então, eu disse que precisava ir. Henry me perguntou onde eu estava hospedado. Em Villeneuve, respondi. Nesse caso, disse ele, Sam leva você até lá.

A noite havia caído. Enquanto Sam e eu caminhávamos até o carro, olhei para o céu. Estava cheio de estrelas.

ESTA OBRA FOI COMPOSTA PELA SPRESS EM ELECTRA E IMPRESSA EM OFSETE PELA PROL EDITORA GRÁFICA SOBRE PAPEL PÓLEN SOFT DA SUZANO PAPEL E CELULOSE PARA A EDITORA SCHWARCZ EM MARÇO DE 2009